하트 잭 ALL THAT REMAINS

All That Remains

Copyright © Cornwell Enterprises, Inc. 1992
All rights reserved

Korean translation copyright © 2005 by Random House Korea, Inc.
Korean translation rights arranged with International Creative Management, Inc.,
through EYA(Eric Yang Agency)

이 책의 한국어판 저작권은 EYA(Eric Yang Agency)를 통한 International Creative Management, Inc. 사와의
독점계약으로 한국어 판권을 '랜덤하우스코리아(주)'가 소유합니다.
저작권법에 의하여 한국 내에서 보호를 받는 저작물이므로 무단전재와 복제를 금합니다.

THE NO.1 SCARPETTA SERIES

PATRICIA CORNWELL

ALL THAT REMAINS

하트 잭

퍼트리샤 콘웰 지음 | 유소영 옮김

랜덤하우스

Media Review

"눈부시다. 올해 최고의 소설 중 하나! 과학적인 정보, 경찰 세계와 정치계, 수사기관 사이의 알력, 각 인물 간의 대화가 현장감 넘치게 묘사된다. 물 흐르듯 자연스러운 문장과 미로 같은 플롯, 현실감 있는 인물설정과 상황 묘사로 독자를 사로잡는 매혹적인 소설! 콘웰의 소설을 읽으면 다른 모든 스릴러가 시시해 보일 것이다."

| 밀워키 저널 |

"강렬하다! 퍼트리샤 콘웰은 시체안치소의 모습과 소리, 냄새와 복잡미묘한 경찰 수사 체계를 소름 끼칠 정도로 생생하게 묘사한다."

| 로스앤젤레스 타임스 |

"케이 스카페타 박사는 내가 가장 좋아하는 탐정 중 한 사람이다."

| 디트로이트 프리 프레스 |

"퍼트리샤 콘웰은 심장이 멎고 피가 얼어붙는 미로 같은 플롯을 구축하는 데 타고난 재능을 지녔다."

| 앤 룰 (《내 곁의 낯선 사람 The Stranger Beside Me》 저자) |

"미국 최고의 범죄 소설가 중 하나."

| 덴버 로키마운틴 뉴스 |

"콘웰은 어떻게 이야기를 풀어가야 하는지 잘 아는 작가다. 소설 속의 등장인물은 현실감이 있으며 개개인의 특성이 뚜렷하다. 긴장감 있게 잘 짜인 플롯과 최첨단 기술, 스릴 넘치는 스토리로 단단하게 엮은 작품이다."

| 휴스턴 크로니클 |

"콘웰은 현미경을 들여다보는 장면도 고난도 추적 장면만큼이나 흥미진진하게 그려내는 작가다."

| 워싱턴 포스트 북월드 |

"콘웰은 손에 땀을 쥐게 하는 내용의 소설로 큰 성공을 거둔 작가다. 이번 작품에서도 대담무쌍한 스카페타 박사가 전문가의 솜씨를 유감없이 펼쳐 보인다. 흡인력 있는 플롯과 간결한 문장, 범죄 현장에 대한 소름 끼치는 묘사가 압권이다."

| 하퍼스 바자 |

"다채롭다… 센세이셔널하다… 끝내준다. 그 어떤 말로도 표현할 수 없을 만큼 훌륭하다!"

| 뉴스위크 |

"훌륭하다. 한 권 한 권 출간될 때마다 더욱 흥미로운 시리즈!"

| 뉴욕 데일리 뉴스 |

"날카롭고 폭넓은 내용의 소설. 콘웰은 이 장르에서 가장 놀라운 성장 곡선을 보여주고 있는 작가다. 법의학적 지식 덕분에 콘웰의 시체는 다른 작가들의 살아 있는 캐릭터보다 더 유창하게 대사를 읊는다."

| 커커스 리뷰 |

"끝내주게 훌륭한 스릴러!"

| 래리 킹 (USA 투데이) |

"뼛속 깊이 떨려오는 서스펜스!"

| 퍼블리셔스 위클리 |

"흡인력이 대단한 독창적인 소설이다. 케이 스카페타 박사는 젊은 연인들을 타깃으로 하는 연쇄살인범과 맞선다. 실종된 지 몇 달 후 시체로 발견된 커플이 지금까지 모두 네 쌍. 다섯 번째 커플이 실종되고, 실종된 여자의 어머니는 마약과의 전쟁을 이끄는 정계의 거물이다. 스카페타는 살인범은 물론 정치적인 압력과도 싸우며 셜록 홈스가 확대경을 사용하듯 실험실 현미경을 들이댄다."

| 코스모폴리탄 |

"매혹적이다. 손에 땀을 쥐게 만드는 책! 독자는 책에서 눈을 떼지 못하고 밤새 페이지를 넘기게 될 것이다."

| 덴버 포스트 |

"범죄 소설을 전문으로 쓰는 인기 작가 중 퍼트리샤 콘웰은 단연 선두 주자이다."

| USA 투데이 |

"강렬한 액션… 너무나 재미있다!"

| 뉴욕 타임스 북리뷰 |

차 례

- 01 사라진 커플 9
- 02 수색 29
- 03 음모 46
- 04 오프더레코드 76
- 05 새로운 단서 96
- 06 은폐 126
- 07 심령술사 149
- 08 증거 조작 183
- 09 협박 201
- 10 살인 연습 222
- 11 목격자 260
- 12 추적 280
- 13 증언 305
- 14 지문 323
- 15 딜러 348
- 16 용의자 367
- 17 드러난 진실 390
- 18 DNA 417

옮긴이의 말 432

추천의 글 435

범죄자들이 검거되지 않는 것은
그들이 완벽해서가 아니라 운이 좋기 때문이다.
하지만 그들도 실수를 한다.
모든 범죄자들이 다 그렇다.
그 실수를 알아채고 파고드는 눈,
무엇이 의도적인 것이고 무엇이 아닌지 가려내는
판단력이 문제인 것이다.

01

사라진 커플

8월의 마지막 날 토요일, 나는 동트기 전부터 일을 시작했다. 그래서 잔디밭 위에 안개가 모락모락 피어오르는 모습도, 하늘이 찬란한 푸른 빛으로 변하는 모습도 보지 못했다. 게다가 시체안치소에는 창문도 없었다. 오전 내내 시체가 철제 테이블을 모두 다 차지하고 있었다. 노동절 주말은 리치먼드 시내에서 일어난 자동차 사고와 총격 사건으로 출발했다.

오후 2시가 되어서야 겨우 웨스트엔드의 집으로 돌아와 보니, 버사가 부엌 바닥을 걸레질하고 있었다. 버사는 토요일마다 청소를 하러 오지만 다년간의 경험으로 전화는 받지 않아야 한다는 것을 잘 알고 있다. 집에 들어서자마자 전화벨이 울렸다.

"난 집에 안 들어온 거예요."

나는 냉장고 문을 열며 목청을 높였다.

버사가 걸레질을 멈추며 말했다.

"1분 전에도 울리던데요. 그 몇 분 전에도 울렸고요. 같은 사람인가 봐요."

"집엔 아무도 없다고요."

나는 한 번 더 강조했다.

"알아서 하세요, 스카페타 박사님."

대걸레가 다시 마루 위를 분주하게 오가기 시작했다.

나는 햇볕이 담뿍 쏟아져 들어오는 부엌의 평화를 깨뜨리는 자동응답기의 기계 음성을 무시하려고 애썼다. 여름 내내 실컷 먹었던 하노버 토마토는 이제 겨우 세 개 남았다. 치킨 샐러드는 어디 있더라?

그때 삑 하는 소리가 울리더니 이내 귀에 익은 남자의 음성이 들렸다.

"박사? 마리노요."

아, 젠장. 나는 엉덩이로 냉장고 문을 밀어 닫았다. 리치먼드 경찰청 강력반 형사 피트 마리노는 어젯밤부터 줄곧 외근을 했다. 시체안치소에서 퇴근하기 전에 나는 그의 얼굴을 보고 온 터였다. 어떤 시체에서 총알을 빼내는 작업을 했는데, 그 사건을 맡은 사람이 바로 마리노였기 때문이다. 예정대로라면 그는 지금쯤 남은 주말 동안 낚시로 소일을 하러 개스턴 호수로 향하고 있어야 한다. 나는 정원을 손질할 참이었다.

"지금 출동하는 길인데 통 연락이 안 되는군. 호출기로 연락 주시…."

마리노의 음성이 다급하게 들려서 나는 수화기를 낚아챘다.

"여기 있어요."

"박사가 맞소, 아니면 아직 기계요?"

"알아맞혀봐요."

"나쁜 소식이오. 버려진 자동차를 또 한 대 발견했다는군. 뉴켄트, 64번 주간(州間) 고속도로 서행선(西行線) 휴게소요. 벤턴이 이제 막 나한테 연락….”

"커플 사건인가요?"

나는 오늘 하려던 일을 모조리 잊고 끼어들었다.

"프레드 체니, 백인 남자, 19세. 데버러 하비, 백인 여자, 19세. 마지막으로 목격된 것은 어젯밤 8시경, 리치먼드에 있는 하비의 집에서 스핀드리프트로 간다며 둘이 차를 몰고 나간 것이 마지막이었다고 합니다."

"그런데 차는 서쪽 방향으로 난 도로에 있었다고요?"

노스캐롤라이나 주 스핀드리프트는 리치먼드에서 동쪽으로 세 시간 반 거리였던 것이다.

"그렇소. 완전 반대 방향이지. 시내 쪽으로 가려던 것처럼 말이야. 주 경찰이 한 시간 전에 발견했소. 차는 지프 체로키. 아이들의 흔적은 없었소."

"지금 출발할게요."

버사는 걸레질을 계속하고 있었지만, 나는 그녀가 한 마디도 빼놓지 않고 다 들었을 거라고 짐작했다.

"여기 일 끝내면 곧장 갈게요. 문도 잠그고 경보 장치도 켜놓을 테니 걱정하지 마세요, 박사님."

공포가 신경을 타고 온몸으로 흘렀다. 나는 가방을 집어 들고 서둘러 차로 향했다.

이제까지 네 쌍의 연인이 실종된 후 윌리엄스버그 반경 80킬로미터 이내에서 살해된 채 발견되었다. 언론에서 '커플 연쇄살인'이라고 부르는 이번 사건은 불가사의한 부분이 많았다. 그 어느 누구도 작은 단서나 그럴듯한 가설을 내세우지 못했다. 실종자와 신원 미상의 시체, 동일 수법 범죄의 공통점을 찾아 연결시키는 인공 지능 컴퓨터와 전국적인 데이터베이스망을 보유한 FBI나 VICAP(Violent Criminal Apprehension Program : 강력 범죄자 체포 프로그램 - 옮긴이)조차도 속수무책이었다. 2년 전 첫 번째 커플의 시체가 발견되었을 때, 해당 경찰서에서는 FBI 특별 수사관 벤턴 웨슬리와 리치먼드 경찰청의 베테랑 형사 피트 마리노로 구성된 VICAP팀에 수사 협조를 요청했다. 다시 한 커플이 실종되었고, 연이어 두 커플이 더 사라졌다. VICAP팀에 커플이 실종되었다는 연락이 닿고, NCIC(National Crime Information Center : 전국범죄정보센터 - 옮긴이)에서 미국 각지의 경찰청에 무전을 칠 때쯤엔 실종된 십대들은 이미 사망한 상태로 숲 속 어딘가에서 부패하고 있었던 것이다.

나는 라디오를 끄고 톨게이트를 지난 후 속력을 내어 64번 고속도로를 달렸다. 온갖 영상과 음성들이 갑자기 나를 덮쳤다. 백골과 썩은 옷가지 위에 흩어져 있던 낙엽, 신문에 실린 실종된 십대들의 매력적인 미소, 텔레비전 인터뷰를 하고 비탄에 젖어 넋이 나간 채로 내게 전화를 건 가족들….

"따님 일은 정말 유감입니다."

"우리 아이가 어떻게 죽었는지 제발 이야기해 주십시오. 오, 하느님! 아이가 고통을 많이 겪었습니까?"

"정확한 사인은 아직 밝혀지지 않았습니다, 베넷 부인. 현재로서는 더 이상 말씀드릴 내용이 없네요."

"모르신다니, 그게 무슨 말이죠?"

"남아 있는 거라고는 유골뿐입니다, 마틴 씨. 연조직이 사라지면 손상 부위도 사라지기 때문에…."

"의학적인 설명 따위는 듣고 싶지 않아요! 나는 우리 아들이 어떻게 죽었는지 알고 싶을 뿐입니다! 경찰들이 마약을 했느냐고 묻던데, 우리 아들은 지금까지 술에 취해본 적도 없는 아이예요. 마약이라니! 듣고 있습니까? 당신네들은 죽은 아이를 무슨 깡패 같은 놈으로 만들고 있 잖소!"

'법의국장도 손들다 : 케이 스카페타 국장, 사인 밝혀내지 못해.'

사인 불명.

지금까지 계속이다. 여덟 명의 젊은이들….

끔찍했다. 솔직히 내게는 전례가 없는 일이었다. 법의병리학자라면 누구나 사인을 밝혀내지 못한 사건이 있게 마련이지만, 이렇게 많은 사건이 서로 관련된 경우는 처음이었다.

선루프를 열자 날씨 덕택에 기분이 좀 밝아졌다. 기온은 섭씨 27도 정도… 이제 곧 나뭇잎은 빛이 바랠 것이다. 리치먼드의 여름은 마이애미 못지않게 더우면서도 공기를 깨끗하게 청소해 주는 바닷바람이 없다. 습기는 끔찍할 정도다. 겨울 역시 달갑지 않다. 나는 추위를 싫어하기 때문이다. 하지만 봄가을만큼은 마이애미도 부럽지 않다. 나는 변화의 기운을 깊숙이 빨아들였다. 머리가 맑아지는 것 같았다.

뉴켄트 카운티에 있는 64번 주간 고속도로 휴게소는 집에서 정확히 50킬로미터 떨어진 곳에 위치했다. 피크닉 테이블, 쇠와 나무로 만든 쓰레기통, 벽돌로 지은 화장실, 자동판매기, 새로 심은 나무… 버지니아 주의 여느 휴게소와 별다를 것이 없었다. 하지만 주차장에는 여행객이나 트럭 운전사 하나 보이지 않고 온통 경찰차로 뒤덮여 있었다.

여자 화장실 근처에 차를 세우는데, 청색과 회색 제복 차림의 주 경찰관 하나가 화난 얼굴로 다가왔다. 그는 열린 차창 가까이 몸을 숙이며 말했다.

"죄송합니다, 부인. 이 휴게소는 오늘 휴무입니다. 도로로 다시 나가 주십시오."

나는 시동을 끄며 신원을 밝혔다.

"케이 스카페타 박사입니다. 경찰에서 연락을 받고 왔어요."

"무슨 이유로요?"

"난 법의국장이에요."

나를 훑어보는 경찰의 시선에 의심의 빛이 감돌았다. 분명 '국장' 처럼 보이지는 않았을 것이다. 물 빠진 청치마에 분홍색 옥스퍼드 셔츠, 가죽 단화 따위는 권위가 묻어나는 옷차림은 아니다. 게다가 관용차도 타이어를 교체하느라 정비소에 들어간 상태였다. 경찰의 눈에는 진회색 메르세데스를 타고 근처 쇼핑몰로 가는 길에 잠시 휴게소에 들른 여피쯤으로 보였을 것이다.

"신분증을 보여주십시오."

나는 가방에서 얇은 검은색 지갑을 꺼내 법의관 배지를 보여준 다음 운전면허증을 건네주었다. 경찰은 이 두 가지를 한참 동안 살펴보았다. 당황한 기색이 역력했다. 그러고는 트럭 및 버스 주차장 쪽을 가리켰다.

"차는 여기 두십시오, 스카페타 국장님. 찾으시는 분들은 저기 뒤쪽에 있습니다."

그러곤 물러서며 별 뜻 없는 말을 덧붙였다.

"좋은 하루 되십시오."

나는 벽돌길을 따라 걸었다. 건물을 돌아 나무 그늘 아래를 지나니 경찰차 몇 대와 견인차 한 대, 정복 경찰과 사복 경찰 열 명 정도가 서 있는 모습이 보였다. 좀 더 가까이 다가간 후에야 빨간색 지프 체로키가 시야에 들어왔다. 차는 휴게소 출구 중간쯤에 있었다. 도로에서 한참 벗어나 땅이 움푹 꺼진 곳에 세워져 있었는데 무성한 나무 그늘 때문에 눈에 잘 띄지 않았다. 투 도어인 차체는 먼지로 덮여 있었다. 운전석 창문을 들여다보니 베이지색 가죽 시트는 아주 깨끗했고 뒷자리에는 슬라럼 스키(회전 활강 경기에 쓰이는 스키의 한 종류—옮긴이), 노란색 나일론 스키 로프 꾸러미, 빨간색과 흰색 플라스틱 얼음통 등 깔끔하게 묶은 각종 짐꾸러미가 놓여 있었다. 열쇠는 차에 그대로 꽂힌 상태였다. 경사진 풀밭 위에는 도로에서 이어진 타이어 자국이 선명하게 나 있고, 크롬으로 만들어진 라디에이터 그릴은 소나무 둥치를 향하고 있었다.

마리노는 나와는 안면이 없는 깡마른 금발머리 남자와 이야기하는 중이었다.

"주 경찰 제이 모렐이오, 박사."

내가 다가가자 마리노가 그를 소개해 주었다. 제이 모렐은 수사 책임자인 듯했다.

"케이 스카페타 법의국장입니다."

마리노가 나를 그냥 '박사'라고 불렀기 때문에, 나는 내 소개를 다시 했다.

모렐은 진녹색 레이밴 선글라스를 내 쪽으로 향한 채 고개를 끄덕였다. 평상복 차림에 십대 소년이나 다를 바 없는 빈약한 턱수염을 기르고 사뭇 사무적인 태도를 취하는 것으로 보아 완전 신참인 모양이었다. 그는 초조하게 주위를 둘러보며 입을 열었다.

"지금까지 확인한 사항을 말씀드리죠. 지프 소유자는 데버러 하비입니다. 하비는 남자 친구, 어, 프레드 체니와 함께 어젯밤 저녁 8시경 자기 집에서 출발했습니다. 하비가의 해변 별장이 있는 스핀드리프트로 갈 예정이었다고 합니다."

"두 사람이 리치먼드를 출발할 때 데버러 하비의 가족은 집에 있었나요?"

모렐은 힐끗 나를 쳐다보며 말했다.

"아닙니다, 국장님. 데버러의 가족은 낮에 먼저 출발해서 스핀드리프트에 가 있었다고 합니다. 데버러와 프레드는 월요일에 리치먼드로 돌아올 예정이었기 때문에 다른 차로 갔답니다. 둘 다 캐롤라이나 주립대 2학년인데 학교에 갈 준비를 하려면 일찍 돌아와야 했기 때문이죠."

마리노가 담배를 꺼내며 설명을 덧붙였다.

"간밤에 하비의 집을 나선 직후 두 사람은 스핀드리프트로 전화를 걸어, 데버러의 남동생에게 지금 출발하는데 자정에서 새벽 1시 사이에 도착할 것 같다고 한 모양이오. 그런데 새벽 4시가 되도록 도착하지 않으니까 팻 하비가 경찰에 신고한 거요."

"팻 하비?"

나는 믿기지 않는다는 얼굴로 마리노를 돌아보았다. 하지만 내 말에 대답한 것은 모렐이었다.

"아, 맞습니다. 제대로 걸렸지요. 팻 하비도 지금 이곳으로 오고 있을 겁니다. 헬리콥터로 아까, 음…."

그는 시계를 들여다보고는 말을 이었다.

"약 30분 전에 출발했겠군요. 아버지 밥 하비는 여행 중이랍니다. 업무차 샬럿에 갔다가 내일 중 스핀드리프트에서 합류할 계획이었답니다. 제가 아는 한 그쪽에는 연락이 닿지 않았기 때문에 무슨 일이 일어났는지 아직 모를 겁니다."

연방 마약정책실장(National Drug Policy Director) 팻 하비는 언론에서 '마약왕'이라는 별명으로 불리곤 했다. 얼마 전 〈타임〉의 표지를 장식하기도 한 그녀는 미국에서 가장 힘 있고 존경받는 여성 가운데 한 사람이었다.

"벤턴은? 데버러 하비가 팻 하비의 딸이라는 사실을 벤턴도 알고 있어요?"

나는 마리노에게 물었다.

"그런 이야기는 안 했소. 아까 전화할 땐 방금 뉴포트뉴스에 착륙했다는 말뿐이더군. FBI 비행기를 타고 왔다나? 벤턴이 렌터카를 급히 구하느라 오래 통화하진 못했소."

마리노의 대답을 들으니 상황을 짐작할 수 있었다. 데버러 하비가 어떤 인물인지 몰랐다면 벤턴 웨슬리가 FBI 비행기를 타고 급히 달려올 리가 없다. 나는 벤턴이 VICAP 파트너인 마리노에게 아무 말도 하지 않은 게 의아해서 넓적하고 무표정한 마리노의 얼굴을 쳐다보았다. 턱 근육은 실룩거리고, 벗겨진 이마 꼭대기에는 핏기가 올라 땀방울이 맺혀 있었다.

모렐이 말을 이었다.

"일단은 경찰을 풀어서 주변 교통을 통제하고 있습니다. 아이들이 혹시 이 근처에 있는지 화장실도 들여다보고 이곳 주변을 잠깐 살펴보았고요. 수색대가 도착하면 숲 속부터 수색을 시작할 예정입니다."

지프 보닛의 북쪽 방향에 있는 손질이 잘된 주유소 너머엔 수풀과 나무가 4천 제곱미터 정도 이어지고, 그 뒤로는 빽빽한 숲이 펼쳐졌다. 드넓은 숲엔 나뭇잎에 반사되는 햇빛과 저 멀리 우뚝 솟은 소나무 위를 선회하는 매 한 마리 외에는 아무것도 보이지 않았다. 쇼핑몰과 주택개발 지구가 64번 고속도로를 따라 야금야금 뻗어 나왔지만, 리치먼드와 타이드워터 사이에 위치한 이 숲 지대는 아직 훼손되지 않은 채 남아 있었다. 예전엔 평화와 위안을 주었던 풍경이 지금은 음산하게만 보였다.

"젠장."

모렐과 헤어져서 주위를 돌아보기 위해 걸음을 옮기는데 마리노가 투덜거렸다.

"낚시 여행을 못 가서 어쩌죠?"

"뭐, 늘 있는 일 아니오. 몇 달 동안 그놈의 여행 계획을 짰는데… 또

파투 난 거지, 뭐. 새로울 것도 없잖소."

나는 투덜거리는 마리노를 무시하고 사건 이야기를 꺼냈다.

"고속도로에서 이쪽으로 들어올 때 보니까, 진입로가 곧장 두 갈래로 나뉘더군요. 한쪽 길은 다시 이쪽으로 돌아오고 다른 길은 휴게소 정면으로 통하죠. 즉 진입로가 일방통행이라는 얘기예요. 휴게소 앞에 차를 댄 다음 마음을 바꿔서 여기까지 돌아오려면, 한참 거슬러 올라와야 해요. 그렇게 하면 다른 사람 눈에 띄지 않을 리가 없어요. 어젯밤은 노동절 주말이라서 고속도로 이용객이 상당했을 텐데."

"나도 알고 있소. 뛰어난 과학자가 아니더라도 누군가 그곳에 의도적으로 주차했다는 건 쉽게 알 수 있지. 간밤에 휴게소 앞에는 차가 많이 서 있었을 거요. 이쪽은 비교적 한산했겠지. 그래서 범인은 다른 사람 눈에 띄지 않고 뛴 거고."

"도로에서 상당히 떨어진 곳에 세워둔 걸로 봐선 차가 곧장 발견되지 않게 하려는 속셈이었을 거예요."

마리노는 잠시 숲 쪽으로 시선을 돌렸다.

"이런 일을 하기에는 나도 이제 너무 늙지 않았나…."

늘 불만투성이인 마리노는 현장에 도착하면 마치 오고 싶지 않았다는 듯한 태도를 취하는 습관이 있었다. 그와 오래 일했기 때문에 이런 습관에 익숙하긴 했지만, 오늘은 왠지 단순한 푸념으로 들리지 않았다. 낚시 여행이 취소돼서 실망한 것 이상의 뭔가 있는 것 같았다. 혹시 부부 싸움을 한 것은 아닌가 하는 생각이 들었다. 마리노는 벽돌 건물 쪽을 바라보며 중얼거렸다.

"이런, 이런. 론 레인저(Lone Ranger : 말을 타고 무법자들을 응징하는 서부극의 주인공—옮긴이)께서 등장하셨군."

마리노의 말에 돌아보자 깡마른 벤턴 웨슬리의 낯익은 모습이 남자 화장실 쪽에서 나왔다. 그는 우리 쪽으로 다가오더니 인사를 하는 둥 마는 둥했다. 방금 얼굴을 씻고 나왔는지 그의 은발은 물에 젖어 관자놀이께에 달라붙어 있고, 청색 정장 옷깃에는 물방울이 묻어 있었다. 그는 지프에 시선을 고정한 채 재킷 주머니에서 선글라스를 꺼내 쓴 다음 물었다.

"팻 하비는 도착했나?"

"아직."

마리노가 대답했다.

"기자들은?"

"아직."

"다행이군."

윤곽이 날카로운 벤턴의 얼굴이 굳게 다문 입술 때문에 평소보다 더욱 딱딱하고 무표정하게 느껴졌다. 속마음을 드러내지 않는 표정만 아니라면 벤턴도 미남형에 속한다. 벤턴은 무슨 생각을 하는지, 어떤 감정을 느끼는지 읽을 수가 없는 사람이다. 게다가 최근에는 자신을 드러내지 않는 기술에 도통한 탓에 나도 때로는 그가 낯선 사람처럼 느껴지곤 했다.

"최대한 오래 비밀을 유지해야 해. 말이 새어나가는 순간부터 온통 시끄러워질 테니까."

벤턴이 말을 이었다.

"두 사람에 대해서 알아낸 건 좀 있나요, 벤턴?"

내가 물었다.

"거의 없습니다. 팻 하비는 오늘 새벽에 실종 신고를 한 다음 FBI 국장의 집으로 직접 전화를 했어요. 그 후 국장이 다시 나한테 전화를 한 겁니다. 하비의 딸 데버러와 프레드 체니는 캐롤라이나에서 처음 만난 뒤 1학년 때부터 사귄 모양입니다. 둘 다 겉보기에는 착하고 바른 아이들인 것 같습니다. 팻 하비의 말로는 별다른 문제를 일으킨 적도 없는 아이들이라 질이 안 좋은 사람들과 얽힐 이유도 없다는군요. 그녀는 데버러가 프레드와 사귀는 게 탐탁지 않았던 모양입니다. 둘이서만 있는 시간이 너무 많다고 생각하는 눈치였어요."

"어쩌면 아이들이 굳이 다른 차로 가겠다고 한 것도 그 때문일지 모르겠네요."

"그렇지요. 그 때문일 가능성이 농후합니다. 국장의 말에서 팻 하비가 딸이 남자 친구를 스핀드리프트로 데려가는 것에 대해 마음 내키지 않은 듯한 인상을 받았어요. 가족끼리 오붓한 시간을 보내고 싶었을 테니까. 팻 하비는 주중엔 워싱턴에서 지내기 때문에 여름 내내 딸과 두 아들을 만날 시간이 별로 없었다고 합니다. 솔직히 요즘 모녀 사이가 별로 좋지 않았다는 느낌이 들었어요. 어제 아침 노스캐롤라이나로 출발하기 직전에 말다툼을 한 것 같기도 하고."

웨슬리는 주위를 두리번거리며 대답했다.

"아이들이 함께 도피했을 가능성은 없을까? 영리한 애들이라고 했지? 신문도 읽고 뉴스도 봤을 거야. 어쩌면 지난주 커플 살인 사건을 다룬 특집 방송을 봤을지도 모르지. 그러니까 요즘 이 동네에서 무슨 일이 일어나는지 알고 있었을 거란 말이네. 실종한 것처럼 위장했을 수도 있잖나. 부모를 골탕 먹이는 데 그보다 좋은 방법이 또 어디 있겠나."

마리노가 새로운 가설을 제기했다.

"검토해 봐야 할 여러 가설 중 하날세. 그런 것 때문에라도 가능한 한 오랫동안 언론을 차단했으면 해."

웨슬리는 냉정하게 마리노의 말을 일축했다.

우리는 모렐과 함께 지프가 있는 쪽을 향해 휴게소 출구로 걸어갔다.

잠시 후 적재함에 덮개가 달린 연청색 픽업트럭이 멈춰 서더니 어두운 색 낙하산복에 부츠를 신은 남녀가 차에서 내렸다. 트럭 뒷문을 열자 블러드하운드 두 마리가 헐떡거리면서 꼬리를 흔들며 뛰어내렸다. 남녀는 허리에 두른 가죽 벨트에 걸린 고리에 긴 줄을 끼우더니 개의 몸통줄을 붙들었다.

"솔티, 넵튠, 따라와!"

어느 개가 솔티고 어느 개가 넵튠인지는 알 수 없었다. 양쪽 다 연갈색에 몸집이 크고 쭈글쭈글한 얼굴에 펄럭거리는 귀를 갖고 있었다. 모렐이 씩 웃더니 개한테 손을 내밀었다.

"잘 지냈냐, 이놈들아?"

솔티, 아니, 넵튠인지도 모르겠지만 한쪽 개가 모렐의 손을 핥으면서 다리에 코를 비볐다.

제프와 게일은 요크타운 출신의 개 조련사들이었다. 게일은 제프와 키가 엇비슷했고 힘도 세 보였다. 평생 고된 노동과 햇빛에 시달리며 자연과 함께한 사람처럼 그녀의 얼굴엔 주름이 가득했다. 또한 생산과 파괴의 양면성을 지닌 자연의 섭리에 순응하는 촌부와 같이 강인한 인내심이 우러나는 여인이었다. 수색대 대장이기도 한 게일이 지프를 바라보는 눈빛이 예사롭지 않았다. 누군가 현장을 훼손한 것은 아닌지 살펴보는 듯했다.

마리노가 허리를 굽혀 개의 귀 뒤를 쓰다듬으며 말했다.

"아무도 손대지 않았소. 문도 아직 열지 않았소이다."

"혹시 다른 사람이 들어가지는 않았습니까? 최초로 발견한 사람이라든지…."

게일이 재차 확인하며 물었다.

"자동차 번호는 오늘 새벽 텔레타이프(teletype: 전신 신호를 송신하여 이를 자동적으로 문자로 번역, 인쇄하는 인쇄 전신기-옮긴이)로 전송했습니다. BOLO를…."

모렐이 대답했다.

"BOLO가 뭡니까?"

웨슬리가 물었다.

"수배령(Be On the Lookouts)을 말하는 겁니다."

웨슬리는 화강암처럼 딱딱하게 굳은 표정으로 모렐이 지루하게 이어가는 설명을 들었다.

"주 경찰들은 업무 전에 조회 시간이 따로 없기 때문에 텔레타이프를 못 보고 넘어가는 경우가 많습니다. 그냥 차를 타고 순찰만 돌지요. 그래서 지령실에서 커플 실종 신고가 들어온 즉시 무전으로 BOLO를 내렸고, 오후 1시쯤 트럭 운전사 한 사람이 지프를 발견해 무전으로 신고한 겁니다. 출동한 주 경찰관은 안에 사람이 있는지 확인하기 위해 창문으로 차 안을 들여다보았을 뿐 가까이 가지는 않았답니다."

그의 말이 사실이기를 바랐다. 대부분의 경찰들은 그러면 안 된다는 것을 알면서도 현장을 뒤지곤 한다. 최소한 차주의 신원을 확인하기 위해 문을 열고 글러브 박스(자동차 조수석 앞에 달린 작은 박스-옮긴이) 정도는 뒤져봐야 직성이 풀리는 모양이었다.

제프가 솔티와 넵튠의 몸통줄을 붙잡고 '쉬를 시키기' 위해 멀어지자 게일이 물었다.

"개한테 냄새를 맡게 할 물건은 있나요?"

"팻 하비에게 최근 데버러가 몸에 걸쳤던 물건을 갖고 오라고 했습니다."

웨슬리가 대답했다.

게일이 이번 사건의 피해자가 팻 하비의 딸이라는 사실을 알고 놀랐는지는 알 수 없었다. 그녀는 감정을 전혀 드러내지 않고 부연 설명을 기대하듯 웨슬리를 바라보았다. 웨슬리는 시계를 흘끗 쳐다보며 덧붙였다.

"헬기를 타고 올 테니 곧 도착할 겁니다."

"헬기를 근처에 세우면 안 돼요. 냄새가 흩어져선 안 됩니다."

게일이 지프 쪽으로 다가가며 말했다. 그녀는 운전석 창문을 통해 문 안쪽과 계기반, 차량 내부를 구석구석 살폈다. 그런 다음 물러서서 문 바깥쪽에 붙어 있는 검은색 플라스틱 손잡이를 오랫동안 쳐다보았다.

"시트 쪽이 제일 좋겠군요. 솔티랑 넵튠에게 한쪽씩 맡길 겁니다. 하지만 아무것도 건드리지 말고 문을 열어야 해요. 펜이나 연필 갖고 계시는 분?"

웨슬리가 셔츠 주머니에서 몽블랑 펜을 꺼내 건넸다.

"하나 더 필요해요."

놀랍게도 나를 포함해 아무도 펜을 갖고 있지 않은 듯했다. 내 지갑 안에 분명 몇 자루가 있을 텐데….

"접칼도 괜찮소?"

마리노가 청바지 주머니를 뒤지며 말했다.

"그럼요."

게일은 한 손엔 펜을, 다른 손엔 스위스제 군용 나이프를 들고 운전석 문에 달린 버튼을 누르면서 손잡이를 뒤로 젖혔다. 그러곤 문틈에 신코를 집어넣어 천천히 열었다. 그때 헬리콥터 날개가 윙윙거리며 회전하는 소리가 점점 가까이 다가오는 게 느껴졌다.

잠시 후 빨간색과 흰색의 제트레인저가 휴게소 상공을 선회하더니 땅 위에 작은 소용돌이를 일으키며 잠자리처럼 내려앉을 준비를 했다. 순간 주위의 모든 소음이 파묻히고, 엄청난 바람에 나무가 흔들리며 잔디가 물결쳤다. 게일과 제프는 눈을 질끈 감은 채 솔티와 넵튠의 몸통 줄을 꽉 붙들고 그 옆에 쭈그리고 앉았다.

나는 마리노, 웨슬리와 함께 건물이 있는 곳까지 물러나서 광풍을 일으키며 고도를 낮추는 헬기를 바라보았다. 헬리콥터가 굉음을 내고 바람을 가르며 천천히 내려앉는 동안 팻 하비가 딸의 지프를 내려다보는 모습이 언뜻 시야에 들어왔지만, 곧 유리창에 햇빛이 반사되면서 사라졌다.

팻 하비는 고개를 숙이고 다리에 감긴 스커트를 잡은 채 헬리콥터에서 내렸다. 웨슬리는 파일럿의 스카프처럼 넥타이를 어깨 너머로 휘날리며 안전거리 밖으로 물러나 기다렸다.

팻 하비는 마약정책실장으로 임명되기 전 리치먼드 시에서 주 검사를 지냈으며, 이후 버지니아 동부 지구의 연방 검사를 역임했다. 그녀가 연방 법정에서 기소한 유명한 마약 사건의 피해자를 내가 부검한 경우도 몇 번 있었다. 하지만 보고서만 제출했을 뿐 직접 법정에서 증언한 적은 없었기 때문에 팻 하비와 나는 오늘이 초면인 셈이었다.

텔레비전이나 신문에 등장하는 팻 하비의 모습은 극히 사무적이었다. 하지만 직접 보니 매우 여성스럽고 매력적이었다. 늘씬한 몸매에 또렷한 윤곽… 햇빛이 그녀의 짧은 적갈색 머리카락을 금빛과 붉은색으로 물들였다. 웨슬리는 짧게 상황 설명을 했고, 하비는 경험 많은 정치가답게 자신감 있고 정중한 태도로 우리와 악수를 나누었다. 하지만 얼굴에는 미소가 없었고, 시선을 마주치려고도 하지 않았다.

"안에 스웨트셔츠가 있어요. 해변 별장에 있는 데비의 침실에서 가져온 거예요. 마지막으로 입은 게 언제였는지는 모르겠지만 최근에 빨지는 않았어요."

팻 하비가 종이가방을 게일에게 넘겼다. 게일은 가방을 열지 않고 물었다.

"따님이 해변 별장에 마지막으로 간 건 언제였나요?"

"7월 초였어요. 몇몇 친구들과 함께 주말을 보냈죠."

"분명히 이걸 입었나요? 친구가 입지 않았을까요?"

게일은 날씨 이야기라도 하듯 가볍게 물었다.

하지만 팻 하비는 게일의 질문에 놀란 모양이었다. 순간 그녀의 파란 눈동자에 당황한 빛이 어렸다. 그녀는 헛기침을 한 후에 대답했다.

"확실히는 모르겠어요. 당연히 데비가 입었으려니 생각했는데, 확실하다고는 말씀드릴 수가 없네요. 같이 있지 않았으니까."

팻 하비는 우리의 어깨 너머로 열려 있는 지프의 문을 바라보았다. 차 안에 꽂힌 열쇠와 열쇠고리에 매달린 'D'자 모양의 은제 장식품에 그녀의 시선이 잠시 머물렀다. 한참 동안 아무도 입을 열지 않았다. 나는 팻 하비가 밀려드는 공포감을 몰아내려 애쓰는 것을 느낄 수 있었다.

팻 하비가 우리 쪽을 돌아보더니 입을 열었다.

"데비는 지갑, 나일론 소재의 빨간 지갑이에요. 벨크로(운동화 같은 데 쓰이는 접착 테이프-옮긴이)로 뗐다 붙이는 지갑 같은 걸 갖고 있었는데… 차 안에 그게 있었나요?"

"아니요, 부인. 그런 건 아직 발견하지 못했습니다. 창문으로 들여다보기만 했으니까요. 개가 냄새를 다 맡은 다음에 차량 내부를 조사할 겁니다."

모렐이 대답했다.

"앞자리에 있을 텐데요. 바닥에 떨어져 있을 수도 있고…."

팻 하비가 말을 이었다.

그녀의 말에 모렐은 고개를 저었다.

"따님 수중에 돈이 많이 있었습니까?"

그때까지 침묵을 지키던 웨슬리가 입을 열었다.

"먹을 것과 기름값으로 50달러를 줬어요. 그 외에 얼마나 갖고 있었는지는 모르겠네요. 물론 신용카드는 있어요. 수표책(은행에 계좌를 개설하면 지급받는 백지 수표집 같은 것으로, 미국이나 유럽 등지에서는 흔히 사용된다-옮긴이)도 있고."

"따님의 계좌에 얼마나 들어 있는지 알고 계십니까?"

"지난주에 애 아빠가 데버러에게 수표를 줬어요. 대학 교재를 사라고…. 벌써 은행에 입금했을 거예요. 그 애 계좌에 적어도 1천 달러는 들어 있을 겁니다."

웨슬리의 물음에 하비는 사무적으로 대답했다.

"그것도 알아보십시오. 최근에 돈을 인출한 적이 있는지."

"곧 알아볼게요."

옆에 서서 지켜보고 있으려니 팻 하비의 마음에 희망이 싹트는 것을 느낄 수 있었다. 데버러는 현금과 신용카드를 갖고 있었고, 은행 계좌에는 충분한 돈이 입금되어 있는 상태다. 지프 안에 지갑이 없는 걸로 봐서 데버러가 지갑을 갖고 있을 수도 있다. 데버러는 실종된 것이 아니라 남자 친구와 함께 어디론가 숨어버린 것일지도 모른다. 아직 살아 있을 수도 있는 것이다.

"따님이 프레드와 도망치겠다고 말한 적이 있습니까?"

마리노가 투박하게 물었다.

"없어요."

하비는 지프를 다시 쳐다보며 덧붙였다.

"하지만 그럴 가능성이 전혀 없는 건 아니죠."

"마지막으로 따님과 이야기를 나누었을 때, 데버러의 기분은 어떤 상태였습니까?"

마리노가 다시 물었다.

"어제 아침 해변으로 떠나기 전에 몇 마디 나눴어요. 데버러는 나한테 화가 나 있었죠."

팻 하비의 말투는 단조로웠다.

"요즘 이 근처에서 일어나는 사건에 대해 따님도 알고 있었습니까? 커플 실종 사건에 대해서 말입니다."

"물론이에요. 실종된 커플이 어떻게 됐을지 함께 이야기하기도 했어요."

그때 게일이 모렐에게 말했다.

"시작하죠."

"좋습니다."

게일이 하비를 쳐다보며 물었다.

"참, 혹시 어제 누가 운전했는지 아시나요?"

"프레드일 거예요. 둘이 같이 있을 땐 대부분 그 친구가 운전을 했어요."

하비의 대답에 게일이 고개를 끄덕이며 말했다.

"접칼과 펜을 다시 주세요."

게일은 웨슬리와 마리노에게서 칼과 펜을 받아 들고 조수석 쪽으로 돌아가 문을 열었다. 그리고 블러드하운드 한 마리의 끈을 붙잡았다. 개는 재빨리 일어서서 쿵쿵거리며 주인과 완벽하게 보조를 맞춰 움직였다. 반질반질하고 풍성한 털 아래로 근육이 실룩거리고, 귀는 납 덩어리라도 달아놓은 것처럼 아래로 처져 있었다.

"자, 넵튠. 이제 네 마술코의 실력을 보여줘."

우리는 게일이 어제 데버러 하비가 앉았을 것으로 추정되는 접의자 쪽으로 넵튠의 코를 들이미는 모습을 말없이 지켜보았다. 그런데 갑자기 넵튠이 방울뱀이라도 마주친 듯 사납게 짖어대더니 게일의 손에서 개줄이 빠져나갈 정도로 지프에서 홱 물러섰다. 꼬리는 다리 사이로 숨고, 등의 털은 바짝 곤두서 있었다. 냉기가 등골을 타고 흘렀다.

"진정해, 넵튠. 자, 진정!"

넵튠은 연신 낑낑거리며 몸을 부들부들 떨더니 풀밭 위에 쭈그리고 앉아 변을 보았다.

02

수색

일요일인 다음 날 아침, 나는 두려운 마음으로 잠에서 깨어났다. 신문에 무슨 기사가 났을까….

헤드라인은 한 블록 떨어진 곳에서도 읽을 수 있을 만큼 큼직하게 1면을 장식했다.

마약왕의 딸과 친구, 실종되다
경찰에서는 범죄 가능성을 검토하고 있음

기자들은 데버러 하비의 사진을 입수했을 뿐만 아니라, 하비의 지프를 휴게소에서 견인하는 사진과 함께 밥과 팻 하비 부부인 듯한 두 사람이 손을 마주 잡고 스핀드리프트의 인적 없는 바닷가를 거닐고 있는 사진까지 실어놓았다. 커피를 마시면서 신문을 읽던 나는 프레드 체니의 가족을 생각하지 않을 수 없었다. 프레드의 가족은 저명인사가 아니었다. 언론에 언급된 프레드는 단지 '데버러의 남자 친구'일 뿐이었다. 하지만 그 역시 실종되었으며, 다른 이들로부터 사랑받는 존재였다.

프레드는 사우스사이드에 사는 한 사업가의 외아들로, 어머니는 뇌의 딸기형 동맥류(대뇌동맥의 벽이 작은 주머니 모양으로 확장된 것 - 옮긴이)가 파열되어 작년에 사망했다. 기사에 의하면 프레드의 아버지는 새러소타에 사는 친척을 방문 중이었기 때문에 경찰이 어젯밤 늦게야 소재를 파악한 모양이었다. 그는 자신의 아들이 데버러와 함께 '달아났을' 가능성에 대해 프레드는 절대로 그럴 아이가 아니며, 캐롤라이나 대학의 수영팀 대표 선수로 착실하게 생활하는 학생이라고 항변했다. 데버러 역시 우등생으로 올림픽 출전 가능성이 있는 유망한 체조 선수였다. 몸무게는 고작 45킬로그램 정도이고, 어깨까지 오는 짙은 금발머리에 어머니를 닮아서 이목구비가 뚜렷했다. 프레드는 떡 벌어진 어깨에 호리호리한 몸매를 지녔으며, 검은색 곱슬머리에 갈색 눈을 가지고 있었다. 두 사람은 늘 붙어 다니는 매력적인 커플인 듯했다. 신문에는 두 사람 친구의 말도 언급되었다.

'그 둘은 늘 같이 다녔어요. 아마 프레드의 어머니가 돌아가셨을 때가 계기였던 것 같아요. 두 사람이 처음 만난 게 그때쯤이거든요. 데버러가 없었다면 프레드는 견디기 힘들었을 거예요.'

버지니아 주에서 실종된 이후 시체로 발견된 다른 네 쌍의 커플에 대한 자세한 이야기와 함께 내 이름도 몇 번 언급되었다. 나는 당황한 채 궁지에 몰려 인터뷰를 거부하는 것으로 묘사되었다. 아무도 내가 매일같이 살해당한 사람과 자살한 사람, 사고로 죽은 사람들을 부검하고 있다는 것은 생각하지 못하는 모양이었다. 그 외에도 나는 끊임없이 유족들과 상담하고, 법정에서 증언을 하며, 응급요원 및 경찰 양성 학교에서 강의를 하고 있다. 커플 사건이든 아니든, 내 주위에선 삶과 죽음이 계속되고 있는 것이다.

부엌 식탁에서 일어나 커피를 마시며 창 너머로 청명한 아침 풍경을 바라보고 있는데 전화벨이 울렸다.

어머니는 일요일 이 시간이면 전화를 걸어 안부를 묻고 미사에 참석했는지 캐묻곤 한다. 나는 가까이 있는 의자를 끌어당기며 수화기를 들었다.

"스카페타 국장님?"

귀에 익은 여자의 음성이었지만, 누군지 알 수가 없었다.

"네, 접니다."

"팻 하비예요. 집으로 전화드려서 혹시 실례가 되지는 않는지 모르겠군요."

침착한 음성 너머로 두려움이 전해져 나는 친절하게 대답했다.

"실례라니요. 별 말씀을… 그런데 무슨 일로 전화하셨나요?"

"경찰들이 밤새 수색을 벌이고, 아직 철수하지 않은 걸로 알고 있어요. 수색견과 경찰 인력도 더 투입했고 헬기도 동원했죠."

그녀의 말이 빨라졌다.

"그런데 아무것도 안 나왔어요. 애들의 흔적이 전혀 없습니다. 밥은 수색팀과 합류하고 나는 집을 지키고 있는데…."

그녀는 잠시 머뭇거렸다.

"국장님이 잠시 여기로 와주시면 안 될까요? 점심 식사라도 같이 할 수 있으신지…."

나는 한참 동안 침묵을 지키다가 마지못해 승낙했다. 그리고 전화를 끊으며 나 자신을 책망했다. 팻 하비는 지금까지 실종된 다른 커플들에 대해서 물어볼 게 분명하다. 내가 그녀 입장이라 해도 틀림없이 그럴 것이다.

나는 2층 침실로 올라가 잠옷을 벗었다. 뜨거운 물에 목욕을 하고 머리를 감는 동안 전화벨이 여러 번 울렸지만 자동응답기가 대신 답했다. 아주 급한 일이 아니면 전화할 생각이 없었다. 한 시간 정도 목욕을 한 후에 나는 카키색 치마 정장으로 갈아입고 굳은 얼굴로 전화 메시지를 들었다. 녹음된 다섯 통의 메시지는 모두 내가 뉴켄트 카운티 고속도로 휴게소로 호출되었다는 사실을 알아낸 기자들의 전화였다. 내가 현장에 나타난 것이 실종된 커플에게는 좋은 징조가 아니기 때문이다.

나는 팻 하비와의 점심 약속을 취소할 생각으로 수화기에 손을 뻗었다. 하지만 딸의 스웨트셔츠를 손에 든 채 헬리콥터에서 내리던 팻 하비의 얼굴이 눈에 밟혔다. 난 언제나 죽은 사람 부모의 얼굴은 절대 잊을 수가 없었다. 나는 수화기를 내려놓고 현관문을 잠근 후 자동차에 올랐다.

공무원은 월급 외의 다른 수입원이 없는 한 풍족하게 생활하기 힘들다. 분명 팻 하비가 연방 정부에서 받는 월급은 그의 재산에 비하면 푼돈에 불과할 것이다. 하비의 집은 제임스 강변 원저에 있었다. 으리으리한 제퍼슨 양식의 저택이 강을 굽어보는 듯했다. 저택의 부지는 최소한 2만 제곱미터는 돼 보이고, 높다란 벽돌담 곳곳에 '사유지'라는 표지판이 붙어 있었다. 나무 그늘이 드리운 긴 진입로 입구의 육중한 철문 앞에서 차창을 내리고 인터콤에 손을 뻗으려는데, 철문이 자동으로 열렸다. 그리고 내 차가 들어서자 문은 자동으로 닫혔다. 나는 밋밋한 기둥이 서 있는 로마식 주랑 앞에 주차된 검은색 재규어 세단과 나란히 차를 세웠다. 집은 오래된 붉은 벽돌로 지은 것이었고 문틀은 모두 흰색으로 칠해져 있었다.

차에서 내리는데 현관문이 열렸다. 팻 하비가 계단 맨 위에 서서 수건으로 손을 닦으며 나를 향해 미소 지었다. 안색은 창백했고, 광채를 잃은 눈동자는 피곤해 보였다. 그녀는 나를 향해 들어오라고 손짓했다.

"와주셔서 고마워요, 스카페타 국장님. 들어오시죠."

나는 팻 하비의 뒤를 따라 웬만한 집의 거실만큼 널찍한 현관과 거실을 지나 부엌으로 향했다. 집 안의 가구는 18세기풍이고, 바닥에는 동양풍 카펫이 깔려 있었다. 벽에는 인상파 화가의 작품이 걸려 있고, 벽난로 안에는 너도밤나무 통나무가 정교하게 쌓여 있었다. 부엌은 그나마 기능적이고 사람 사는 곳처럼 보였지만, 집에는 팻 하비 말고는 아무도 없는 것 같았다.

"다른 분은 안 계시나요?"

"제이슨과 마이클은 애들 아버지랑 외출했어요. 아이들은 오늘 아침에 도착했답니다."

내 물음에 팻 하비가 대답했다.

"애들이 몇 살이죠?"

"제이슨은 열여섯 살, 마이클은 열네 살이에요. 데비가 맏이죠."

팻은 냄비집게를 들고 오븐을 열어 파이를 꺼낸 후 버너 위에 올려놓았다. 서랍에서 나이프와 주걱을 꺼내는 손이 떨리고 있었다.

"와인, 차, 커피 중에서 뭘 드릴까요? 조촐하게 준비했어요. 그냥 이것저것 넣어서 과일 샐러드를 만들고요. 포치(건물의 현관 또는 출입구 바깥쪽으로 튀어나와 지붕이 덮인 부분—옮긴이)에서 이야기나 할까 해서요. 그래도 괜찮겠죠?"

"그럼요. 전 커피 주세요."

팻은 멍한 표정으로 냉장고 문을 열고 아이리시 크림 봉지를 꺼내서 드립식 커피 메이커 안에 커피 가루를 부었다. 나는 그녀의 모습을 말없이 지켜보았다. 그녀는 분명 절망에 빠져 있을 것이다. 남편과 아들들은 집을 비웠고, 딸은 실종된 상태다. 집은 텅 빈 채 고요했다.

미닫이 유리문을 활짝 열어놓은 포치로 나간 다음에야 그녀는 질문을 하기 시작했다. 제임스 강의 강물이 햇빛을 받아 반짝였다.

"그 개들의 반응 말이에요… 혹시 무슨 의미인지 말씀해 주실 수 있나요?"

팻 하비가 샐러드를 집으며 입을 열었다.

나는 그 이유를 알고 있었지만, 대답하고 싶지 않았다.

"한 마리는 분명 흥분했는데, 다른 한 마리는 그렇지 않았어요. 그렇죠?"

팻 하비의 말 속에는 강한 의문이 숨어 있었다.

솔티는 분명 넵튠과는 현저하게 다른 반응을 보였다. 솔티가 운전석의 냄새를 맡기 시작하자 게일은 개의 몸통줄에 줄을 다시 매고 명령했다.

"찾아!"

그러자 솔티는 사냥개처럼 순식간에 튀어나갔다. 고속도로 쪽으로 나가는 출구를 가로지른 솔티는 코를 킁킁거리더니 피크닉 에어리어(picnic area)까지 올라갔다. 그러고는 주차장을 가로질러 고속도로 쪽으로 게일을 끌고 갔다. 게일이 '보조 맞춰!'라고 명령하지 않았다면 달리는 차에 뛰어들었을 것이다. 나는 게일과 솔티가 나무를 심어놓은 중앙분리대를 따라 반대편 차선 휴게소 쪽으로 향하는 것을 지켜보았다. 두 마리의 블러드하운드는 반대편 주차장에 이르러 냄새 흔적을 놓친 모양이었다.

"마지막으로 데비의 지프를 몰았던 사람이 차에서 내린 후 서행선 휴게소를 가로질러 고속도로를 건넜다고 생각해도 될까요? 그런 다음 반대편 휴게소에 세워놓은 차를 타고 사라진 거겠죠?"

"그런 해석도 가능하겠지요."

나는 파이를 집어 먹으며 대답했다.

"그럼 다른 해석에는 어떤 게 있을까요, 스카페타 박사님?"

"블러드하운드는 어떤 냄새를 맡은 거예요. 누구의 냄새인지, 어떤 냄새인지는 저도 알 수 없지만…. 데버러나 프레드의 체취일 수도 있고, 제삼자의 것일 수도 있겠죠."

"데버러의 지프는 몇 시간이나 거기 세워져 있었어요."

팻 하비는 강물을 응시하며 말을 끊었다.

"히치하이커나 부랑자가 차에 들어가서 돈이나 귀중품이 있는지 뒤졌을 수도 있겠죠. 그런 다음 고속도로 반대편으로 건너간 건 아닐까요?"

나는 명백한 사실을 굳이 언급하지 않았다. 신용카드와 현금 35달러가 들어 있는 프레드 체니의 지갑이 글러브 박스에서 발견되었던 것이다. 두 사람의 짐에도 누가 뒤진 흔적은 없었다. 지프에서 사라진 것은 타고 있던 사람과 데버러의 지갑뿐이다.

"첫 번째 개의 반응은 유별났어요. 뭐 때문인지는 모르겠지만 겁에 질린 것 같았어요. 어쨌든 흥분한 건 분명해요. 뭔가 다른 냄새, 두 번째 개가 맡은 것과는 다른 냄새를 맡은 거예요. 데버러가 거기 앉아 있었다면…."

침착하게 말을 잇던 팻 하비가 말꼬리를 흐리며 동의를 구하듯 내 눈을 바라보았다.

"맞습니다. 두 마리의 개는 서로 다른 냄새를 맡은 것 같아요."

나는 그녀가 원하는 말을 해주었다.

"스카페타 국장님, 전 진실을 알고 싶어요."

팻의 음성이 떨렸다.

"제 기분을 생각해서 돌려 말씀하시지 않아도 됩니다. 아무 이유 없이 개가 그렇게 흥분했을 리는 없어요. 국장님도 업무상 수색 작업을 하셨을 테니 수색견의 반응에 대해선 어느 정도 알고 계실 텐데…. 전에도 개가 그런 식으로 반응하는 걸 보신 적이 있나요?"

지금까지 두 번 있었다. 한 번은 블러드하운드에게 자동차 트렁크 냄새를 맡게 했을 때였다. 나중에 그 차는 대형 쓰레기통 안에서 발견된 시체를 운반하는 데 쓰인 것으로 밝혀졌다. 두 번째는 한 여성이 강간당한 후 총에 맞아 죽은 하이킹 코스 주변을 수색했을 때였다.

"블러드하운드는 페로몬계 냄새에 강하게 반응해요."

내 말에 팻은 어리둥절한 표정을 지었다.

"무슨 말이죠?"

"동물이나 곤충은 체외로 화학물질을 분비하지요. 이성을 유인하는 물질 같은 거죠. 개가 영역 표시를 한다거나 어떤 냄새를 맡은 후 공격적으로 변하는 걸 보신 적 있죠?"

팻은 말없이 나를 바라보았다.

"사람이 성적으로 흥분하거나 초조하거나 공포감을 느낄 때 신체에선 다양한 호르몬 변화가 일어나요. 블러드하운드같이 후각이 예민한 동물은 인체의 특정 분비선에서 나오는 페로몬 등의 냄새를 맡을 수 있다는 학설이 있는데…."

"내가 두 아들과 함께 해변으로 출발하기 직전에 데비가 생리통이 심하다는 말을 했어요. 혹시 그게…? 데비가 조수석에 앉아 있었다면, 개가 그 냄새를 맡았을 수도 있겠군요?"

팻이 내 말을 가로막으며 물었.

나는 대답하지 않았다. 그것만으로는 블러드하운드가 보였던 극단적인 반응을 설명할 수 없다. 팻 하비는 내게서 시선을 돌리고 무릎 위에 놓인 냅킨을 비비 꼬았다.

"그걸로는… 충분하지 않겠죠. 그 이유 때문에 개가 갑자기 끙끙거리며 털을 곤두세우진 않았을 거예요. 오, 하나님! 다른 커플 실종 사건과 같은 거죠, 안 그런가요?"

팻 하비의 얼굴에 절망감이 드리워졌다.

"아직은 단정 지을 수 없어요."

"하지만 국장님도 그렇고 경찰에서도 그 가능성을 염두에 두고 있겠죠. 처음부터 그걸 염두에 두지 않았다면 어제 국장님까지 호출하진 않았을 테니까요. 나는 그 사람들에게 무슨 일이 일어났는지 알고 싶어요. 다른 커플들 말이에요."

내가 아무 말도 않자 팻은 집요하게 물었다.

"기사를 보니까 모든 사건 현장에 국장님이 가셨더군요. 경찰의 호출을 받고."

"그랬어요."

팻은 웃옷 주머니에서 반으로 접은 메모지를 꺼내더니 커플 실종 사건의 개요를 설명하기 시작했다.

"브루스 필립스와 주디 로버츠, 고등학생 커플로 2년 반 전인 6월에 실종. 차를 몰고 글로스터의 친구 집을 나선 후 귀가하지 않았음. 다음 날 아침 브루스의 자동차 카마로가 US 17번 국도변에 버려진 채 발견됨. 열쇠는 차에 그대로 꽂혀 있고, 문은 잠겨 있지 않았으며 창문은 열려 있었음. 10주 뒤 요크리버 주립공원에서 동쪽으로 1.6킬로미터 떨어진 숲에서 한 사냥꾼이 부분적으로 백골화(skeletonization : 시체가 부패해 연조직이 붕괴되면서 뼈만 남는 현상-옮긴이)된 시체 두 구가 얼굴을 아래로 한 채 낙엽 위에 놓여 있는 것을 발견. 브루스의 자동차가 발견된 장소에서 약 6.4킬로미터 떨어진 곳이었음. 국장님도 이 현장에 출동했었죠."

해당 지역 경찰서에서 VICAP팀에 협조를 요청한 것이 바로 그때였다. 당시 마리노와 웨슬리, 글로스터 경찰서의 형사는 브루스와 주디가 사라진 지 한 달 뒤인 7월에 두 번째 커플이 또 실종되었다는 사실을 모르고 있었다.

팻 하비는 나를 올려다보며 말을 이었다.

"다음은 짐 프리먼과 보니 스미스. 7월 마지막 주 토요일 프로비던스포지에 있는 짐의 집에서 파티가 열렸고, 그날 저녁 늦게 짐이 보니를 집까지 데려다주러 나간 후 실종되었음. 다음 날 오전 찰스시티 소속 경찰관이 짐의 집에서 16킬로미터가량 떨어진 곳에서 짐의 자동차인 블레이저 발견. 넉 달 뒤인 11월 12일, 웨스트포인트에서 사냥꾼들이 두 사람의 시체를 발견…."

여러 번 요청했음에도 불구하고 경찰 수사 기록과 현장 사진, 증거물 목록 가운데 기밀로 분류된 부분은 나 역시 입수하지 못했다는 사실을 팻은 아마 모를 것이다. 협조가 제대로 이루어지지 않는 것은 수사 관할 구역이 겹쳐서 그러려니 생각하고 있었다.

팻 하비는 거침없이 설명을 이어나갔다. 다음 해 3월, 커플 실종 사건이 다시 발생했다. 벤 앤더슨이라는 남자가 알링턴에서 체서피크 만의 스팅레이포인트에 있는 여자 친구 캐럴린 베넷의 집으로 차를 몰고 갔다. 두 사람은 7시경에 노퍽의 올드도미니언 대학으로 출발했다. 두 사람 모두 그 학교 3학년에 재학 중이었다. 다음 날 밤 주 경찰이 벤의 부모에게 연락해 아들의 도지 픽업트럭이 벅로비치 동쪽으로 약 8킬로미터 떨어진 64번 고속도로변에 버려진 채 발견되었다고 알려주었다. 열쇠는 제자리에 꽂혀 있고, 차 문은 잠기지 않았으며, 캐럴린의 지갑이 조수석 아래에 떨어져 있었다. 6개월 후 사슴 사냥철에 요크 카운티의 루트 199번 국도 남쪽 4.8킬로미터 지점의 숲 속에서 부분적으로 백골화된 두 사람의 시체가 발견되었다. 나는 이 사건의 수사 기록 사본을 아예 받지 못했다.

올해 2월 수전 윌콕스와 마크 마틴의 실종 사건은 조간신문을 읽고서야 알게 되었다. 두 사람은 봄방학 동안 함께 지내기 위해 버지니아 비치에 있는 마크의 집으로 가는 길에 실종되었다. 마크의 청색 밴은 윌리엄스버그 근처 콜로니얼 파크웨이에서 발견되었다. 안테나에 엔진 이상을 뜻하는 흰색 손수건이 묶여 있었지만 나중에 경찰에서 밴을 점검해 보니 엔진은 멀쩡했다. 이후 5월 15일 제임스시티 카운티 66번 국도와 64번 고속도로 사이의 숲 속에서 칠면조 사냥을 나선 부자가 두 사람의 부패한 시체를 발견했다.

나는 유골을 수습해 스미소니언 박물관의 법의인류학자에게 보내 자문을 구했다. 사건이 일어날 때마다 수많은 시간을 투자했지만 피해자들이 어떻게 죽었는지, 사망 원인은 무엇인지 전혀 밝혀낼 수가 없었다. 하는 수 없이 나는 마리노에게 단단히 당부하는 수밖에 없었.

"혹시라도 다음에 또 커플이 실종되면 시체가 발견될 때까지 기다리지 말고, 자동차를 발견하는 즉시 나한테 알려줘요."

"뭐, 그럽시다. 시체에서 아무 단서도 안 나오니 차라도 부검할 수밖에."

농담이라고 한 말이었지만 나는 웃을 수가 없었다.

팻 하비가 말을 이었다.

"모든 사건마다 차 문은 잠겨 있지 않았고 열쇠도 그대로 꽂혀 있었군요. 반항한 흔적도, 도난당한 물건도 없고요. 범행 수법은 동일합니다."

팻은 메모지를 접어 다시 주머니에 넣었다.

"상세하게 알고 계시네요."

나는 이 한마디만 하고 입을 다물었다. 물어보지는 않았지만, 아랫사람에게 이전 실종 사건에 대해 조사해 보라고 시킨 듯했다.

"국장님은 첫 번째 사건부터 수사에 참여했어요. 시체도 모두 국장님 손으로 직접 부검했고. 하지만 아직 사망 원인을 모르신다는 건데…."

"맞습니다. 아직 밝혀내지 못했어요."

"밝혀내지 못했다고요? 제가 잘못 들은 거 아닌가요, 스카페타 국장님?"

팻 하비는 연방 검사 시절 전국적으로 명성을 얻었고, 누군가에게는 두려움의 대상이 되었다. 그녀는 배짱 두둑하고 집요한 성격의 소유자였다. 갑자기 우리가 앉아 있는 포치가 법정으로 둔갑한 듯한 기분이 들었다. 나는 침착하게 말했다.

"사인을 알아냈다면 '사인 불명'이라고 발표할 리 있겠습니까?"

"하지만 국장님은 커플들이 살해당했다고 생각하시잖아요."

팻 하비가 날카롭게 말했다.

"건강한 젊은이들이 느닷없이 자기 차를 버려두고 숲 속에서 자연사했을 리가 없다고 생각하는 거죠."

"지금까지 나온 가설은요? 어떻게 생각하세요? 그건 알고 계시겠죠?"

알고는 있다.

네 곳의 관할 구역에서 나온, 적어도 네 명의 형사가 각자 수많은 가설을 내놓았다.

'실종된 커플은 기분 전환용으로 가볍게 마약을 즐겼을 것이다. 그러다 일반적인 마약 검사에서는 검출되지 않는 뭔가 더 새롭고 강력한 합성 마약을 파는 판매상과 만났을 것이다.' '그들은 분명 사이비 종교 집단에 연루되었을 것이다.' '자살하려는 사람들이 비밀 결사를 맺은 것이다.' 기타 등등….

"내가 접했던 가설들은 별로 신빙성이 없었어요."

"이유는?"

"부검 소견과 부합되지 않기 때문이죠."

"그럼, 부검 소견과 부합되는 가설은 뭐가 있죠? 도대체 어떤 소견 말인가요? 그동안 제가 보고 들은 걸 종합해 보면 부검 소견이란 게 전혀 없는 것 같은데요."

아지랑이가 피어올라 하늘이 흐릿해졌다. 눈부신 태양 아래 은색 바늘 같은 비행기가 하얀 실 한 오라기를 뒤에 끌고 지나갔다. 나는 그 실이 점점 넓어지며 주위로 흩어지는 모습을 말없이 지켜보았다. 데버러와 프레드가 다른 커플과 같은 운명이 되었다면 시체는 곧장 찾아내기 힘들 것이다. 팻은 눈물을 참으려고 눈을 깜빡였다.

"우리 아이는 마약에 손을 댄 적이 없어요. 이상한 종교에 빠진 적도 없고요. 여느 십대처럼 짜증을 부릴 때도 있고 우울해할 때도 있었지만 절대로…."

팻 하비는 말을 멈추고는 평정을 잃지 않으려 애썼다.

나는 조용히 말했다.

"지금 당장 해야 할 일에 집중해야 하지 않을까요? 따님에게 어떤 일이 일어났는지는 아직 아무도 몰라요. 프레드도 마찬가지고. 밝혀지기까지 아주 오랜 시간이 걸릴 수도 있습니다. 따님에 대해서, 두 사람에 대해서 뭐든 알려주실 것이 있나요? 혹시 도움이 될 만한 거라도?"

팻은 숨을 내쉬면서 떨리는 목소리로 말했다.

"오늘 아침 경찰이 찾아왔더군요. 딸애 방에 들어가서 옷가지랑 머리빗을 가져갔어요. 옷은 개한테 냄새를 맡게 하기 위해 필요한 거고, 지프에서 혹시 머리카락이 나올지도 모르니 대조해 보려면 딸애의 머리카락도 필요하다고 하더군요. 국장님도 보시겠어요? 데비의 침실 말이에요."

궁금해진 나는 고개를 끄덕였다.

나는 팻의 뒤에서 반질반질한 하드우드 계단을 따라 2층으로 올라갔다. 데버러의 침실은 저택의 동쪽에 있어서, 제임스 강 너머로 해가 뜨고 폭풍이 몰아치는 광경을 바라볼 수 있었다. 전형적인 십대의 방은 아니었다. 가구는 단순한 디자인에 가볍고 멋진 티크(teak: 동남아시아 등지에서 많이 생산되는 목재. 쉽게 뒤틀리지 않고 가공하기 쉬우며 벌레에 대한 저항력이 강하여 선박 및 건축용 자재로 많이 사용된다 – 옮긴이) 소재의 스칸디나비안 스타일이었다. 퀸 사이즈 침대 위에는 시원한 청색과 녹색 톤의 이불이, 침대 밑에는 장미색과 짙은 보라색으로 문양이 그려진 인도풍 카펫이 깔려 있었다. 책장에는 백과사전과 소설책이 빼곡히 꽂혀 있었고, 책상 위쪽 두 단의 선반에는 수많은 트로피와 알록달록한 리본이 달린 수십 개의 메달이 줄지어 놓여 있었다. 제일 위 선반에는 데버러가 평균대를 짚고 등을 둥글게 구부린 채 우아한 새처럼 팔을 뻗고 있는 대형 사진이 자리하고 있었다. 그녀의 얼굴에는 엄격한 규율과 품위가 배어 있었다. 이 내밀한 성소가 풍기는 분위기와 흡사한 표정이었다. 데버러 하비의 어머니가 아닌 나조차도 이 열아홉 살 난 소녀가 특별한 아이라는 것을 알 수 있었다.

팻은 구석에 세워놓은 슈트케이스와 트렁크를 바라보며 헛기침을 했다.

"모두 데비가 직접 고른 거예요. 가구, 카펫, 색깔 모두 다. 불과 며칠 전에 여기서 학교에 가져갈 짐을 꾸리고 있었다는 게 믿어지세요? 워낙 정리 정돈을 잘하는 아이예요. 나를 닮아서 그런 것 같아요."

그녀는 신경질적으로 미소 지으며 덧붙였다.

"나도 정리 정돈이라면 일가견이 있는 사람이거든요."

데버러의 지프가 떠올랐다. 안팎으로 티끌 하나 없고 짐 꾸러미와 다른 소지품들도 질서정연하게 정돈되어 있었다. 팻 하비는 창가로 향하며 말을 이었다.

"데비는 옷이며 차며 돈이며 자기 물건을 애지중지했어요. 애를 너무 떠받들어 키운 게 아닌가 싶을 정도로 말이죠. 그 문제로 남편과 상의를 많이 했지만 내가 워싱턴에 있으니 어떻게 할 수가 없었어요. 작년에 임명되었을 때 식구들이 모두 이사 가는 건 힘들다는 결론을 내렸거든요. 남편 사업도 여기서 해야 하고. 내가 워싱턴에 아파트를 얻어 살고 주말마다 시간이 될 때 오는 게 편했죠. 다음 선거 때 상황을 보기로 하고 말이에요."

한참 동안 침묵을 지키던 그녀는 다시 입을 열었다.

"내가 말하고 싶은 건… 난 데비에게 안 된다는 말을 못하는 편이었어요. 자식에게 제일 좋은 것만 해주려다 보면 자제하기가 힘들어요. 그 나이 때 내가 뭘 원했는지, 옷차림이나 외모에 얼마나 민감했는지 다 기억하고 있으니까. 우리 부모가 피부 미용이나 치아 교정, 성형수술 같은 걸 해줄 능력이 안 된다는 게 어떤 기분인지…. 지나치지 않게 하려고 애는 썼지만…."

그녀는 허리춤에서 두 팔을 끌어안았다.

"가끔은 과연 올바른 판단이었는지 의심스러울 때가 있어요. 지프만 해도 그래요. 난 데비에게 차를 사주는 데 반대했지만, 아이를 설득할 수가 없었어요. 늘 그렇듯이 데비는 날씨에 상관없이 어디든 돌아다닐 수 있는 실용적이고 안전한 차를 원했죠."

"아까 성형수술이라고 하셨는데, 혹시 따님과 관계된 일을 말씀하시는 건가요?"

나는 조심스럽게 물었다. 팻 하비는 돌아보지 않고 대답했다.

"가슴이 크면 체조 선수를 할 수가 없어요. 데비는 열여섯 살이 되면서부터 가슴이 지나치게 커지더군요. 아이한테도 당황스러운 일이었지만 체조를 하는 데도 불리했어요. 그래서 작년에 손을 봤답니다."

"그럼 이 사진은 최근에 찍은 거로군요."

사진 속의 데버러는 단단하고 아담한 가슴과 엉덩이를 지닌 조각같이 우아한 모습이었다.

"지난 4월 캘리포니아에서 수술했어요."

누군가 실종되고 사망했을 가능성이 있을 때, 나 같은 직업을 가진 사람은 신체의 해부학적인 특징에 관심을 갖는다. 시체의 신원을 알아내는 데 도움이 되는 자궁절제수술이라든지 치과수술, 성형수술 자국 같은 것들이다. 내가 NCIC의 실종자 기록에서 확인한 것도 그런 특징이다. 나는 구체적인 신체의 특징을 신뢰한다. 장신구나 기타 소지품은 1백 퍼센트 신뢰할 수 없다는 걸 경험을 통해 배웠기 때문이다.

"방금 한 이야기는 절대 비밀에 부쳐주세요. 데비는 사생활을 소중하게 생각하는 아이예요. 우리 가족도 그렇고요."

"이해합니다."

"사실 프레드와의 관계도 비밀스러웠어요. 지나치게 은밀했다고나 할까. 국장님도 느끼셨겠지만 둘이 찍은 사진도, 둘만의 정표도 없잖아요. 틀림없이 사진이나 선물, 기념품 같은 걸 주고받을 텐데 데비는 늘 그런 일에 대해서는 입을 다물었어요. 그 애 생일이 지난 2월이었는데, 생일이 지나고 보니 새끼손가락에 못 보던 금반지를 끼고 있더군요. 꽃무늬가 새겨진 얇은 반지였어요. 하지만 데비는 아무 말도 없었고 나도 굳이 물어보지 않았죠. 그 친구한테 받은 게 틀림없어요."

"팻, 당신은 그 친구를 착실한 젊은이로 보셨나요?"

돌아서서 나를 바라보는 팻의 눈은 어두운 데다 혼란스러워 보였다.

"프레드는 열정적인 친구였어요. 약간은 강한 집착의 소유자라고나 할까. 그렇다고 착실하지 않은 건 아니고. 나로서는 큰 불만이 없었어요. 단지 두 사람 관계가 너무 심각한 게 아닌가…."

그녀는 적절한 단어를 찾으려는 듯 시선을 돌렸다.

"중독성이 있는 게 아닌가, 이 표현이 정확하겠네요. 마치 서로가 서로에게 마약과도 같은 그런 관계였어요."

팻 하비는 눈을 감고 다시 돌아서서 창문에 머리를 기댔다.

"아, 하느님. 그 빌어먹을 지프를 사주는 게 아니었어!"

나는 아무 말도 하지 않았다.

"프레드한테는 차가 없었으니까, 데비도 어떻게 할 도리가 없었을 텐데…."

그녀는 말끝을 흐렸다.

내가 대신 말을 이었다.

"그랬다면 아마 당신 차를 타고 같이 스핀드리프트로 갈 수밖에 없었겠죠."

"그랬다면 이런 일은 없었을 것 아니에요!"

갑자기 팻이 문을 지나 복도로 나갔다. 딸의 방에 잠시라도 더 있을 수가 없는 모양이었다. 나는 그녀의 뒤를 따라 계단을 내려가 현관으로 향했다. 악수를 나누려고 손을 뻗자 그녀가 눈물을 흘리며 나를 외면했다.

"정말 유감입니다."

도대체 이 말을 몇 번이나 입에 올렸던가.

현관문이 소리 없이 닫히고, 나는 계단을 내려갔다. 집으로 돌아오면서, 나는 혹시나 팻 하비와 재회하게 되더라도 제발 법의국장 자격으로는 만나게 되지 않기만을 기도했다.

03

음모

일주일이 지나서야 하비와 체니의 실종 관련 소식을 다시 들을 수 있었다. 수사는 여전히 오리무중인 모양이었다. 월요일, 부검실에서 팔꿈치까지 피에 젖은 채 일하고 있는데 벤턴 웨슬리에게 전화가 왔다. 즉시 마리노와 나를 만나고 싶다며 저녁 식사에 초대한 것이다.

"팻 하비 때문에 똥줄이 타는 게 틀림없어."

그날 저녁 웨슬리의 집으로 가면서 마리노가 툭 내뱉었다. 이따금 차창에 빗방울이 떨어졌다.

"그 여자가 손금 보는 점쟁이를 찾아다니든, 빌리 그레이엄 목사나 산타클로스한테 전화를 돌리든 무슨 상관이야."

"힐다 오지멕은 손금 보는 사람이 아니에요."

"간판에 손을 그려놓은 그런 점집들 절반이 매춘굴이오."

"나도 알고 있어요."

나는 따분한 목소리로 대답했다. 마리노가 재떨이를 열었을 때 나는 흡연이 얼마나 지저분한 습관인지 새삼 깨달았다. 꽁초 하나만 더 쑤셔 박으면 기네스북에 오를 정도였다.

"어쨌든 힐다 오지멕 이야기는 박사도 들었나보군."

"캐롤라이나 주 어디에 산다는 것 말고는 별로 아는 게 없어요."

"사우스캐롤라이나요."

"그 여자가 지금 팻 하비의 집에 있나요?"

마리노는 구름 너머로 태양이 고개를 내밀자 앞 유리의 와이퍼를 껐다.

"지금은 없소. 젠장할 날씨란 놈은 잘도 이랬다저랬다 하는군. 그 점쟁이 어제 사우스캐롤라이나로 갔소. 전용 비행기를 타고 리치먼드로 날아왔다가 돌아갔지."

"그걸 외부인이 어떻게 알게 된 거죠?"

팻 하비가 점쟁이를 불렀다는 것도 의아했지만, 그녀가 그걸 다른 사람에게 이야기했다는 사실이 더욱 놀라웠다.

"좋은 질문이오. 난 벤턴이 전화로 한 말을 전하고 있을 뿐이니까. 그 점쟁이가 수정 구슬을 통해 뭔가 알아냈는데, 그것 때문에 팻 하비가 당황한 게지."

"정확히 뭐요?"

"내가 아나. 벤턴도 자세히 얘기하지 않았소."

나는 더 이상 묻지 않았다. 벤턴 웨슬리의 비밀주의에 대해서 이야기해 봤자 별 소용 없다는 것을 알고 있기 때문이다. 한때는 그와 함께 일하는 것이 즐거웠다. 서로에게 애정 어린 존경심을 품기도 했다. 하지만 요즘은 왠지 그가 멀어진 느낌이다. 웨슬리가 내게 거리를 두는 것이 마크 때문이 아닌가 하는 생각도 들었다. 마크는 콜로라도 주에서 새 임무를 맡으면서 내게서, 그리고 FBI 아카데미 법률교육대(Legal

Training Unit)를 감독하던 콴티코에서 떠나갔다. 동료이자 친구를 잃은 웨슬리는 어쩌면 그게 나 때문이라고 생각할지도 모른다. 두 남자 사이의 우정은 때로 결혼보다 더 굳건하고 경찰들의 결속력은 연인과의 그것보다 더 단단하다.

 30분 후 고속도로에서 빠져나온 우리는 지방도로를 이리저리 꺾어 들어 깊숙한 시골로 들어섰다. 웨슬리와 만날 때는 항상 서로의 사무실에서 모였다. 버지니아 주의 그림 같은 농장과 숲, 흰 울타리가 둘러쳐진 풀밭, 큰길에서 한참 들어가야 나오는 헛간과 집들을 배경으로 자리한 그의 저택에 초대된 적은 한 번도 없었다. 웨슬리가 사는 동네로 들어서자 자동차 두세 대를 세울 수 있는 주차장 앞에 유러피언 세단이 서 있고, 긴 드라이브길(대문에서 집 현관까지 이어지는 차도, 정원이 아주 넓은 저택에서 볼 수 있다 – 옮긴이)이 난 현대식 저택이 연달아 나타났다.

 "이렇게 리치먼드 가까이에 워싱턴으로 출퇴근할 수 있는 주택가가 있는 줄은 몰랐네요."

 "뭐요? 여기 산 지 4~5년이나 되면서 북부의 침략에 대해 들어본 적이 없단 말이오?"

 남북전쟁은 '노예 해방을 위한 전쟁'으로 이념화되어 있지만, 전쟁 이후 경제적 기반을 잃고 고통스러운 재건 과정을 거쳤던 남부 입장에서는 '북부의 침략'으로 보는 시각이 많다. 마리노는 북부에 속하는 워싱턴의 베드타운이 남쪽으로 확장해 내려오는 것을 남북전쟁에 빗댄 것이다.

 "저처럼 미국 최남단인 마이애미에서 태어난 사람에겐 남북전쟁이 피부에 와 닿지 않는 법이에요."

 "그럴 수도 있겠군. 쳇, 마이애미가 미국 땅이 맞긴 맞소? 영어를 공용어로 할 건지 말 건지 투표로 결정해야 하는 곳은 미국 땅에 속한다고 할 수가 없소."

내 고향에 대한 마리노의 비아냥은 처음 듣는 게 아니었다. 그는 자갈이 깔린 드라이브길로 들어서면서 속도를 줄였다.

"그럴싸한 집이군. 안 그렇소? 시 당국보다 연방에서 주는 월급이 더 센 모양이지?"

자연석으로 주춧돌을 깐 웨슬리의 집 창은 벽에서 돌출된 퇴창이었으며, 지붕은 나무 널로 된 싱글(shingle : 유리섬유 · 아스팔트 · 나무 등을 기와 모양으로 경사지게 이어 까는 지붕 스타일. 방수 및 외관상 좋다-옮긴이) 스타일이었다. 집 앞을 따라 장미 덩굴이 심어져 있고, 커다란 목련과 참나무가 그늘을 드리우고 있었다. 나는 차에서 내리면서 벤턴 웨슬리의 사생활에 대한 단서를 찾아 두리번거렸다. 차고 문에는 농구 골대가 달려 있고, 비닐로 덮어놓은 장작더미 옆에 놓인 빨간색 잔디 깎는 기계에는 잔디가 잔뜩 묻어 있었다. 널찍한 뒷마당도 화단과 진달래, 과일나무로 나무랄 데 없이 꾸며져 있었다. 가스 그릴 옆으로는 의자 몇 개가 놓여 있었다. 나는 웨슬리와 그의 아내가 느긋한 여름밤 이곳에 앉아 술을 마시며 스테이크를 구워 먹는 장면을 상상해 보았다.

마리노가 현관 벨을 눌렀다. 문을 연 것은 웨슬리의 아내였다. 그녀는 자신의 이름이 코니라고 소개했다.

"벤은 잠깐 2층에 올라갔어요."

그녀는 미소 지으며 널찍한 창문과 커다란 벽난로, 소박한 가구가 있는 거실로 우리를 안내했다. 웨슬리가 '벤'이라고 불리는 것을 처음 들어보는 것 같았다. 그의 아내를 만난 것도 처음이었다. 사십대 중반으로 보이는 코니는 매력적인 갈색 머리에 색깔이 엷어서 거의 노란색으로 보이는 헤이즐색 눈동자를 하고 있었다. 날카로운 얼굴 윤곽은 웨슬리와 비슷했다. 온화하고 말수가 적은 내성적인 분위기였지만, 그 안에는 강하면서도 상냥한 인품이 깃들어 있는 듯했다. 내가 아는 신중한 웨슬리 역시 집에서는 다른 사람이 될 것이다. 문득 코니가 남편의 직업에 대해서 얼마나 알고 있을지 궁금해졌다.

"맥주 드릴까요, 피트?"

코니가 물었다.

"운전할 사람이 나밖에 없으니 커피나 마시는 게 좋겠군요."

마리노가 흔들의자에 앉으며 대답했다.

"케이, 마실 것 좀 드릴까요?"

"저도 커피가 좋겠네요."

"마침내 박사님을 만나게 됐네요. 벤이 예전부터 당신 이야기를 많이 했어요. 아주 대단한 분이라고 하더군요."

코니가 미소를 지으며 친근하게 말했다.

"고맙습니다."

그녀의 칭찬에 나는 당황했다. 하지만 그다음 말은 더욱 충격적이었다.

"지난번 마크를 만났을 때 다음에 콴티코에 오게 되면 저녁 식사에 당신이랑 꼭 같이 오라고 했어요."

"친절하시군요."

나는 애써 미소 지었다. 웨슬리가 아내에게 그간의 사연을 모두 이야기하지 않은 모양이었다. 최근 마크가 버지니아에 왔던 모양인데, 그럼에도 내게 연락하지 않았다는 사실은 받아들이기 힘들었다.

코니가 부엌으로 사라지자 마리노가 물었다.

"최근에 무슨 소식 없었소?"

"덴버는 아름다운 도시죠."

나는 모호하게 대답했다.

"쓰레기 같은 곳이오, 내 생각엔. 어쨌든 FBI 놈들은 마크가 잠입 수사 임무를 마친 다음엔 한동안 콴티코에 붙들어놨었지. 그런 다음 아무한테도 발설하지 못하는 임무를 맡겨서 다시 서부로 보내버린 거요. 내가 억만금을 준다 해도 FBI에는 가지 않겠다는 이유가 바로 그거요."

나는 아무 말도 하지 않았다.

마리노가 말을 이었다.

"사생활 따윈 상관없어. 이런 말도 있잖소. '자네한테 아내와 자식이 필요하다고 후버(J. E. Hoover : 1924년부터 48년간 FBI 국장에 재직하며 FBI의 위상을 정립한 신화적인 인물-옮긴이)가 판단했다면, FBI 배지를 줄 때 그것도 같이 발급했을 걸세.'"

"후버는 옛날 사람이잖아요."

나는 창밖으로 바람에 흔들리는 나무를 바라보았다. 비가 또 올 것 같다. 이번에는 한바탕 크게 쏟아질 모양이다.

"그런가? 어쨌든 사생활이 없는 건 마찬가지 아뇨."

"우리가 다 그런 신세죠, 마리노."

"사실 그렇긴 하지."

마리노가 낮은 소리로 내뱉었다.

그때 발소리가 들리더니, 넥타이를 맨 정장 차림의 웨슬리가 들어왔다. 회색 바지와 풀 먹인 흰 셔츠는 약간 구겨져 있었다. 피곤하고 긴장된 얼굴로 들어선 그는 마실 것이 나왔느냐고 물었다.

"코니가 준비하고 있어요."

내가 대답했다. 웨슬리는 의자에 앉더니 시계를 들여다보았다.

"저녁은 한 시간 뒤에 합시다."

웨슬리는 두 손을 깍지 낀 다음 무릎 위에 얹었다.

마리노가 본론으로 들어갔다.

"모렐에게서는 아무 소식 없었네."

"이쪽도 별다른 진척이 없어. 희망적인 얘기도 없고."

웨슬리가 걱정스러운 얼굴로 대꾸했다.

"기대도 안 했어. 어쨌든 모렐에게서는 아무 연락이 없었다는 얘길세."

마리노의 얼굴은 무표정했지만, 나는 그가 불쾌하게 여기고 있다는 것을 알 수 있었다. 마리노가 내게 불평한 적은 없지만, 시즌 내내 벤치를 데워야 하는 쿼터백 같은 기분일 것이다. 그는 언제나 다른 관할 구역의 형사들과 매끄러운 공조 관계를 유지했고, 솔직히 바로 그 점이 버지니아 주의 VICAP팀이 지닌 장점 가운데 하나였다. 한데 커플 실종사건이 일어난 후로 수사관들은 서로 연락을 주고받지 않았다. 마리노에게도, 내게도 연락하지 않았던 것이다.

"지방 경찰서에서도 수사가 답보 상태야. 수색견이 동행선(東行線) 휴게소에서 냄새를 놓친 뒤로는 한발도 진척되지 않고 있네. 추가로 확보한 거라고는 지프에서 발견한 영수증 한 장뿐이고. 데버러와 프레드는 리치먼드를 출발한 뒤 세븐일레븐에 들렀던 것 같아. 여섯 개들이 펩시콜라와 그 외 몇 가지 물건을 샀더군."

웨슬리가 말했다.

"편의점에도 확인해 봤겠지?"

마리노가 퉁명스럽게 질문을 던졌다.

"그 시간에 근무했던 직원을 찾았네. 다행히 두 사람을 기억하고 있더군. 데버러와 프레드가 편의점에 들른 건 저녁 9시 직후였던 것 같아."

"둘뿐이었다던가?"

마리노가 다시 물었다.

"그런 것 같아. 같이 들어온 사람은 없었다는군. 누군가 지프 안에서 기다리고 있었을지는 모르지만 두 사람의 행동으로 봤을 때 뭔가 잘못

되었다는 낌새는 없었던 모양이야."

"그 세븐일레븐은 어디 있는 거죠?"

내가 물었다.

"지프가 발견된 휴게소에서 서쪽으로 약 8킬로미터 떨어진 곳입니다."

"몇 가지 물건을 샀다고 했는데, 정확히 그게 뭐죠?"

"그 이야기를 하려던 참이었습니다. 데버러 하비가 탬팩스(미국의 유명한 삽입형 생리대 상표-옮긴이) 한 통을 사곤 화장실을 이용해도 되느냐고 묻길래 안 된다고 대답했다는군요. 대신 64번 고속도로에 있는 동행선 휴게소로 가라고 일러줬답니다."

"지프가 발견된 곳이 아니라 수색견이 냄새를 놓친 장소로군."

마리노가 혼란스러운 듯 이맛살을 찌푸리며 말했다.

"그렇지."

"두 사람이 산 펩시는 발견했나요?"

"경찰이 지프를 수색하다 아이스박스에 든 펩시 여섯 캔을 발견했습니다."

코니가 커피 두 잔과 남편에게 줄 아이스티 한 잔을 들고 나타나자 웨슬리가 말을 멈췄다. 그녀는 품위 있게 침묵을 지킨 채 차를 놓고 나갔다. 코니 웨슬리는 남편의 일에 참견하지 않는 게 몸에 밴 듯했다.

"그러니까 데버러가 볼일을 보러 휴게소에 들렀는데, 거기서 나쁜 놈을 만나서 동행하게 되었다는 얘기군."

마리노가 정리했다.

"정확히 어떤 일이 있었는지는 알 수 없어. 검토해 봐야 할 시나리오는 많이 있네."

웨슬리가 대답했다.

"예를 들어?"

마리노는 여전히 얼굴을 찡그린 채 물었다.

"유괴."

웨슬리가 간단명료하게 대답했다.

"납치 같은 거 말인가?"

말도 안 된다는 듯 마리노가 반문했다.

"데버러의 어머니가 누군지 생각해 보게."

"그래, 알아. 대통령이 여성계에 당근 하나 던져주는 셈치고 임명한 '마약왕'이지."

"피트. 팻 하비를 돈으로 정치하는 인물이나 허울 좋은 여성 관료로 폄하해서는 안 되네. 솔직히 정식 대통령 자문기구에 속하지도 않는 마약정책실장이 실제보다 더 대단해 보이는 감은 있지만, 팻 하비는 대통령을 직접 상대하는 인물일세. 실제로 마약 범죄와의 전쟁에 관련된 모든 연방 기관을 조율하는 역할을 하고 있어."

"연방 검사였을 때의 경력을 봐도 알 수 있지만, 팻 하비는 마약 관련 살인범과 살인미수범을 사형에 처하려는 백악관의 정책을 강력하게 지지하고 있어요. 공공연하게 목소리를 높이기도 했고."

내가 덧붙이자 마리노가 바로 말을 받았다.

"그 문제에 대해선 수많은 정치가들이 함께 목소리를 높이고 있잖소. 차라리 그 여자가 말도 안 되는 걸 합법화하겠다는 자유주의자 같으면 신경이 더 쓰이겠어. 팻 하비의 자녀를 납치하라는 하나님의 말씀을 들었다는 기독교 극우주의자를 의심해 볼 수 있을 테니 말이야."

"팻 하비는 그동안 대단히 공격적이었네. 최악의 사건을 맡아서 유죄 판결을 받아내기도 했고, 중요한 법안을 통과시키는 데 결정적인 역할을 하기도 했어. 살해 위협도 받았고, 몇 년 전에는 그녀의 자동차에 폭탄이 설치된 일도…"

"컨트리 클럽에 세워놓은 재규어였지. 팻 하비는 그 일로 영웅이 되었고 말이야."

마리노가 말을 막았지만 웨슬리는 참을성 있게 말을 이었다.

"즉, 팻 하비는 적이 많은 사람이란 거야. 특히 이런저런 자선 단체를 대상으로 한 수사 때문에 더욱 많은 적을 얻었네."

"그 비슷한 기사를 읽은 기억이 나는데…."

나는 내용을 떠올리려고 애쓰며 중얼거렸다.

웨슬리가 설명했다.

"일반인이 현재 알고 있는 것은 빙산의 일각에 불과합니다. 하비는 최근 ACTMAD(American Coalition of Tough Mothers Against Drugs : 마약에 반대하는 강한 어머니 모임 – 옮긴이)를 수사하고 있지요."

"말도 안 돼. 차라리 유니세프가 썩었다고 하시지?"

마리노가 퉁명스럽게 내뱉었다.

나 역시 ACTMAD에 매년 성금을 보내고 있고 스스로 상당히 열성적인 후원자라고 생각하고 있었지만, 그 말을 입 밖에 내지는 않았다.

웨슬리가 말을 이었다.

"팻 하비는 ACTMAD가 중앙아메리카의 마약 카르텔 및 기타 불법적인 사업체의 미국 내 전초기지라고 보고 있어."

"맙소사! FOP(Fraternity Order of Police : 경찰공제조합 – 옮긴이) 말고는 아무한테도 한 푼도 안 준 게 다행이군."

마리노가 고개를 저으며 말했다.

"데버러와 프레드의 실종 사건에 혼란을 겪는 것도 바로 이 때문일세. 겉보기에는 다른 네 커플 사건과 같아 보이지만 그건 눈속임에 불과할 수도 있어. 이번 사건은 연쇄살인범의 소행이 아닐지도 모르네. 뭔가 다른 이유가 있을 수 있다는 거지. 진상이 어쨌든 이번 사건의 수사는 가능한 한 조용히 진행해야 해."

"그럼 지금 누군가 몸값이라도 요구하기를 기다리고 있다는 건가? 그러니까 돈을 내놓으면 중앙아메리카 깡패들이 데버러를 돌려줄 거다?"

"그렇지는 않을 걸세, 피트. 더 고약할 수도 있어. 팻 하비는 내년 초 의회 청문회에서 증언을 하게 되어 있네. 불법적인 자선 단체와 관련된 사안이지. 따라서 지금 딸이 실종된 것은 팻 하비한테 최악의 사태란 말일세."

배 속에 묵직한 것이 자리 잡는 느낌이었다. 업무적으로는 팻 하비도 결코 나약하지 않으며 흠 잡을 데 없는 명성을 쌓아온 사람이다. 하지만 그녀 역시 어머니다. 딸의 안전이야말로 자기 목숨보다 더 소중할 것이다. 가족은 최고의 아킬레스건인 것이다.

"정치적인 목적으로 납치됐을 가능성도 배제할 수 없다는 거야."

웨슬리는 바람이 세차게 부는 마당을 내다보며 다시 한 번 강조했다.

웨슬리에게도 역시 가족이 있다. 자신이 잡아넣는 데 결정적인 역할을 한 범죄 조직 두목이나 살인자가 아내와 자식을 해치지 않을까 하는 두려움은 웨슬리도 지니고 있을 것이다. 그의 집에는 정교한 경보 장치가, 현관문 밖에는 인터콤이 설치되어 있었다. 버지니아 교외에 집을 마련하고, 전화번호를 전화번호부에 올리지 않으며, 기자는 물론 동료 및 지인들에게조차 주소를 공개하지 않는 것도 그런 이유 때문이었다. 그동안 나조차도 그가 어디 사는지 모르고 있었다. 막연히 콴티코 근처의 맥린이나 알렉산드리아 정도려니 추측했을 뿐이다.

"마리노가 당신에게도 힐다 오지멕 이야기를 했겠지요?"

웨슬리가 내게 말했다.

나는 고개를 끄덕인 뒤 물었다.

"믿을 만한 점쟁이인가요?"

"대외적으로 인정한 적은 없지만 FBI에서도 여러 번 그 여자에게 자문을 구했습니다. 그 여자의 재능이라고 해야 할까, 능력 같은 것은 상당히 신뢰할 만합니다. 비록 논리적으로 설명할 수는 없지만. 그런 걸 내가 직접 경험해 본 일은 전혀 없으니까요. 하지만 웨스트버지니아 주 산악 지대에서 추락한 FBI 비행기 위치를 알아내는 데 도움을 준 일이 있지요. 사다트의 암살도 예언했었고…. 그 여자의 말에 귀를 기울였다면 레이건의 암살 기도에 대해서도 조금 더 신경을 썼을 겁니다."

"설마 레이건 저격 사건을 예언했다는 말은 아니겠지?"

마리노가 놀란 듯이 물었다.

"거의 날짜까지 맞혔네. 하지만 그녀의 말은 잘 전달되지 않았어. 심각하게 생각하지 않았기 때문이지. 사실 FBI가 점성술사의 말을 귀담아듣지 않는 게 당연한데도, 그게 우리의 결정적인 실수가 된 셈이지. 그 이후로 재무부의 비밀검찰국(Secret Service : 1865년에 창설된 기관으로 대통령 경호와 위조 지폐 적발 등의 임무를 맡는다-옮긴이)에서는 그녀가 하는 말이면 뭐든지 놓치지 않는다네."

"비밀검찰국에서 점성술도 하나?"

마리노의 물음에 웨슬리가 약간 삐딱하게 대답했다.

"힐다 오지멕은 점성술이 워낙 두루뭉술해서 아무한테나 끼워맞출 수 있다고 생각할 거야. 손금도 읽지 않네."

"팻 하비는 그 여자에 대해서 어떻게 알게 된 거죠?"

내 물음에 웨슬리가 대답했다.

"아마 법무부 사람에게 들었을 겁니다. 어쨌거나 팻 하비는 금요일에 오지멕을 불러서 여러 가지를 물어봤는데 그 결과… 음, 나는 팻 하비를 화약고로 보고 있어요. 그 여자의 행동이 득보다는 실이 더 많을 것 같아서 염려스럽습니다."

"정확히 그 여자가 하비에게 뭐라고 했죠?"

나는 궁금한 마음에 재촉했다.

웨슬리는 흔들리지 않는 눈빛으로 나를 잠시 뚫어져라 바라보더니 대답했다.

"그건 말할 수가 없습니다. 지금은…."

"그런데 당신한테 얘기했단 말이에요? 점쟁이를 만났다고 팻 하비가 자기 입으로 그러던가요?"

나는 기분이 상해 다그쳐 물었다.

"저로서는 입 밖에 낼 수 없는 이야기예요, 케이."

웨슬리의 말에 마리노와 나는 잠시 침묵에 잠겼다.

팻 하비가 웨슬리에게 직접 말했을 리가 없다는 생각이 들었다. 웨슬리는 분명 다른 경로로 알게 됐을 것이다.

마리노가 마침내 침묵을 깨고 입을 열었다.

"음… 정치와는 전혀 상관없는 사건일 수도 있지. 그럴 가능성도 배제할 수 없어."

"어떤 가능성도 배제할 수는 없네."

웨슬리가 단호하게 말했다.

"2년 반 동안 일어난 일이에요, 벤턴."

내가 말했다.

"물론 아주 오랜 기간이지. 내 눈에는 아직도 커플만 보면 질투에 눈이 뒤집히는 놈이 한 짓으로 보여. 여자를 사귈 수가 없어서 다른 사람들이 그러는 꼴을 못 봐주는 놈 말이오."

마리노가 자신의 의견을 내세웠다.

"그럴 가능성도 충분해. 범인은 젊은 커플을 찾아 정기적으로 배회하는 사람일 수도 있어. 산책로나 휴게소, 유원지 등 젊은 애들이 차를 세워놓고 데이트를 하는 곳에 자주 들락거리겠지. 범행 현장을 여러 번 답사한 후에 범행을 저지르는 거야. 그리고 다시 살인 충동이 걷잡을 수 없이 커지고 완벽한 기회가 생길 때까지 몇 달 동안 자기가 저지른 살인을 곱씹을 수도 있어. 그래, 이번 사건도 우연의 일치라 볼 수 있겠지. 데버러 하비와 프레드 체니는 하필 그 시간 그 장소에 있었던 것뿐일세."

"지금까지 살해된 커플들에게는 범인이 덮쳤을 때 성행위를 하고 있었던 흔적이 없어요."

내가 지적했다. 웨슬리가 아무 말이 없자 나는 다시 말을 이었다.

"데버러와 프레드 외에 다른 커플들은 휴게소나 유원지 같은 곳에 차를 세웠던 것 같지도 않고요. 어디론가 가다가 무슨 일이 생겨서 길가에 차를 세우고 누굴 태워줬거나 그 사람 차에 올라탄 것 같단 말이죠."

"경찰이 범인이다…, 어디서 많이 듣던 얘기로군."

마리노가 투덜거렸지만 웨슬리는 신경 쓰지 않고 말을 이었다.

"범인이 경찰로 가장했을 수도 있습니다. 그렇기 때문에 면허증 검사 등을 핑계로 커플들의 차를 세울 수 있었던 거지요. 제복 전문점에 가면 비상등이나 경찰복, 배지 같은 건 아무나 살 수 있잖습니까. 문제는 비상등이 번쩍거리면 사람들의 이목을 끈다는 건데… 비상등을 켠 채 이동했다면, 다른 운전자들 눈에 띄었을 테고, 진짜 경찰이 지나가다 봤다면 적어도 속도를 늦추고 찬찬히 보지 않았겠습니까. 동료 경찰을 도울 생각으로라도 말이죠. 게다가 커플들이 실종된 그 시간, 그 장소에서 교통경찰이 차를 세우는 것을 봤다는 신고는 한 건도 없어요."

"지갑과 손가방을 왜 차에 놓고 내렸는지도 생각해 봐야 해요. 데버러 하비만 빼놓고 말이죠. 하비의 지갑은 발견되지 않았으니까요. 평범한 교통 위반으로 경찰차에 타라는 명령을 받았다면 왜 차 안에 자동차등

록증과 운전면허증을 두고 내렸겠어요? 경찰이 가장 먼저 요청하는 게 그건데. 게다가 경찰차에 탈 때는 보통 개인 소지품도 갖고 타잖아요."

내가 반론을 제기했다.

"범인의 차에 자발적으로 탄 것이 아닐 수도 있습니다, 케이. 경찰이라 생각하고 차를 세웠는데, 차 옆으로 다가와서 총을 겨누고 내리라고 했을 수도 있어요."

"그건 너무 위험해, 웨슬리. 나 같으면 당장 기어를 넣고 쏜살같이 달아나겠어. 지나가던 사람 눈에 띌 위험이 높단 말일세. 두 사람한테 총을 겨누면서 자기 차에 타라고 했다 치자고. 그것도 네 번, 아니 다섯 번이나. 그런데 어떻게 아무도 그걸 못 볼 수 있나?"

이번에는 마리노가 반박했다.

웨슬리는 냉정한 시선으로 나를 바라보며 말했다.

"그것보다 이런 질문이 낫겠지. 여덟 명을 살해하면서 어떻게 증거를 전혀 안 남길 수 있을까? 뼈에 자국 하나 없이, 시체 근처에 총알 하나 남겨놓지 않고 말이야."

웨슬리가 이 점을 의아하게 생각하는 것은 처음이 아니었다.

"끈으로 졸랐거나 칼로 목을 베었다면 가능해요. 시체는 모두 심하게 부패된 채 발견되었어요, 벤턴. 경찰이 범인이라는 가정은 피해자가 범인의 차에 올라탔다는 걸 전제로 하고 있죠. 수색견이 지난주에 찾아낸 체취의 경로로 봐선 데버러 하비와 프레드 체니에게 나쁜 짓을 한 사람은 데버러의 지프를 몰고 휴게소 근처에 버린 후 고속도로를 걸어서 건너갔을 가능성이 커요."

내가 대답했다.

웨슬리의 얼굴이 피곤해 보였다. 그는 두통이 심한 듯 벌써 몇 번째 관자놀이를 문지르고 있었다.

"내가 굳이 두 사람과 이런 이야기를 하는 이유는 여러 가지 정황상 대단히 신중해야 할 필요가 있기 때문입니다. 우리 셋 사이에는 직접적인 커뮤니케이션 창구를 항상 열어달라고 부탁하고 싶습니다. 절대 비밀을 지켜야 하는 것은 물론이고요. 기자에게 말 한마디 잘못 흘려도 안 되고, 어느 누구에게도, 가까운 친구나 친척, 다른 법의관, 다른 경찰에게도 정보를 누설해서는 안 됩니다. 무선 통신도 금물입니다."

그는 우리 둘을 번갈아 쳐다보며 덧붙였다.

"데버러 하비와 프레드 체니의 시체가 발견되면 그 즉시 전화로 알려줬으면 좋겠습니다. 팻 하비가 두 사람에게 연락을 취하려고 할 때는 내게 돌려주시고."

"벌써 연락을 했더군요."

나는 사실대로 이야기했다.

"알고 있습니다, 케이."

웨슬리는 내 쪽을 보지 않고 대답했다. 그가 어떻게 알게 됐는지 묻지는 않았지만 무척 당황스러웠다. 웨슬리도 내 기분을 눈치챈 모양이었다.

"상황이 상황이니만큼 당신이 팻 하비를 만난 건 이해할 수 있습니다. 하지만 그런 일은 다시는 없어야 합니다. 사건에 관한 이야기도 하지 않는 게 좋아요. 쓸데없는 문제만 생길 뿐이니까. 단순히 팻 하비가 수사에 관여할까봐 그러는 것이 아니라, 그녀가 연루될수록 하비 자신이 위험해질 수 있기 때문입니다."

마리노가 미심쩍다는 듯 물었다.

"뭐? 팻 하비가 죽기라도 한단 말인가?"

"이성을 잃고 통제 불능 상태로 빠져들 수도 있다는 말일세."

팻 하비의 심리 상태에 대한 걱정은 나름대로 이유가 있었지만, 내게는 어딘지 얄팍한 변명처럼 들렸다. 저녁을 먹고 리치먼드로 돌아오면서, 나는 웨슬리가 우리를 만나자고 한 이유가 실종자들의 안전과는 아무 관계도 없다는 점이 마음에 걸렸다.

"어쩐지 조종당하는 느낌이에요."

리치먼드의 스카이라인이 시야에 들어올 때쯤, 나는 마침내 입을 열었다.

마리노도 볼멘소리를 했다.

"동감이오."

"속사정이 뭔지 짚이는 게 있나요?"

"아, 물론 심증은 있지. 누군지는 모르겠지만 거물급 인사가 이상한 꼴이 될 것 같은 기미를 FBI에서 눈치챈 게 아닌가 싶소. 누군가 그 작자 뒤를 봐주고 있는 것 같단 말이야. 벤턴은 중간에 끼어 있는 거고."

마리노는 담배를 입에 물고 라이터를 켜며 대답했다.

"벤턴이 그렇다면 우리 역시 마찬가지죠."

"바로 그거요, 박사."

애비 턴불이 막 꺾은 싱싱한 아이리스 한 다발과 훌륭한 와인 한 병을 들고 내 사무실에 나타난 것은 벌써 3년 전의 일이다. 〈리치먼드 타임스〉에 사직서를 내고 작별 인사를 하러 온 날이었다. 애비는 〈워싱턴 포스트〉의 경찰서 출입 기자로 자리를 옮긴다고 했다. 우리는 여느 사람들처럼 계속 연락하자고 약속했다. 하지만 그녀에게 전화를 걸거나 편지를 쓴 것이 언제인지 기억이 나지 않아 문득 부끄러워졌다.

비서 로즈가 물었다.

"연결해 드릴까요? 아니면 메시지를 받아놓을까요?"

"받을게요."

나는 수화기를 들고 습관적으로 말했다.

"스카페타입니다."

"정말 국장님 같은 말투군."

귀에 익은 목소리였다. 나는 웃음을 터뜨렸다.

"애비! 미안해. 로즈가 당신이라고 말해 줬는데. 한 50가지는 되는 일이 머릿속에 가득 차 있어서 붙임성 있게 전화 받는 법을 완전히 잊고 있었어. 어떻게 지내?"

"잘 지내. 내가 이쪽으로 온 뒤 워싱턴의 살인 사건이 세 배로 뛰었다는 점만 빼면."

"우연의 일치겠지."

"마약 때문이지. 코카인, 크랙(마약의 일종-옮긴이), 기타 등등. 난 마이애미나 뉴욕 같은 곳이 최악인 줄 알았는데, 알고 보니 아름다운 우리나라의 행정수도야말로 엉망진창이었어."

나는 시계를 올려다보고 통화 기록장(callsheet)에 시간을 썼다. 이것도 습관이었다. 통화 기록을 하는 데 워낙 이골이 난 탓에 미용사와 통화를 할 때도 메모지를 준비하곤 했다.

"오늘 저녁에 시간 돼?"

"워싱턴에서?"

나는 어리둥절해서 물었다.

"아니, 사실 지금 리치먼드에 와 있어."

나는 애비를 집으로 초대한 후 서류 가방을 챙겨 식료품점으로 향했다. 카트를 끌고 다니면서 한참 고민을 한 끝에, 나는 안심 두 덩어리와 샐러드 재료를 골랐다. 오후의 날씨는 아름다웠다. 애비를 만난다는 기대감에 마음이 한층 가벼워졌다. 나는 오랜 친구와 함께하는 저녁이니만큼 특별히 야외에서 요리를 하기로 마음먹었다.

집에 도착한 나는 재빨리 손님 맞을 준비를 시작했다. 그릇에 레드 와인과 올리브유를 붓고 생마늘을 빻아 섞었다. 어머니는 이걸 보고 '좋은 스테이크 맛을 버린다'고 말씀하셨지만, 나는 나만의 조리법을 고수했다. 솔직히 내가 만드는 고기 양념은 동네에서 최고였고, 어떤 고기든지 이 양념으로 재면 맛이 훨씬 좋아진다. 나는 보스턴 양상추를 씻어서 종이수건으로 물기를 제거한 다음 버섯과 양파, 마지막으로 남은 하노버 토마토를 썰면서 그릴을 손질해야겠다고 마음먹었다. 그리고 더 이상 미룰 수 없는 시각이 되어서야 벽돌로 된 파티오(스페인식 가옥의 테라스―옮긴이)로 나왔다.

뒤뜰의 화단과 나무를 바라보고 있으려니 문득 내가 집에 갇혀 있는 망명자 같다는 느낌이 들었다. 나는 가구 세척제와 스펀지로 밖에 놓인 가구를 열심히 문지른 다음 철수세미로 그릴을 닦기 시작했다. 마크와 마지막으로 만났던 5월 이후로 한 번도 사용하지 않은 것이었다. 나는 팔목이 시큰거릴 때까지 엉겨 붙은 기름때를 열심히 닦았다. 마크의 모습과 목소리가 머릿속을 스쳤다. 그날의 말다툼과 논쟁…. 서로 화난 채 침묵을 지키고 있다가 결국 열정적인 사랑으로 마무리된 밤.

애비는 6시 30분 직전에 현관문 앞에 나타났다. 나는 그녀를 얼른 알아보지 못했다. 리치먼드에서 경찰서 출입 기자로 일할 때는 어깨 길이의 머리카락이 희끗희끗한 데다 피곤하고 수척한 인상이라 사십대인 실제보다 더 나이 들어 보였다. 한데 지금은 머리가 희끗희끗하지 않았다. 그리고 섬세한 얼굴 윤곽과 색이 약간 다른 두 녹색 눈동자가 돋보이도록 머리를 산뜻하게 자른 상태였다. 진청색 실크 정장에 아이보리색 실크 블라우스 차림의 그녀는 윤기 나는 검은색 가죽으로 만든 서류가방을 들고 있었다. 나는 반가운 마음으로 그녀를 포옹했다.

"워싱턴 사람 다 됐네."

"다시 만나서 정말 반가워, 케이."

그녀는 내가 스카치를 좋아한다는 것을 기억하고 글렌피딕 한 병을 가져왔다. 우리는 당장 병을 땄다. 그런 다음 저물어가는 늦여름 하늘을 배경으로 테라스에 앉아 술을 마시며 쉴 새 없이 이야기를 나누었다.

"그래, 어떤 면에서는 리치먼드가 그립기도 해. 워싱턴은 활기찬 도시지만 다른 건 얼마나 형편없는지 몰라. 얼마 전에 큰맘 먹고 사브를 장만했어. 그런데 벌써 고장이 한 번 난 데다 휠캡은 누가 훔쳐가고 문짝은 다 우그러졌다니까. 게다가 한 달에 주차비로 150달러를 내는데 아파트에서 직장까지 네 블록이나 걸어가야 하다니, 말이 돼? 〈워싱턴 포스트〉 주차장에 차를 세우는 건 불가능한 일이라 직장까지 걸어가서 직원용 차를 사용한다니까. 워싱턴은 리치먼드와는 완전히 달라."

그녀는 약간 지나치게 단호하다 싶은 어조로 덧붙였다.

"하지만 리치먼드를 떠난 걸 후회하지는 않아."

"요즘도 야간에 근무해?"

스테이크를 그릴 위에 올리자 지글거리면서 익기 시작했다.

"아니. 이제 그건 다른 사람들 몫이지. 해가 진 후에는 젊은 기자들이 돌아다니고 난 낮에만 활동해. 퇴근 후에 호출받는 경우는 아주 큰 사건이 터졌을 때뿐이야."

"나도 당신 기사는 찾아 읽고 있어. 식당에서 〈워싱턴 포스트〉를 팔거든. 점심때 종종 읽어."

"난 당신 근황을 잘 모를 때가 많지만, 그래도 요즘 돌아가는 사정은 좀 들었어."

"그래서 리치먼드에 온 거군?"

나는 솔로 스테이크에 양념을 바르며 넘겨짚었다.

"그래. 하비 사건 때문에."

나는 대꾸하지 않았다.

"마리노는 전혀 안 변했던데?"

"마리노랑 통화했어?"

나는 애비를 올려다보았다. 그녀는 입가를 비틀어 올리며 미소 지었다.

"시도만 했지, 뭐. 몇몇 수사관이랑. 물론 벤턴 웨슬리도. 말하면 뭐 해."

"기분 상할 것 없어, 애비. 나한테도 별 얘기들 안 하니까. 오프더레코드로 하는 얘기지만."

애비는 심각한 말투로 받았다.

"지금 하는 이야기는 모두 오프더레코드야, 케이. 난 법의국장의 머리를 뒤져서 기삿거리를 찾으러 온 게 아니라고."

애비는 잠시 입을 다물었다가 다시 말했다.

"요즘 버지니아 주에서 벌어지는 일은 잘 알고 있어. 데버러 하비와 남자 친구가 실종되기 전에는 편집장보다 내가 오히려 더 관심이 많았는데, 이제 완전히 떠버렸잖아."

"놀랄 일도 아니지."

나는 대수롭지 않게 대꾸했다. 애비는 어딘지 모르게 심기가 불편해 보였다.

"어디서부터 시작해야 할지 모르겠네. 지금까지 아무한테도 안 한 이야기지만… 요즘 내가 뭔가를 하고 있는데, 그 일에 내가 관여하는 걸 원하지 않는 사람이 있는 것 같아."

"무슨 말인지 잘 모르겠는데."

나는 와인잔에 손을 뻗으며 말했다.

"나도 이상한 게 사실이야. 솔직히 이 모든 게 그냥 내가 상상한 게 아닐까 하는 생각도 들고."

"애비, 좀 조리 있게 얘기해 봐."

애비는 담배를 꺼내며 깊이 숨을 들이쉰 후 입을 열었다.

"사실 커플 살인 사건에 대해서는 예전부터 관심을 갖고 있었어. 나름대로 뒷조사도 했는데, 처음부터 반응들이 좀 수상하더라고. 보통 경찰을 상대할 때의 거부감 정도가 아니라, 그 주제를 꺼내기만 하면 문자 그대로 뚝 끊어버린단 말이지. 그러다 지난 6월 FBI에서 날 찾아왔어."

"뭐라고?"

나는 양념을 바르던 손을 멈추고 애비를 뚫어지게 쳐다보았다.

"윌리엄스버그에서 발생한 살인 사건 기억 나? 어머니, 아버지, 아들이 도둑질을 하다 총에 맞아 죽은 사건?"

"기억 나."

"그 사건에 대한 기사를 쓰느라 윌리엄스버그로 차를 몰고 간 적이 있어. 알다시피 64번 고속도로에서 빠져나와 우회전하면 콜로니얼 윌리엄스버그, 윌리엄 앤드 메리 대학이 나오지. 그런데 출구 끝에서 좌회전하면 180미터 전방이 캠프 피어리(버지니아 주 윌리엄스버그 근처에 위치한 CIA 첩보 훈련장으로, 공식적으로는 존재하지 않는 것으로 되어 있다 - 옮긴이) 정문으로 막혀 있는 막다른 골목이야. 별 생각 없이 반대 방향으로 가버린 거지."

"나도 한두 번 그런 실수를 한 적이 있어."

"정문 초소까지 가서 길을 잘못 들었다고 설명했어. 정말 으스스한 곳이더군. 세상에! '군부대 훈련 장소'라는 둥, '이 시설에 들어설 시 신체 및 소지품 수색을 받게 됩니다'라는 둥 사방에 큼지막한 표지판이 붙어 있는 거야. 위장복을 입은 네안데르탈인 특수부대라도 몰려와서 날 데려갈 것 같은 분위기더라고."

"헌병들은 그다지 친절하지 않지."

약간 흥미진진해지는 것을 느끼며 내가 대답했다.

"어쨌든 서둘러서 거길 빠져나왔어. 잊어버리고 있었는데 나흘 후에 FBI 수사관 두 명이 〈워싱턴 포스트〉 로비로 와서 날 찾지 뭐야. 윌리엄스버그에서 뭘 하고 있었는지, 캠프 피어리에는 뭐 하러 갔는지 꼬치꼬치 묻더라고. 내 차 번호판이 카메라에 찍혀서 수소문 끝에 신문사로 연결된 거겠지. 이상한 일이잖아?"

"왜 하필 FBI가 찾아왔을까? 캠프 피어리는 CIA인데."

나도 의아해서 반문했다.

"CIA는 미국 영토 내에 병력이 없는 걸로 되어 있어. 그래서겠지. 어쩌면 그 두 사람도 CIA인데 FBI인 척한 건지도 몰라. 그쪽 사람들 속사정을 누가 알겠어. 게다가 CIA에서는 캠프 피어리가 자기네 주요 훈련 시설이라는 사실을 공식적으로 인정한 적도 없어. 수사관이란 작자들도 CIA는 입 밖에 내지 않더군. 하지만 왜 찾아왔는지는 뻔하잖아. 그쪽에서도 이쪽이 알고 있다는 걸 알았을 거야."

"또 무슨 질문을 했어?"

"요점은, 캠프 피어리에 대해서 기사를 쓰려고 잠입하려던 게 아니냐 하는 거였어. 그래서 정말 잠입할 작정이었다면 남의 눈을 피해서 접근하지 정문 초소까지 보란 듯이 차를 몰고 가지는 않았을 것이다, 그리고 대놓고 'CIA'에 대해서는 현재 기사를 준비하고 있지 않지만 이제 한번 생각해 봐야겠다, 이렇게 말해 줬지."

"반응이 볼 만했겠군."

"눈도 깜짝 안 하더라고. 그 사람들 분위기, 알잖아?"

"CIA는 피해망상에 시달리고 있어, 애비. 특히 캠프 피어리에 대해서는 더하지. 주 경찰이나 응급 헬리콥터조차 캠프 피어리 상공은 비행 허가가 안 나. 높은 사람의 허가를 받지 못하면 상공에 비행기를 띄울 수도 없고 초소 안으로 들어가지도 못하지."

"하지만 당신도 그렇고, 나처럼 길을 잘못 드는 사람이 얼마나 많겠어. FBI가 당신한테도 찾아갔었어?"

"아니. 하지만 난 〈워싱턴 포스트〉 기자가 아니잖아."

나는 그릴에서 스테이크를 내렸고, 애비는 내 뒤를 따라 부엌으로 들어왔다. 내가 샐러드를 내놓고 와인을 따르는 동안 애비의 이야기는 계속됐다.

"그 수사관들이 찾아온 뒤로 이상한 일들이 계속 일어나고 있어."

"어떤 일?"

"전화가 도청되고 있는 것 같아."

"무슨 근거로?"

"처음엔 집 전화였어. 통화를 하다 보면 무슨 소리가 들리더라고. 최근에는 회사 전화도 그러더군. 전화가 연결되면 누군가 듣고 있다는 느낌이 팍 드는 거야. 정확히 설명하기가 힘들어."

애비는 불안한 손길로 그릇을 옮기며 말을 이었다.

"전파 음향 같은, 귀에 거슬리는 침묵이라고나 할까. 하지만 뭔가 들리는 건 분명해."

"그 외에 이상한 점은 없고?"

"몇 주 전에는 이런 일도 있었어. 취재원과 저녁 8시에 만나기로 약속이 되어 있어서 듀폰 서클 근처 코네티컷 가에서 약간 떨어진 편의점 피플스 드럭스토어 앞에 서 있었어. 거기서 만나 조용한 곳으로 자리를 옮겨 저녁이나 먹을 참이었지. 그런데 남자 한 명이 눈에 띄더군. 말쑥한 윈드브레이커(방풍용 점퍼 – 옮긴이)와 청바지 차림의 미남이었어. 내가 길모퉁이에 서 있는 15분 동안 내 앞을 두 번이나 왔다 갔다 했는데, 취재원과 같이 식당에 들어가는데 또 눈에 띄는 거야. 말도 안 되는 소리로 들리겠지만, 순간 미행당한다는 느낌이 들었어."

"전에 본 적이 있는 남자였어?"

애비는 고개를 저었다.

"그 이후로는?"

"못 봤어. 하지만 한 가지 더 있어. 우편물! 난 아파트에 살아. 우편함은 모두 1층 로비에 있지. 그런데 가끔 이상한 소인이 찍힌 우편물이 날아온다고."

"CIA가 우편물에 손을 대고 있다면 절대 당신이 눈치 못 채도록 할 텐데…."

"손을 댄 흔적이 있다는 게 아니야. 어머니나 출판사 편집자가 틀림없이 몇 일에 우편물을 부쳤다고 하는데, 받아보면 소인이 찍힌 날짜가 다른 거야. 며칠은 기본이고 심지어 몇 주나 차이 나는 경우도 있어. 어떻게 된 건지 모르겠어…."

애비는 잠시 멈추었다가 말을 이었다.

"어쩌면 우체국이 일 처리를 제대로 안 해서 그럴 수도 있겠지만, 이런 저런 상황을 종합해 보면 아무래도 이상해."

"당신 전화를 도청하고 미행한 데다, 우편물에까지 손을 대야 하는 이유가 뭘까?"

나는 핵심적인 질문을 던졌다. 애비는 그제야 식사를 하기 시작했다.

"그걸 알았으면 뭔가 대책을 세웠게? 음, 맛있네."

말은 그렇게 했지만 애비는 전혀 시장해 보이지 않았다. 내가 불쑥 물었다.

"어쩌면 FBI를 만난 일과 캠프 피어리에 갔던 일 때문에 너무 예민해진 거 아냐?"

"물론 예민해졌지. 하지만 케이, 내가 무슨 워터게이트 사건을 취재하는 게 아니잖아. 워싱턴에서 일어나는 일이래 봤자 흔해 빠진 총기 사건일 뿐이야. 요즘 가장 뜨거운 이슈는 여기서 일어나고 있지. 커플 살인 사건. 몇 번 찔러볼까 했는데 곧장 문제가 생긴 거라고. 이상하지 않아?"

"글쎄…."

나는 얼마 전 벤턴 웨슬리가 한 말이 생각나 마음 한구석이 불편해졌다.

"사라진 신발 건도 알고 있어."

나는 대꾸하지도, 놀란 기색도 비치지 않았다. 그것은 이제까지 기자들에게 철저히 숨겨온 사실이었다.

"여덟 명이 숲 속에서 죽은 채 발견되었는데 현장이나 버려진 자동차 안에도 신발과 양말이 없다는 건 흔한 일이 아니지."

애비는 대답을 기대하는 눈빛으로 나를 바라보았다. 나는 와인잔을 채우며 조용히 말했다.

"애비, 이번 사건에 대해서는 자세한 이야기를 할 수 없어. 아무리 당신이라도 말이야."

"나한테 일어나고 있는 일에 대해서는 뭐 짚이는 게 전혀 없고?"

"솔직히 난 당신보다 더 몰라."

"그것 자체도 의미심장한걸? 2년 반에 걸쳐 일어난 사건인데, 당신이 나보다 더 모르다니."

'누군가 거물의 뒤를 봐준다'라던 마리노의 말이 생각났다. 팻 하비의 의회 청문회 건도 떠올랐다. 은근히 두려움이 일었다.

애비가 말했다.

"팻 하비는 워싱턴의 스타급 정치인이지."

"그녀가 어느 정도의 거물인지는 나도 잘 알아."

"신문에서 읽는 것 이상이야, 케이. 워싱턴에서는 어떤 파티에 초대

되느냐가 득표 수만큼이나 중요해. 아니, 어쩌면 더할지도 모르지. 초대 손님 명단에 오르는 저명인사로 치자면, 팻 하비는 퍼스트레이디와 동급쯤 될걸? 제럴딘 페라로(1984년 현직 레이건 대통령과 월터 먼데일 민주당 후보가 겨룬 미국 대선에서 민주당 부통령 후보로 나선 여성 정치가. 선거 결과 레이건이 재선되었다—옮긴이)가 못 이룬 것을 다음 대통령 선거에서 팻 하비가 이룰지도 모른다는 말이 떠돌고 있어."

나는 미심쩍은 표정을 지으며 물었다.

"부통령?"

"소문은 그래. 그 소문엔 나도 회의적이지만, 공화당 후보가 다시 대통령이 된다면 적어도 각료로 임명되든지 차기 법무부 장관으로 임명되지 않을까 싶어. 자기 관리만 잘하면."

"이번 사건을 겪으면서도 자기 관리를 잘하려면 굉장히 노력해야 할 것 같은데."

"개인적인 문제가 정치 경력을 망치는 건 순식간이지."

"문제를 방치하면 그렇게 되겠지. 하지만 살아남을 수만 있다면, 더 강하고 더 유능한 사람이 될 수 있어."

"알아."

애비는 와인잔을 바라보며 중얼거렸다.

"헤나에게 그런 일만 없었다면 나는 리치먼드를 떠나지 않았을 거야."

내가 리치먼드로 부임한 지 얼마 안 돼서 애비의 여동생 헤나가 살해당했다. 이 비극적인 사건 때문에 애비와 나는 처음 만났고, 이후 친구가 되었다. 사건이 해결되고, 몇 달 뒤 그녀는 〈워싱턴 포스트〉로 자리를 옮겼다.

애비가 다시 말했다.

"아직도 나는 여기 오는 게 쉽지 않아. 사실 이사 간 후로 이번이 처음이야. 오늘 아침 예전에 살던 집 앞을 차를 타고 지나치면서 문을 한 번 두드려볼까도 했지. 지금 사는 사람이 들여보내준다면…. 이유는 모르겠어. 하지만 다시 그곳을 둘러보고 싶었어. 헤나의 방까지 갈 수 있는지, 그 애의 끔찍했던 마지막 모습을 떠나보낼 수 있는지 시험해 보고 싶었어. 하지만 아무도 집에 없는 것 같더군. 다행이지 뭐야. 아마 난 못 견뎠을 거야."

"진정으로 마음의 준비가 된다면 할 수 있을 거야."

오늘 저녁 이 테라스에서 식사를 하는 의미에 대해서, 이전에는 차마 말하지 못한 사실에 대해서 얘기해 주고 싶었다. 하지만 어쩐지 너무 사소한 일인 것 같아 망설여졌다. 게다가 애비는 마크를 모른다.

"오늘 아침 일찍 프레드 체니의 아버지를 만났어. 그런 다음 하비 부부를 만나러 갔고."

애비가 말했다.

"신문에는 언제 나와?"

"주말이나 돼야 할걸. 아직 취재해야 할 부분이 많아서. 신문사에서는 프레드와 데버러의 신상과 수사 과정에 대해서 뭐든지 알아내라고 난리야. 다른 네 커플과의 연관성에 대해서도 말이야."

"오늘 오전에 만났을 때 하비 쪽은 어땠어?"

"음, 솔직히 밥과는 이야기를 나누지 못했어. 내가 도착하자마자 두 아들을 데리고 나가더라고. 기자들을 별로 좋아하지 않는 데다, '팻 하비의 남편'으로 비쳐지는 게 불쾌한 모양이지. 절대 인터뷰 안 해줘."

애비는 반쯤 먹다 남은 스테이크를 옆으로 밀어놓고 담배를 집어들었다. 내 기억보다 훨씬 더 골초가 되어 있었다.

"팻이 걱정이야. 지난주에 보니 10년은 더 늙어 보이더라고. 그런데 이상하게도 왠지 그녀는 뭔가 알고 있다는 생각이 드는 거야. 자기 딸이 어떻게 되었는지 나름대로 심증을 굳혔다는 느낌을 떨칠 수가 없었어. 협박 전화나 편지를 받았거나, 관련자로부터 어떤 식으로든 연락이 온 게 아닐까 싶어. 그런데도 아무한테도, 경찰에게조차 이야기를 안 하고 있는 거지."

"그렇게까지 어리석은 짓을 할 것 같지는 않은데…."

"충분히 그럴 수 있어. 데버러가 무사히 집으로 돌아올 가능성만 있다면 하나님한테도 털어놓지 않을걸."

나는 일어서서 식탁을 치우기 시작했다.

"커피 좀 타주지 않을래? 졸음운전하면 안 되니까."

애비가 말했다.

"언제쯤 나서야 해?"

나는 식기세척기에 그릇을 집어넣으며 물었다.

"곧 가야 해. 워싱턴으로 돌아가기 전에 몇 군데 더 들를 곳이 있어서."

나는 애비를 힐끗 바라보며 커피포트에 물을 채웠다.

"데버러와 프레드가 리치먼드를 출발한 뒤에 들렀던 세븐일레븐…."

애비가 말했다.

"그건 어떻게 알았어?"

"휴게소에서 문제의 그 지프를 견인하려고 대기 중이던 견인차 기사한테 들었어. 경찰이 지프 안의 종이가방에서 발견한 영수증에 대해서 이야기하는 걸 들었대. 우여곡절 끝에 어디에 있는 세븐일레븐인지, 데버러와 프레드가 들렀던 시각에 일한 점원이 누군지도 알아냈어. 평일 오후 4시부터 자정까지는 엘렌 조던이라는 여자가 근무한다더군."

나는 애비를 친구로서 너무 좋아한 나머지 그녀가 몇 차례나 탐사보도상을 받은 기자라는 사실을 곧잘 잊곤 했다.

"그 점원에게서 뭘 알아내려고?"

"이런 일은 말이야, 케이, 사은품이 들어 있는 과자 상자를 찾는 것과 비슷해. 일단 열어봐야 해답이 나오는 거지. 솔직히 뭘 알아내야 할지도 모를 때가 많아."

"밤늦게 혼자 그런 곳을 돌아다니면 위험할 텐데…."

"보디가드 역할을 해주시겠다면 기꺼이 받아들이지."

애비는 재미있다는 듯 대답했다.

"그다지 좋은 생각 같지는 않은데?"

"아마 당신 말이 맞을 거야."

어쨌든 나는 애비와 동행하기로 결정했다.

04

오프 더 레코드

고속도로 출구 8백 미터 전방부터 어둠 속에 반짝이는 '세븐일레븐' 네온 간판이 눈에 들어왔다. 빨간색과 녹색의 수수께끼 같은 마크는 창업 당시의 의미를 잃어버린 지 오래였다. 내가 아는 모든 세븐일레븐은 오전 7시부터 오후 11시까지가 아니라 하루 24시간 운영한다. 문득 아버지의 목소리가 들려오는 듯했다.

"네 할아버지는 고작 이것 때문에 베로나를 떠나오셨다든?"

아버지는 조간신문을 읽으면서 한심하다는 듯이 고개를 저으며 중얼거리곤 했다. 조지아 주 악센트를 쓰는 사람이 우리를 '진짜 미국인'이 아니라는 식으로 대할 때도 같은 말을 했다. 누군가 배신당하거나 마약에 중독되거나, 이혼했다는 이야기를 들을 때도 늘 하는 말이었다.

마이애미에 살던 어린 시절에 아버지는 동네에서 작은 식료품 가게를 운영했다. 아버지는 매일 저녁 식사 시간에 그날 있었던 일을 말해 주고, 우리에게도 어떻게 하루를 지냈는지 물어보았다. 하지만 내 인생에 아버지와 함께한 기간은 길지 않았다. 아버지는 내가 열두 살 때 돌아가셨다.

아버지가 살아 있다면 24시간 편의점을 결코 달갑게 여기지 않았을 것이다. 밤과 일요일, 휴일은 카운터 뒤에서 일하거나 운전을 하면서 부리토(burrito: 토르티야에 콩과 고기 등을 넣어 만든 멕시코 요리-옮긴이)를 먹으라고 있는 시간이 아니다. 그 시간은 가족을 위한 것이다.

애비는 출구로 빠져나가면서 백미러를 확인했다. 30미터 정도 지나 자동차가 세븐일레븐 주차장에 들어선 후에야 애비는 마음을 놓는 듯했다. 이중 유리로 된 현관문 근처에 폭스바겐 한 대가 서 있을 뿐, 손님은 우리 둘뿐인 것 같았다.

애비가 자동차의 시동을 끄며 말했다.

"지금까지는 아주 좋아. 마지막 32킬로미터는 순찰차 한 대도 안 지나갔어."

"우리가 알아챈 한에서만 그렇지."

밤안개가 끼어서 별은 하나도 보이지 않았고, 공기는 따뜻하지만 습했다. 에어컨을 틀어서 그런지 시원한 매장 안으로 들어가는데 열두 개들이 캔맥주 팩을 든 젊은 남자 한 사람이 우리 옆을 지나쳤다. 한쪽 구석에 진열된 비디오 게임기에서는 불빛이 밝게 반짝였고, 카운터 뒤에 선 젊은 여자가 진열장에 담배를 채워 넣고 있었다. 기껏해야 열여덟 살쯤? 탈색한 금발의 곱슬머리가 마치 오라(aura)처럼 얼굴을 둘러싸고 있었다. 날씬한 몸에는 오렌지색과 흰색이 섞인 앞치마와 몸에 붙는 검정 진을 입고, 길게 기른 손톱에는 새빨간 매니큐어를 칠했다. 그녀가 우리 쪽으로 돌아섰을 때, 나는 그 얼굴이 딱딱하게 굳어 있어 깜짝 놀랐다. 마치 연습용 자전거도 타보지 않고 할리 데이비슨에 올라탄 듯한 얼굴이었다.

"엘렌 조던?"

애비가 묻자 점원은 놀라며 경계하는 빛을 띠었다.

"네? 그쪽은 누구신데요?"

"난 애비 턴불이라고 해요."

애비가 사무적인 태도로 손을 내밀자 엘렌 조던은 내키지 않는 듯 악수를 나누었다.

"워싱턴에서 왔어요. 〈포스트〉에서."

애비가 덧붙였다.

"무슨 〈포스트〉요?"

"〈워싱턴 포스트〉요."

순간 엘렌 조던은 흥미를 잃은 듯한 표정을 지었다.

"아, 그건 우리도 취급하고 있어요. 저기 있어요."

엘렌이 출입문 한쪽에 쌓여 있는 신문 더미를 가리키며 말했다. 순간 어색한 침묵이 흘렀다.

"난 〈워싱턴 포스트〉 기자예요."

애비가 자신의 신분을 밝히자 엘렌의 눈빛이 초롱초롱해졌다.

"진짜예요?"

"정말이에요. 몇 가지 물어볼 것이 있는데…."

"기사 쓰려고요?"

"네. 기사를 쓰는 중이에요. 엘렌, 당신의 도움이 필요해요."

"뭘 알고 싶으신데요?"

엘렌이 카운터에 몸을 기대며 물었다. 표정이 심각한 것으로 보아 아무래도 자신을 중요한 인물이라고 여기는 듯했다.

"일주일 전 금요일에 여기 왔던 커플에 대한 거예요. 젊은 남자랑 여자. 당신 나이쯤인데… 저녁 9시 직후에 여기 와서 여섯 개들이 펩시

콜라와 몇 가지 물건을 사 갔을 거예요."

엘렌의 얼굴에 희색이 돌았다.

"아, 실종된 사람들 말이군요. 내가 그 휴게소로 가라는 이야기를 하지 말았어야 했는데…. 하지만 여기 취직해서 제일 먼저 교육받는 게 손님들한테 화장실을 못 쓰도록 하는 거거든요. 하지만 난 솔직히 상관없어요. 특히 그 사람들은… 정말 안됐어요. 써도 큰 문제가 될 건 없는데."

"그랬겠죠."

애비는 동감한다는 듯 말했다. 엘렌은 말을 이었다.

"하지만 그땐 약간 당황스러웠어요. 탬팩스 한 통을 사더니 화장실을 써도 되냐고 물었거든요. 남자 친구가 바로 옆에 있는데 말이에요. 아, 지금 생각해 보면 그냥 쓰라고 할 걸 그랬어요."

"남자 친구라는 건 어떻게 알았죠?"

애비가 물었다.

엘렌은 그 질문에 약간 당황한 듯 잠시 후에 입을 열었다.

"음, 그냥 그럴 거라고 생각했어요. 같이 매장을 돌았고, 서로 아주 좋아하는 것 같았으니까. 하는 행동 보면 알잖아요. 서로 얼마나 신경을 쓰고 있는지. 여기 하루 종일 혼자 서 있다보니 사람을 파악하는 재주가 생겼어요. 결혼한 부부들이 애들과 함께 여행 가다 자주 들르는데, 대부분은 지쳐 있는 데다 별로 사이가 좋지 않다는 게 딱 보이거든요. 하지만 말씀하신 그 커플은 정말 서로 사랑하는 것 같았어요."

"화장실을 써야 한다는 것 말고 무슨 말을 하던가요?"

"계산을 하면서 잠깐 이야기를 했어요. 별 내용은 아니고, 늘 하는 얘기죠. '운전하기 좋은 밤이네요', '어디 가는 길이에요?' 뭐 이런 거요."

"그러니까 뭐라고 하던가요?"

애비가 메모를 하면서 물었다.

"네?"

"어디로 간다고 말하진 않던가요?"

애비는 엘렌을 올려다보며 다시 한 번 물었다.

"바닷가라고 했어요. 내가 좋겠다고 대꾸했기 때문에 기억이 나네요. 다른 사람들은 모두 재미있는 곳으로 놀러 가는데 나만 항상 여기 처박혀 있는 것 같아요. 게다가 남자 친구랑 얼마 전에 깨졌고. 은근히 부럽더라고요."

엘렌의 대답에 애비는 친절하게 미소 지었다.

"그렇겠군요. 두 사람 행동이 어땠는지 얘기 좀 해줘요, 엘렌. 뭔가 이상한 점은 없던가요?"

엘렌은 잠시 생각해 보더니 말했다.

"음… 정말로 점잖은 사람들이었는데, 좀 서두르는 기색이었어요. 여자가 화장실이 급해서 그런가보다 했죠. 진짜 예의가 바른 사람들이었어요. 보통 화장실을 쓰러 여기 오는 사람들은 안 된다고 하면 성질을 부리거든요."

"휴게소로 가는 길을 가르쳐줬다고 했는데, 정확히 뭐라고 했는지 기억나요?"

"그럼요. 여기서 멀지 않은 곳에 휴게소가 하나 있다, 64번 고속도로 동행선으로 다시 올라가서…."

그녀는 방향을 가리키며 말을 이었다.

"5분에서 10분 정도 가면 나올 거다, 찾기 쉽다."

"그 이야기를 할 때 매장에 다른 사람은 없었나요?"

"여러 사람이 들락날락했어요. 도로에 차가 많았으니까."

엘렌은 잠깐 기억을 더듬는 듯하더니 덧붙였다.

"아이 하나가 뒤쪽에서 팩맨 게임을 하고 있었어요. 쪼그마한 것들이 늘 그러고 있다니까요."

"두 사람이 카운터에 있을 때 가까이 온 사람은 없었나요?"

"남자가 한 명 있었어요. 두 사람이 들어온 뒤 곧장 들어왔는데, 잡지를 훑어보더니 커피를 하나 사 갔어요."

엘렌의 대답이 끝나자마자 애비가 세부 사항에 대해 질문을 던졌다.

"아가씨가 두 사람이랑 이야기하고 있을 때 혹시 그 남자가 계산했나요?"

"네. 아주 붙임성이 좋아서 기억이 나네요. 그 남자가 커플한테 지프가 참 좋다고 한마디 했어요. 커플이 몰던 차는 빨간색 지프였거든요. 진짜 고급 차종이었어요. 문 바로 앞에 세워놨었죠."

"그 뒤에는?"

엘렌은 현금출납기 뒤의 의자에 걸터앉았다.

"음… 그뿐이었어요. 다른 손님이 들어왔고, 커피를 산 남자가 나간 후 5분쯤 뒤에 커플도 나갔어요."

"커플에게 휴게소 위치를 가르쳐줄 때 커피를 산 남자도 카운터 옆에 있었다고요?"

애비는 재차 확인했다.

엘렌은 잠시 얼굴을 찌푸렸다.

"잘 기억이 안 나요. 제가 커플과 이야기를 할 때 그 남자는 잡지를 보고 있었던 것 같아요. 이야기를 나눈 다음에 여자가 진열대 쪽으로 가서 물건을 골랐어요. 그리고 그 남자가 커피값을 지불할 때쯤 여자가 물건을 집어서 카운터로 온 것 같아요."

"커플은 남자가 나간 지 5분 뒤에 편의점을 나섰다고 했는데, 그 동안 뭘 하고 있었죠?"

"사실 계산하는 데 몇 분 걸렸어요. 여자가 카운터에 여섯 개들이 쿠

어스 캔맥주를 올려놨는데, 신분증을 확인해 보니까 스물한 살이 안 돼서 맥주를 팔 수 없었어요. 그래도 전혀 기분 나쁜 기색이 아니었어요. 우린 그냥 함께 웃었죠. 난 그들이 나쁘다고 생각하지 않아요. 나도 그래 본 적이 있으니까. 어쨌든 그래서 커플은 여섯 개들이 펩시콜라 팩을 사가지고 나갔어요."

"그 남자, 커피를 샀다는 그 남자는 어떻게 생겼어요?"

"별로 좋은 인상은 아니었죠."

"백인, 흑인?"

"백인이요. 가무잡잡한 편이었던 것 같고, 검은 머리인 걸로 기억나는데 갈색일지도 몰라요. 나이는 이십대 후반이나 삼십대 초반으로 보였어요."

"키와 몸집은?"

엘렌은 매장 뒤편을 힐끗 바라보았다.

"중간 정도. 몸은 단단한 편이었지만 덩치가 그리 좋지는 않았던 것 같아요."

"턱수염이나 콧수염은?"

"없었던 것 같아요…. 잠깐만요!"

순간 엘렌의 얼굴이 밝아졌다.

"머리카락이 짧았어요. 맞다! 군인 같다는 생각이 들었어요. 이 주변에는 타이드워터로 가는 길에 들르는 군인 비슷한 사람이 많거든요."

"군인 같다고 생각한 다른 이유는 없어요?"

"모르겠어요. 그냥 행동거지가 그랬던 것 같기도 하고. 설명하긴 힘들지만 군인을 워낙 많이 보니까 그냥 알아보게 돼요. 뭔가 다르거든요. 문신이나 뭐 그런 것도 있고."

"그 남자한테도 문신이 있었나요?"

엘렌의 찡그린 얼굴에 실망의 빛이 떠올랐다.

"못 봤어요."

"옷차림은 어땠죠?"

"음…."

엘렌은 선뜻 대답하지 못했다.

"양복에 넥타이?"

"양복에 넥타이 차림은 아니었고요. 고급 옷도 아니고 청바지나 검은색 바지였던 것 같은데… 지퍼로 잠그는 재킷 같은 걸 입고 있었던 것 같아요. 정확히 기억나질 않네요."

"혹시 그 사람이 몰던 차는 기억나요?"

엘렌은 단호하게 대답했다.

"아뇨. 차는 보지 못했어요. 가장자리에 주차한 게 틀림없어요."

"경찰에서 나왔을 때도 이런 이야기를 다 해줬나요, 엘렌?"

"네."

엘렌은 매장 정면의 주차장으로 시선을 주었다. 밴 한 대가 막 들어선 참이었다.

"방금 말씀드린 것과 거의 비슷한 이야기를 했어요. 그 당시에는 미처 기억나지 않았던 몇 가지만 빼고."

십대 소년 두 명이 어슬렁거리며 들어오더니 곧장 비디오 게임 코너로 향하자, 엘렌은 시선을 다시 우리 쪽으로 돌렸다. 더 이상 할 말이 없는 듯했고, 지나치게 이야기를 많이 한 게 아닌가 걱정되는 모양이었다.

애비 역시 비슷한 인상을 받았는지 카운터에서 물러섰다.

"고마워요, 엘렌. 기사는 토요일자, 아니면 일요일자에 나올 거예요. 꼭 찾아봐요."

우리는 매장을 나섰다.

"방금 한 말은 전부 다 오프더레코드였다고 소리치기 전에 빨리 나가자고."

"그 말이 무슨 뜻인지도 모를걸?"

애비의 말에 나는 시큰둥하게 대꾸했다.

"경찰이 비밀을 지켜달라는 이야기를 안 했다는 게 정말이지 놀라워."

"하긴 했지만, 자기 이름이 신문에 실리는 게 보고 싶어서 참지 못한 게 아닐까?"

엘렌이 데버러와 프레드를 보낸 64번 고속도로 동행선 휴게소는 우리가 도착했을 땐 텅 비어 있었다.

애비는 신문 자동판매기가 여러 대 늘어서 있는 정문 쪽에 차를 세웠다. 우리는 몇 분 동안 말없이 앉아 있었다. 우리 앞에는 작은 호랑가시나무 한 그루가 자동차 헤드라이트 불빛을 받아 은색으로 빛나고, 안개 속에서 가로등 불빛이 희미하게 비쳤다. 혼자 있었다면 감히 화장실을 찾아 나설 용기가 나지 않을 것 같았다.

애비가 작게 중얼거렸다.

"으스스하군. 화요일 밤에는 늘 이렇게 사람이 없는 건지, 신문 보도 때문에 무서워서 안 오는 건지 모르겠네."

"양쪽 다 아닐까? 하지만 데버러와 프레드가 들른 금요일 밤에는 분명 이렇게 사람이 없진 않았을 거야."

"아마 이 정도 위치에 차를 세웠겠지? 온통 사람들이 북적거렸을 거고. 노동절 연휴 첫날이었으니까. 만약 두 사람이 범인을 만난 게 여기라면, 범인은 대담하기 짝이 없는 놈일 거야."

"사람들이 북적거렸다면 자동차도 쫙 깔렸을 텐데…."

"무슨 뜻이야?"

나의 말에 애비가 담배를 꺼내며 물었다.

"데버러와 프레드가 누군가를 만난 게 여기라면, 무슨 이유에선지 그 사람을 차에 태웠다면, 그 사람 차는 도대체 어디에 있었을까? 걸어서 여기까지 온 걸까?"

"그럴 리는 없겠지."

"차를 몰고 와서 여기 어딘가에 세워놓았다면, 아주 북적거리지 않는 이상 계획대로 하기가 쉽지 않았을 거야."

"아, 무슨 말인지 알겠어. 범인이 주차장에 자기 차를 세워놓고 갔다면 분명 눈에 띄었을 거야. 밤늦은 시간 한적한 주차장에 범인의 차만 몇 시간이고 세워져 있었다면 주 경찰 눈에 띄어서 차적 조회를 당할 가능성이 컸겠지."

"범행을 계획했다면 그런 위험을 무릅쓸 리가 없어."

애비는 잠시 생각에 잠겼다 말문을 열었다.

"범행 전체가 우연처럼 보이면서도 한편으로는 그렇지 않다는 점이 마음에 걸리는군. 데버러 하비와 프레드 체니가 휴게소에 들른 건 우연이었어. 여기서 우연히 나쁜 사람을 만났거나, 아니면 세븐일레븐에서 커피를 산 남자가 범인이라 해도 그것 역시 우연이겠지. 하지만 계획적인 요소도 있어. 누군가 두 사람을 납치했다면, 그 사람은 자기가 무슨 일을 할지 정확히 알고 있었던 것 같단 말이야."

나는 대꾸하지 않았다.

웨슬리가 했던 말이 떠올랐다. 정치권과의 연관 가능성. 혹은 사전답사를 충분히 한 범인의 소행. 두 사람이 본인들 의지대로 잠적한 것이 아닌 이상, 비극적인 결말을 피할 가능성은 없다.

애비가 차에 시동을 걸었다. 그녀는 고속도로에 접어들어 크루즈 컨트롤(cruise control: 어느 정도 가속한 뒤 속도를 설정해 놓으면 계속 그 속도를 유지하는 정속 운행 장치 - 옮긴이)을 작동시킨 뒤에야 입을 열었다.

85

"두 사람이 죽었다고 생각하지? 안 그래?"

"신문에 실으려고 그러는 거야?"

"아니야, 케이. 코멘트를 따려는 건 아니야. 사실대로 말해 볼까? 솔직히 지금 난 기사 따윈 안중에도 없어. 도대체 무슨 일이 벌어지고 있는지 진상을 알고 싶을 뿐이야."

"당신 신변이 불안해서 그러는 거야?"

"당신이라면 안 그렇겠어?"

"당연히 그렇겠지. 전화가 도청되고, 미행당한다는 느낌이 들면 나도 불안할 거야, 애비. 그래서 말인데, 지금은 너무 늦었어. 그리고 당신도 피곤하잖아. 오늘 워싱턴까지 차를 몰고 돌아간다는 건 말도 안 돼."

애비는 나를 힐끗 쳐다보았다.

"우리 집엔 방이 많아. 아침 일찍 나서면 되잖아."

"여분의 칫솔과 잠옷이 있다면, 당신이 마실 술을 축내도 괜찮다면 고려해 보지."

나는 등받이에 몸을 기대고 눈을 감으며 중얼거렸다.

"마음껏 마셔도 돼. 솔직히 나도 한잔하고 싶어."

자정께 애비와 함께 집으로 들어서는데, 전화벨이 울리기 시작했다. 나는 자동응답기가 돌아가기 전에 재빨리 수화기를 들었다.

"케이?"

전혀 예상하지 못한 전화라, 나는 누구 목소리인지 금세 알아차리지 못했다. 잠시 후 가슴이 두근거리기 시작했다.

"안녕."

"늦은 시간에 전화해서 미안한데…."

"지금 다른 사람이랑 같이 있어. 애비 턴불이라고, 내가 얘기했던 거 기억나? 〈워싱턴 포스트〉 기자라는…. 오늘 밤 우리 집에서 자고 갈 거야. 이야기하느라 시간 가는 줄 몰랐네."

서둘러 마크의 말을 끊는 내 목소리에서 긴장감이 묻어났다.

잠시 침묵이 흐른 후, 마크가 말했다.

"시간 괜찮을 때 전화해 줘."

전화를 끊자, 내 안색이 불편한 데 놀랐는지 애비가 나를 쳐다보며 물었다.

"도대체 누구길래 그래, 케이?"

조지타운에서 지낸 첫 해, 나는 법대라는 공간과 소외감에 압도된 탓에 혼자서만 지내며 다른 사람들과 거리를 두었다. 나는 이미 의학박사 학위를 가지고 있었지만, 마이애미 출신의 이탈리아계 중산층 미국인으로서 상류층의 삶과는 영 인연이 없었다. 그런데 갑자기 똑똑하고 잘난 사람들 사이에 뚝 떨어지고 보니, 나 자신이 부끄러운 것은 아니었지만 어쩐지 평민처럼 느껴졌다.

마크 제임스는 그런 상류층으로, 키가 크고 우아한 외모에 자신감이 넘쳤지만 마음을 쉽게 터놓지 않는 사람이었다. 나는 그의 이름을 알기 훨씬 전부터 얼굴을 알고 있었다. 우리는 법대 도서관의 어둠침침한 서가 사이에서 처음 만나 지금은 기억나지도 않는 어떤 불법행위에 대해 토론하기 시작했는데, 나는 그때의 그 강렬한 녹색 눈동자를 결코 잊을 수 없을 것이다. 그 후 우리는 바에서 함께 커피를 마시며 새벽까지 토론을 계속했다. 그리고 매일 만나는 사이가 되었다.

1년 동안은 거의 잠을 자지 않았던 것 같다. 같이 눈을 붙이더라도 사랑을 나누느라 잘 시간이 충분하지 못했기 때문이다. 아무리 붙어 있어도 충분하다는 느낌이 들지 않았고, 어리석게도, 너무나 당연하게도 나는 우리가 영원히 함께 있을 거라고 믿었다. 그래서 나는 만난 지 2년째부터 마크와 나 사이에 떠돌기 시작한 싸늘한 기운을 인정하지 않았다. 다른 사람이 준 약혼반지를 끼고 졸업을 하면서, 나는 마크를 완전히 극복했다고 생각했다. 그가 수수께끼처럼 다시 나타나기 전까지.

"어쩌면 토니는 안전한 도피처였을지도 모르겠네."

부엌에 함께 앉아 코냑을 마시면서, 애비가 내 전 남편을 가리켜 한 말이었다.

"토니는 실리적인 사람이었지. 아니, 그때는 그렇게 보였어."

"그럴 수 있어. 비록 연애담은 보잘것없지만, 나도 그런 경험이 있으니까."

애비는 술잔을 들며 말을 이었다.

"나도 불같은 사랑을 겪어봤지만 절대 오래가지 않더군. 사랑이 끝나면 절뚝거리며 고향으로 향하는 패잔병 꼴이 되고 말이야. 결국엔 날 아껴주긴 하지만 매력이라곤 코딱지만큼도 없는 남자 품에 안기고 마는 거 아니겠어?"

"그런 건 동화에나 나오는 얘기야."

"동화라면 그림(Grimm) 동화라고 해야겠지. 말로는 날 아껴주겠다고 하지만 알고 보면 그 속뜻은 저녁밥 차려달라, 빨래해 달라, 청소하라는 거잖아."

애비는 냉소적으로 말했다.

"토니하고 똑같군."

"그 사람은 어떻게 됐어?"

"연락이 끊긴 햇수가 손가락으로 꼽기조차 힘들어."

"친구로 지낼 수는 있잖아."

"그 사람은 친구 노릇도 싫다더라고."

"아직도 그 사람이 생각나?"

"여섯 해나 한 남자랑 살고도 생각이 안 난다면 거짓말이지. 그렇다고 토니랑 같이 살고 싶다는 건 아니고. 하지만 마음 한구석으로는 항상 그 사람 걱정을 해. 잘 살아주었으면 싶고."

"결혼했을 때는 사랑했어?"

"사랑한다고 생각했었어."

"그럴 수도 있겠지. 하지만 내가 보기에 당신은 죽 마크를 사랑하고 있었던 것 같아."

나는 잔을 다시 채웠다. 아침이 되면 둘 다 지독한 숙취에 시달릴 것이다.

애비가 말을 이었다.

"그렇게 오랜 세월이 지난 후에 다시 데이트를 시작했다는 게 놀라워. 무슨 일이 있었든, 마크도 당신을 계속 사랑했던 것 같아."

마크가 다시 나타났을 때는 헤어져 있던 기간 동안 마치 다른 나라에서 살다 와서 예전의 언어는 서로에게 해석 불가능한 것처럼 느껴졌다. 우리는 어둠 속에서만 솔직한 마음을 털어놓았다. 그는 결혼했었는데 자동차 사고로 아내가 죽었다고 했다. 나는 그가 법대 공부를 그만두고 FBI에 들어갔다는 것을 나중에 알게 되었다. 마크와 다시 함께 있게 되었을 때는 황홀했다. 조지타운에서의 첫 해 이후로 가장 행복한 나날이었다. 물론 오래가지는 않았다. 역사는 되풀이되는 잔인한 특성을 갖고 있다.

"덴버로 전근한 건 그 사람 잘못이 아니잖아."

애비가 말했다.

"그래, 그 사람은 선택을 했을 뿐이야. 나도 그렇고."

"같이 가고 싶지 않았어?"

"마크가 그쪽 일을 요청한 건 나 때문이었어, 애비. 떨어져 있고 싶었던 거지."

"떨어져 있고 싶다고 미국 반대편으로 날아가? 그건 너무 극단적인 것 같은데?"

"사람은 화가 나면 극단적인 행동을 하게 마련이잖아. 아주 큰 실수를 하기도 하고."

"그럼 마크는 자신의 실수를 인정하기엔 너무 고집이 센 사람인 모양이군."

"마크도 고집이 세고 나도 그러니까. 둘 다 타협하는 데는 소질이 없어. 나도 내 일이 있고, 그쪽도 마찬가지야. 마크는 콴티코에 있고 나는 여기 있지. 하지만 나는 리치먼드를 떠날 생각이 전혀 없었고 그쪽도 리치먼드로 올 생각을 하지 않았어. 그러다 그 사람이 다시 실무를 뛰고 싶다, 어디 지국으로 발령받거나 워싱턴의 본부에 자리를 잡겠다고 하더라고. 이런 식으로 이야기를 하다 보면 결국 처음부터 끝까지 싸움이 되고 마는 거야."

나는 적당한 말을 찾아 잠시 쉬었다 말을 이었다.

"어쩌면 나도 내 방식만 고집했는지도 몰라."

"누구랑 같이 살려면 지금까지 하던 대로만 하고 살 수는 없어, 케이."

마크와 나도 얼마나 여러 번 서로에게 이 말을 했던가? 그러다 보면 다른 이야기로 넘어가지 못했다.

"스스로 결정권을 갖는다는 것이 그만한 가치가 있을까? 두 사람이 치르고 있는 대가만 한 가치가?"

애비가 물었다.

이제 더 이상 그렇다고 잘라 말할 수가 없었다. 하지만 나는 애비에게 그런 말은 하지 않았다.

애비는 담배에 불을 붙이고 코냑 병에 손을 뻗었다.

"같이 카운슬링을 받아본 적은 있어?"

"없어."

전적으로 아니라고만 할 수는 없었다. 같이 카운슬링을 받은 적은 없었지만, 나는 정신과 의사를 만나기도 했다. 요즘 좀 뜸하기는 하지만.

"그 사람도 벤턴 웨슬리를 알아?"

"그럼. 내가 버지니아로 오기 훨씬 전 FBI 아카데미에서 마크를 훈련시킨 사람이 벤턴이야. 친한 친구 사이지."

"마크는 덴버에서 무슨 일을 하고 있어?"

"모르겠어. 무슨 특수 작전이겠지."

"마크도 여기서 일어나는 사건에 대해 알고 있을까? 커플 살인 사건 말이야."

"그럴 걸."

나는 잠시 말을 끊었다가 되물었다.

"왜 그런 걸 물어?"

"모르겠어. 하지만 마크에게는 말을 조심하는 게 좋을 것 같아."

"오늘 밤은 몇 달 만에 처음 전화한 거야. 아까 봤겠지만, 할 말도 별로 없고."

잠시 후 나는 애비를 방으로 안내했다.

가운을 건네주고 욕실을 보여주자 애비는 술기운이 묻은 목소리로 말했다.

"아마 마크가 다시 전화할 거야. 아니면 당신이 먼저 전화하게 되든가. 그러니까 조심하라고."

"그 사람에게 전화할 생각은 없어."

"당신이나 그 사람이나 똑같이 고약하군. 둘 다 엄청 고집 세고 너그럽지도 못하고…. 내가 보기에 상황은 그래. 박사님 마음에 안 들지는 몰라도."

"난 8시까지 출근해야 해. 7시에 깨워줄게."

나는 애비의 말을 애써 무시하며 마지막 인사를 했다. 애비는 잘 자라는 뜻으로 포옹하며 내 뺨에 키스했다.

다음 주말에는 일찌감치 밖에 나가서 〈워싱턴 포스트〉를 샀지만, 애비의 기사는 눈에 띄지 않았다. 다음 주, 그 다음 주에도 실리지 않자 나는 불안한 생각이 들었다. 애비는 괜찮을까? 지난번 리치먼드에 왔다 간 뒤로 왜 한 번도 연락이 없을까?

결국 10월 말에 〈워싱턴 포스트〉 편집국으로 전화를 했다. 바쁜 듯한 음성의 한 남자가 전화를 받았다.

"죄송합니다만, 애비는 휴직 중입니다. 내년 8월이나 돼야 복직할 겁니다."

"워싱턴에 계속 있을까요?"

나는 어안이 벙벙해서 물었다.

"모르겠군요."

나는 전화를 끊고 주소록을 뒤져 애비의 집으로 전화를 걸었다. 하지만 자동응답기가 대답할 뿐이었다. 다음 몇 주 동안에도 계속 전화를 걸었지만, 애비는 한 번도 응답하지 않았다. 크리스마스가 지난 직후에야, 나는 무슨 일이 일어난 건지 깨닫기 시작했다.

1월 6일 월요일, 집으로 돌아와보니 우편함에 편지가 한 통 들어 있었다. 발신지는 쓰여 있지 않았지만, 필체는 의심할 여지가 없었다. 봉투를 열자 '참고해, 마크'라고 적힌 노란 종이 한 장과 최근에 발행된 〈뉴욕 타임스〉에서 오린 듯한 짧은 기사가 들어 있었다. 나는 믿기지 않는 눈으로 기사를 읽었다. 애비 턴불이 프레드 체니와 데버러 하비의 실종 사건과 버지니아 주에서 실종된 후 시체로 발견된 다른 네 커플 사건 사이의 '소름 끼치는 공통점'에 대한 책을 쓰기로 계약을 맺었다는 내용이었다.

지난번 애비는 내게 마크를 조심하라고 했고, 이제 마크는 애비를 조심하라고 경고하고 있다.

나는 한참 동안 부엌에 멍하니 앉아서 애비의 자동응답기에 분노에 찬 음성을 쏟아놓거나 마크에게 전화를 걸고 싶은 충동을 억눌렀다. 하지만 결국 정신과 의사 애너에게 전화를 걸기로 했다.

"배신당한 기분인가요?"

자초지종을 설명하자 애너가 물었다.

"점잖게 표현하면 그래요, 애너."

"애비가 신문 기사를 쓰고 있다는 건 당신도 알고 있었어. 책을 쓰는 게 그것보다 더 나쁜 건가요?"

"책을 쓴다는 이야기는 하지 않았으니까요."

"배신당한 기분이 든다고 해서 정말 배신당한 것은 아닐 수도 있어요. 지금 당신의 감정이 그럴 뿐이지, 케이. 일단 조용히 상황을 지켜보세요. 마크가 그 기사를 보낸 이유도, 일단 상황을 지켜보는 게 좋을지도 몰라요. 어쩌면 그게 그 사람 나름대로 당신에게 접근하는 방식일지도 모르니까."

"변호사와 상담해 볼까 생각 중이에요. 혹시 나를 방어해야 하는 일이 생길 수도 있을 것 같아서요. 애비의 책 속에 어떤 내용이 담길지는 아무도 모르잖아요."

"애비의 말은 액면 그대로 받아들이는 게 현명할 거예요. 애비는 그날 밤의 대화가 오프더레코드라고 했죠? 그 사람이 당신을 배신한 적이 있나요?"

"아뇨."

"그럼 그 사람한테 기회를 주세요. 설명할 기회를 주라고요. 게다가 애비가 책을 얼마나 쓸 수 있을지 의문이군요. 용의자로 지목된 사람도 없고 커플이 어떻게 됐는지 아직 아무도 모르잖아요. 시체도 발견되지 않았고."

애너의 마지막 말은 가슴 아픈 부메랑이 되어 내게 돌아왔다.

그로부터 정확히 2주 후인 1월 20일, 법과학연구소에 DNA 정보은행을 설립할 수 있는 법안의 상정 결과를 기다리며 버지니아 주 의사당에 있을 때였다.

스낵바에서 커피 한 잔을 사 들고 의사당으로 돌아가는 길에, 나는 우아한 네이비색 캐시미어 슈트를 입고 겨드랑이에 검은색 가죽 지퍼 서류 가방을 낀 팻 하비를 보았다. 그녀는 복도에서 몇몇 하원의원과 이야기를 나누다가 나를 발견하고는 곧장 양해를 구하고 내 쪽으로 다가왔다.

"스카페타 국장님."

그녀가 손을 내밀었다. 나를 만나서 마음이 놓이는 것 같았지만, 피로와 긴장이 얼굴에 그대로 드러났다.

나는 하비가 왜 워싱턴에 가 있지 않은지 의아했다. 내 생각을 읽기라도 했는지 그녀가 먼저 설명했다.

"주 상원 법안 130조가 통과되도록 지원하러 왔어요."

팻 하비는 약간 초조한 기색으로 미소를 지으며 말을 이었다.

"우리 둘 다 같은 이유로 여기 와 있는 것 같군요."

"고맙습니다. 도움이 많이 필요해요."

"걱정 안 하셔도 될 겁니다."

팻 하비의 말이 맞을 것이다. 연방 마약정책실장의 증언과 그에 따른 여론몰이 정도라면 의회의 사법위원회에도 상당한 압력을 줄 수 있을 것이다.

잠시 어색한 침묵이 흘렀다.

나는 조용히 물었다.

"어떻게 지내세요?"

순간 팻 하비의 눈에 눈물이 차올랐다. 그녀는 살짝 걱정스러운 듯한 미소를 짓더니 복도 저쪽 끝을 멍하니 바라보았다.

"실례지만, 저기 꼭 만나야 할 사람이 지나가는군요."

팻 하비는 마지막 말을 남기고 급히 자리를 떴다. 그녀가 미처 멀어지기도 전에 호출기가 울렸다.

1분 뒤 나는 전화기를 집어 들어 사무실로 전화를 걸었다. 비서 로즈가 말했다.

"마리노는 출동 중이에요."

"나도 가요. 감식 키트 준비해요, 로즈. 준비 확실하게 해줘요. 플래시, 카메라, 배터리, 장갑 등등. 알죠?"

"알겠습니다."

나는 하이힐과 쏟아지는 비를 저주하며 급히 계단을 내려가 거버너 스트리트를 따라 걸었다. 비바람이 우산 아래로 사정없이 들이쳤다.

극히 짧은 순간이었지만 고통을 내비쳤던 팻 하비의 눈이 머릿속에서 떠나지 않았다. 내 호출기가 그 끔찍한 경보를 울려대던 순간 팻 하비가 옆에 서 있지 않았던 것이 얼마나 다행스러운 일인지 몰랐다.

05

새로운 단서

멀리서부터 악취가 느껴졌다. 굵직한 빗방울이 낙엽을 요란하게 두드렸고, 하늘은 황혼처럼 어두웠다. 안개 속에서 헐벗은 나무들이 모습을 드러냈다 사라졌다.

"젠장. 푹 썩었나보군. 이런 냄새는 세상천지에 없을 거요. 이 냄새만 맡으면 게젓이 생각난다니까."

마리노가 통나무를 넘으며 투덜거렸다.

"악취가 더 심해질 겁니다."

앞장서 가던 제이 모렐이 경고했다.

검은색 진흙 속으로 발이 푹푹 빠지고, 마리노가 나무를 스치고 지나갈 때마다 얼음처럼 차가운 물방울이 나에게 튀었다. 이런 상황에 대비해서 관용차 트렁크에 후드가 달린 고어텍스 소재의 코트와 묵직한 고무장화를 갖고 다닌 것이 다행이었다. 두꺼운 가죽 장갑은 어디 갔는지 찾을 수가 없었다. 하지만 숲 속을 뚫고 지나가며 두 손을 주머니에 찔러 넣고 얼굴 앞을 가로막는 나뭇가지를 헤칠 수는 없는 노릇이었다.

경찰의 보고는 시체 두 구 중 하나는 남자, 하나는 여자인 것 같다는 것이 전부였다. 지난가을 데버러 하비의 지프가 발견된 휴게소에서 6.4킬로미터도 채 떨어지지 않은 위치였다.

그들인지 아닌지는 아직 몰라. 나는 걸음을 내디딜 때마다 스스로에게 말했다.

하지만 현장에 도착하자 가슴이 죄어드는 듯했다. 벤턴 웨슬리가 금속탐지기를 든 경찰에게 뭔가를 지시하고 있었다. 경찰에서 확신하고 있지 않다면 웨슬리가 출동했을 리 없다.

군인처럼 몸을 똑바로 세우고 있는 그에게서는 지휘자다운 자신감이 뿜어져 나왔다. 비가 쏟아지는 날씨에도, 인간의 살이 썩어가는 악취에도 전혀 신경 쓰지 않는 듯했다. 마리노와 나처럼 주위를 살펴보며 현장을 파악하지도 않았다. 왜 그런지 알 수 있었다. 이미 주변 수색이 끝난 것이다. 그는 나한테 연락이 오기 훨씬 전에 벌써 현장에 도착해 있었다.

커플의 시체는 우리가 차를 세워놓은 진흙투성이 임도(林道)에서 4백 미터가량 떨어진 작은 공터에 얼굴을 아래로 하고 나란히 누워 있었다. 부패가 심하게 진행되어 이미 부분적으로 백골이 드러난 상태였다. 낙엽이 흩뿌려진 썩은 옷가지 아래로 긴 팔다리뼈가 마치 더러운 회색 젓가락처럼 튀어나와 있었다. 두개골은 몸통과 분리되어 옆으로 30~60센티미터가량 비껴 나 있었다. 숲 속의 작은 포식자들 때문에 옆으로 밀렸든지 굴러간 모양이었다.

"신발과 양말은 찾았어요?"

신발과 양말이 보이지 않았다. 모렐이 오른쪽 시체를 가리키며 말했다.

"못 찾았습니다. 하지만 지갑을 발견했습니다. 현금 44달러 26센트와 운전면허증이 들어 있었습니다. 데버러 하비의 것입니다."

그는 다시 손가락으로 다른 시체를 가리키며 덧붙였다.

"왼쪽 시체가 프레드 체니로 추정됩니다."

거무스레한 나무 사이로 노란 폴리스 라인이 빗물에 젖어 번들거렸다. 경찰들이 분주하게 걸음을 옮길 때마다 잔가지가 똑똑 소리를 내며 부러졌다. 사정없이 쏟아지는 빗줄기 사이로 경찰들의 음성이 들려왔지만 웅웅거릴 뿐 무슨 말인지는 알아들을 수 없었다. 나는 가방을 열어 수술용 장갑과 카메라를 꺼냈다.

나는 잠시 동안 움직이지 않고 살이 거의 붙어 있지 않은 시체 두 구를 면밀히 관찰했다. 뼈만 남은 시체의 성별과 인종은 한눈에 알아보기가 힘들다. 골반이 결정적인 단서가 되곤 하지만, 지금은 진한 색깔의 데님 청바지 같은 천으로 덮여 있어 제대로 보이지 않았다. 하지만 오른쪽 시체는 뼈와 두개골, 유양돌기(귀 뒤에 딱딱하게 튀어나온 뼈로 엄지손가락 윗마디만 한 크기다-옮긴이)가 작고 눈썹뼈가 튀어나오지 않았으며 금발인 듯한 긴 머리카락이 썩은 옷가지에 붙어 있는 것으로 미루어볼 때 백인 여성인 듯했다. 옆에 있는 시체는 크기나 단단한 골격, 튀어나온 눈썹뼈, 큰 두개골, 평평한 얼굴로 보아 백인 남성이 분명했다.

두 사람이 어떤 일을 당했는지는 알 수가 없었다. 교살 근거가 되는 목이 졸린 흔적도 보이지 않았다. 둔기나 총에 맞았다고 짐작할 수 있는 골절상이나 총알이 관통한 자국도 눈에 띄지 않았다. 남자와 여자는 조용히 함께 누워 있었다. 마치 최후까지 남자와 같이 있으려고 한 듯 여자의 왼팔 뼈는 남자의 오른팔 아래에 놓여 있었고 빗물이 두개골을 타고 텅 빈 눈구멍으로 흘러내렸다.

가까이 다가가서 무릎을 꿇고 앉는 순간, 나는 시체의 양쪽 측면 가장자리에 검은 흙이 거의 눈에 띄지 않을 정도로 얇게 노출되어 있다는 것을 알아차렸다. 두 사람이 살해당한 것이 노동절 주말이라면, 낙엽이 아직 떨어지지 않았을 시기다. 따라서 시체를 움직인 게 아니라면 시신 아래쪽의 맨땅이 보여서는 안 된다. 불쾌한 생각이 머릿속을 스쳤다. 경찰이 몇 시간 동안 현장 주변을 밟고 돌아다니고 있는 것만 해도 달갑지 않은 상황이다. 젠장. 어떤 상황이라 해도 법의관이 도착하기 전에 시체를 움직이거나 건드리는 것은 죄악에 속한다. 여기 나와 있는 경찰들도 그 정도는 다 알고 있다.

"스카페타 국장님?"

모렐이 나를 내려다보고 있었다. 그의 입에서 하얀 김이 새어나왔다. 그가 경찰 몇 명이 울창한 덤불을 뒤지고 있는 쪽을 가리켰다. 동쪽으로 6미터 정도 떨어진 곳이었다.

"방금 저기 있는 필립스랑 이야기했는데요, 손목시계와 귀고리 한 짝, 동전 몇 개를 발견했답니다. 전부 시체가 있는 이 근처에서요. 시체 바로 위쪽에 금속탐지기를 갖다 댔더니 계속 삑삑 소리가 나더랍니다. 아마 지퍼 같은 거겠죠. 청바지에 달린 쇠단추나 호크 같은 것일 수도 있고요. 국장님께서도 아셔야 할 것 같아서요."

나는 모렐의 길고 심각한 얼굴을 올려다보았다. 그는 파카 안에서 몸을 떨고 있었다.

"금속탐지기를 갖다 댄 것 말고도 시체에 손을 댄 일이 있으면 전부 다 말해 줘요, 모렐. 시체를 움직인 흔적이 있군요. 오늘 아침 시체를 발견했을 당시 정확히 이 위치, 이 자세 그대로 있었는지 알고 싶어요."

"사냥꾼들이 처음 발견했을 때는 어땠는지 모르겠습니다만, 그 사람들 말로는 시체 근처에는 가지도 않았답니다. 어쨌든 저희가 도착했을 때는 이 모습 그대로였던 것 같은데요, 국장님. 저희는 소지품을 찾느라 주머니를 뒤지고 지갑만 열어보았습니다."

"뭐 하나라도 움직이기 전에 틀림없이 사진을 찍어놨겠죠?"

나는 모렐에게 다짐을 받아야만 했다.

"걱정 마십시오. 도착하자마자 사진부터 찍었습니다."

발견할 가망은 없었지만 나는 작은 손전등을 꺼내서 미량 증거물을 찾기 시작했다. 시신이 이렇게 오랫동안 외부 공기에 노출되면 머리카락이나 섬유, 기타 부스러기 등 중요한 단서를 찾기가 힘들다. 모렐은 초조한 듯 한쪽 다리에서 다른 쪽 다리로 몸의 중심을 옮기면서 말없이 나를 바라보았다.

"이 시체가 데버러 하비와 프레드 체니라고 가정하고, 수사 중에 도움이 될 만한 다른 것은 찾지 못했나요?"

내가 물었다. 데버러의 지프가 발견된 뒤로 모렐과는 만난 적도, 통화한 적도 없었기 때문이다.

"마약 문제와 관련이 있을지도 모른다는 것 말고는 전혀 없었습니다. 캐롤라이나에서 체니의 룸메이트였던 학생이 코카인에 빠져 있었다는 사실을 알아냈습니다. 체니도 그때 같이 손을 댔을지도 모르지요. 데버러 하비와 함께 마약 판매상과 여기서 만나기로 약속했을 가능성도 고려 중입니다."

말도 안 된다.

"체니가 무엇 때문에 지프를 휴게소에 두고 마약 판매상을 만나러 데버러와 여기까지 왔겠어요? 그냥 휴게소에서 마약을 사고 각자 제 갈 길을 가면 되는데."

"여기서 마약 파티라도 하려던 건지도 모르죠."

"제정신을 가진 사람이라면 해가 진 후에 이런 데로 와서 파티건 뭐건 하고 싶겠어요? 그리고 신발은요, 모렐? 맨발로 숲 속을 걸어왔다는 건가요?"

"신발은 어떻게 됐는지 아직 밝혀내지 못했습니다."

"재미있네요. 지금까지 다섯 커플이 시체로 발견되었는데 신발이 어떻게 됐는지는 아직 밝혀내지 못했다. 신발 한 짝, 양말 한 짝 나타나지 않았다. 이상하지 않아요?"

모렐은 양팔로 자기 몸을 감쌌다.

"맞습니다, 국장님. 물론 저도 이상하게 생각합니다. 하지만 당장은 이걸 처리하느라 다른 네 커플에 대한 생각을 할 틈이 없습니다. 여기서 찾아낸 걸 가지고 가봐야 합니다. 그리고 지금 말씀드릴 수 있는 건 이번 사건이 마약과 관련 있을 수도 있다는 가능성뿐입니다. 연쇄살인인지, 피해자의 어머니가 누군지 이런 것까지 신경 쓰다가는 눈에 보이는 것도 놓칠 수 있단 말입니다."

모렐은 항변했다.

"눈에 보이는 걸 놓치는 건 나도 절대 바라지 않아요."

냉정한 나의 말에 모렐은 입을 다물었다.

"지프 안에 마약과 관련된 물건이 있었나요?"

"아닙니다. 여기서도 아직까지 마약과 연관 지을 만한 물건은 나오지 않았습니다. 하지만 흙과 낙엽이 많으니 샅샅이 살펴보면…."

"날씨가 형편없군요. 흙부터 뒤지는 것은 좋은 생각이 아닌 것 같은데요."

내 목소리에 짜증과 조바심이 묻어났다. 모렐에 대한 짜증이 일었다. 다른 경찰들에 대해서도 마찬가지였다. 빗물이 코트 앞자락으로 뚝뚝 떨어졌다. 무릎이 쑤시고 손발도 감각이 없었다. 악취가 머릿속을 파고들고, 요란한 빗소리가 신경을 건드렸다.

"아직 흙을 파보거나 체로 치지는 않았습니다. 기다렸다 해야 할 것 같아서요. 시야가 안 좋으니까요. 지금은 금속탐지기만 사용하면서 오로지 육안으로 수색 중입니다."

"많은 사람이 돌아다닐수록 현장이 훼손될 가능성이 높아요. 작은 뼈나 치아 같은 게 발에 밟혀서 진흙에 묻혀버릴 수도 있고."

경찰들이 벌써 몇 시간째 돌아다니는 중이다. 어쩌면 현장을 보존하기엔 너무 늦었는지도 모른다.

"그럼 오늘은 일단 철수하고 내일 일기가 좋아지면 다시 시작할까요?"

모렐이 물었다. 통상적인 상황이었다면 비가 그치고 해가 좀 날 때까지 기다리라고 했을 것이다. 시체가 몇 달 동안 숲에 방치된 상황이니, 비닐로 덮어서 하루 이틀 더 그 자리에 놓아둔다고 별반 달라질 것도 없기 때문이다. 하지만 마리노와 함께 임도에 차를 세울 때 보니, 벌써 방송국 취재차가 몇 대 와서 기다리고 있었다. 차 안에 앉아 있는 기자들도 있었고, 비를 무릅쓰고 주위를 경계하고 있는 경찰에게 달려가 어떻게든 정보를 얻어내려는 기자들도 있었다. 어느 모로 보나 일반적인 상황은 아니다. 나는 모렐에게 지시를 내릴 위치는 아니었지만 시체에 대한 권한은 내게 있었다.

나는 주머니에서 열쇠를 꺼내 모렐에게 건넸다.

"내 차 트렁크에 들것과 시체용 비닐 백이 있어요. 누굴 좀 보내서 갖다주세요. 곧장 시체를 안치소로 옮기죠."

"알겠습니다. 제가 알아서 하겠습니다."

"고마워요."

벤턴 웨슬리가 어느새 내 옆에 와서 웅크리고 앉았다.

"어떻게 알았어요?"

모호한 질문이었지만, 웨슬리는 내 말뜻을 바로 알아차렸다.

"모렐이 콴티코로 연락을 했더군요. 연락을 받자마자 곧장 달려왔습니다.

웨슬리는 시체의 뼈를 찬찬히 살펴보았다. 빗물이 뚝뚝 떨어지는 후드 그늘 아래로 그의 각진 얼굴이 초췌해 보였다.

"단서가 될 만한 것을 찾아냈습니까?"

"지금 당장 말할 수 있는 건 두개골 골절도 없고 머리에 총을 맞지도 않았다는 것뿐이에요."

웨슬리는 내 말에 아무런 대꾸도 하지 않았다. 그의 침묵에 더욱 초조한 기분이 들었다.

시체를 쌀 시트를 펼치기 시작하는데 마리노가 코트 주머니에 손을 푹 찌르고 추위와 비를 피하느라 어깨를 잔뜩 움츠린 채 우리 쪽으로 다가왔다.

"저런, 이러다 폐렴에 걸리겠군. 리치먼드 경찰청에는 모자 하나 사줄 돈도 없다던가?"

웨슬리가 자리에서 일어나며 말했다.

마리노가 대꾸했다.

"하, 똥차 기름값 대주고 총이라도 하나씩 쥐어주니 그나마 다행이지. 스프링스트리트 놈들 팔자가 우리보다 나아."

스프링스트리트는 주립 교도소다. 범인을 잡아넣는 경찰들에게 나가는 월급보다 범죄자를 수용하는 데 드는 주 정부 예산이 더 많은 것은 사실이었다. 마리노는 늘 이걸 가지고 투덜거렸다.

"관할 경찰서가 자넬 콴티코에서 끌어냈구먼. 재수 좋은 날일세."

마리노가 빈정대듯 말했다.

"이쪽에서 자기들이 발견한 걸 이야기해 주더군. 그래서 마리노 자네한테 연락했느냐고 물어봤지."

"아, 그래. 결국에는 나한테도 연락이 왔더군."

"모렐은 VICAP 양식을 써본 적이 없다고 하더군. 자네가 좀 도와주게."

마리노는 턱 근육을 실룩거리며 시체를 내려다보았다.

"이것도 컴퓨터에 입력해야겠군."

웨슬리가 말을 이었다. 비가 땅을 세차게 두드렸다.

나는 두 사람의 대화에 신경을 끊고 시트 한 장을 여자 시체 옆에 깐 다음 시체를 돌려 등을 아래로 하고 눕혔다. 다행히 관절과 인대가 아직 손상되지 않아서 형태가 그대로 유지되었다. 버지니아 같은 기후에서는 시체가 부패되어 뼈만 남거나 뼈가 완전히 분리되려면 적어도 1년은 외부에 방치되어야 한다. 근육조직과 연골 및 인대가 분해되려면 오랜 시간이 걸린다. 여자의 시체는 몸집이 아담했다. 평균대에서 균형을 잡고 있던 사랑스러운 젊은 체조 선수의 사진이 떠올랐다. 상의는 풀오버나 스웨트셔츠 같은 것이었고, 청바지 지퍼는 끝까지 올라가 잘 잠겨진 상태였다. 나는 시트를 한 장 더 펼치고 여자 옆에 누운 시체도 똑같이 시트 위에 올렸다. 부패한 시체를 돌아 눕히는 것은 돌을 들추는 것과 비슷하다. 밑에서 뭐가 나올지 알 수 없지만, 곤충류는 틀림없이 튀어나오게 마련이다. 아니나 다를까, 시체 밑에서 거미 몇 마리가 기어나와서 재빨리 낙엽 사이로 사라졌다. 순간 오싹 소름이 끼쳤다.

편한 자세를 취하기 위해 이리저리 자세를 바꿔보았지만 별 소용이 없었다. 문득 나는 웨슬리와 마리노가 사라졌다는 것을 깨달았다. 나는 빗속에 혼자 무릎을 꿇고 앉아서 손톱이나 작은 뼈, 치아를 찾아 낙엽과 진흙을 만져보기 시작했다. 한쪽 턱에서 치아가 적어도 두 개 이상 빠진 것이 눈에 띄었기 때문이다. 두개골 근처 어디에 있을 가능성이 가장 높다. 나는 15~20분 동안 주변을 살핀 끝에 치아 하나와 남자의 셔츠에서 떨어진 듯한 작고 투명한 단추, 담배꽁초 두 개를 찾아냈다. 커플들의 시체가 발견된 현장에서는 모두 담배꽁초가 여러 개 발견되었지만, 피해자 가운데는 담배를 피우지 않는 사람도 있었다. 이상한 점은 담배 제조사의 브랜드 로고가 찍힌 필터가 단 하나도 없다는 사실이었다.

모렐이 돌아오자 나는 그에게 이 사실을 알려줬다.

"담배꽁초가 안 나오는 현장은 한 군데도 못 봤습니다."

도대체 현장을 몇 군데나 가봤는지 궁금했다. 별로 많지 않을 것이다.

"종이 일부가 벗겨졌거나 필터 끝부분이 뜯겨나간 것 같아요."

내 설명에도 모렐은 별 반응이 없었다. 나는 다시 진흙 속을 뒤지기 시작했다.

어둠이 내리는 숲 속에서 경찰들이 선명한 오렌지색 시체용 비닐 백을 올려놓은 들것을 붙들고 음산하게 줄지어 자동차로 향하고 있었다. 좁은 비포장 임도에 도착하자 북쪽에서 매서운 바람이 불어오고 빗방울은 얼음 조각으로 변하기 시작했다. 내 관용차인 진청색 스테이션왜건은 영구차 시설을 갖추고 있었다. 뒷자리 바닥에 깔린 나무판자에는 죔쇠가 달려 있어서 차가 달리는 동안 들것이 미끄러지지 않도록 고정시킬 수 있었다. 나는 운전석에 앉아 안전벨트를 맸고 마리노가 조수석에 올라탔다. 모렐이 뒷문을 탕 하고 닫는 동안 사진기자와 방송국 카메라맨들이 우리를 찍고 있었다. 기자 한 사람이 끈질기게 운전석 창문을 두드려댔다. 나는 망설이지 않고 문을 잠가버렸다.

"젠장, 이런 현장에는 다시는 안 불려오면 좋겠구먼."

마리노가 툭 내뱉으며 히터 온도를 최고로 높였다.

나는 웅덩이 몇 곳을 피해 조심스럽게 차를 몰았다. 마리노는 조수석 쪽의 사이드미러로 기자들이 서둘러 각자의 차에 올라타는 모습을 힐끗 쳐다보았다.

"독수리 같은 인간들. 어떤 멍청한 놈이 무전기에다 대고 입을 놀린 게 분명해. 아마 모렐이겠지. 병신 새끼! 내 밑에 저런 놈이 있으면 교통

계로 보내버리든가 경찰복 배급실이나 안내 데스크에 처박아버릴 텐데."

"여기서 64번 고속도로로 가는 길 기억나요?"

나는 마리노의 말에 아랑곳하지 않고 물었다.

"직진하다가 두 갈래 길이 나오면 왼쪽이오. 젠장."

마리노는 창문을 살짝 열고 담배를 꺼냈다.

"밀폐된 차에 부패된 시체랑 같이 타고 가야 하다니…."

우리는 48킬로미터를 달린 후에 법의국에 도착했다. 나는 법의국 뒷문을 열쇠로 열고 안쪽 벽에 붙은 빨간 버튼을 눌렀다. 날카롭게 삐걱거리는 소리를 내며 문이 열리자 젖은 아스팔트 위에 환한 빛이 쏟아졌다. 나는 자동차로 돌아가서 뒷문을 열었다. 그리고 마리노와 함께 들것을 꺼낸 뒤 시체안치소 안으로 밀고 들어갔다. 법의학자 몇 명이 엘리베이터에서 내리더니 시체는 본 척도 않고 우리에게 미소를 보내며 지나갔다. 이곳에서는 들것 위에 얹힌 사람 모양의 물체가 콘크리트 벽만큼이나 흔한 풍경이었다. 여기서 일하다 보면 바닥에 떨어진 핏방울과 고약한 시체 냄새를 빠른 걸음으로 조용히 피해가는 요령을 배우게 된다.

나는 다른 열쇠를 꺼내 시체보관실의 스테인리스 스틸 문에 달린 자물쇠를 땄다. 그리고 시신의 발가락에 꼬리표를 달고 시체 인수 사인을 한 다음, 시체를 바퀴가 달린 들것 위에 옮겨두고 나왔다.

"내일 들러서 부검 진행 상황을 확인해도 되겠소?"

"그러세요."

"그 둘이오. 틀림없어."

"안됐지만 그런 것 같아요, 마리노. 웨슬리는 어떻게 됐어요?"

"콴티코로 가는 길이오. 운동장만 한 책상에 플로샤임(미국 전통의 남성화 브랜드-옮긴이) 구두를 떡하니 올려놓고 전화로 보고만 받으면 되는 거요."

"난 당신들 두 사람이 친구인 줄 알고 있었는데요."

나는 신중하게 대꾸했다.

"아, 인생이란 이렇게 재미있는 거요, 박사. 내가 낚시 여행 계획을 세우는 것과 똑같소. 일기예보에서는 맑음이라고 했는데, 보트를 물에 띄우는 순간 비가 뭐같이 쏟아지는 거요."

"이번 주말에도 야근인가요?"

"아니오만."

"일요일 밤, 우리 집에서 저녁이나 같이할래요? 6시, 6시 30분?"

"음, 가능할 것 같소."

마리노는 말하면서 시선을 피했지만 언뜻 그의 눈에 슬픔이 잠겨있는 듯했다.

마리노의 아내가 위독한 어머니를 돌보기 위해 추수감사절 전에 뉴저지로 돌아갔다는 이야기를 들은 게 생각났다. 그 뒤로 몇 번이나 저녁을 함께했지만, 마리노는 사생활에 대해서는 절대 입을 열지 않으려 했다.

나는 부검실로 들어선 후 곧장 탈의실로 향했다. 위생상 급한 문제가 생길 때를 대비해서 탈의실에 항상 개인적인 필수품이나 갈아입을 옷가지를 준비해 놓았다. 내 몸은 지저분했고, 죽음의 악취가 옷과 피부, 머리카락에 온통 배어 있었다. 나는 현장에서 입었던 옷을 얼른 쓰레기봉투에 집어넣고 관리인에게 출근하자마자 세탁소에 갖다주라는 메모를 써서 봉투에 붙여놓았다. 그런 다음 샤워실로 들어가서 오랫동안 몸을 씻었다.

마크가 덴버로 자리를 옮긴 후 정신과 의사 애너가 해준 충고 가운데 하나는 스트레스, 술, 담배 등으로 지친 몸을 회복시키도록 노력하라는 것이었다. 그녀는 무서운 단어를 내뱉었다.

"운동하세요. 엔도르핀은 우울증을 완화시키죠. 입맛도 돌아오고 잠도 잘 오고 몸도 가뿐해질 거예요. 테니스를 하는 것도 좋을 것 같군요."

애너의 충고에 따르는 것은 괴로운 일이었다. 십대 이후로 라켓을 잡아본 적도 거의 없었고, 워낙 변변치 않았던 백핸드는 수십 년의 세월이 지나면서 어떻게 하는 건지 아예 잊어버렸다. 웨스트우드 테니스 클럽에는 칵테일을 무료로 제공하는 시간이 있다. 이때 많은 사람들이 실내 관람석에 앉아 호기심 어린 눈으로 수강생을 바라보곤 한다. 나는 이 시간을 피해 일주일에 한 번씩 밤늦게 교습을 받았다.

사무실을 나섰을 때는, 테니스 클럽에 도착한 후 여성용 탈의실로 뛰어가 운동복으로 갈아입을 정도의 시간만 남아 있었다. 사물함에서 라켓을 꺼내 든 후 교습 시간 2분을 남겨놓고 코트로 나간 나는 스트레칭을 하면서 발가락에 손을 갖다 대려고 노력해 보았다. 근육이 욱신거리며 피가 조금씩 통하는 느낌이 들었다.

녹색 커튼 뒤에서 강사 테드가 테니스공 두 바구니를 어깨에 메고 나타났다.

"뉴스 듣고 오늘 안 오실 줄 알았습니다."

그는 바구니를 코트에 내려놓고 운동복 재킷을 벗었다. 테드의 피부는 항상 보기 좋게 볕에 그을려 있었다. 언제나 미소와 농담으로 나를 맞아주었는데, 오늘은 조금 차분한 얼굴이었다.

"제 동생이 프레드 체니와 아는 사이죠. 잘은 모르지만, 저도 조금은 아는 사이였습니다."

테드는 코트 몇 개 건너편에서 테니스를 치는 사람들을 바라보더니 말을 이었다.

"프레드는 정말 괜찮은 녀석이었어요. 그렇게 됐다고 이런 말을 하는 건 아니지만요. 제 동생은 이번 일 때문에 굉장히 충격을 많이 받았습니다."

그는 허리를 구부리고 공을 한 손에 가득 쥐었다.

"솔직히 짜증 나요. 신문에서 프레드 여자 친구에 대해서만 떠드는 것 말입니다. 꼭 팻 하비의 딸만 실종된 것 같은 분위기 아닙니까. 물론 멋진 여자애고 그 애도 불쌍한 건 마찬가지지만요."

테드는 잠시 입을 다물었다.

"제 말뜻 아시겠지요?"

"알아요. 하지만 역으로 데버러 하비의 가족은 데버러의 엄마 때문에 지나치게 언론의 주목을 받고 있죠. 조용히 슬퍼할 겨를조차 없어요. 그것 또한 불공평하고 비극적인 일이에요."

테드는 잠시 생각에 잠기더니 내 눈을 바라보았다.

"그런 생각은 미처 못했는데⋯ 박사님 말씀이 맞군요. 유명하다는 게 좋기만 한 일은 아닐 겁니다. 어쨌거나 여기 서서 이야기나 하자고 레슨비를 내시는 것도 아닐 테고. 오늘은 뭘 해볼까요?"

"그라운드 스트로크요. 양쪽 코너로 공을 보내주세요. 담배가 얼마나 끔찍한 물건인지 확인 좀 하게."

"그 점만은 제가 더 가르칠 필요가 없겠군요."

테드가 네트 중간으로 가서 서자 나는 베이스 라인으로 물러났다. 첫 번째 포핸드는 복식 경기였다면 그렇게 나쁜 것은 아니었다.

육체적인 고통은 기분 전환에 그만이다. 나는 하루의 고된 현실을 머리 한구석으로 밀어놓은 채 운동에 열중했다.

운동을 마친 후 집으로 돌아가서 땀에 젖은 옷을 벗고 있을 때 전화 벨이 울렸다.

"오늘 시체를 발견했다면서요. 말씀해 주세요."

팻 하비였다.

"아직 신원은 확인되지 않았습니다. 부검도 시작하지 않았고요."

나는 침대에 걸터앉아 테니스화를 벗으며 대답했다.

"남자와 여자라고 하던데…. 그렇게 들었어요."

팻 하비의 음성은 필사적이었다.

"맞아요. 현재로는 그렇게 추정됩니다."

"혹시 그 아이들이 아닐 가능성이 조금이라도 있나요?"

나는 대답을 망설였다.

"오, 하느님!"

팻이 중얼거렸다.

"팻, 지금은 확실하게…."

"경찰이 데비의 지갑과 운전면허증을 찾아냈다고 들었어요."

그녀의 히스테리컬한 음성이 내 말을 끊었다.

모렐이군. 멍청한 녀석 같으니….

"소지품만으로는 신원을 확인할 수가 없어요."

"그 앤 내 딸이라고요!"

팻 하비의 입에서 협박과 욕설이 뒤따라 나왔다. 평상시엔 주일학교 교사처럼 교양 있는 사람들도 자식이 험한 일을 당하면 이성을 잃곤 한다. 나는 이런 경우를 수없이 많이 겪었다. 나는 팻 하비에게 뭔가 건설적인 일거리를 맡겨야겠다고 생각했다. 나는 아까 했던 말을 되풀이할 수밖에 없었다.

"신원 확인이 아직 끝나지 않았습니다."

"내 아이를 보고 싶어요."

절대 안 될 말이지.

"육안으로는 신원 파악이 불가능합니다. 거의 백골화되어 있으니까요."

팻은 숨을 들이쉬었다.

"팻, 당신이 하기에 따라서 내일쯤 확실한 신원을 알 수도 있고 며칠이 더 걸릴 수도 있어요."

"내가 뭘 어떻게 해야 하나요?"

팻은 떨리는 음성으로 물었다.

"따님의 엑스레이와 치과 기록, 기타 병력에 관련된 자료를 구할 수 있는 대로 다 구해 주세요."

침묵이 흘렀다.

"찾아주시겠어요?"

"알겠어요, 즉시 찾아볼게요."

나는 팻 하비가 리치먼드에 사는 의사의 절반을 침대에서 질질 끌어내서라도 내일 해 뜨기 전에 딸의 모든 진료 기록을 확보할 것이라고 믿어 의심치 않았다.

다음 날 오후 법의국에서 해골 모형에 씌운 비닐 덮개를 걷어내고 있는데 복도에서 마리노의 발소리가 들렸다.

나는 목소리를 높여 마리노를 불렀다.

"마리노, 여기 있어요!"

마리노는 표정 없는 얼굴로 회의실에 들어서서 철사로 뼈를 연결해 놓은 해골을 쳐다보았다. 정수리에 달린 갈고리가 'L'자 모양의 막대 끝에 연결되어 있었다. 바퀴 달린 나무받침 위로 발이 대롱대롱 매달려 있는 해골은 나보다 키가 약간 컸다.

나는 테이블에 놓인 서류를 정리하며 말했다.

"그것 좀 밀어주실래요?"

"산책이라도 시키시려고?"

"아래층으로 데려갈 거예요. 그 친구 이름은 해리시예요."

마리노는 씩 웃는 입 모양을 한 해골 친구와 함께 내 뒤를 따라 엘리베이터로 향했다. 직원들 몇몇이 재미있다는 듯한 시선을 보냈다. 뼈와 작은 바퀴가 달각거리는 소리를 내며 실내를 울렸다. 해리시는 밖으로 나오는 일이 별로 없었다. 방구석의 자기 자리에서 납치되는 경우도 가끔 있었지만, 납치범의 의도는 진지하지 않은 경우가 대부분이었다. 지난 6월 내 생일 아침 사무실로 들어가보니, 안경을 쓰고 실험복을 입은 해리시가 내 자리에 앉아 이 사이에 담배를 물고 있었다. 늘 머릿속이 복잡한 위층 법과학연구소의 연구원 중 한 사람은 전혀 이상한 점을 못 느끼고 내 문 앞을 그냥 지나쳤다는 이야기도 들렸다.

"여기서 일할 때 설마 이 해골이 박사한테 말을 거는 건 아닐 테고…."

엘리베이터 문이 닫히는데 마리노가 입을 열었다.

"나름의 방식으로 말을 해요. 《그레이 해부학 개론》에 나와 있는 그림을 보는 것보다 저 녀석이 훨씬 편리하다니까요."

"이름에는 무슨 사연이 있소?"

"몇 년 전 해골을 구입했을 때 해리시라는 이름을 가진 인디언 병리학자가 이곳에 근무했어요. 이 해골도 인디언이죠. 남자, 사십대, 혹은 그 이상."

"리틀 빅혼 인디언이오, 아니면 이마에 점을 찍는 다른 인디언 종족이오?"

우리는 1층에서 내렸다.

"갠지스 강이 있는 인도 사람이라는 얘기예요. 힌두족은 사람이 죽으면 강물에 띄워 보낸답니다. 죽은 사람이 곧장 극락에 갈 수 있도록."

"여긴 분명 천국은 아닌 것 같은데."

마리노는 뼈와 바퀴에서 달각거리는 소리를 내는 해리시를 끌고 부검실로 들어섰다.

첫 번째 스테인리스 스틸 테이블을 덮은 흰 시트 위에 데버러 하비의 시체가 놓여 있었다. 더러운 회색 뼈, 진흙이 묻어 엉킨 머리카락, 신발 가죽처럼 질기고 그을린 인대…. 심한 악취가 풍겼지만, 옷을 벗겼기 때문에 참기 힘들 정도는 아니었다. 탈색을 해서 하얗게 반짝이는 데다 뼈에 긁힌 자국 하나 없는 해리시와 비교하니 더욱 가련해 보였다.

"몇 가지 미리 말할 게 있어요. 하지만 절대 다른 데 가서 이야기하면 안 돼요."

마리노는 담배에 불을 붙이며 궁금한 듯 나를 쳐다보았다.

"알겠소."

"신원은 의심할 여지가 없어요."

나는 쇄골을 두개골 양쪽으로 나란히 놓으며 입을 열었다.

"팻 하비가 오늘 아침에 치과 엑스레이 사진이랑 진료 기록을 가져왔는데…."

"직접 말이오?"

마리노는 놀란 듯 내 말을 가로막았다.

"그래요. 불행히도."

팻 하비가 직접 올 거라고 생각하지 못한 것은 이쪽의 계산 착오였다. 이건 절대 잊지 못할 것이다.

"한바탕 소동이 벌어졌겠구먼."

마리노가 말했다.

사실 그랬다. 팻 하비는 재규어를 길가에 불법으로 주차해 놓고, 금세라도 울음을 터뜨릴 것 같은 얼굴로 나타났다. 유명한 공직자의 카리스마에 눌린 안내원이 그녀를 안으로 들여보냈고, 팻 하비는 곧장 나를 찾아 복도를 헤매기 시작했다. 법의국 행정관이 엘리베이터에서 그녀를 제지하고 내 사무실로 안내하지 않았다면 시체안치소까지 내려왔을 것이다. 잠시 후 나는 사무실에서 팻 하비를 만났다. 그녀는 분필처럼 창백한 얼굴로 빳빳하게 굳은 채 의자에 앉아 있었다. 내 책상 위에는 사망증명서와 사건 파일, 부검 사진, 칼에 찔린 조직을 절제해서 넣어둔 작은 포르말린 병이 여기저기 놓여 있었다. 포르말린액은 핏물 때문에 분홍색으로 물들어 있었다. 문 뒤쪽에는 나중에 위층 연구실을 돌아볼 때 가져 가려고 했던 피 묻은 옷이 걸려 있었고, 파일 캐비닛 위에는 신원이 확인되지 않은 여성 사망자의 얼굴 점토본이 마치 목이 잘린 사람의 머리처럼 놓여 있었다.

팻 하비는 원했던 것 이상을 얻어 갔다. 시체안치소라는 공간의 차가운 현실과 정면으로 맞닥뜨린 것이다.

나는 마리노에게 말했다.

"모렐이 프레드 체니의 치과 기록도 가져왔더군요."

"그럼 프레드 체니와 데버러 하비가 확실한 거요?"

"그래요."

나는 벽에 걸린 라이트 박스에 끼워놓은 엑스레이 사진을 턱으로 가리키며 대답했다.

희미한 요추의 윤곽 위에 엑스레이가 통과하지 않아 검게 나타난 부분을 바라보는 마리노의 얼굴에 놀란 표정이 떠올랐다.

"생각했던 것과 다르군."

"데버러 하비는 총에 맞았어요."

나는 문제의 요추를 가리켰다.

"등 한가운데 꽂혔죠. 총알이 가시돌기와 척추뼈고리뿌리를 부러뜨리고 척추에 박혔어요. 여기."

"안 보이는데…."

"보이진 않아요. 하지만 구멍이 보이죠?"

"구멍? 여러 군데 있잖소."

"이게 총알이 들어간 구멍이에요. 다른 건 혈관 구멍, 즉 뼈와 골수에 혈액을 공급하는 구멍이고요."

"방금 말한 척추뿌리가 골절됐다는 건 어디요?"

나는 참을성 있게 다시 말했다.

"척추뼈고리뿌리예요. 그건 발견하지 못했어요. 아마 산산조각 나서 숲 속 어딘가에 굴러다니겠죠. 사입부(탄환이 피부를 뚫고 들어간 부분-옮긴이)는 있는데 사출부(탄환이 몸에서 관통되어 나간 부분-옮긴이)가 없어요. 복부가 아니라 등에 총을 맞은 거예요."

"입고 있던 옷에는 구멍이 나 있었소?"

"아뇨."

가까운 테이블에 놓인 흰색 플라스틱 쟁반 위에는 옷가지, 보석류, 빨간색 나일론 지갑 등 데버러의 소지품이 놓여 있었다. 나는 조심스럽게 검게 썩어 너덜너덜해진 스웨트셔츠를 집어 들었다.

"여길 보면 등 쪽이 특히 많이 손상되었죠? 섬유가 완전히 썩고 포식자들 때문에 찢겨나간 거예요. 청바지 뒤쪽의 허리 부분도 마찬가지인데, 그 부위가 피에 젖어 있었기 때문이에요. 다시 말해 총알이 뚫은 부위가 사라진 거죠."

"사거리는? 그건 혹시 알 수 없소?"

"말했지만 총알은 관통하지 않았어요. 근거리에서 쏜 것은 아니라는 얘기죠. 하지만 확실하지는 않아요. 총알의 지름은… 이 역시 추정일 뿐이지만, 이 구멍의 크기로 미루어보건대 38구경 이상이에요. 척추를 절개하고 탄환을 빼내 위층 총기분석실에 갖고 가봐야 정확히 알 수 있어요."

"이상하군. 체니는 아직 안 끝났소?"

"엑스레이는 찍었어요. 총알은 없더군요. 하지만 아직 부검은 하지 않았어요."

"이상해. 앞뒤가 안 맞아. 등에 총을 맞은 게 다른 사건들과는 다르지 않소."

마리노는 되풀이했다.

"그렇죠. 안 맞죠."

"그럼 사인은 뭐요?"

"모르겠어요."

"박사가 모르겠다니, 그건 또 무슨 소리요?"

"이건 즉시 죽음에 이를 정도로 치명적인 상처는 아니에요, 마리노. 총알이 관통하지 않았으니 대동맥도 멀쩡하다는 얘기죠. 이 정도 위치에서 관통했다면 출혈로 수분 내에 사망했을 테지만, 확실하게 말할 수 있는 사실은, 총알이 척수를 관통하면서 허리 아래가 즉시 마비되었을 거예요. 물론 혈관도 손상을 입었겠죠. 출혈이 있었을 거예요."

"그럼 얼마나 오랫동안 숨이 붙어 있었겠소?"

"몇 시간 정도."

"성폭행 흔적은?"

"팬티와 브래지어는 제대로 입고 있었어요. 그렇다고 성폭행을 당하지 않았다고는 할 수 없어요. 총을 맞기 전에 성폭행을 당했다면 그 뒤에 옷을 다시 입었을 수도 있으니까."

"뭣 때문에?"

"강간을 당한 뒤에 범인이 옷을 다시 입으라고 하면, 피해자는 목숨은 건졌다고 생각하지요. 희망이 생기면서 범인이 시키는 대로 고분고분하게 되죠. 반항했다가 범인의 마음이 바뀔까봐."

마리노는 눈살을 찌푸렸다.

"그래도 이상하단 말이야. 왠지 그랬을 것 같지는 않소, 박사."

"가설일 뿐이에요. 나 역시 어떤 일이 있었는지는 몰라요. 확실하게 말할 수 있는 건, 데버러가 입고 있던 옷가지에 찢어지거나 잘려나가거나 뒤집어 입거나 느슨하게 풀린 흔적이 전혀 없다는 거예요. 정액은… 숲 속에서 이렇게 오랜 시간이 지났으니, 찾는 건 포기해야겠죠."

나는 마리노에게 클립보드와 연필을 건네주며 덧붙였다.

"여기 계속 있을 거면 대신 필기 좀 해줘요."

"벤턴에게도 이야기할 거요?"

"당장은 아니에요."

"모렐은?"

"일단 총에 맞았다는 이야기는 해야죠. 자동이냐 반자동이냐는 현장에 탄피가 아직 남아 있을지도 모르니 그걸 수색하면 될 테고. 경찰이 입을 놀리고 싶으면 나야 어쩔 수가 없지만, 내 입에서는 한 마디도 새어나가지 않을 거예요."

"팻 하비는?"

"하비 부부는 자기 딸과 프레드의 신원이 확인됐다는 걸 알고 있어요. 확실해지면 가능한 한 빨리 전화를 해야죠. 하지만 최종 부검 감정서를 마무리 지을 때까지는 그들에게도 더 이상 정보를 알려줄 수 없어요."

왼쪽 갈비뼈와 오른쪽 갈비뼈를 분리하자 목각 인형이 조용히 달각거리는 듯한 소리가 났다. 나는 구술하기 시작했다.

"양쪽에 열두 개. 사람들이 흔히 알고 있는 것과 달리 여자 갈비뼈가 남자보다 하나 더 많지는 않아요."

마리노가 클립보드에서 고개를 들었다.

"뭐요?"

"창세기 안 읽어봤어요?"

마리노는 흉추 양쪽으로 나란히 놓아둔 갈비뼈를 멍하니 쳐다보았다.

"신경 쓰지 말아요."

다음으로 나는 손목뼈를 살펴보았다. 손목을 구성하는 작은 뼈는 강바닥이나 정원을 파헤쳤을 때 흔히 나오는 돌멩이와 비슷하게 생겼다. 왼손 뼈와 오른손 뼈를 구분하기는 매우 힘들기 때문에 이럴 때야말로 모형 해골이 진가를 발휘한다. 나는 해리시를 당겨 앙상한 손을 테이블 가장자리에 올려놓고 비교하기 시작했다. 그런 다음 지골, 즉 손가락뼈도 같은 과정을 거쳤다.

"오른손 뼈 열한 개, 왼손 뼈에 열일곱 개 소실."

"전체가 몇 개요?"

마리노가 얼른 받아 적으며 물었다. 나는 검시를 계속하며 대답했다.

"손은 스물일곱 개의 뼈로 구성되어 있어요. 그렇기 때문에 손의 움직임이 엄청나게 정교한 거예요. 그림도 그리고, 바이올린도 켜고, 서로 만지며 사랑을 나눌 수 있는 것도 모두 손뼈 덕분이죠."

자신을 방어하는 것 또한 손 덕분에 가능하다.

다음 날 오후가 되어서야 나는 데버러 하비가 총 이외의 다른 무기를 지닌 범인을 방어하기 위해 어떤 시도를 했다는 사실을 알게 되었다. 바깥 기온이 상당히 올라갔고 날씨도 화창하게 개었기 때문에 경찰은 하루 종일 흙을 뒤지며 수색 작업을 계속했다. 오후 4시가 못 된 시각, 모렐이 내 사무실에 들러 현장에서 발견한 작은 뼈 여러 개를 전해주고 갔다. 다섯 개는 데버러의 뼈였는데, 그중 왼쪽 집게손가락 첫마디뼈,

즉 집게손가락에서 가장 긴 뼈의 등 부분에 1.3센티미터가량 흠집이 나 있었다.

뼈나 조직에서 손상을 발견하면 가장 먼저 판단해야 할 것은 사전 손상인가 사후 손상인가 하는 점이다. 사망 이후에 가해지는 인공적인 손상을 염두에 두지 않는 경우 자칫 중대한 실수를 저지를 수도 있다.

화재로 불에 탄 시체에서 골절이나 경막상 출혈(뇌의 경막 바깥쪽의 출혈-옮긴이)이 발견되는 경우 마치 누군가가 고의로 살해한 뒤 현장을 은폐하기 위해 집에 불을 지른 것처럼 보이지만, 실은 엄청난 열기로 인한 사후 손상으로 밝혀지기도 한다. 파도에 밀려 올라오거나 강이나 호수에서 건져 올린 시체는 마치 변태 살인자가 얼굴과 성기, 손발을 절단해 놓은 것처럼 보이지만 알고 보면 시체를 훼손한 범인은 물고기, 게, 거북 같은 놈들이다. 백골 상태로 발견되는 시체에는 쥐나 독수리, 개, 너구리 따위가 사지를 갈가리 찢어서 갉아 먹거나 뜯어 먹은 흔적이 남는다.

네발 달린 짐승, 날개 달린 짐승, 지느러미가 달린 짐승이 가하는 손상은 다양하지만, 다행히도 불쌍한 피해자가 이미 죽은 뒤에 일어난다. 그런 뒤 자연의 순환이 시작되는 것이다. 재는 재로, 먼지는 먼지로.

내가 보기에 데버러 하비의 손가락 첫마디뼈에 난 상처는 이빨이나 발톱 자국으로 보기엔 지나치게 깔끔하고 직선 모양이었다. 어쩌면 범인의 공격을 방어할 때 생긴 것인지도 모른다. 하지만 여러모로 더 검토해 보아야 한다. 혹시 부검 중에 내가 메스로 찍은 흔적은 아닌지도 확인해야 한다.

수요일 저녁 무렵 경찰은 시체의 신원이 데버러와 프레드라는 사실을 언론에 발표했다. 이후 48시간 동안 전화가 하도 많이 와서 법의국 행정실 직원은 전화를 받느라 업무를 못 볼 지경이었다. 로즈는 벤턴 웨슬리와 팻 하비 등의 관계자에게 내가 시체안치소에 있는 동안 부검 종결을 유예한다는 사실을 알려주었다.

일요일 밤이 되자 내가 할 수 있는 일은 더 이상 없었다. 나는 데버러 하비와 프레드 체니의 시체에서 살점을 깨끗이 발라내고 기름기를 제거한 후 여러 각도에서 사진을 찍었으며, 유골 목록도 완벽하게 작성했다. 마분지 박스 속에 유골을 챙겨 넣고 있는데 뒷문 현관 벨이 울렸다. 야간 경비원의 발소리에 이어 문 열리는 소리가 들렸다. 잠시 후 마리노가 들어왔다.

"여기서 잠이라도 잔 거요?"

나는 마리노의 외투와 머리카락이 축축하게 젖어 있는 것을 보고 놀랐다.

"눈이 오는군."

그는 장갑을 벗고 내가 작업 중인 부검대 가장자리에 무전기를 올려놓았다.

나는 한숨을 쉬며 말했다.

"반가운 손님이네요."

"미친 듯이 내리고 있소. 요 앞을 지나다 주차장에 박사 차가 있는 걸 보고 새벽부터 이 굴 속에 처박혀서 골머리를 썩고 있지 않나 싶어서 들렀소."

마리노의 말을 들으며 테이프를 길게 뜯어 박스를 봉하는 순간 문득 떠오르는 게 있었다.

"마리노, 이번 주말은 야근이 아니잖아요."

"박사가 오늘 저녁 초대를 했는 줄 알고…."

나는 무슨 말인가 싶어 하던 일을 멈추고 그를 바라보았다. 순간 나는 화들짝 놀랐다.

"아, 이런."

시계를 올려다보았다. 저녁 8시가 지나 있었다.

"마리노, 정말 미안해요."

"괜찮소. 이쪽도 어차피 할 일이 좀 있어서."

마리노는 거짓말을 하면 금방 티가 난다. 내 눈을 똑바로 보지 못하고 얼굴이 붉어지니까. 주차장에서 내 차를 보았다는 것도 우연이 아닐 것이다. 그는 아무 연락이 없는 나를 찾아다닌 것이다. 단순히 저녁 약속 때문이 아니라, 뭔가 할 말이 있는 게 분명했다.

나는 테이블에 몸을 기대며 마리노를 똑바로 쳐다보았다.

"주말에 팻 하비가 워싱턴에 가서 FBI 국장을 만났소. 박사도 알고 있어야 할 것 같아서."

"벤턴이 그러던가요?"

"그렇소. 박사에게 몇 번이나 연락을 했지만 통 연결이 안 되더라는 군. 마약왕께서 메모를 남겨놔도 박사가 전화를 안 한다고 불평이 대단하시오."

"일체 전화를 안 받고 있어요. 할 일도 많을뿐더러 지금 당장은 뭐라 공개할 사실도 없고요."

나는 피곤한 음성으로 대답했다.

마리노는 테이블 위의 박스를 쳐다보았다.

"데버러는 총에 맞았잖소. 그럼 살인이지, 뭘 기다리는 거요?"

"프레드 체니의 사인은 무엇인지, 마약과 관련되었을 가능성은 없는지 아직 밝혀내지 못했어요. 약물 검사 보고서를 기다리는 중인데, 그 보고서를 읽어보고 베시에게 자문을 구하기 전까지는 아무 것도 공개하지 않을 거예요."

"스미소니언에 있는 그 친구 말이오?"

"아침에 만나기로 했어요."

"사륜구동차를 몰고 가쇼."

"팻 하비가 무엇 때문에 FBI 국장을 만나러 갔는지 아직 설명 안 했어요."

"하비는 법의국과 FBI에서 자기를 따돌린다고 생각하오. 열 받은 거지. 딸의 부검 감정서와 경찰 수사 기록 등 모든 관련 자료를 내놓아라, 이런 요구가 곧바로 관철되지 않을 때는 법원 명령서라도 받아오겠다, 이렇게 협박하고 있소이다."

"말도 안 돼요."

"말이 안 돼지. 어쨌든 충고 한마디 하겠소, 박사. 오늘 중으로 벤턴에게 전화해 봐요."

"왜요?"

"박사가 쫓겨나는 건 원하지 않으니까 이러는 거요."

나는 수술복 끈을 풀었다.

"무슨 소릴 하는 거예요, 마리노?"

"지금 박사가 사람들을 피하면 피할수록 모닥불에 기름을 끼얹는 격이란 말이오. 벤턴 말로는 팻 하비는 모종의 은폐 공작이 있는데 우리 모두가 거기에 가담했다고 생각한다는군."

내가 대답하지 않자 마리노는 말을 이었다.

"듣고 있소?"

"그래요. 다 들었어요."

그는 박스를 집어 들었다.

"이 안에 두 사람이 들어 있다니, 희한하군."

희한하긴 했다. 박스는 전자레인지보다 그리 크지 않았고 무게는 4.5~5.5킬로그램 정도였다.

나는 내 관용차 트렁크에 상자를 집어넣는 마리노를 바라보며 중얼거렸다.

"이것저것 다 고마워요."

"뭐요?"

나는 그가 내 말을 알아들었다는 걸 안다. 하지만 마리노는 한 번 더 분명하게 듣고 싶은 것이다.

"신경 써줘서 고맙다고요, 마리노. 정말이에요. 저녁 식사 건은 정말 미안해요. 가끔 이렇게 정신이 없다니까."

눈이 심하게 내렸지만 마리노는 여느 때처럼 모자를 쓰지 않았다. 나는 시동을 걸고 히터를 최고로 올린 다음 그를 올려다보았다. 마리노가 내게 얼마나 큰 위안이 되는지 생각하니 기분이 묘했다. 마리노는 내가 아는 그 누구보다 내 신경을 건드리는 사람이었지만 그가 곁에 없다는 것은 상상할 수가 없었다.

마리노가 운전석 문을 잠그며 말했다.

"나한테 빚이 하나 생긴 거요. 잊지 마쇼."

"세미프레도 디 치콜라토."

"박사가 음담패설을 하면 재미있다니까."

"디저트 이름이에요. 내 특별 요리죠. 레이디핑거에 초콜릿 무스를 얹은 거예요."

"레이디핑거?"

그는 무섭다는 듯 시체안치소 쪽을 뚫어지게 바라보았다.

집까지 가는 길은 끝이 없을 것만 같았다. 눈으로 덮인 길을 기다시피 운전하는 동안 하도 집중을 하는 바람에 부엌에 들어가 술을 한 잔 따를 때는 머리가 깨지는 것 같았다. 나는 식탁에 앉아 담배에 불을 붙인 후 벤턴 웨슬리에게 전화를 걸었다.

"어떻게 됐습니까?"

웨슬리가 곧장 본론부터 물었다.

"데버러 하비는 등에 총을 맞았어요."

"모렐에게 들었습니다. 총알이 흔치 않은 거라고 하던데… 하이드라 쇼크, 9밀리?"

"맞아요."

"남자 친구는?"

"사인은 아직 알아내지 못했어요. 약물 검사 결과를 기다리는 중인데, 스미소니언의 베시에게 자문을 구해야겠어요. 일단은 두 사람 다 사인 보류예요."

"오래 보류할수록 좋겠습니다."

"뭐라고요?"

"가능한 한 사건을 오래 보류해 줬으면 좋겠다는 뜻입니다, 케이. 보고서를 아무한테도 보내지 말았으면 해요. 피해자의 부모들, 특히 팻 하비에게 말입니다. 데버러가 총에 맞았다는 사실도 아직 아무에게도…."

"팻 하비가 모를 거라고 생각해요?"

"모렐과 통화하면서 그에게 비밀에 부치겠다는 약속을 받았습니다. 그러니까 아직 하비한테는 말이 들어가지 않았을 겁니다. 음… 경찰에서도 아직 그녀에게 연락하지 않았습니다. 팻 하비는 자기 딸과 체니가 죽었다는 사실만 알고 있어요."

웨슬리는 잠시 입을 다물더니 덧붙였다.

"당신이 내가 모르는 어떤 사실을 누설하지만 않았다면."

"팻 하비가 몇 번 전화를 했지만, 아직 이야기를 나누진 못했어요. 지난 며칠 동안 그 누구와도 거의 말한 적이 없어요."

"계속 그렇게 해줘요. 정보는 나한테만 주십시오."

웨슬리가 단호하게 말했다.

"벤턴, 언젠가는 사인을 발표하지 않으면 안 돼요. 프레드의 가족과 데버러의 가족은 법적으로 그걸 요구할 권리가 있다고요."

"다시 한 번 말하지만 가능한 한 오랫동안 보류해 주세요, 케이."

"이유를 물어봐도 될까요?"

침묵.

그가 전화를 끊은 게 아닌가 싶어 나는 다시 물었다.

"벤턴?"

"일단 행동을 취하기 전에 나랑 먼저 상의를 했으면 좋겠습니다."

웨슬리는 다시 머뭇거렸다.

"애비 턴불이 출판 계약을 맺은 건 당신도 알고 있겠지요?"

웨슬리의 말에 다시 화가 치밀어 올랐다.

"신문에서 봤어요."

"애비와 다시 연락한 적이 있습니까? 최근에?"

다시? 지난가을 애비가 나를 만나러 왔다는 걸 웨슬리가 어떻게 알고 있을까? 젠장, 마크구나. 그가 전화했을 때 애비가 우리 집에서 하룻밤 지내고 간다는 이야기를 했었다.

"없었어요."

나는 무뚝뚝하게 대꾸했다.

06

은폐

 월요일 아침 집 앞 도로에는 눈이 수북이 쌓여 있었다. 진회색 하늘은 날씨가 더 나빠질 거라고 경고하는 듯했다. 나는 커피를 마시며 워싱턴까지 차를 몰고 갈 것인지 잠시 갈등했다. 계획을 취소하기 직전 주 경찰서에 전화를 걸어 도로 상태를 확인했다. 95번 고속도로는 깨끗하게 치워졌으며 눈도 점점 적게 내려 프레더릭스버그에는 3센티미터도 채 쌓이지 않았다고 했다. 관용차는 고속도로 진입로까지 빠져나오지도 못할 것 같아서 메르세데스에 마분지 박스를 실었다.

 고속도로로 들어서면서 교통사고가 나거나 경찰이 내 차를 세우게 되면 곤란할 것이라는 생각이 들었다. 관용차도 아닌 차 트렁크에 사람 유골을 싣고 북쪽으로 가는 이유를 설명해야 하는 상황…. 간혹 법의관 신분증을 보여줘도 아무 소용이 없을 때가 있다. 새도마조히즘적인 성행위 도구를 커다란 가방에 가득 넣은 채 캘리포니아행 비행기를 탔을 때의 일은 잊을 수가 없다. 내 가방이 엑스레이 스캐너를 통과하자마자 공항 보안요원들이 나타나더니 나를 데려가서 신문하기 시작했던 것이다. 나는 전국법의관학회에 참석하러 가는 법의병리학자이며, 자기애적 질식(autoerotic asphyxiation : 자위 시 쾌감을 높이기 위해 목을 매어 저산소 상태를 유발하는 도착 증상 – 옮긴이)에 대해서 프레젠테이션을 할 예정이라고 아무리 설명을 해도 그들은 들은 체도 하지 않았다. 수갑과 징이 박힌 목걸이, 가죽 끈 등 기타 꼴사나운 잡동사니들은 이전에 일어났던 사건들의 증거물이지 내 것이 아니었다.

10시 30분, 워싱턴에 도착한 나는 컨스티튜션 애버뉴와 12번 가에서 한 블록 떨어진 곳에 주차할 공간을 찾아냈다. 스미소니언 국립 자연사 박물관은 몇 년 전 법의인류학 세미나에 참석한 이후 처음 방문하는 것이다. 나는 마분지 박스를 든 채 화분에 심어놓은 난초가 은은하게 향기를 풍기고 관광객들의 음성으로 시끄러운 로비로 들어섰다. 잠시 나도 일반 관광객처럼 공룡이나 다이아몬드, 미라를 넣은 관, 마스토돈(코끼리와 비슷한 고대 생물 – 옮긴이)이나 여유롭게 감상할 수 있다면 얼마나 좋을까 생각했다. 이 안의 가장 음산한 유물들에 대해서 전혀 모른다면….

박물관에는 관람객에게 공개되지 않은 공간이 있다. 천장에서 바닥까지 1센티미터의 빈틈도 없이 녹색 나무 서랍이 설치되어 있는 그곳에는 온갖 시체와 인간의 유골 3만 점이 보관되어 있다. 세계 각지에서 발굴된 별별 뼈들이 매주 알렉스 베시 박사 앞으로 도착한다. 고고학 유적지에서 나온 유골을 비롯해 밭을 갈다 우연히 발견된 사람의 뼈 비슷한 것도 이쪽으로 보내진다. 나중에 그것이 비버의 앞발이나 뇌수종에 걸린 송아지의 두개골로 밝혀지는 경우도 있지만, 최악의 경우 살해된 사람의 유골로 판명되기도 한다. 자연과학자이자 큐레이터인 베시 박사는 FBI와 공조하기도 하고 나 같은 사람을 돕기도 한다.

나는 웃음기 하나 없는 경비원에게 몸수색을 받은 후 방문증을 달고 엘리베이터로 3층까지 올라갔다. 서랍장이 높게 쌓인 벽이 양쪽으로 솟아 있는 어둑하고 혼잡한 복도 안쪽으로 들어가니, 아래층에서 커다란 코끼리 박제를 구경하는 관람객의 목소리가 점점 작아지다 이내 사라졌다. 이곳에서 여덟 시간씩 수업을 받노라면 살아 있는 감각기관에 대한 자극이 너무나 절실해지곤 한다. 수업이 끝난 뒤 뛰쳐나왔을 때 북적거리는 보도와 길거리의 소음조차 반갑기 그지없던 기억….

베시 박사는 지난번 만났던 실험실 안에 있었다. 철제 카트 위에는 새와 동물의 해골·이빨·대퇴골·턱뼈 등이 어수선하게 놓여 있고, 선반에는 갖가지 뼈와 두개골 등 불행한 인간의 유골이 가득 차 있었다. 백발에 가까운 흰 머리에 두꺼운 안경을 쓴 베시 박사는 책상 앞에 앉아 전화를 받는 중이었다. 잠시 후 그가 전화를 끊자 나는 마분지 상자를 열어 데버러 하비의 왼손 뼈가 들어 있는 비닐봉지를 꺼냈다.

"마약왕의 딸입니까?"

베시 박사가 봉투를 받아 들며 단도직입적으로 물었다.

그 질문이 왠지 이상하게 느껴졌다. 하지만 정확한 질문이기도 했다. 어차피 데버러는 과학적 탐구 대상 또는 물리적 증거물로 전락했으니까.

"맞아요."

박사는 손가락뼈를 봉투에서 꺼내 조명 아래로 가져가더니 천천히 돌려가며 살펴보았다.

"단도직입적으로 말해서 이건 사후 손상이 아닙니다, 스카페타 박사님. 오래된 절상(칼날 또는 예리한 물체에 베어 피부의 연속성이 끊어진 상처 - 옮긴이)이 근래에 생긴 것처럼 보이는 경우는 있지만, 생긴 지 얼마 안 된 상처가 오래된 것처럼 보이진 않지요. 보세요, 절상 안쪽이 뼈의 다른 표면과 비슷하게 변색되어 있잖습니까. 게다가 상처 가장자리가 바깥으로 휘어 있는 것으로 볼 때 사망한 뒤에 생긴 건 아닙니다. 살아 있는 뼈가 휘지, 죽은 뼈는 그렇지 않습니다."

"제가 내린 결론과 똑같네요, 박사님. 하지만 분명 의문이 제기될 거예요."

나는 의자를 끌어당겨 앉으며 말했다.

박사가 안경 너머로 나를 빤히 쳐다보았다.

"당연히 그래야지요. 여기에 얼마나 말도 안 되는 의뢰가 들어오는지 국장님은 상상도 못할 겁니다."

"대충 짐작은 가요."

주(州)에 따라 법의학 감정 능력의 차이가 얼마나 현저하게 벌어지는지 나도 잘 알고 있었다.

"몇 달 전에 어느 검시관(coroner)이 감정을 하나 의뢰해 왔습니다. 연조직 덩어리와 뼈였는데, 하수구에서 발견된 신생아의 유해라더군요. 문제는 성별과 나이였는데, 감정해 보니 생후 2주 된 비글 수컷이더라고요. 또 병리학의 '병' 자도 모르는 검시관 한 사람이 무덤에서 발굴한 유골을 갖고 온 적도 있습니다. 사인을 모르겠다면서 말이죠. 마흔 곳 넘게 절상이 있었는데 가장자리가 모두 바깥으로 휘었더군요. 그건 살아 있는 뼈가 손상된 교과서적인 실례지요. 절대 자연사로 볼 수 없는…."

베시 박사는 실험복 옷깃으로 안경을 닦으며 덧붙였다.

"물론 부검 도중 뼈에 상처가 생긴 경우도 있지만."

"육식동물이 낸 자국일 가능성은 전혀 없을까요?"

내 눈에는 절대 그럴 가능성이 없어 보이기는 했지만 어쨌든 다시 확인해야 했다.

"음… 포식자가 낸 흔적과 상처를 구별하기는 쉽지 않습니다. 하지만 이건 분명 어떤 종류의 칼날 같군요."

베시 박사는 자리에서 일어서며 활기차게 덧붙였다.

"한번 보죠."

나를 혼란스럽게 만들었던 사소한 상처 하나가 베시 박사에게는 오히려 즐거움을 준 모양이었다. 그는 힘찬 몸짓으로 작업대 위에 놓인 해부현미경 쪽으로 다가가더니 재물대 한가운데에 뼈를 놓았다. 박사는 한참 동안 말없이 렌즈를 들여다보며 환한 불빛 아래에서 뼈를 뒤집어보더니 말했다.

"흠…, 이거 재미있군요."

나는 말없이 그의 다음 말을 기다렸다.

"상처는 여기뿐이었습니까?"

"네. 직접 감정해 보시면 다른 데도 뭔가 나올지 모르겠는데, 저는 전에 말씀드린 총알 구멍 외에는 아무것도 발견하지 못했어요. 요추에서요."

"탄환이 척추에 명중했다고 말씀하셨지요."

"맞아요. 등 뒤에서 맞았지요. 척추에서 탄환을 빼냈어요."

"충격을 가한 위치는 알아내셨습니까?"

"사실 피해자가 총에 맞았을 때 숲 속 어느 곳에 있었는지 밝혀내지 못했어요. 아니, 그 당시 숲 속에 있었는지조차 확실하지 않아요."

"그런데 손에 이런 자국이 있단 말이지…."

베시 박사는 혼잣말처럼 중얼거리며 해부현미경을 다시 들여다보았다.

"어떤 것이 먼저인지는 알 길이 없군요. 총에 맞은 뒤로는 허리 아래가 마비되었겠지만 손은 움직일 수 있었을 테니까."

"방어상처인가요?"

"대단히 희귀한 종류의 방어상처군요. 바닥 쪽이 아니라 손등 쪽이잖습니까."

베시 박사는 의자에 등을 기대고 나를 올려다보았다. 그리고 손바닥을 위로 내밀어 보이며 말했다

"보통 손에 나는 방어상처는 손바닥 쪽에 있지요. 하지만 이건 손등에 난 상처예요."

그는 손바닥을 뒤집으며 말을 이었다.

"나는 보통 손 위쪽에 난 상처는 적극적으로 자기 방어를 펼친 경우로 추정합니다."

"주먹을 휘두른다든가…."

"그렇지요. 칼을 들고 공격하는 사람을 향해 주먹을 휘두르면 손 윗부분에 상처가 날 확률이 높지요. 어느 시점에서 손을 폈다면 모를까, 절대 손바닥에 손상을 입지는 않습니다. 하지만 더욱 중요한 점은 대부분의 방어상처는 베인 자국이라는 겁니다. 범인은 칼을 휘두르거나 찌르고, 피해자는 손이나 팔뚝을 들어 칼날을 막는 상황이지요. 칼날이 뼈에 닿을 정도로 깊숙이 들어간 경우에는 대부분 칼날의 모양에 대해서 정확히 판단하기가 힘듭니다."

"칼날 모양이 톱날이었다고 해도, 날이 살을 베고 들어갔다 나오면서 톱날의 흔적을 뭉개버릴 테니까요."

"그렇기 때문에 이 자국이 재미있다는 겁니다. 이건 톱날이 틀림없어요."

"그럼 베인 것이 아니라 '찍힌' 걸까요?"

나는 당혹스러워서 물었다.

베시 박사는 뼈를 봉투 안에 집어넣었다.

"그렇습니다. 톱날 모양으로 미루어보건대 적어도 톱날 면 1.3센티미터가량이 손 윗부분을 강타했을 것으로 보입니다."

그는 책상으로 돌아가며 덧붙였다.

"무기의 종류나 상황에 대해서는 이 정도밖에 말씀드릴 수가 없군요. 아시다시피 변수가 많지 않습니까. 칼날의 크기는 물론 상처가 총을 맞기 전에 생겼는지 그 뒤에 생겼는지도 알 수 없습니다. 게다가 이 상처가 났을 때 피해자가 어떤 자세를 취하고 있었는지도 알 수 없어요."

나는 차로 돌아오면서 정황을 머릿속에 그려보았다. 데버러는 등을 아래로 하고 똑바로 누워 있었을지도 모른다. 무릎을 꿇고 앉았거나, 서 있었을 수도 있다. 손에 난 절상은 아주 깊어서 출혈이 매우 심했을 것이다. 지프에 핏자국이 전혀 없었던 것을 보면, 임도나 숲 속에 있을 때 당했을 확률이 높다. 몸무게가 기껏 45킬로그램 정도에 불과한 데버러가 과연 범인과 몸싸움을 벌였을까? 프레드가 먼저 살해당하는 것을 보고 겁에 질려 목숨을 건지기 위해 범인을 치려고 했던 것일까? 프레드를 죽이는 데 굳이 총을 사용할 필요가 없었다면, 왜 데버러를 죽일 때는 두 가지 무기를 사용한 것일까?

프레드는 분명 목이 잘려 죽었을 것이다. 데버러 역시 총에 맞은 후 목이 잘렸거나, 목을 졸렸을 가능성이 높다. 범인은 데버러를 총으로 쏜 후 그냥 죽도록 내버려둔 게 아니다. 허리 아래가 마비된 데버러가 몸을 질질 끌며 프레드 옆에 가서 누운 후 자기 팔을 그의 팔 밑에 끼운 것도 아니다. 두 사람의 시신은 의도적으로 그렇게 놓여진 것이다.

컨스티튜션 애버뉴를 벗어난 나는 겨우 코네티컷 애버뉴를 찾아 도로 위를 달렸다. 얼마 뒤 워싱턴 힐튼 호텔만 아니라면 슬럼가와 비슷한 분위기의 워싱턴 북서부 지역에 이르렀다. 시내 한 블록을 몽땅 차지하고 있는 경사진 잔디밭 위로 하얀색 외관의 고급스러운 호텔이 미끈하게 솟아 있었다.

호텔 건물은 우중충한 주류점이며 세탁소, '라이브 댄서'가 출연하는 나이트클럽을 비롯해 부서진 창문을 나무판자로 덧대고 시멘트로 된 현관 계단이 거의 길거리까지 나와 있는 황폐한 다세대주택 따위에 둘러싸여 있었다. 나는 호텔 지하 주차장에 차를 세워놓고, 플로리다 애버뉴를 건너 지저분한 갈색 벽돌 아파트의 현관으로 올라갔다. 그리고 빛바랜 파란색 차양 아래서 애비 턴불이 살고 있는 28호 버튼을 눌렀다.

"누구세요?"

인터콤에서 날카롭게 울려 나오는 기계적인 목소리는 누구의 음성인지 알아듣기 힘들었다. 내가 이름을 말하자, 애비는 뭐라고 중얼거린 것 같기도 하고 그냥 숨만 헉 들이쉰 것 같기도 했다. 전기 자물쇠가 딸깍 소리를 내며 열렸다.

나는 어둑어둑한 현관으로 들어섰다. 바닥에는 흙이 묻은 갈색 카펫이 깔려 있고, 패널을 댄 한쪽 벽에는 녹슨 놋쇠 우편함이 줄줄이 늘어서 있었다. 누군가가 자기 우편물에 손을 댄 것 같다는 애비의 말이 떠올랐다. 열쇠가 없는 사람이 아파트 현관 안으로 들어오기란 어려워 보였다. 우편함 역시 열쇠로 열도록 되어 있었다. 지난가을 애비가 리치먼드에서 내게 했던 모든 이야기가 거짓말 같아 또다시 분노가 일었다. 애비가 사는 5층까지 올라간 나는 화가 잔뜩 나서 거칠게 숨을 몰아쉬었다.

"여긴 웬일이야?"

문을 연 애비가 백지장 같은 얼굴로 낮게 내뱉었다.

"이 건물에 사는 사람 중에 내가 아는 사람이라고는 당신뿐이야. 왜 왔겠어?"

"날 만나러 일부러 워싱턴까지 오진 않았을 거고…."

애비의 눈은 겁에 질려 있었다.

"일이 있어서 왔어."

열린 문틈으로 차가운 느낌의 흰색 가구와 파스텔 톤 쿠션, 그레그 카보의 모노 타입 추상 판화와 리치먼드의 집에서 보았던 가구들이 눈에 띄었다. 순간 그 끔찍했던 날의 영상이 떠올라 마음이 불편해졌다. 위층 침대에 누워 있던 애비 여동생의 썩어가는 시체와 주변을 분주히 오가던 경찰과 응급요원들…. 소파에 앉아 있던 애비는 손이 너무 떨려 담배조차 제대로 쥐지 못했다. 당시 나는 애비를 유명한 기자 정도로만 알고 있던 데다 달갑지 않게 생각하고 있었다. 하지만 애비의 여동생이 살해당하면서 그녀에 대한 동정심이 싹텄고, 그 뒤로 시간이 흐르면서 신뢰가 쌓였다.

"케이, 내 말이 믿기지 않겠지만, 다음 주에 당신을 만나러 가려고 했어."

애비는 여전히 목소리를 잔뜩 낮추며 말했다.

"나한테도 전화는 있어."

"전화는 걸 수가 없었어."

애원하는 듯한 음성이었다. 우리는 여전히 복도에 서 있는 상태였다.

"안에 들어가서 얘기하면 안 될까?"

애비는 고개를 저었다.

공포가 등골을 타고 올라왔다. 나는 그녀의 등 뒤를 힐끗 쳐다보며 조용히 물었다.

"누구 있어?"

"좀 걷자."

애비는 소곤거렸다.

"애비, 도대체…."

그녀는 나를 뚫어지게 쳐다보며 손가락을 입술에 갖다 댔다.

애비가 미친 게 분명하다는 생각이 들었다. 나는 애비가 안으로 들어가 외투를 가지고 나오는 동안 복도에서 대책 없이 기다린 후 애비의 뒤를 따라 건물 밖으로 나섰다. 거의 30분 동안 우리는 한 마디 말도 없이 빠른 걸음으로 코네티컷 애버뉴를 걸었다. 애비는 앞장서서 메이플라워 호텔로 들어가더니 바에서 가장 어둑한 구석 테이블에 자리를 잡았다. 나는 에스프레소를 주문하고 가죽 의자에 등을 기댄 채 반들반들한 테이블 너머로 애비를 뚫어지게 바라보았다.

"당신은 지금 무슨 일이 일어나고 있는지 모를 거야."

애비는 주위를 둘러보며 입을 열었다. 이른 오후였기 때문에 바는 거의 텅 비어 있었다.

"애비, 괜찮아?"

애비의 아랫입술이 파르르 떨렸다.

"전화를 할 수가 없었어. 빌어먹을 내 아파트 안에서조차 통화를 할 수가 없었다고! 지난가을 리치먼드에서 얘기했던 상황이 계속되고 있어. 아니, 그보다 수백 배는 더 나빠졌어."

"애비, 상담을 받아봐."

나는 침착하게 말했다.

"난 미친 게 아니야."

"애비, 당신 지금 어떤 상태인 줄 알아? 완전히 제정신을 잃기 직전으로 보여."

애비는 길게 숨을 들이쉬고 내 눈을 쏘아보았다.

"케이, 잘 들어. 난 미행당하고 있어. 전화는 도청되고 있고. 집 안에 도청 장치가 없다고 장담할 수 없는 상황이라고! 그래서 못 들어오게 했던 거야. 맘대로 생각해. 피해망상이든 정신병자든, 좋을 대로 생각해. 당신은 당해 보지 않아서 몰라. 난 겪어봤으니 잘 알지. 난 이번 사건에 대해서 어느 정도 알고 있어, 케이. 내가 이 사건에 끼어든 뒤로 이런 일이 일어나고 있단 말이야."

"정확히 무슨 일이 일어나고 있다는 거야?"

웨이트리스가 주문한 음료를 테이블 위에 내려놓고 돌아가자 애비가 입을 열었다.

"리치먼드에서 당신이랑 이야기한 지 일주일도 안 돼서 누군가가 내 아파트에 침입했어."

"도둑이 들었어?"

"아니."

애비의 입에서 공허한 웃음이 새어나왔다.

"정반대였어. 흔적을 남기기엔 너무 영리한 자였지. 가져간 건 아무것도 없었으니까."

나는 의아한 눈으로 그녀를 바라보았다.

"집에 집필할 때 쓰는 컴퓨터가 있어. 하드디스크에는 이번 커플 살인 사건에 대한 파일이 들어 있고. 오랫동안 그 파일에 사건 관련 기록을 해두었어. 내가 쓰는 워드프로세서 프로그램에는 작업하던 것을 자동으로 백업하는 기능이 있는데, 10분에 한 번으로 설정되어 있거든. 갑자기 정전이 된다거나 했을 때 데이터를 잃어버리면 안 되잖아. 특히 우리 아파트 건물은…."

"애비, 도대체 무슨 말을 하고 싶은 거야?"

나는 참지 못하고 그녀의 말을 가로막았다.

"요점은 내 컴퓨터에 있는 파일을 10분 이상 열어두었을 경우에는 백업 파일이 생성된다는 거야. 그리고 파일을 저장할 때 저장한 날짜와 시간이 기록되지. 무슨 말인지 알겠어?"

나는 에스프레소잔을 집어 들었다.

"모르겠어."

"내가 리치먼드에 갔던 날 기억나?"

나는 고개를 끄덕였다.

"그때 세븐일레븐 점원과 이야기하면서 메모를 했잖아."

"그래, 기억나."

"그 뒤로 다른 사람도 많이 취재했어. 팻 하비도 마찬가지고. 집에 돌아간 뒤에 취재 내용을 컴퓨터에 입력할 생각이었지. 하지만 뭔가 일이 틀어지기 시작했어. 우리가 만난 건 화요일 밤이었고, 난 다음 날 아침에 워싱턴으로 돌아왔지. 그런데 그날, 그러니까 수요일 정오쯤에 편집자랑 이야기를 하는데 갑자기 별 관심이 없는 눈치인 거야. 하비와 체니 건은 보류해야겠다, 주말판에는 에이즈 관련 특집 기사를 실을 예정이다, 이러더라고."

"그래서?"

애비는 말을 이었다.

"이상했어. 하비와 체니 사건은 여론의 관심을 끌고 있어서 신문사에서도 엄청나게 재촉했거든. 그런데 리치먼드에서 돌아오자마자 느닷없이 다른 기사를 맡겨?"

애비는 담배에 불을 붙였다.

"어쩌다 보니 시간이 나지 않아서 토요일이 돼서야 우리 집 컴퓨터 앞에 앉아 그 파일을 열었지. 한데 파일이 저장된 시간과 날짜가 이상하더군. 9월 20일 금요일 오후 2시 13분. 내가 집에 있지도 않았던 시각인 거야. 누군가가 파일을 열어본 게 틀림없어, 케이. 난 절대 아니야. 난 그 다음 날인 토요일, 그러니까 21일에 시간이 나기 전까지 컴퓨터를 건드린 적도 없었으니까."

"어쩌면 컴퓨터에 내장된 시계가 잘못됐다거나…."

애비는 내 말이 끝나기도 전에 고개를 저었다.

"그건 아니야. 확인해 봤어."

"누가 그런 짓을 할 수 있어? 사람들 눈에도 띄지 않고, 당신도 모르게 당신 아파트에 들어가다니."

"FBI는 가능하지."

순간 나는 마음이 갑갑해졌다.

"애비."

"당신이 모르는 사실이 많아."

"그럼 어디 얘기해 봐."

"내가 〈워싱턴 포스트〉에 휴가를 낸 게 뭣 때문이라고 생각해?"

"〈뉴욕 타임스〉에서 본 바로는 책을 쓰고 있다며?"

"그럼 그때 리치먼드에 가서 당신과 만났을 때 이미 책을 쓸 예정이었던 걸로 짐작하는군?"

"짐작 정도가 아니지."

새삼 다시 화가 뻗쳤다.

"그렇지 않아. 맹세해."

애비는 몸을 앞으로 기울이며 떨리는 음성으로 말했다.

"난 근무 부서도 바뀌었어. 무슨 뜻인지 알아?"

말문이 턱 막혔다.

"최악의 상황은 해고당하는 거지만, 차마 그러지는 못했겠지. 이유가 없으니까. 빌어먹을, 난 작년에 기자상도 받았는데 갑자기 특집란을 맡으라니. 듣고 있어? 특집란이라고! 자, 이게 도대체 무슨 뜻이겠어?"

"모르겠어, 애비."

애비는 간신히 눈물을 참는 음성으로 말을 이었다.

"사실은 나도 모르겠어. 하지만 나도 자존심은 있어. 뭔가 특종거리가 있다는 낌새를 맡았고, 그래서 그걸 돈을 받고 판 거야. 그뿐이야. 당신이 어떻게 생각하든 상관없어. 나도 살아남아야 하니까. 먹고 살아야 하고 당분간 신문사와는 떨어져 있어야 했어. 특집란이라니. 아, 케이… 난 너무 무서워."

"FBI 이야기를 해봐."

나는 단호하게 말했다.

"이미 말했잖아. 길을 잘못 들어서 캠프 피어리로 갔다. 그 뒤로 FBI 수사관이 찾아왔다."

"그걸로는 충분치 않아."

"하트 잭 건도 있어, 케이."

이미 나도 알고 있는 사실을 말한다는 투였다. 하지만 그게 무슨 말인지 내가 못 알아들었다는 것을 깨달은 모양이었다. 애비의 얼굴에 깜짝 놀란 기색이 역력했다.

"몰라?"

"무슨 하트 잭?"

"이번 사건 현장마다 카드가 한 장씩 발견됐다는 얘기 말이야."

애비는 믿기지 않는 듯 내 눈을 뚫어지게 바라보았다.

경찰의 탐문 수사 조서에서 그런 내용을 읽은 기억이 어렴풋이 떠올랐다. 글로스터 경찰서의 형사가 첫 번째 실종 커플인 브루스 필립스와 주디 로버츠의 친구를 신문한 기록이었다. 형사가 뭐라고 물었더라? 카드라… 별스러운 질문을 다 한다고 생각했는데…. '주디와 브루스가 카드 게임을 했었나? 브루스의 자동차 카마로 안에서 트럼프 카드를 본 적이 있는가?'

"카드 이야기를 해줘, 애비."

"스페이드 에이스에 대해서는 알지? 베트남에서 어떻게 사용했는지…."

나는 모른다고 대답했다.

"베트남전 당시 한 미군 부대가 사람을 죽인 후 자기들이 했다는 표시를 남기고 싶을 때는 시체 위에 스페이드 에이스 카드를 남겨놨대. 오로지 이 이유 때문에 그 부대에 카드를 공급한 카드 제조 회사도 있었지."

"그게 버지니아 주랑 무슨 상관이지?"

"유사점이 있어. 스페이드 에이스가 아니라 하트 잭이라는 게 다를 뿐이지. 예전에 일어난 네 건의 커플 살인 사건 때도 하트 잭 한 장이 버려진 차 안에서 발견되었어."

"그런 정보는 어디서 얻었어?"

"그건 말해 줄 수 없다는 거 알잖아, 케이. 하지만 한 군데서만 들은 건 아니야. 그래서 신빙성이 있다고."

"그래서, 당신 취재원이란 사람이 데버러 하비의 지프에서도 하트 잭이 나왔다고 했어?"

"나왔어?"

애비는 느긋하게 잔을 휘저으며 되물었다.

"장난치지 마."

나는 경고 조로 말했다.

애비는 내 눈을 똑바로 바라보며 진지하게 말했다.

"장난이 아니야. 데버러의 지프나 다른 장소에서 하트 잭이 나왔는지는 아직 모르겠어. 분명한 것은 이 카드가 하비-체니 사건과 다른 네 사건의 관련성을 입증해 줄 수 있는 확실한 연결 고리라는 사실이지. 내 말 믿어. 난 그 연결 고리를 찾아 헤매고 있어. 관련이 있는지는 아직 모르겠지만… 나오기만 하면 확실한 거지."

"그런데 그게 FBI와 무슨 상관이지?"

나는 내키지 않는 기분으로 물었다. 솔직히 애비의 대답을 듣고 싶지 않았다.

"FBI에서는 처음부터 이 사건에 집요한 관심을 갖고 있었어, 케이. 일상적인 VICAP 소집과는 차원이 달라. FBI는 오래전부터 카드에 대해서 알고 있었다고. 첫 번째 커플의 자동차 계기반 위에서 하트 잭이 발견되었을 때는 아무도 주의를 기울이지 않았어. 그러다 두 번째 실종된 커플의 자동차에서도 카드가 발견되었지. 이번에는 조수석 위에 있었어. 벤턴 웨슬리는 이 사실을 알고 곧장 수사를 통제하기 시작했고 말이야. 그는 글로스터 카운티의 형사에게 자동차 안에서 발견된 하트 잭에 대해서는 절대 발설하지 말라고 입단속을 시켰어. 두 번째 사건 담당 경찰에게도 주의를 줬고. 버려진 자동차가 발견될 때마다 벤턴 웨슬리는 형사부터 단속했다니까."

애비는 입을 다물고 내가 무슨 생각을 하는지 읽으려는 듯 나를 뚫어지게 바라보았다.

"당신이 이 사실을 몰랐다는 것도 별로 놀랄 일은 아니야. 자동차 안에서 발견된 증거물을 경찰이 빼돌리는 것쯤이야 별로 어렵지 않으니까."

"그래, 어려운 일은 아니야. 카드가 시체와 같이 발견되었다면 다른 문제지만. 그랬다면 나에게 감추기가 힘들었을 거야."

이런 말을 하는 순간에도 마음 한구석에서는 불신이 싹텄다. 경찰은 현장에 출동한 지 몇 시간이 지나서야 내게 연락했다. 내가 도착했을 때는 이미 웨슬리도 와 있었고, 데버러 하비와 프레드 체니의 시체에는 소지품을 찾느라 손을 댄 흔적까지 있었다.

"FBI가 그 사실을 비밀에 부치는 것도 이해가 돼. 수사에 핵심적인 사항일 수도 있으니까."

내가 애써 FBI를 두둔하자 애비가 화난 음성으로 말했다.

"이제 그런 소린 신물이 나. 범인이 제 발로 찾아와서 자기가 커플의 자동차에 카드를 남겼다고 자백을 했다, 그런데 정말 진범이 아닌 이상 그 사실을 알 수가 없는 상황이다, 이럴 때나 수사에 핵심적인 사항이 되는 거잖아. 그런데 일이 그렇게 풀릴 리는 없잖아? 게다가 난 FBI가 수사를 망치면 안 된다는 강박관념 때문에 사실을 은폐하고 있다고 생각하지는 않아."

"그럼 왜 그럴까?"

나는 불편한 마음으로 물었다.

"이게 단순한 연쇄살인 사건이 아니기 때문이야. 단순히 커플에 대해 마음이 꼬인 미치광이 짓이 아니라고. 정치권과 연루된 게 분명해. 틀림없어."

애비는 입을 다물고 웨이트리스를 불러 두 번째 잔을 주문했다. 그리고 웨이트리스가 새로운 잔을 내려놓자 한 모금 마신 후에야 다시 입을 열었다. 조금 차분해진 음성이었다.

"케이, 내가 리치먼드에 있을 때 팻 하비와 만났다는 거, 놀랍지 않아?"

"솔직히, 놀랐어."

"하비가 왜 나를 만났는지 생각해 봤어?"

"딸을 찾기 위해서라면 무슨 일이든 하고 싶었겠지. 가끔 언론이 도움이 되기도 하니까."

애비는 고개를 저었다.

"팻 하비는 신문에 절대 실을 수 없는 이야기를 많이 했어. 솔직히 하비와는 처음 만난 것도 아니었지."

"무슨 말인지 모르겠어."

몸이 약간 떨려왔다. 에스프레소 기운 때문만은 아니었다.

"케이, 팻 하비가 가짜 자선 단체와 전쟁을 벌이고 있다는 건 알고 있지?"

"조금."

"하비가 처음 거기에 대해 관심을 갖게 된 건 사실 나한테서 나온 정보 때문이었어."

"당신한테서?"

"작년에 마약 밀매에 대한 굵직한 르포를 준비했어. 취재 과정에서 내 힘으로 입증할 수 없는 여러 가지 일들을 알게 됐지. 거기서 가짜 자선 단체 이야기를 듣게 된 거야. 팻 하비의 아파트가 여기 워터게이트 쪽에 있는데, 어느 날 저녁 기사의 코멘트를 따려고 찾아갔었지. 그래서 만나게 됐는데… 혹시 하비가 가짜 자선 단체에 대해서 사실 여부를 확인해 줄 수 있을까 싶어서 내가 알아낸 몇 가지 혐의점을 꺼내놓았지. 그렇게 시작된 거야."

"정확히 어떤 걸 말하는 거야?"

"ACTMAD 같은 곳이지. 마약 퇴치 운동을 하는 몇몇 자선 단체가 실제로는 중앙아메리카의 마약 카르텔과 미국 내 기타 불법 활동의 핵심 창구라는 거야. 난 하비에게 매년 수백만 달러의 기부금이 마누엘 노리에가 같은 자들의 주머니로 들어간다는 이야기를 믿을 만한 취재원한테서 들었다고 했지. 물론 노리에가가 체포되기 전이었지만. 어쨌든 ACTMAD나 기타 가짜 자선 단체에서 나오는 자금이 미국 수사기관에서 정보를 빼내거나 파나마 공항, 관세청, 미 대륙 전체를 연결해 헤로인 밀매를 돕는 데 쓰이고 있다는 이야기가 있어."

"팻 하비는 당신이 말하기 전에 그 사실에 대해서 전혀 몰랐던 거야?"

"몰랐어, 케이. 전혀 몰랐을 거야. 어쨌든 내 얘길 듣더니 격분하더군. 그렇게 시작된 수사가 결국 의회에 보고서까지 올라가게 된 거야. 의회에서는 특별 소위원회를 구성하고, 당신도 알다시피 하비는 자문위원으로 참여했지. 그 뒤로 하비가 많은 사실을 밝혀내서 올 4월에는 청문회가 열릴 예정이야. 하지만 그걸 별로 달갑게 여기지 않는 사람들이 있어. 특히 법무부가 그렇지."

그제야 조금씩 이해가 되는 것 같았다.

"DEA(Drug Enforcement Administration : 마약단속국 – 옮긴이)와 FBI, CIA에서 몇 년 동안 쫓고 있던 내부 고발자들이 연루돼 있거든. 그쪽 일이 어떻게 돌아가는지는 당신도 알잖아. 의회는 정보를 제공하는 대가로 특별 사면을 내릴 권한을 갖고 있어. 이런 정보원들이 일단 의회 청문회에서 증언을 하게 되면 게임 끝이야. 법무부에서 기소할 방법이 없는 거지."

"그러니까 법무부에서는 팻 하비의 활동을 달갑게 여기지 않았겠군."

"하비의 수사가 수포로 돌아간다면 법무부는 남몰래 환호성을 지를 거란 얘기지."

"그런데 말이야, 마약정책실장은 법무부 장관 밑에 있고, 법무부 장관이 FBI와 DEA를 다스리잖아. 하비와 법무부의 이해관계가 부딪혔다면 어째서 법무부 장관이 제지하지 못한 거지?"

"하비와 이해관계가 서로 부딪히는 건 법무부 장관이 아니기 때문이야, 케이. 오히려 하비의 활동은 법무부 장관의 인기를 올려주지. 백악관도 마찬가지고. 자기네들이 내세운 '마약왕'이 범죄 조직에 타격을 입히는 거잖아. 하지만 FBI와 DEA로서는 의회 청문회로 인해 벌어질 결과가 좋지만은 않을 거야. 가짜 자선 단체의 명단과 그쪽에서 저지른 일이 낱낱이 밝혀지겠지. ACTMAD 같은 단체는 여론의 압박으로 해체될 테고. 하지만 정작 진짜 악당들한테는 전혀 타격을 줄 수 없지 않겠어? 주요 인물들을 하나도 잡아넣을 수가 없으니 수사 중이던 정보원들도 사건을 접어야 할 테고, 나쁜 놈들은 계속해서 나쁜 짓을 저지를 수 있는 거야. 소매치기 소굴을 덮치는 것과 같은 꼴이지. 두 주만 지나 봐. 다른 곳에서 버젓이 마약 사업을 새로 시작할걸?"

"그런데 이게 팻 하비의 딸에게 일어난 일과 무슨 상관이 있는지 모르겠어."

"이것부터 생각해 봐. 만약 내 이해관계가 FBI와 엇갈리는 정도를 넘어 FBI와 싸우고 있던 중에 딸이 실종되고 FBI가 수사를 담당하게 되면 어떤 기분이 들까?"

기분 좋은 상상은 아니다.

"이유가 있건 없건 분명 약점을 잡힌 것 같은 피해망상에 사로잡히겠지. 내가 그런 상황이라도 FBI를 신뢰하긴 힘들 것 같군."

"팻 하비의 기분이 대충 그렇지 않겠어? 내 생각에 팻 하비는 정말로 누군가 자신을 협박하기 위해서 딸을 이용하고 있다고 생각하는 것 같아. 데버러는 불특정 다수를 노린 범죄의 피해자가 아니라 의도된 표적이었다는 거지. FBI가 연루되어 있지 않다는 것도 확신할 수 없고…."

나는 애비의 말을 끊었다.

"이렇게 정리해 보자. 팻 하비는 데버러와 프레드의 죽음 뒤에 FBI가 있는 게 아닌가 의심하고 있다는 건가?"

"FBI가 연루됐다는 생각이 들기 시작하는 모양이더군."

"혹시 당신도 그렇게 생각해?"

"못 믿을 것도 없다는 생각이 들어."

"맙소사!"

나는 숨을 죽였다.

"황당하게 들릴 거라는 건 알아. 하지만 난 FBI에서 적어도 사건의 진상과 심지어 범인이 누군지까지도 알고 있을 거라고 생각해. 그렇기 때문에 내가 걸림돌이 된 거지. FBI는 내가 캐묻고 다니는 걸 원하지 않는 거야. 내가 무심코 들춘 돌 밑에서 정말로 뭐가 기어다니고 있는지 알아낼까봐 겁이 난 거라고."

"하지만 그게 정말 사실이라면 〈워싱턴 포스트〉에서는 당신에게 특집란을 맡길 게 아니라 월급을 올려줬어야. 〈워싱턴 포스트〉는 외압에 쉽게 굴복하는 신문이 아닌 줄 알고 있었는데…."

애비는 쓰디쓴 어조로 내뱉었다.

"난 밥 우드워드(〈워싱턴 포스트〉 편집부국장. 1972년 기자 시절 닉슨 대통령 선거 캠프의 워터게이트 도청 의혹을 폭로한 공로로 퓰리처상을 두 번이나 수상한 언론인-옮긴이) 같은 사람과는 다르니까. 〈워싱턴 포스트〉에 오래 있지도 않았을뿐더러, 경찰서 출입 기자라는 게 보통 신참들이나 하는 것이거든. FBI 국장이나 백악관에 있는 어떤 사람이 소송 협박을 하거나 〈워싱턴 포스트〉 실세들과 거래를 하려 들면, 그걸 논하는 자리에 날 부를 까닭이 없는 것은 물론 무슨 일이 일어나고 있는지 나한테 굳이 이야기할 필요도 없을 거라고."

하긴 그거 하나만큼은 애비의 말이 맞을지도 모른다. 애비가 편집부에서도 지금 같은 태도를 보였다면 아무도 그녀를 상대하려 들지 않을 것이다. 솔직히 애비의 담당이 바뀐 것도 별로 놀랍지 않았다.

"미안해, 애비. 데버러 하비 사건에 정치적인 요소가 개입되어 있다는 건 그렇다 치더라도, 다른 사람들은? 다른 커플들 사건은 어떻게 설명할 수 있지? 첫 번째 커플은 데버러와 프레드가 사라지기 2년 반 전에 실종됐잖아."

애비는 강한 어조로 말했다.

"케이, 나도 답은 몰라. 하지만 뭔가 은폐되고 있다는 건 분명해.

FBI나 정부의 누군가가 이 사건이 공개되는 것을 원치 않고 있다고. 내 말 명심해. 설령 이번으로 연쇄살인이 그친다 하더라도 FBI가 수사를 맡는 이상 사건의 진상은 절대 밝혀낼 수 없을 거야. 난 바로 그 점을 참을 수가 없어."

애비는 잔을 비우며 덧붙였다.

"살인이 더 이상 일어나지 않는다면야, 그것도 어쩌면 괜찮을지 모르지. 하지만 문제는, 그 시기가 언제냐는 거야. 어쩌면 이번 사건 전에 막을 수도 있지 않았을까?"

"왜 나한테 이런 이야기를 하는 거지?"

나는 질문을 툭 던졌다.

"아무 잘못도 없는 십대 아이들이 하나둘 시체로 발견되고 있어. 뻔한 얘기지만, 난 당신을 믿어. 어쩌면 친구가 필요했던 건지도 모르겠고."

"책은 계속 쓸 거야?"

"그럼. 마지막 장을 쓸 수 있기만 바랄 뿐이야."

"제발 조심해, 애비."

"걱정 마. 알고 있으니까."

바를 나섰을 때 주위는 깜깜했고 아주 추웠다. 북적거리는 보도 위에서 이리저리 부딪치며 걷는 내 머릿속은 오만 가지 생각으로 뒤죽박죽이었다. 리치먼드까지 차를 몰고 가는 동안에도 마찬가지였다. 팻 하비를 만나고 싶었지만, 그럴 용기가 나지 않았다. 웨슬리와 얘기를 해볼까 생각도 해봤지만 애비의 말처럼 무언가 비밀이 있다고 해도 그가 내게 절대 진실을 이야기하지 않으리라는 것을 잘 알고 있었다. 그 어느 때보다 나는 우리의 우정을 믿을 수가 없었다.

집에 들어오자마자 나는 마리노에게 전화를 걸었다.

"힐다 오지멕이 사우스캐롤라이나 어디에 살죠?"

"오지멕은 왜? 스미소니언에서 뭘 좀 알아냈소?"

"그냥 질문에나 대답해요."

"식스마일이라는 코딱지만 한 동네요."

"고마워요."

"박사! 끊기 전에 워싱턴에 간 일은 어떻게 됐는지 얘기 안 해줄 거요?"

"오늘은 안 돼요, 마리노. 내일 내가 당신을 못 찾으면 그쪽이 날 찾아봐요."

07

심령술사

오전 5시 45분, 리치먼드 국제공항은 텅 비어 있었다. 식당 문은 닫혔고, 문이 잠긴 선물 가게 앞에는 신문 더미가 쌓여 있었다. 청소부 한 명이 몽유병 환자처럼 쓰레기통을 끌고 천천히 돌아다니면서 껌 종이나 담배꽁초를 주워 담았다.

마리노는 US에어 터미널 안에서 둥글게 뭉친 레인코트를 벤 채 잠시 눈을 붙이고 있었다. 조명이 켜진 갑갑한 대합실에는 점이 찍힌 파란색 카펫 위에 빈 의자들이 줄줄이 늘어서 있었다. 마리노가 눈에 띄는 순간 문득 그가 낯설게 느껴졌다. 가슴 한구석이 아려왔다. 마리노도 나이를 먹어가고 있었던 것이다.

마리노를 처음 만난 건 리치먼드에 부임한 지 며칠 지나지 않아서였다. 시체안치소에서 한참 부검을 하고 있는데 무표정한 얼굴의 덩치 큰 남자가 들어와서 부검대 반대편에 자리를 잡고 섰다. 나를 쳐다보던 마리노의 차가운 눈…. 내가 시체를 해부하듯이 그가 나를 철저히 '해부'

하는 듯한 불쾌한 기분이 들었다.

"당신이 새 국장이시군."

여자 법의국장인 나를 무시하는 듯한 도전적인 말투에 기분이 상했지만 나는 침착하게 대꾸했다.

"스카페타 박사예요. 리치먼드 경찰청에서 나오셨군요?"

마리노는 자기 이름을 중얼거린 다음 내가 부검을 마칠 때까지 아무 말 없이 기다렸다. 나는 그가 담당한 살인 사건 피해자의 시체에서 총알 몇 개를 빼내 그에게 건네주었다. 마리노는 "다음에 봅시다" 또는 "만나서 반가웠소" 따위의 의례적인 인사말조차 없이 부검실을 나갔다. 그 순간 우리의 관계며 미래가 결정되었다. 나는 여자라는 이유만으로 마리노가 나를 싫어한다고 생각했다. 대신 뇌가 테스토스테론(남성 호르몬의 한 가지. 남성의 생식선에 딸린 기관의 발육을 촉진하고 제2차 성징을 나타내는 작용을 한다―옮긴이)에 푹 전 멍청이로 그를 취급하기로 했다. 솔직히 처음엔 그가 두렵기까지 했다.

지금 마리노를 보고 있으려니 내가 그에게 위협을 느꼈다는 사실이 믿기지 않는다. 마리노는 늙고 지쳐 보였다. 튀어나온 배 위로 셔츠가 팽팽하게 당겨져 있고, 희끗희끗한 머리카락은 새 둥지처럼 헝클어지고, 주름진 이마에는 찌푸리지 않아도 만성적인 긴장과 불만으로 주름이 깊게 패어 있었다.

"안녕."

나는 마리노의 어깨에 부드럽게 손을 얹었다.

그는 눈도 뜨지 않고 중얼거렸다.

"가방에는 뭐가 들었소?"

"잠든 줄 알았어요."

나는 깜짝 놀라 말했다.

마리노는 몸을 일으키며 하품을 했다. 나는 그의 옆에 앉아 종이 가방에서 커피 두 잔과 크림치즈 베이글을 꺼냈다. 집에서 미리 만들어두었다가 깜깜한 새벽 집에서 나오기 전 전자레인지에 데운 것이다. 나는 그에게 냅킨을 건네며 물었다.

"아침 안 먹었죠?"

"진짜배기 베이글 같구먼."

"진짜예요."

나는 포장을 벗기며 말했다.

"6시 비행기라고 했잖소."

"6시 30분이에요. 분명히 그렇게 말했어요. 오래 기다렸어요?"

"아, 오래 기다렸소."

"미안해요."

"비행기표는 갖고 있소?"

"지갑 안에 있어요."

가끔 마리노와 나의 대화는 결혼한 지 아주 오래된 부부 같을 때가 있다.

"돈 써가면서 이렇게 갈 이유가 있나. 나라면 돈이 아무리 많아도 이런 데는 안 쓸 거요. 하지만 박사가 뒤집어쓴다는 것도 영 마땅찮단 말이야. 청구서라도 일단 올려놨다면 내 마음이 훨씬 편할 텐데."

벌써 했던 이야기였다.

"그럼 내 마음이 편치 않아요. 청구서는 안 올릴 테니까 당신도 올리지 말아요. 청구서를 올리면 행선지도 기록해야 하잖아요. 그리고 나한테 이 정도 돈은 있어요."

"6백 달러를 절약할 수만 있다면 난 여기서 달까지 갔다는 기록도 기꺼이 남길 거요."

"말도 안 되는 소리. 마음에도 없는 말을 하는군요."

마리노는 커피잔에 설탕을 몇 봉지나 털어넣었다.

"물론 말도 안 되는 소리지. 이건 정말 바보 같은 짓이오. 애비 턴불 때문에 박사도 제정신이 아니야."

"고마워요."

나는 짤막하게 대꾸했다.

다른 승객들이 하나 둘씩 들어오고 있었다. 마리노는 세상을 자기 식으로 삐딱하게 돌아가게 하는 놀라운 능력을 가지고 있다. 금연 구역에 앉아 있던 마리노는 몇 줄 떨어진 곳에 놓인 재떨이를 가져와 자기 의자 옆에 세워놓았다. 이 예상치 못한 초대에 반쯤 졸고 있던 흡연자들이 하나둘씩 우리 쪽에 자리를 잡았고, 몇몇은 재떨이를 더 가져왔다. 비행기 이륙 시간이 다 되었을 쯤에는 정작 흡연석에는 재떨이가 거의 남지 않고, 사람들은 어디 앉아야 할지 갈피를 못 잡는 사태가 벌어졌다. 이 비우호적인 점령군에 동참할 생각이 전혀 없던 나는 담배를 꺼내지 않았다.

나보다 비행기를 더 싫어하는 마리노는 샬럿까지 가는 내내 잠만 잤다. 우리는 샬럿에서 소형 커뮤터 항공기(50인승 이하의 소형 프로펠러 비행기-옮긴이)로 갈아탔다. 허약한 인간의 육신과 바깥의 허공 사이를 가른 벽이 얼마나 얇은지를 끊임없이 의식하게 만드는 비행기였다. 나도 대형 사고 처리를 꽤 많이 해봤기 때문에, 지상 수킬로미터에 걸쳐 비행기와 승객의 잔해가 널려 있는 모습이 어떤지 잘 알고 있다. 커뮤터 항공기에는 화장실이나 음료 서비스가 없다. 게다가 엔진에 시동이 걸리자 발작이라도 일으키듯 부르르 떨기까지 했다. 이륙한 후 승무원이 앞쪽으로 가서 커튼을 칠 때까지 잠시 동안 파일럿들이 잡담을 하면서 기지개를 켜고 하품을 하는 모습을 그대로 볼 수 있었다. 기류에 비행기가 점점 더 심하게 흔들리고, 안개 사이로 산이 나타났다 사라졌다. 비행기가 두 번째로 갑자기 고도를 낮추자 위장이 목구멍까지 치밀어 올라왔다. 마리노는 손등의 관절이 하얗게 될 정도로 양쪽 팔걸이를 꽉 틀어쥐었다.

"하느님 맙소사!"

마리노에게 아침을 가져다준 것이 후회되기 시작했다. 당장이라도 구토를 할 것 같은 얼굴이었기 때문이다.

"이 고물 비행기가 땅에 무사히 착륙해 준다면 축배를 들어야지. 몇 시건 상관없어!"

"그 술은 내가 사겠소."

우리 앞자리에 앉은 남자가 뒤를 돌아보며 말했다.

마리노는 우리 바로 앞쪽 복도에서 일어나고 있는 이상한 현상을 뚫어져라 쳐다보고 있었다. 카펫 가장자리의 금속판 부위에서 어떤 비행기에서도 본 적이 없는 아지랑이 같은 것이 피어오르고 있었다. 마치 바깥의 구름이 비행기 안으로 새어 들어오는 것 같았다. 마리노가 아지랑이를 가리키며 "이건 대체 뭐요?"라고 승무원에게 물었지만, 그녀는 철저히 무시했다.

"다음에는 당신 커피에 수면제를 몰래 타줄게요."

나는 이를 악물고 마리노에게 말했다.

"다음에 또 혹시 깡촌에 사는 집시 여자를 만날 일이 생긴다면 난 절대 따라오지 않을 거요."

30분 동안 비행기가 기류에 이리 튀고 저리 튀면서 스파턴버그 상공을 맴도는 동안 얼어붙은 빗방울이 창문을 세게 두드렸다. 안개 때문에 착륙할 수가 없었던 것이다. 이러다 죽는 건 아닐까…. 어머니의 얼굴이 떠오르고, 조카 루시도 생각났다. 크리스마스에 집에 갔어야 했는데…. 하지만 일도 많았고 가족들이 마크에 대해 이것저것 물어보는 게 달갑지 않았다.

"나 바빠요, 엄마. 지금은 갈 수 없다고요."

"하지만 크리스마스잖니, 케이."

어머니가 마지막으로 운 게 언제인지 기억나지 않는다. 하지만 어머니가 울음을 참는 순간을 난 다 알 수 있다. 목소리가 변하면서 단어를 하나하나 똑똑 끊어 말하니까.

"루시가 많이 실망할 텐데…."

어머니가 말했다. 난 루시에게 용돈을 넉넉하게 보냈고, 크리스마스 아침에 전화도 걸었다. 루시는 내가 몹시 보고 싶은 모양이었지만, 내가 루시를 그리워하는 마음이 그보다 더 컸을 것이다.

갑자기 구름이 걷히더니 창문으로 햇빛이 비췄다. 누가 먼저랄 것도 없이 모든 승객이 하나님과 파일럿에게 박수를 보냈다. 목숨을 건진 것이 기쁜 나머지 다들 오랜 친구인 양 통로를 사이에 두고 잡담을 나누기 시작했다.

"어쩌면 힐다 마녀가 우리 목숨을 구해준 건지도 모르겠군."

마리노는 땀에 젖은 얼굴로 냉소적으로 말했다.

비행기가 착륙하기 시작하자 나는 깊이 숨을 들이쉬었다.

"그럴지도 모르죠."

"나 대신 감사 인사 좀 전해 주시오."

"직접 해요, 마리노."

"하-암."

그제야 제정신으로 돌아온 듯 마리노가 길게 하품을 했다.

"힐다는 좋은 사람 같아요. 이번만이라도 좀 마음을 열어보는 게 어때요?"

"하-암."

마리노는 내 말을 무시하고 다시 하품을 했다.

전화번호 안내 서비스에서 힐다 오지멕의 전화번호를 알아내 통화를 시도했을 때는, 상대방의 말 한마디마다 돈 냄새를 맡는 약삭빠르고 의심 많은 여자를 상상했었다. 한데 직접 통화해 보니 그녀는 겸손하고 친절하며, 놀라울 정도로 사람을 잘 믿는 성격이었다. 내가 누군지 물어보지도 않았고 신분 증명 같은 것도 필요 없었다. 딱 한 번, 공항까지 마중 나갈 수 없다는 이야기를 할 때만 걱정스러운 목소리가 되었을 뿐이다.

이 여행에서 돈을 내는 사람이 나인 데다 운전을 남한테 맡기고 편하게 가고 싶었기 때문에 마리노에게 원하는 렌터카를 직접 고르라고 했다. 마리노는 처음 시운전을 해보는 열여섯 살짜리 소년처럼 선루프와 카세트 플레이어, 자동 창문, 가죽 시트가 장착된 검은색 신형 선더버드를 골랐다. 마리노가 선루프를 활짝 열고 히터를 켠 채 서쪽을 향해 차를 모는 동안, 나는 워싱턴에서 애비가 했던 이야기를 좀 더 자세히 풀어놓기 시작했다.

"데버러 하비와 프레드 체니의 시체는 분명 옮겨졌어요. 이제 그 이유를 알 것 같다는 얘기예요."

"난 잘 모르겠소. 한 번에 하나씩 차근차근 설명해 보시오."

"우리는 분명히 지프를 수색하기 전에 휴게소에 도착했어요. 그런데 계기반이나 좌석, 다른 어디에도 하트 잭은 없었잖아요."

"수색견이 냄새를 추적하다 글러브 박스나 어디 다른 곳에 들어 있던 카드를 찾아냈을 수도 있잖소."

마리노는 크루즈 컨트롤을 작동시키고 덧붙였다.

"물론 그 카드 이야기가 사실이라면 말이오. 아까도 말했지만 나도 그건 처음 듣는 얘기요."

"일단 논리 전개를 위해서 사실이라고 쳐요."

"그럽시다."

"우리보다 늦게 휴게소에 도착한 웨슬리도 카드를 보지 못했어요. 나중에 경찰이 지프를 수색할 때 틀림없이 웨슬리도 같이 있었거나 모렐에게 전화해서 뭐가 나왔는지 알아냈을 거예요. 그때 하트 잭이 안 나왔다면 웨슬리는 허를 찔린 기분이었겠죠. 그러면 데버러와 프레드의 실종 사건은 다른 커플 사건과 관련이 없다고 생각하거나, 데버러와 프레드가 이미 죽었다면 범인이 시체와 함께 카드를 남겨놨을 거라고 생각하지 않았겠어요?"

"그래서 박사가 도착하기 전에 시체가 옮겨진 거라고 생각하는군. 경찰이 그 카드를 찾느라고 말이지."

"맞아요. 경찰이나 벤턴이 그랬겠죠. 내 짐작은 그래요. 그렇지 않다면 앞뒤가 맞지 않아요. 벤턴과 경찰은 법의관이 오기 전에 시체를 건드려서는 안 된다는 걸 잘 알고 있어요. 하지만 벤턴은 하트 잭이 시체와 함께 안치소까지 가는 일은 막고 싶었던 거예요. 나나 다른 사람들이 그 카드를 발견하거나 카드에 대해 알게 되는 걸 원하지 않았던 거죠."

"그렇다면 현장을 훼손하느니 차라리 우리더러 입 다물라고 한마디 하는 게 더 낫지 않소? 벤턴 혼자 숲에 있었던 것도 아니고, 다른 경찰들이 함께 있었는데…. 벤턴이 카드를 찾았다면 경찰들도 봤을 거요."

"그렇죠. 하지만 아는 사람이 적을수록 낫다고 생각한 게 아닐까요? 게다가 내가 데버러나 프레드의 소지품에서 카드를 찾아낸다면 보고서도 그렇게 작성했을 거 아니에요. 부검 감정서는 언젠가는 다른 사람들이 보게 될 서류라고요. 주 검사, 법의국 직원, 피해자 가족, 보험회사 등등 말이죠."

마리노는 갑갑하다는 듯 말했다.

"좋소, 좋아요. 한데 그래서? 그게 뭐 그리 큰일이냔 말이오?"

"모르겠어요. 하지만 애비의 말이 사실이라면, 그 카드는 누군가에게 아주 중요한 물건이겠죠."

"기분 나쁘게 듣지 마시오, 박사. 난 애비 턴불이라는 여자를 별로 좋아하지 않소. 〈리치먼드 타임스〉에서 일할 때도 그랬고, 〈워싱턴 포스트〉에서 일하는 지금도 매한가지요."

"난 애비가 거짓말하는 걸 본 적이 없어요."

"아, 본 적은 없겠지."

"나도 경찰 탐문 조서에서 글로스터 경찰서의 형사가 카드에 대해 언급한 내용을 봤어요."

"턴불이 그걸 읽고 힌트를 얻은 건지도 모르잖소. 추측에, 희망 사항에… 엉뚱하게 부풀려가면서. 그 여자의 관심은 오로지 자기 책을 쓰는 데 쏠려 있을 거 아뇨."

"사실 애비는 지금 제정신이 아니에요. 겁에 질리고 화가 많이 난 상태죠. 하지만 그렇다고 해서 당신이 말하는 그런 사람은 아니에요."

"그렇다고 칩시다. 그 여잔 리치먼드에 와서 박사와 오랜 친구인 양 굴었소. 박사한테 원하는 건 아무것도 없다고 하면서 말이야. 그런데 어땠소? 느닷없이 〈뉴욕 타임스〉에 빌어먹을 책을 쓴다는 이야기가 실렸잖소. 아, 이런 경우를 두고 진정한 친구라고 하는구먼, 박사."

나는 눈을 감고 라디오에서 부드럽게 흘러나오는 컨트리 음악에 귀를 기울였다. 앞 유리를 통해 부서져 들어오는 햇빛이 무릎 위에 따뜻하게 내려앉았다. 새벽 일찍 일어난 탓에 독한 술이라도 마신 기분이었다. 잠깐 졸았나보다. 잠에서 깨니 자동차는 외딴 시골의 비포장 도로 위에서 덜컹거리고 있었다.

마리노가 말했다.

"거대한 마을 식스마일에 오신 것을 환영합니다."

"마을이 어디 있어요?"

마을의 윤곽은커녕 편의점이나 주유소 하나 시야에 들어오지 않았다. 길가에는 나무가 무성하고 지평선 저 끝에서 블루리지 산맥이 희끄무레하게 보일 뿐이었다. 간혹 보이는 집들은 이웃집에 대포알이 떨어져도 잘 들리지 않을 정도로 띄엄띄엄 흩어져 있었다.

FBI가 조언을 구하는 점쟁이이자 재무부 비밀검찰국의 예언자 노릇을 하는 힐다 오지멕은 조그마한 흰색 판잣집에 살고 있었다. 봄이 되면 팬지와 튤립이 만발할 듯한 앞뜰에는 흰색 페인트를 칠한 타이어가 놓여 있었다. 마른 옥수숫대가 포치에 비스듬히 기댄 채 놓여 있고, 진입로에는 바람이 다 빠진 바퀴를 단 녹슨 시보레 임팔라가 세워져 있었다. 너무 못생기고 커다란 데다 지저분한 개 한 마리가 짖기 시작해서, 나는 주춤하며 차에서 내렸다. 마침 현관의 방충문이 삐걱거리며 열리더니 한 여인이 나오자 개가 오른쪽 앞발을 못 쓰는지 세 다리로 절뚝거리며 물러났다. 그녀는 차갑고 청명한 아침 햇살 속에서 눈을 찡그리며 우리 쪽을 바라보았다.

"가만히 있어, 투티."

여인이 개의 목을 다독거렸다.

"자, 이제 뒤쪽으로 가 있으렴."

개는 꼬리를 살랑거리고 고개를 늘어뜨리더니 뒤뜰 쪽으로 느릿느릿 사라졌다.

"좋은 아침입니다."

마리노는 발소리를 쿵쿵 내며 현관으로 이어진 나무 계단을 올라갔다. 그래도 예의는 갖출 모양이었다. 이곳에 도착하기 전까지만 해도 마리노가 어떻게 행동할지 전혀 알 수 없었다.

"네, 날씨가 좋네요."

힐다 오지멕이 부드럽게 대꾸했다.

힐다는 적어도 60세 정도 되어 보이는 완전한 시골 할머니 모습이었다. 있는 대로 늘어난 검은색 폴리에스테르 바지는 펑퍼짐한 엉덩이를 감싸고, 목까지 단추를 채운 베이지색 스웨터에 두꺼운 양말과 로퍼를 신고 있었다. 눈은 연한 파란색이었고, 빨간 두건을 머리에 두르고 있었다. 이도 몇 개쯤 빠진 듯했다. 그녀는 생전 거울을 볼 것 같지도, 몸이 불편하거나 피치 못할 상황이 아니라면 자기 몸에 신경 쓸 사람 같지도 않았다.

힐다의 뒤를 따라 낡아빠진 가구와 책장이 어수선하게 놓인 거실로 들어갔다. 책장에는 의외의 책들이 뒤죽박죽 꽂혀 있었다. 종교와 심리학, 전기물, 역사책을 비롯해 앨리스 워커, 팻 콘로이, 케리 흄 등 내가 좋아하는 몇몇 작가들의 소설도 눈에 띄었다. 집주인의 초현실적인 직업을 연상시키는 것은 에드거 케이스의 책 몇 권과 테이블과 선반에 놓여 있는 여남은 개의 수정구(水晶球)뿐이었다. 마리노와 나는 석유난로 근처의 소파에 앉고, 힐다는 건너편의 푹신한 의자에 자리를 잡았다. 창에 달린 블라인드 틈새로 들어오는 햇빛이 힐다의 얼굴에 하얀 줄무늬를 그리고 있었다.

"오시는 데 불편하셨지요? 마중 나가지 못해서 미안해요. 요즘은 운전을 안 하거든요."

"괜찮습니다. 길을 정확하게 가르쳐주셔서 집 찾는 게 전혀 어렵지 않았어요."

내가 대답했다.

"이런 질문은 실례될지 모르겠지만, 어떻게 돌아다니십니까? 걸어서 다닐 만한 거리에는 가게는 물론 아무것도 없던데."

마리노가 물었다.

"독서회도 있고, 수다도 떨 겸 사람들이 많이 오간답니다. 어찌어찌 필요한 건 갖춰놓게 되고 차도 얻어 타고 그러지요."

다른 방에서 전화벨이 울리자 곧 자동응답기 돌아가는 소리가 들렸다. 힐다가 물었다.

"뭘 도와드릴까요?"

"사진을 몇 장 가져왔습니다. 여기 이 박사가 사진이 필요하다고 했는데… 우선 몇 가지 확인할 것이 있소이다. 실례인지는 모르겠지만, 평소 나는 독심술 따위는 별로 신용하지 않는 사람입니다. 이해할 수 있게 설명을 좀 해주셨으면 좋겠습니다."

마리노가 이렇게 단도직입적으로 말하면서도 호전적이지 않은 경우는 드문 일이었기 때문에 나는 약간 놀라 그를 흘끗 쳐다보았다. 어린아이같이 솔직한 얼굴로 힐다를 살피는 그의 표정에는 호기심과 우울함이 묘하게 뒤섞여 있었다.

힐다는 사무적으로 대답했다.

"일단 나는 독심술사가 아니라는 말씀부터 드려야겠네요. 심령술사라는 말도 편하지는 않지만, 적당한 단어가 없으니 나 자신도 그렇고 남들도 그렇게 부르고 있어요. 이런 능력은 모든 사람에게 다 있답니다. 육감이랄까, 대부분의 사람들이 우리 두뇌에서 사용하지 않는 부분이죠. 나는 극도로 계발된 직관적 통찰력이라는 표현을 쓴답니다. 사람들에게서 나오는 에너지를 느끼고, 내 마음으로 흘러들어오는 느낌을 전달하는 것뿐이에요."

"팻 하비와 만났을 때도 그렇게 한 겁니까?"

힐다는 고개를 끄덕이며 말했다.

"데비의 침실에도 가봤고 사진도 봤어요. 그다음에는 지프가 발견된 휴게소에 갔지요."

"어떤 인상을 받으셨나요?"

내가 물었다.

힐다는 시선을 돌리며 잠시 생각에 잠겼다.

"모든 걸 다 기억하진 못해요. 원래 그렇답니다. 마음을 읽을 때도 마찬가지예요. 사람들이 나중에 다시 찾아와서 내가 이런저런 말을 했는데 그 뒤에 이런저런 일이 일어났다고 알려주곤 하죠. 하지만 내가 어떤 말을 했다고 듣기 전에는 보통 기억이 잘 안 난답니다."

"팻 하비에게 했던 말 중에서 기억나는 게 있습니까?"

마리노는 약간 실망한 기색으로 물었다.

"데비의 사진을 봤을 때 곧바로 그녀가 이미 죽었다는 걸 알 수 있었어요."

"남자 친구는?"

"그 친구도 신문에서 사진을 보고 곧장 죽었다는 걸 느꼈어요. 난 둘 다 죽었다는 걸 알 수 있었지요."

"그럼 신문에서 이번 사건에 대한 기사를 읽었던 겁니까?"

"아뇨. 난 신문을 보지 않아요. 하비 부인이 데비의 남자 친구 사진을 신문에서 오려와 보여주더군요. 남자 친구 사진은 따로 갖고 있지 않은 모양이었어요. 데비 것만 있었지요."

"두 사람이 죽었다는 것을 어떻게 알게 됐는지 자세히 설명해 주시겠습니까?"

"그냥 느끼는 거랍니다. 사진을 만졌을 때 순간적으로 떠오르는 거지요."

마리노는 바지 뒷주머니에서 지갑을 꺼냈다.

"지금 어떤 사람의 사진을 보여드릴 테니, 똑같이 해보겠습니까? 어떤 인상을 받는지 말씀해 보시오."

"그러죠."

마리노는 힐다에게 스냅사진 한 장을 건넸다. 힐다는 눈을 감고 손가락 끝으로 천천히 동그라미를 그리면서 사진을 문지르기 시작했다. 약 1분가량 사진을 문지르던 힐다가 입을 열었다.

"죄의식이 느껴지는군요. 하지만 이 여자가 사진을 찍는 순간 갖고 있었던 죄의식인지, 지금 현재 죄의식을 느끼고 있기 때문인지는 모르겠어요. 하지만 상당히 강하게 느껴지네요. 갈등, 죄의식… 한순간 마음을 다잡았다가도 돌아서면 다시 후회하고… 왔다 갔다 하고 있어요."

마리노는 헛기침을 하더니 물었다.

"살아 있습니까?"

힐다는 사진을 계속 문지르며 대답했다.

"살아 있다는 것이 느껴지는군요. 병원 느낌도 오네요. 뭔가 의료에 관계된 것 같은데… 이 여자분이 아픈 건지, 가까운 사람이 아픈 건지는 모르겠어요. 하지만 뭔가 의학과 관계된 걱정거리가 있거나 혹시 미래에 그렇게 될지도 모르겠어요."

"다른 건?"

힐다는 눈을 다시 감으며 사진을 약간 오랫동안 문질렀다.

"상당한 갈등. 이미 지나간 일이지만, 쉽게 단념해 버릴 수 없는 느낌. 고통. 하지만 여자분은 어쩔 수 없는 일이라고 생각하는군요. 이게 다예요."

사진을 넘겨받는 마리노의 얼굴이 붉게 달아올랐다. 그는 아무 말 없이 지갑을 주머니에 넣더니 서류 가방을 열고 녹음기와 마닐라지 봉투를 꺼냈다. 봉투 안에는 뉴켄트 카운티의 임도부터 데버러 하비와 프레드 체니의 시체가 발견된 숲 속까지 가면서 찍은 사진이 들어 있었다. 힐다는 커피 테이블 위에 사진을 펼쳐 놓고 손가락으로 한 장씩 문지르기 시작했다. 다른 방에서 전화벨이 계속 울렸지만, 그녀는 한참 동안 아무 말 없이 눈을 감고 있었다. 벨이 울릴 때마다 자동응답기로 넘어갔지만, 힐다는 전혀 느끼지 못하는 모양이었다. 웬만한 의사 못지않게 그녀를 찾는 사람이 많은 듯했다.

힐다는 빠르게 이야기하기 시작했다.

"공포가 느껴지는군요. 사진을 찍을 때 누군가 느꼈던 공포인지, 그 전에 이 장소에 있던 사람이 공포를 느끼고 있었는지는 모르겠지만, 어쨌든 공포가 느껴져요."

그녀는 눈을 감은 채 고개를 끄덕이며 말을 이었다.

"모든 사진에서 분명히 느껴지는군요. 전부 다. 매우 강렬한 공포예요."

힐다는 장님처럼 사진에서 사진으로 손가락을 옮기면서, 사람의 얼굴을 읽듯이 뭔가를 읽어내려 했다. 그녀는 사진 세 장을 만지며 덧붙였다.

"여기서는 죽음이 느껴져요. 아주 강하게."

그것은 시체가 발견된 공터를 찍은 사진이었다. 힐다의 손가락은 임도와 우리가 빗속에서 공터까지 걸어갔던 숲 속의 사진으로 옮겨갔다.

"하지만 여기서는 느껴지지 않는군요."

나는 마리노를 흘끗 보았다. 그는 소파에서 몸을 앞으로 내밀고 무릎 위에 팔꿈치를 괸 채 힐다를 뚫어지게 바라보고 있었다. 지금까지는 대단한 이야기가 없었다. 마리노도 나도 데버러와 프레드가 임도가 아닌 시체가 발견된 공터에서 살해당했다고 생각하고 있었다.

힐다는 말을 이었다.

"한 남자가 보이는군요. 얼굴이 하얗고 키가 크지는 않네요. 작지도 않고. 중간 키에 날씬한 몸. 하지만 마른 건 아니고. 음, 어떤 사람인지는 모르겠는데, 강하게 오는 느낌이 전혀 없군요. 커플과 마주쳤던 사람일까요. 우호적인 느낌이 오네요. 웃음소리도 들리고… 커플에게 붙임성 있게 대하는 것 같기도 하고… 어딘가에서 만난 사람일 수도 있고, 왜 이런 생각이 드는지는 모르겠지만, 커플이 이 남자와 함께 웃음을 터뜨리기도 한 것 같은 느낌이 드네요. 그 남자를 신뢰했군요."

"그 남자에 대해서 다른 건 느껴지지 않습니까? 외모라든지…."

마리노가 조급하게 물었다.

힐다는 사진을 계속 어루만지며 말했다.

"어둠이 보이는군요. 짙은 턱수염을 기르고 있었던 것 같기도 하고… 얼굴 부위에 어두운 부분이 있어요. 하지만 커플이나 사진을 찍은 장소와 어떤 관계가 있었던 건 분명하군요."

힐다는 눈을 뜨고 천장을 올려다보았다.

"첫 번째 만남은 매우 우호적이었어요. 전혀 걱정할 이유가 없었죠. 하지만 이 공포감… 이 장소, 숲에서 너무나 강하게 느껴지는군요."

"그 밖에는?"

마리노는 온 신경을 집중하고 있는지 목에 핏줄이 불룩 솟아 있었다. 3센티미터만 몸을 앞으로 더 내밀면 소파에서 떨어질 것 같았다.

"두 가지. 별 의미가 없을지도 모르지만… 어쨌든 느껴지는 게 있어요. 이 사진에 없는 다른 장소가 떠오르는군요. 이 장소는 여자애와 관련이 있어요. 누군가 여자애를 어디론가 끌고 갔든지, 여자애 스스로 간 것 같아요. 가까운 곳일 수도 있고… 먼 곳일 수도 있고. 정확히는 모르겠어요. 하지만 어딘가 북적거리는 곳, 뭔가 붙잡는 곳이라는 느낌이군요. 공포, 시끄러운 소음과 움직임. 긍정적인 인상은 전혀 없어요.

뭔가 잃어버린 것 같기도 하고… 금속제… 전쟁과 관련된 물건이에요. 그 밖에는 전혀 모르겠지만, 나쁜 거라는 느낌은 들지 않아요. 그 물건 자체가 위험하다는 생각은 안 드는군요."

"그 금속제 물건을 잃어버린 사람은 누굽니까?"

마리노가 물었다.

"이 사람은 아직 살아 있다는 느낌이 드는군요. 이미지가 보이는 건 아니지만, 남자라는 느낌이 와요. 버린 게 아니고 잃어버린 물건이지만, 그것 때문에 아주 속을 끓이는 건 아니고. 하지만 신경은 쓰고 있군요. 그 물건을 잃어버렸다는 생각이 가끔 떠오르는 정도죠."

힐다는 입을 다물었다. 그때 전화벨이 다시 울렸다.

"지난가을에 팻 하비한테도 이런 이야기를 했었나요?"

내가 물었다.

"그때는 시체가 발견되지 않았을 때였죠. 이런 사진은 보지 못했답니다."

"그럼 오늘과 비슷한 인상은 전혀 못 느꼈나요?"

힐다는 기억을 더듬는지 잠시 눈을 감았다 뜨며 말했다.

"하비 부인이 저를 지프가 발견된 바로 그 지점으로 데려갔어요. 나는 잠시 거기 서 있었죠. 칼이 있었던 기억이 나는군요."

"무슨 칼?"

마리노가 물었다.

"칼을 봤어요."

"어떤 종류의 칼이죠?"

문득 수색대장 게일이 지프 문을 열 때 마리노에게 스위스제 군용 나이프를 빌렸던 일이 떠올랐다.

"긴 칼이었어요. 사냥용이나 군용 칼 같은… 손잡이 부분에 뭔가 있었던 것 같아요. 손잡이는 검은색에 고무 소재인 듯하고, 나무처럼 단단한 물건을 자르는 그런 칼날이 달려 있어요."

"무슨 말씀이신지…."

말은 그렇게 했지만, 나는 무슨 뜻인지 잘 알고 있었다. 단지 힐다를 어떤 방향으로 유도하고 싶지 않았을 뿐이다.

"이빨이 달려 있어요. 톱처럼. 톱니가 있다는 표현이 가장 정확하겠네요."

"휴게소에 서 있을 때 그런 것이 떠올랐단 말입니까?"

마리노는 믿지 않는다는 듯 힐다를 응시하며 물었다.

"두려움은 전혀 느끼지 못했죠. 단지 나이프가 보였는데, 그걸 그곳에 놓아두었을 때 지프에 타고 있던 사람은 커플이 아니라는 것만은 확실했어요. 휴게소에서는 두 사람의 흔적이 전혀 느껴지지 않았답니다. 거기에 있던 적이 없어요."

힐다는 말을 멈추고 이마에 주름을 잡으며 다시 눈을 감았다.

"불안감이 느껴졌던 기억이 나는군요. 누군가 조마조마한 마음으로 급히 서두르고 있다는 인상을 받았어요. 어둠이 보였어요. 밤이었을까… 누군가 빠른 걸음으로 걷고 있었어요. 누군지는 알 수 없지만."

"그 사람이 지금도 보이나요?"

내가 물었다.

"아니. 지금은 그 남자가 안 보이네요."

"그 남자?"

힐다는 잠시 입을 다물었다.

"그때 느낀 건 남자였어요."

이번에는 마리노가 입을 열었다.

"팻 하비와 휴게소에 갔을 때 그 사람한테도 이런 이야기를 했습니까?"

"여러 이야기를 했어요. 하지만 내가 이야기했던 모든 게 기억나지는 않는답니다."

"좀 걸어야겠소."

마리노는 중얼거리며 소파에서 일어섰다. 방충문이 쾅 하고 닫히는 소리가 났다. 하지만 힐다는 전혀 놀라지도 않고 걱정하지도 않는 기색이었다.

내가 물었다.

"힐다, 팻 하비와 만났을 때 그녀에 대해서는 어떤 느낌을 받았죠? 뭔가 알고 있다는 느낌, 딸에게 어떤 일이 일어났는지 알고 있다는 느낌은 받지 못했나요?"

"죄의식이 아주 강하게 느껴지더군요. 자신에게 책임이 있다고 느끼는 듯했어요. 하지만 어떻게 보면 당연하지요. 실종되거나 살해당한 사람의 친척에게서는 언제나 죄의식이 느껴진답니다. 약간 특이했던 건 그분의 오라였어요."

"오라라뇨?"

의학에서 오라란 히스테리나 발작 따위가 일어나기 직전에 나타나는 증세를 말한다. 하지만 힐다가 그걸 염두에 두고 말했을 리는 없다.

"대부분의 사람들은 오라를 보지 못하지요. 나에게는 색깔이 보인답니다. 오라는 사람들을 둘러싸고 있어요. 보통 사람마다 각기 다른 색깔을 띠죠. 팻 하비의 오라는 회색이었어요."

"그게 큰 의미가 있나요?"

"회색은 죽음도 아니고 삶도 아니지요. 나는 회색을 보면 질병이 연상된답니다. 몸이나 마음, 영혼이 병든 사람. 무언가가 그 사람의 생명력에서 색깔을 빼내는 느낌이에요."

"당시 팻 하비의 감정 상태를 고려한다면 이상할 것도 없지 않을까요?"

"그럴 수도 있겠지요. 하지만 부정적인 느낌이 함께 들었답니다. 뭔가 위험에 처해 있을지도 모른다는 느낌이 들었어요. 그분의 에너지는 좋지 않았어요. 긍정적이거나 건강하지도 않았지요. 왠지 위험을 무릅쓰고 있다는, 자신에게 해를 끼칠 행동을 할지도 모른다는 느낌이 들었답니다."

"예전에도 회색 오라를 본 적이 있나요?"

"많이 보지는 못했어요."

"저한테서는 어떤 오라가 느껴지나요?"

묻지 않을 수가 없었다.

"노란색에 갈색이 약간 섞여 있군요."

나는 약간 놀랐다.

"재미있네요. 그런 색 옷은 절대 입지 않는데…. 집 안에도 노란색이나 갈색은 전혀 없을 거예요. 하지만 태양빛과 초콜릿은 좋아한답니다."

힐다는 미소를 지었다.

"오라는 그 사람이 좋아하는 색깔이나 음식과는 아무 상관이 없답니다. 노란색은 영적인 삶을 의미해요. 갈색은 분별력과 현실주의를 뜻하죠. 현실에 발을 단단히 딛고 있는 사람. 당신의 오라는 영적인 동시에 대단히 현실적이군요. 이건 물론 내 해석일 뿐이에요. 사람마다 색깔은 다른 의미를 지닌답니다."

"마리노는?"

"가는 빨간색 띠. 그분 주위는 그렇게 보이더군요. 빨간색은 보통 분노를 의미해요. 하지만 그분은 빨간색이 좀 더 필요할 것 같군요."

"농담이시겠죠."

마리노에게 분노가 더 필요할 것 같지는 않았다.

"난 에너지가 부족한 사람에게 보통 삶에 빨간색이 좀 더 필요하다고 말해 주죠. 에너지를 주니까요. 빨간색은 일을 마무리지어야 할 때나 문제가 생길 때 맞서 싸울 힘을 준답니다. 하지만 그분에게는 자신의 감정에 대한 두려움이 느껴졌어요. 그로 인해 약해진 것 같더군요."

"힐다, 실종된 다른 커플들의 사진도 보았나요?"

그녀는 고개를 끄덕였다.

"하비 부인이 그들의 사진을 가져왔더군요. 신문에서 오린 것이었어요."

"그 사진도 만져보고 읽어봤나요?"

"그래요."

"뭘 느꼈죠?"

"죽음. 다 죽은 사람들이었어요."

"턱수염이 있거나 얼굴 한 부분에 어두운 부위가 있다는 그 남자는요? 얼굴이 하얗다고 그랬죠?"

힐다는 잠시 망설였다.

"모르겠어요. 하지만 아까 말했듯이 호의적인 느낌이 들었어요. 커플과 처음 만났을 때는 공포가 없었어요. 처음에는 두 사람 모두 그 남자를 전혀 두려워하지 않았다는 인상을 받았답니다."

"카드에 대해서 물어보고 싶은데요. 카드도 읽는다고 하셨죠? 카드놀이 하는 그 카드 말인가요?"

"난 어떤 물건이든 읽을 수 있어요. 타로 카드나 수정구… 뭐든 상관없어요. 그건 도구일 뿐이니까요. 집중하는 것을 도와주는 도구 말이죠. 네, 그래요. 트럼프 카드도 사용한답니다."

"그건 어떻게 하는 건가요?"

"카드를 덜게 한 다음에 내가 한 장씩 카드를 뽑으면서 그때 떠오르는 생각을 말하지요."

"하트 잭이 나왔다면, 여기엔 어떤 의미가 있는 걸까요?"

"그건 상대방이 누군지에 따라서, 그 사람한테서 어떤 에너지를 느끼는가에 따라서 달라요. 하지만 하트 잭은 타로 카드에서 '컵의 기사(knight of cups)'와 같지요."

"좋은 카드인가요, 나쁜 카드인가요?"

"그건 누구의 점을 보느냐에 따라 다르지요. 타로 카드에서 컵은 사랑과 감정을 의미하고, 검과 별 모양은 사업과 돈을 상징하지요. 하트 잭은 사랑과 감정의 카드랍니다. 아주 좋은 의미일 수도 있어요. 하지만 사랑이 식거나 증오나 복수심으로 변할 때는 아주 나쁜 의미가 되지요."

"하트 잭은 하트 10이나 하트 퀸 같은 다른 카드와는 어떻게 다를까요?"

"하트 잭은 그림 카드지요. 이 카드는 남자를 의미합니다. 하트 킹 역시 그림 카드지만 왕은 권력이나 지배력을 가진 자, 혹은 스스로 지배하고 있다고 생각하는 사람, 즉 아버지나 보스 같은 사람을 뜻해요. 반면 잭은 기사처럼 군인이나 방어하는 사람, 챔피언으로 비쳐지거나 자신을 그렇게 생각하는 사람을 상징할 수 있답니다. 사업 제일선에서 전투를 벌이는 사람일 수도 있고, 운동선수나 경쟁심이 강한 사람일 수도 있지요. 잭은 여러 가지 뜻을 지니고 있지만 하트는 감정과 사랑의 카드이기 때문에, 하트 잭이 상징하는 사람은 돈이나 업무적인 요소에 비해 감정적인 요소가 더 강하다고 볼 수 있지요."

다시 전화벨이 울렸지만 힐다는 신경 쓰지 않고 말을 이었다.

"다른 사람들의 말을 너무 믿지 말아요, 스카페타 박사님."

"무슨 말이죠?"

나는 깜짝 놀라 물었다.

"당신에게 아주 중요한 무언가가 불행과 근심을 가져오고 있군요. 사람과 관련된 일이지요. 친구나 연인, 가족 중 한 사람일 수 있어요. 분명 당신의 인생에 굉장히 중요한 인물일 거예요. 하지만 당신은 지나치게 많은 이야기를 듣고, 너무 많은 것을 상상하고 있어요. 신뢰하고 싶다면 신중하게 생각하세요."

마크, 어쩌면 벤턴 웨슬리를 의미하는지도 모른다.

"그럼, 현재 제 삶과 관계 있는 사람인가요? 현재 제가 만나고 있는 사람?"

나는 궁금해서 견딜 수가 없었다.

힐다는 잠시 입을 다물었다.

"혼란… 아직 확신할 수 없는 어떤 것이 많이 느껴지는군요. 그러니 현재 가까이 있는 사람은 아니라고 해야겠지요. 거리감이 느껴져요. 지리적인 거리가 아니라 감정적인 거리. 신뢰할 수 없게 만드는 거리. 충고를 하자면… 그냥 흘려버리세요. 그 일에 대해서 당장은 아무 조치도 취하지 말고. 그러면 언젠가 해답이 다가올 겁니다. 언제인지는 모르겠지만, 긴장을 풀고 혼란스러운 소리에 귀를 기울이지 않는다면, 충동적으로 행동하지 않는다면 괜찮아질 거예요."

힐다는 말을 이었다.

"다른 것도 있군요. 눈앞에 놓인 것 그 너머를 바라보세요. 무엇인지는 알 수 없지만 당신이 보지 못하고 있는 것이 있어요. 과거와 관련된 일, 뭔가 과거에 일어났던 중요한 일과 연관이 있군요. 언젠가 그것이 당신을 진실로 이끌어주겠지만, 일단 당신을 열지 않으면 그 중요성을 깨닫지 못할 거예요. 당신의 신념이 이끄는 방향으로 가시길 바라요."

마리노가 뭘 하고 있는지 궁금해진 나는 자리에서 일어나 창밖을 내다보았다.

마리노는 샬럿 공항에서 물을 탄 버번을 두 잔 마시고 비행기에 오른 후 한 잔을 더 마셨다. 마리노와 나는 리치먼드로 돌아가는 길에 별 말을 하지 않았다. 주차장에 세워둔 차로 걸어가면서 나는 마침내 입을 열기로 했다.

"얘기 좀 하죠."

나는 열쇠를 꺼내며 말했다.

"피곤해요, 박사."

"5시가 다 됐는데, 우리 집에 가서 저녁이나 먹지 않을래요?"

마리노는 햇빛에 눈을 찡그리며 주차장 한쪽을 멍하니 바라보았다. 화가 난 건지, 울음을 터뜨리기 직전인지는 알 수 없었지만 이런 상태의 마리노를 본 적이 없었다.

"나한테 화났어요?"

"아니오, 박사. 지금은 그냥 혼자 있고 싶소."

"지금은 혼자 있어서는 안 될 것 같은데요."

마리노는 코트 맨 윗단추를 잠그더니 "다음에 봅시다"라고 중얼거리고는 사라졌다.

나는 기진맥진한 몸으로 집까지 차를 몰고 왔다. 멍하니 부엌에서 서성거리고 있는데 현관 벨이 울렸다. 문구멍을 통해 내다보니 놀랍게도 마리노였다.

"주머니에 이게 있었소."

문을 열자마자 마리노가 말했다. 그는 비행기표와 별로 중요하지 않은 렌터카 서류를 내밀었다.

"세금 정산할 때 필요할 것 같아서."

"고마워요."

마리노가 찾아온 이유가 이것 때문이 아니라는 걸 난 알았다. 나한테는 영수증이 있다. 그가 가져온 것 중에 꼭 필요한 것은 하나도 없었다.

"저녁을 만들던 중이었어요. 이왕 온 김에 먹고 가요."

마리노는 내 시선을 피하며 중얼거렸다.

"그럼 잠시만 앉아 있을까. 그런 다음에는 할 일이 있으니…."

내 뒤를 따라 부엌으로 들어온 마리노는 식탁 앞에 앉았다. 나는 달콤한 붉은 피망을 썰어서 다진 양파와 섞은 다음 올리브유로 볶았다.

"버번은 어디 있는지 알고 있죠?"

나는 팬을 휘저으며 말했다. 마리노는 일어서서 장식장으로 향했다. 나는 그의 등 뒤에 대고 말했다.

"일어난 김에 내 스카치 소다도 한 잔 만들어줄래요?"

마리노는 대답하지 않았다. 하지만 자리로 돌아온 그는 스카치를 내 옆에 올려놓더니 조리대에 몸을 기댔다. 나는 다른 팬에서 볶던 토마토에 양파와 피망을 섞은 후 소시지를 굽기 시작했다.

"두 번째 코스는 없어요."

"그것만 먹어도 충분할 것 같소만."

나는 주전자에 물을 가득 채워 가스레인지 위에 올려놓았다.

"화이트 와인 소스를 뿌린 어린 양고기나 송아지 가슴살, 아니면 돼지고기 구이가 있으면 완벽할 텐데. 난 양고기 요리를 진짜 잘하거든요. 다음에 오면 꼭 해줄게요."

"시체 써는 일은 관두고 식당이나 차리는 게 어떻소?"

"칭찬으로 받아들이죠."

"그러시든지."

마리노의 얼굴에는 표정이 없었다. 그는 담배에 불을 붙이고 가스레인지 쪽을 가리키며 물었다.

"그런데 저건 이름이 뭐요?"

나는 소시지를 소스에 집어넣으며 말했다.

"내가 부르는 이름은 달콤한 피망과 소시지를 곁들인 노란색과 녹색의 넓적한 국수죠. 대단해 보이고 싶을 때는 르 파파르델레 델 칸툰자인이라고 부른답니다."

"걱정 붙들어 매쇼. 진짜 대단해 보이니까."

나는 마리노를 힐끗 쳐다보았다.

"마리노, 오늘 아침에 무슨 일 있었어요?"

마리노는 대답 대신 질문을 던졌다.

"데버러의 손가락뼈에 난 자국이 톱날처럼 된 칼날로 인해 생긴 거라는 얘기를 혹시 다른 사람한테 한 적 있소?"

"지금까지는 당신한테만 했어요."

"힐다 오지멕이 그 사실을 어떻게 알아냈는지 모르겠군. 팻 하비와 같이 휴게소에 갔을 때 톱날이 달린 사냥용 칼이 떠올랐다고 했잖소."

나는 파스타를 끓는 물에 집어넣으며 말했다.

"이해하기는 힘들죠. 세상에는 논리나 이성으로 설명하기 힘든 것도 있는 법이에요, 마리노."

신선한 파스타는 잠깐이면 다 익는다. 나는 면을 건져내서 오븐에 넣어 따뜻하게 데운 볼에 담았다. 그리고 소스를 뿌리고 버터와 신선한 파르메산 치즈 가루를 뿌린 다음 마리노에게 준비가 됐다고 알렸다.

"아티초크의 꽃심이 냉장고에 있지만 샐러드는 없어요. 빵은 냉동실에 있고요."

나는 접시를 식탁 위에 놓으며 말했다.

"이거면 충분해. 맛있군. 정말 맛있어."

마리노는 입에 음식을 잔뜩 넣은 채 말했다.

나는 음식에 거의 손도 대지 않았는데, 마리노는 일주일은 굶은 사람처럼 파스타를 두 번이나 가져다 먹었다. 그는 자기 몸을 전혀 돌보지 않는 모양이었다. 겉보기에도 티가 났다. 넥타이는 당장 드라이클리닝을 해야 할 만큼 더러웠고, 한쪽 바짓부리는 실이 풀려 있었으며, 셔츠의 겨드랑이 부분은 누렇게 물들어 있었다. 여러모로 마리노에겐 도움의 손길이 절실해 보였다. 나는 그의 모습에 혐오감이 들면서도 마음이 불편했다. 분별력 있는 성인 남자가 자신을 폐인처럼 돌보지 않아도 될 만한 핑곗거리는 절대 있을 수가 없다. 하지만 나는 요즘 마리노가 자제력을 잃었다는 걸, 어떤 의미에서는 그 자신도 어쩔 수 없다는 것을 알고 있었다. 내가 모르는 무언가가 아주 잘못된 것이다.

나는 의자에서 일어나 와인 랙에 두었던 몬다비 레드 와인을 꺼내 두 잔 따랐다.

"마리노, 힐다에게 보여준 사진… 누구였어요? 부인?"

마리노는 내 쪽을 보지 않고 말없이 의자에 몸을 기댔다.

"말하고 싶지 않으면 하지 말아요. 하지만 당신 요즘 눈에 띄게 이상해졌어요."

"그 여자 말을 듣고 무지 놀랐소."

침묵을 지키던 마리노가 대뜸 말했다.

"힐다가 한 말?"

"음…."

"나한테 이야기해 봐요."

"아무한테도 말 안 했는데…."

와인잔에 손을 뻗는 마리노의 얼굴이 딱딱하게 굳었다. 말하기가 쑥스러운 모양이었다.

"마누라가 지난 11월에 저지로 돌아갔소."

"그러고 보니 부인 이름을 한 번도 못 들어본 것 같네요."

"하! 지금 그런 말을 하게 됐나."

마리노가 씁쓸하게 중얼거렸다.

"당신은 너무 비밀이 많아요."

"난 옛날부터 그랬소. 경찰이 되고 나서 더 심해졌지. 남자들이 마누라니 여자 친구니 애들에 대해서 불평하고 투덜거리는 걸 하도 많이 들어서 그렇게 된 거요. 어깨에 기대서 질질 짜는 걸 보면 진짜 형제 같다니까. 하지만 이번에 나한테 문제가 생겼다고 털어놓았다가는 경찰서 안에 쫙 퍼져버린단 말이오. 입 다물고 있는 게 상책이라는 건 이미 오래전에 터득했소."

마리노는 잠시 입을 다물고 지갑을 꺼냈다.

"이름은 도리스요."

그러고는 오늘 아침 힐다 오지멕에게 보여주었던 사진을 내게 건넸다.

도리스는 선량한 얼굴에 둥글고 푸근한 몸매를 지닌 여자였다. 교회라도 가는 듯한 옷차림을 하고 뻣뻣하게 서 있는 얼굴은 수줍고 내키지 않는 표정이었다. 나는 이런 얼굴을 1백 번도 더 보았다. 세상에는 이런 여자들이 너무나 많다. 젊은 시절에는 사랑을 꿈꾸며 포치의 그네에 앉아 별과 바람 냄새로 가득 찬 밤의 마술에 넋을 잃던 여자들…. 하지만 마치 거울처럼 자기 삶에서 중요한 사람의 영상을 자기 자신의 모습으로 여기면서 무언가 어긋나기 시작한다. 상대방에게 헌신적으로 봉사하면서 자신의 중요성을 가늠하고, 조금씩 기대치를 낮추며 살다가 어느 날 갑자기 현실에 눈을 뜨고 분노하는 것이다.

사진을 돌려주자 마리노가 입을 열었다.

"올 6월이면 결혼 30주년이 되지. 그런데 갑자기 자기가 행복하지 않다는 거요. 내가 일이 너무 많고 옆에 있어주지도 않는다더군. 내가 누군지 모르겠다는 둥… 뭐 그런 이야기였지. 하지만 내가 어린앤가?

진짜 이유는 그게 아니었소."

"그럼 뭐죠?"

"지난여름 장모님이 쓰러졌을 때 아내가 간호하러 달려갔지. 거의 한 달이나 북쪽에 있으면서 장모님을 퇴원시키고 요양원에 데려가고, 온갖 수발을 다 들었소. 그리고 집에 왔는데, 달라졌더군. 딴 사람이 돼 있었소."

"무슨 일이 있었을까요?"

"그쪽에서 남자를 하나 만났는데 아내가 몇 년 전에 죽었다지. 부동산 하는 사람인데 장모님 집 파는 걸 도와줬다고 하더군. 도리스는 별일 아니라는 식으로 한두 번 말을 꺼냈지만 분명 뭔가 있었소. 늦은 시간에 전화가 오고, 내가 받으면 끊어버리는 거요. 게다가 편지도 내가 챙기기 전에 도리스가 얼른 확인하고. 그러다가 11월에 갑자기 짐을 싸더니 떠났소. 장모님한테는 자기가 필요하다면서."

"그 뒤로 집에 온 적 있나요?"

마리노는 고개를 저었다.

"가끔 전화는 하지. 이혼하자는군."

"저런…."

"내 생각에 도리스는 요양소에 있는 장모님을 돌보면서 그 남자를 만나는 것 같소. 걱정스러웠다가 행복했다가, 돌아오고 싶기도 하고 그러고 싶지 않기도 하고. 죄책감을 느꼈다가 집어치우기도 하고. 힐다가 사진을 보면서 말한 것과 똑같소. 왔다 갔다, 오락가락."

"힘들겠어요, 마리노."

마리노는 식탁 위에 냅킨을 집어 던졌다.

"뭐, 하고 싶은 대로 하고 살아야지. 상관없소."

진심이 아니라는 것을 알 수 있었다. 마리노의 생활은 이미 말이 아니었다. 그 모습을 보니 마음이 아팠다. 동시에 도리스의 마음도 충분히 이해할 수 있었다. 마리노를 사랑한다는 건 쉬운 일이 아니었을 것이다.

"부인이 집에 왔으면 좋겠어요?"

"혼자 산 것보다 같이 산 세월이 더 기니까. 하지만 현실을 똑바로 봐야지, 박사. 안 그렇소?"

마리노가 나를 쳐다보며 말했다. 언뜻 그의 눈동자에 두려움이 떠올랐다.

"내 인생은 보잘것없소. 늘 쪼들리고, 툭하면 한밤중에 길거리로 불려 나가지. 휴가 계획을 짰다가도 뭔가 잘못되면 도리스는 짐을 다시 풀고 집에서 기다려야 했소. 데버러 하비와 남자 친구가 실종된 노동절 주말에도 그랬고. 그날이 결정적이었소."

"도리스를 사랑해요?"

"그 여자는 그렇게 생각하지 않더군."

"당신 감정을 아내가 이해하도록 노력해야 하지 않을까요? 당신이 아내를 절실히 원하고 있는 거지, 단순히 필요해서 그런 게 아니라는 걸 보여줘야 할 것 같아요."

"무슨 말인지 모르겠소."

마리노는 어리둥절한 모양이었다. 그는 절대 이해하지 못할 것이다. 나는 맥이 빠졌다.

"당신 일은 당신이 해요. 아내가 해주기를 기대하지 말고. 그러면 달라질지도 몰라요."

"난 돈을 많이 못 벌잖소. 그러면 애기 끝난 거요."

"당신 아내는 돈 따위는 전혀 상관 안 할 거예요. 그보다 자신이 소중한 사람이라는 걸, 사랑받고 있다는 걸 느끼고 싶을 거예요."

"그 남자는 큰 집에 살고 있고 크라이슬러 뉴요커를 몬다더군. 가죽 시트에 새로 뽑은 차지."

나는 아무 말도 하지 않았다. 마리노의 말투가 차츰 격해졌다.

"작년 휴가 때는 하와이에 갔다 왔다는군."

"도리스는 반평생을 당신과 함께 살았잖아요. 자기 의지로, 하와이건 뭐건…."

마리노는 내 말을 끊고 담배에 불을 붙이며 말했다.

"어차피 하와이는 관광객만 우글거리는 곳이지. 나 같으면 차라리 벅스아일랜드에 가서 낚시질이나 하겠네."

"도리스가 당신 어머니 노릇 하는 데 질린 거라는 생각은 안 들어요?"

"그 여자가 어째서 내 어머니요?"

마리노가 소리를 지르며 쏘아붙였다.

"그럼 어째서 도리스가 떠난 뒤로 마치 어머니가 필요한 아이 꼴을 하고 있는 거죠, 마리노?"

"난 단추 달고 요리하고 청소하고 그런 짓을 할 시간이 없으니까 그렇지."

"나도 바빠요. 하지만 그런 짓을 할 시간은 만든다고요."

"아, 박사는 파출부도 있잖소. 1년에 10만은 벌고."

"1년에 1만 달러밖에 못 번다 해도 난 주변 정리는 하고 살아요. 나 자신을 존중하니까, 다른 사람이 날 돌봐주는 걸 원하지 않으니까. 난 다른 사람이 날 생각해 주기를 바랄 뿐이에요. 이 둘 사이에는 큰 차이가 있다고요."

"그렇게 모든 답을 아시는 분이 어째서 이혼을 했소? 게다가 당신 친구 마크는 콜로라도에 있고 당신은 여기 있잖아? 인간관계에 대해 책이라도 쓴 사람 같군."

목줄기를 타고 뜨끈한 기운이 올라왔다.

"토니는 날 진정으로 생각해 주지 않았어요. 그걸 깨달은 순간 난 그 사람과 헤어졌죠. 마크 문제는, 그 사람은 한 여자한테 충실하는 데 문제가 있는 사람이에요."

"그런 당신은 어떻고?"

마리노는 쏘아보듯이 나를 쳐다보았다. 나는 대답하지 않았다.

"어째서 같이 서부로 가지 않은 거요? 당신도 국장 노릇에만 충실한 사람이잖소."

"우린 문제가 있었어요. 어쩌면 일부는 내 잘못이었겠죠. 마크는 화가 나서 서부로 간 거고… 본때를 보여주고 싶었을 수도 있고, 그냥 나와 떨어져 있고 싶었을 수도 있고…."

목소리에 감정이 배어나오는 것을 억누를 수가 없었다.

"직업상으로도 그와 함께 간다는 건 불가능했겠지만, 어쨌든 고려해 본 적도 없어요."

"미안해요, 박사. 그건 몰랐소."

마리노는 갑자기 부끄러운 듯 목소리를 낮췄다.

나는 아무 말도 하지 않았다.

"박사와 나는 비슷한 처지인 것 같군."

"어떤 면에서는요."

나는 그걸 인정했지만, 어떤 면에서 비슷한지는 떠올리고 싶지 않았다.

"하지만 난 적어도 자신을 돌보면서 살아요. 마크가 다시 나타난다 해도 내 모습이 엉망진창은 아닐 거예요. 난 마크를 원하는 거지, 그가 필요한 건 아니니까. 당신도 도리스와 이런 관계를 시도해 보는 게 어때요?"

마리노는 그제야 기운이 좀 나는 듯 홀가분한 얼굴로 말했다.

"음… 생각해 보겠소. 이제 커피 한 잔 하고 싶은데."

"커피 끓일 줄 알아요?"

"농담 마쇼, 박사."

마리노는 놀란 듯했다.

"제1단원. 커피를 끓여보자. 이렇게 해봐요."

아이큐 50 정도면 누구나 사용할 수 있는 드립식 커피 메이커 조작법을 가르쳐주는 동안, 마리노는 오늘의 모험을 되짚어보기 시작했다.

"마음 한구석으로는 힐다가 한 말을 진지하게 받아들이고 싶지 않았소. 하지만 다른 한편으로는 받아들여야 했지. 아, 그래서 다시 생각해 보게 됐다는 거요."

"어떻게?"

"데버러 하비는 9밀리로 살해당했잖소. 탄피는 찾지 못했고. 범인이 깜깜한 숲 속에서 탄피를 찾아 챙겼다는 건 믿기 힘들지 않나? 모렐과 그쪽 친구들이 제대로 수색하지 못한 것 같다는 생각이 들어. 힐다는 그 사진에 없는 다른 장소가 있을지도 모른다고 했고, 뭔가 잃어버린 물건 이야기도 했잖소. 전쟁과 관련 있는 금속 물건. 어쩌면 그게 탄피일 수도 있다는 거지."

"그 물건은 해가 없는 거라고 했잖아요."

"탄피 자체로는 파리 한 마리도 못 죽이지. 진짜 위험한 건 총알이잖소."

"힐다가 봤던 사진은 지난가을에 찍은 거예요. 잃어버린 물건이란 게 당시에는 있었지만 현재는 없을지도 모르죠."

"범인이 낮에 돌아와서 탄피를 찾아갔다는 거요?"

"힐다는 잃어버린 사람이 그 물건에 신경을 썼다고 했어요."

"돌아왔을 것 같지는 않소. 신중한 놈이니까. 위험이 너무 크거든.

아이들이 실종된 직후부터 그 일대가 경찰과 수색견으로 바글거렸잖소. 범인은 틀림없이 몸을 낮추고 있을 거요. 미치광이 살인광이든 청부 살인업자든, 그렇게 오랫동안 똑같은 범죄를 되풀이해 온 놈이니 틀림없이 아주 침착할 테지."

나는 커피가 뚝뚝 떨어지는 것을 지켜보며 말했다.

"그쪽에 한번 가서 찾아보는 게 어떨까요? 생각 있어요?"

"솔직히 나도 그럴 생각이었소."

증거 조작

마리노와 함께 시체가 발견된 공터 쪽으로 다가갔다. 맑은 오후의 햇빛 속에서 바라보니 숲은 지난번만큼 음침해 보이지 않았지만 인간의 살이 썩는 악취가 아직도 음산하게 떠돌고 있었다. 솔잎과 낙엽을 삽으로 긁어모아 체로 친 무더기가 군데군데 쌓여 있었다. 살인 사건의 흔적은 오랜 시간이 흐르고 많은 비가 내린 뒤에야 완전히 사라질 것이다.

마리노는 금속탐지기를, 나는 갈퀴를 들고 있었다. 그는 담배를 꺼내더니 주위를 둘러보았다.

"여긴 더 찾을 필요 없겠소. 대여섯 번은 훑었을 테니까."

나는 임도부터 우리가 올라온 산길을 돌아보았다.

"길을 따라 자세히 찾아봤겠죠?"

"꼭 그렇지는 않을 거요. 지난가을에 시체를 내갈 때는 이 길이 없었으니까."

나는 곧 마리노의 말뜻을 알아차렸다. 낙엽이 양옆으로 밀리고 진흙이 단단하게 굳은 이 길은 경찰과 기타 수사팀들이 임도에서 현장까지 왔다 갔다 하면서 생긴 것이었다. 마리노는 숲을 살펴보더니 덧붙였다.

"게다가 차를 주차한 곳이 어딘지도 모르잖소, 박사. 우리가 주차했던 곳에서 가까운 데 차를 세워놓고 우리가 올라온 것과 비슷한 경로로 왔을 거라고 짐작은 할 수 있지만 범인이 진짜 이곳을 목표로 올라왔는지 아닌지도 모르고."

"난 범인이 목적지를 미리 정해놓고 있었다는 느낌이 들어요. 어쩌다 우연히 임도에서 빠져나와 위험하게 어두운 숲 속을 헤매다가 여기까지 왔다는 건 말이 안 되죠."

마리노는 어깨를 으쓱하더니 금속탐지기 전원을 켰다.

"해봐서 나쁠 건 없겠지."

우리는 현장 주변부터 임도 쪽으로 천천히 움직이면서 길 위는 물론 길 양쪽의 덤불과 낙엽 사이를 샅샅이 뒤졌다. 거의 두 시간 동안 나무와 관목 사이 사람이 조금이라도 지나갈 만한 틈이란 틈은 모조리 살펴보았다. 금속탐지기가 처음 울렸을 때는 올드 밀워키 맥주 캔이 나왔고, 두 번째는 녹슨 병따개가 나왔다. 우리 차가 보이는 숲 가장자리 쪽으로 다 나와서야 세 번째 경고음이 울렸는데, 이번에는 몇 년이 지난 듯 색이 바랜 빨간색 플라스틱 산탄총 탄피였다.

나는 갈퀴에 몸을 기대고 서서 우리가 지나온 길을 절망적으로 바라보며 생각에 잠겼다. 다른 장소가 연관되어 있다는 힐다의 말이 생각났다. 어쩌면 범인이 데버러를 데려갔던 곳일 수도 있다. 나는 공터와 시체를 떠올려보았다. 애초 나는 데버러가 어떤 시점에 범인의 손을 뿌리치고 탈출을 꾀했다면 임도에서 공터까지 끌려가는 도중이었을 거라고 생각했다. 하지만 지금 숲을 바라보니 이런 가설은 앞뒤가 맞지 않는 것 같았다.

"일단 우리가 단일범을 상대하고 있다고 가정하죠."

마리노는 땀으로 젖은 이마를 코트 자락으로 닦았다.

"좋소. 들어봅시다."

"당신이 범인인데 두 사람을 납치해서 총을 들이대고 여기로 끌고 왔다면 누구부터 죽이겠어요?"

마리노는 망설이지 않고 대답했다.

"남자 쪽이 더 골치 아프니까, 일단 남자부터 해치운 다음 여자를 처리하겠소."

하지만 상상하기 힘든 것은 마찬가지였다. 범인 한 명이 인질 둘을 어두워진 뒤에 숲 속으로 끌고 들어오는 장면을 상상할 때마다 머릿속이 텅 비는 것 같았다. 범인은 손전등을 갖고 있었을까? 근처 지리에 워낙 환해서 눈을 감고도 공터를 찾을 수 있는 사람일까? 나는 마리노에게 이런 질문을 던졌다.

"나도 그걸 생각 중이었는데… 몇 가지를 가정해 볼 수 있소. 첫째, 인질의 손을 뒤로 묶어서 자유롭지 못하게 했을 것이다. 둘째, 나라면 여자 쪽에 집중할 거요. 숲 속을 통과하는 동안 총을 여자 갈비뼈 쪽에 겨누는 거지. 이렇게 하면 남자 친구는 양처럼 순해지지 않겠소? 까딱 잘못했다가는 여자 친구가 총에 맞을 테니까. 손전등? 분명 범인은 어떻게든 앞을 볼 방법이 있었겠지."

"총과 손전등을 들고 여자까지 어떻게 붙잡죠?"

"쉽소. 직접 보여드릴까?"

"그럴 것까지는…."

나는 마리노가 내 쪽으로 손을 뻗자 뒤로 물러섰다.

"젠장, 박사 갈퀴 말이오. 그렇게 놀랄 것까진 없잖소."

마리노는 내게 금속탐지기를 건네고 나는 그에게 들고 있던 갈퀴를 주었다.

"이 갈퀴가 데버러라고 칩시다. 왼팔로 여자 목을 감고 왼손에 전등을 쥐는 거요. 이렇게."

마리노가 시범을 보였다.

"오른손으로는 총을 쥐고 여자 갈비뼈에 갖다 대는 거지. 쉽지 않소? 프레드야, 몇 걸음 앞서 가게 하면 뒤에서 매처럼 감시할 수 있지."

마리노는 말을 멈추고 길을 응시했다.

"아주 빨리 가지는 못했을 거요."

"특히 맨발이었다면요."

"그렇지. 그랬을 거요. 숲 속을 걷도록 해야 하니까 발까지는 못 묶었겠지. 하지만 신발을 신지 않으면 속도가 느려지기 때문에 도망치기가 힘들어. 죽인 다음에는 기념품으로 신발을 가져갔을 수도 있고."

"그럴 수도 있겠죠."

데버러의 지갑이 떠올랐다.

"손이 등 뒤로 묶여 있었다면 지갑은 왜 갖고 나왔을까요? 지갑에 끈이 달려 있지 않으니 팔이나 어깨 뒤로 넘길 수도 없을 텐데. 벨트에 달려 있지도 않았고… 데버러는 벨트를 하고 있었던 것 같지도 않아요. 누군가 총을 들이대고 숲으로 들어가라고 하는데 당신 같으면 지갑을 갖고 가겠어요?"

"모르겠소. 나도 사실 계속 그 점이 신경 쓰였단 말이야."

"마지막으로 한 번만 더 살펴보죠."

"젠장!"

공터로 돌아왔을 때쯤에는 구름이 태양을 가리고 바람이 불기 시작해서 기온이 10도는 떨어진 것 같았다. 코트 안쪽이 땀에 젖어 한기가 느껴졌고 갈퀴질을 하느라 팔이 부들부들 떨렸다. 나는 길에서 가장 멀리 떨어진 가장자리 쪽으로 다가가면서 사냥꾼들조차 너무 험해서 들어가지 않을 것 같은 공터 너머를 살펴보았다. 경찰은 이 방향으로 3미터가량 흙을 뒤집어보았다. 그 너머로는 칡넝쿨이 족히 4천 제곱미터는 뻗어 있었다. 녹색 덩굴 갑옷으로 뒤덮인 나무들은 마치 녹색 바다 위로 뒷다리를 세우고 일어선 선사시대의 공룡 같은 형상을 하고 있었다. 관목, 소나무 등의 식물들을 비롯해 살아 있는 모든 것이 천천히 목이 졸려 생명을 잃어가고 있었다.

내가 칡넝쿨 위로 갈퀴를 뻗는 것을 보고 마리노가 말했다.

"맙소사! 정말 들어갈 생각은 아니겠지."

"깊이 들어가지는 않을 거예요."

하지만 그럴 필요도 없었다.

금속탐지기가 즉각 반응했던 것이다. 마리노가 시체가 발견된 지점에서 4.5미터도 떨어지지 않은 칡넝쿨 위에 스캐너를 갖다 대자, 금속음이 점점 더 날카롭고 크게 울렸다. 칡넝쿨을 헤치는 일은 엉킨 머리를 빗질하는 것보다 더 힘들었다. 나는 무릎을 꿇고 낙엽을 손으로 파헤친 후 수술 장갑을 낀 손으로 뿌리를 더듬기 시작했다. 뭔가 차갑고 딱딱한 것이 느껴지는 순간, 기대하던 물건이 아니라는 사실을 곧 알 수 있었다.

"고속도로 통행료나 내면 되겠네요."

나는 실망스러운 기분으로 더러운 25센트짜리 동전을 마리노에게 던졌다.

몇 미터 더 멀리 나가자 금속탐지기가 다시 울렸다. 이번에는 무릎을 꿇고 손으로 더듬은 보람이 있었다. 손끝에 탄피가 틀림없는 딱딱한 원통 모양의 물체가 느껴졌던 것이다. 나는 칡넝쿨을 부드럽게 헤쳤다. 잘 닦은 은처럼 반질반질한 스테인리스 스틸 탄피가 나왔다.

나는 탄성을 지르며 표면에 최대한 손이 닿지 않도록 조심스럽게 탄피를 집어 올렸다. 마리노는 옆에서 허리를 구부린 채 비닐 증거물 주머니를 들고 대기하고 있었다.

그는 비닐 주머니 안에 든 탄피의 헤드 스탬프(head stamp:탄피에 찍혀 있는 인장으로 총알의 종류와 제조사 등을 코드화한 것-옮긴이)를 읽었다.

"9밀리, 페더럴 제품이군. 맙소사!"

"데버러를 쏘았을 때 여기 어디쯤 서 있었던 거예요."

데버러가 어딘가 북적거리는 곳, 뭔가 '붙잡는' 곳에 있었다는 힐다의 말이 떠오르는 순간, 서늘한 한기가 등골을 타고 흘러내렸다. 그건 바로 칡넝쿨이었다!

"데버러가 근거리에서 총에 맞았다면, 쓰러진 곳도 이곳에서 멀지 않을 거요."

내가 좀 더 안으로 들어가자 마리노는 금속탐지기를 들고 내 뒤를 따랐다.

"도대체 깜깜한 밤에 어떻게 데버러를 향해 총을 쐈을까요, 마리노? 휴, 여긴 밤에 도대체 어땠을까?"

내가 의문을 제기했다.

"달이 있잖소."

"보름달도 아니었는데…."

"완전히 그믐은 아니었으니 칠흑같이 깜깜하지는 않았을 거요."

날씨는 이미 몇 달 전 확인해 두었다. 데버러와 체니가 실종되던 8월 31일 금요일 밤 기온은 영상 16도 내외, 달은 3분의 1가량 차 있었고 하늘은 맑았다.

아무리 밝은 손전등을 갖고 있었다 해도, 밤에 인질 두 명을 끌고 이런 곳에 나오는 건 위험하다. 범인도 인질과 마찬가지로 방향 감각을 잃거나 혼란스러운 상태에 빠져 여러 번 비틀거릴 수밖에 없을 것이다.

그렇다면 범인은 왜 두 사람을 임도에서 죽인 다음 시체를 숲 안쪽에 버리고 도망가지 않았을까? 왜 굳이 이런 곳에 데리고 와야 했을까?

범행 수법은 다른 커플과 똑같았다. 앞서 살해된 커플들의 시체 역시 이렇게 외진 숲에 버려졌다.

칡넝쿨을 바라보는 마리노의 얼굴에 불쾌한 표정이 떠올랐다.

"뱀이 안 나오는 계절이라 천만다행이군."

순간 더럭 겁이 났다.

"생각만 해도 유쾌하네요."

"더 들어갈 거요?"

이 음산한 황무지 속으로는 조금도 더 들어갈 생각이 없는 말투였다.

"이 정도면 충분하겠죠."

소름이 끼쳐서 가능한 한 재빠르게 칡넝쿨을 헤치고 나왔다. 뱀 생각을 하니 잠시도 더 있을 수가 없었다. 공포증이 폭발하기 직전이었다.

차로 돌아갔을 때는 5시가 다 되어가고 있었고, 그늘이 드리운 숲은 음침했다. 마리노의 발밑에서 나뭇가지가 바삭 소리를 내며 부러질 때마다 심장이 덜컹 내려앉았다. 다람쥐가 나무 위에서 폴짝 뛰어다니고 새들이 가지에서 하늘로 날아오르는 소리만이 음산한 숲의 적막을 깨뜨렸다.

마리노가 말했다.

"이건 아침 일찍 실험실로 보내겠소. 그 다음엔 법정에 출두해야 해. 비번인 날 일진도 좋지."

"무슨 사건인데요?"

"부바가 부바라는 친구한테 총에 맞았는데, 유일한 목격자의 이름도 부바인 사건이올시다."

"농담 마세요."

"농담 아니오."

마리노가 차 문을 열었다. 시동을 걸면서 그가 중얼거렸다.

"이 직업이 싫어지려고 해, 박사. 진짜요. 정말 싫소."

"요즘 당신은 세상의 모든 게 싫잖아요, 마리노."

"그렇지는 않아."

마리노는 갑자기 웃음을 터뜨렸다.

"당신은 참 괜찮은 사람이오, 박사."

1월 마지막 날은 팻 하비가 보낸 편지로 시작되었다. 짤막하고 요점만 간단히 쓴 편지에는 딸의 부검 감정서와 약물 보고서 사본을 다음 주말까지 보내주지 않으면 법원 명령서를 발부받겠다는 내용이 적혀 있었다. 그녀는 동일한 내용의 편지를 내 직속 상관인 보건복지부 장관에게도 보낸 모양이었다. 얼마 뒤 장관의 비서가 전화를 해서 그의 사무실로 오라는 말을 전했다.

나는 부검할 일거리를 잔뜩 남겨놓고 법의국 건물에서 나와 프랭클린 스트리트를 따라 중앙역 쪽으로 잠시 걸었다. 중앙역은 몇 년 동안 비어 있다가 잠깐 쇼핑몰로 둔갑한 뒤 주 정부에서 사들였다. 주 정부 건물로 쓰이던 매디슨 빌딩의 석면을 벗기고 보수공사를 하는 동안 주 정부 관리들이 이곳에서 근무하고 있으니, 어떻게 보면 시계탑과 붉은 타일 지붕을 지닌 이 역사적인 건물은 다시 한 번 사람들이 잠시 머물렀다 떠나는 기차역으로 변신했다고도 볼 수 있다. 주지사가 폴 세션스 박사를 보건복지부 장관으로 임명한 것은 2년 전이었다. 얼굴을 맞대는 회의는 드물었지만 새 보스와의 관계는 원만했다. 하지만 오늘은 왠지 그럴 것 같지 않았다. 장관 비서의 음성이 꼭 내가 잔소리를 들을 것을 알고 있다는 듯이 송구스럽게 느껴졌기 때문이다.

오랜 세월 동안 여행객의 발길에 닳은 대리석 계단을 올라 2층에 있는 장관실로 향했다. 장관이 쓰는 공간은 예전에 스포츠 용품점과 알록달록한 연, 윈드삭(windsock: 풍속을 측정하는 양말 모양의 바람개비 – 옮긴이) 등을 파는 가게가 있던 자리로 몇 개의 가게를 합친 것이었다. 벽을 부수고 통유리를 끼워놓았던 곳을 벽돌로 막은 다음, 나무판을 대고 카펫을 깔아 멋진 가구로 새롭게 단장했다. 꾸물거리는 주 정부의 사업 속도에 익숙한 세션스 보건복지부 장관은 이곳으로 아예 이사 오기라도 한 것처럼 임시 거처를 꾸며놓았다.

비서의 미안한 듯한 미소를 대하는 순간 기분이 더욱 나빠졌다. 비서가 키보드 옆 전화기에 손을 뻗어 내가 왔다고 전하자, 비서의 책상 반대편에 있는 육중한 참나무 문이 곧바로 열리더니 세션스 장관이 나를 불렀다.

숱이 다 빠져가는 갈색 머리에, 작은 얼굴을 온통 가릴 만큼 큼직한 안경을 쓴 장관은 정력적이긴 했지만, 마라톤이란 인간이 할 만한 운동이 아니라는 사실을 입증한 산증인이었다. 세션스 장관은 가슴이 좁고 몸에 지방이 워낙 적은 탓에 양복 재킷을 벗는 법이 없었으며, 만성적으로 추위를 탔기 때문에 여름에도 긴 소매 셔츠를 입었다. 몇 달 전 웨스트코스트에서 마라톤을 하다가 앞서 달리던 주자의 발밑에 있던 옷걸이에 발이 걸려 넘어지는 바람에 왼팔이 부러져 아직까지 깁스를 하고 있었다. 그는 아마 레이스를 끝내지도 못하고 신문에 이름이 실린 유일한 주자일 것이다.

장관의 책상 위에는 팻 하비의 편지가 놓여 있었다. 그의 얼굴은 보기 드물게 굳어 있었다.

"이건 보셨겠지요?"

세션스 장관이 검지손가락으로 편지를 두드리며 물었다.

"네. 당연한 일이지만 팻 하비는 딸의 부검 결과에 대단한 관심을 가지고 있는 것 같습니다."

"데버러 하비의 시체는 11일 전에 발견되었습니다. 박사가 하비나 프레드 체니의 사인을 아직 밝혀내지 못했다고 결론을 내려도 되겠소?"

"하비의 사인은 알아냈습니다. 하지만 체니의 사인은 아직 분명하지 않습니다."

세션스 장관의 얼굴에 곤혹스러운 빛이 떠올랐다.

"스카페타 국장, 이러한 사실을 왜 데버러 하비와 프레드 체니의 가족에게 알리지 않는지 해명해 주시겠습니까?"

"대답은 간단합니다. 몇몇 특별 감정이 실시되고 있기 때문에 미결로 처리하고 있는 것뿐이지요. 또한 FBI에서 어떤 정보도 누설하지 말라고 요청해 왔습니다."

"그렇군요."

장관은 바깥을 내다볼 수 있는 창문이라도 달렸다는 듯이 벽을 쳐다보았다.

"감정서를 발표하라고 하시면 그렇게 하겠습니다, 세션스 장관님. 솔직히 장관님이 팻 하비의 요청에 따르라고 명령하시면 저로서도 마음의 짐을 덜게 되겠지요."

"왜 그렇소?"

물론 장관도 그 이유를 알고 있을 것이다. 하지만 내 입을 통해 직접 듣고 싶은 모양이었다.

"팻 하비와 그녀의 남편은 딸에게 무슨 일이 있었는지 알 권리가 있으니까요. 브루스 체니 역시 아들의 죽음에 대해서 우리가 무엇을 밝혀내고 무엇을 밝혀내지 못했는지 알 권리가 있습니다. 지금 그들에겐 기다림 자체가 고통일 테니까요."

"팻 하비와는 이야기해 보았소?"

"최근에는 통화한 적이 없습니다."

"그렇다면 시체가 발견된 뒤에는 이야기를 한 적 있소, 스카페타 국장?"

세션스 박사가 멜빵을 만지작거리며 물었다.

"신원이 확인된 뒤에 전화를 걸었습니다만, 그 이후로는 통화하지 못했습니다."

"팻 하비 쪽에서 국장과 통화를 시도한 적은?"

"있습니다."

"국장이 통화를 거절했고?"

"왜 제가 팻 하비와 이야기하지 않는지는 이미 설명드렸습니다. FBI에서 하비에게 정보를 누설하지 말 것을 요청했다고 말하는 건 별로 현명하지 못한 처사라고 생각했습니다."

"그렇다면 FBI의 요청에 대해서는 말하지 않았군요."

"네, 장관님께만 말씀드렸습니다."

"그 점은 감사하게 생각합니다. 그건 다른 사람에게도 말하지 않는 것이 좋겠군요. 특히 기자들에게는."

세션스 장관이 다리를 꼬며 말했다.

"가능한 한 기자들을 피하기 위해 최선을 다하고 있습니다."

"오늘 아침 〈워싱턴 포스트〉에서 전화가 왔었소."

"〈워싱턴 포스트〉의 누가요?"

장관이 메모지를 넘겨보는 동안 나는 불편한 심정으로 대답을 기다렸다. 애비가 내 뒤통수를 쳤다고는 믿고 싶지 않았다. 마침내 장관이 고개를 들었다.

"클리퍼드 링이라는 기자로군. 사실 이 사람이 전화한 건 처음도 아니고, 나한테만 정보를 얻어내려고 한 것도 아닙니다. 차관을 비롯해서 내 비서와 부하 직원들까지 귀찮게 했더군. 박사한테도 전화를 한 것으로 알고 있소. 그 사람 표현을 빌리자면 '법의관이 이야기를 안 해줘서' 행정부에 연락한 거라고 합디다."

"워낙 많은 기자들이 전화를 걸어서 이름을 일일이 기억할 수가 없네요."

"음… 링 기자는 뭔가 음모가 있다고 생각하는 것 같았소. 이쪽에서 뭔가 숨기려 한다는…. 그의 질문으로 미루어볼 때 이를 뒷받침하는 정보도 갖고 있는 것 같았소."

이상했다. 애비가 침을 튀기며 말한 것처럼 〈워싱턴 포스트〉가 이번 사건에 대한 취재를 접은 것 같지는 않았기 때문이다.

장관이 말을 이었다.

"법의국에서 정보 공개를 거부하는 것이 그런 음모의 일환이라고 생각하는 것 같았소."

나는 목소리에 짜증을 내비치지 않도록 조심하며 입을 열었다.

"그렇게 생각하는 게 어쩌면 당연한 건지도 모르죠. 덕분에 법의국만 애매한 입장이 됐습니다. 팻 하비의 요청을 들어주려면, 법무부의 요청을 거부해야 하는 상황이니까요. 솔직히 제 생각대로 할 수 있다면 차라리 팻 하비 쪽의 손을 들어주고 싶은 심정입니다. 언젠가는 그녀의 요청을 받아들여야 하니까요. 하비는 데버러의 어머니입니다. 제겐 FBI의 요청에 응할 의무가 없어요."

"난 법무부를 적으로 돌리고 싶지는 않소."

세션스 장관이 말했다. 이유는 굳이 설명할 필요가 없다. 보건복지부는 예산의 상당 부분을 연방의 지원금으로 충당하고 있다. 그중 일부는 각종 사고 예방에 필요한 자료 수집 보조 명목으로 우리 사무실에도 찔끔찔끔 떨어지고 도로교통 안전 관련 부서에도 들어간다. 법무부는 얼마든지 이쪽의 목을 죌 수 있다. 굳이 꼭 필요한 예산을 끊지 않는다 해도 얼마든지 피곤하게 만들 수 있는 것이다. 장관은 연방 지원금으로 구입하는 연필과 문구 용품 재고까지 신경 써야 하는 상황이 오는 것은 절대 바라지 않을 것이다. 나도 잘 알고 있었다. 모든 사람이 푼돈을 세어가며 장부 정리를 하느라 피가 마르는 상황이 올 수도 있는 것이다.

장관은 다치지 않은 팔로 편지를 집어 들고 잠시 살펴보더니 입을 열었다.

"어쩌면 팻 하비가 편지에 쓴 대로 실행하는 게 유일한 해결책일 수도 있겠군."

"법원 명령서를 받아온다면 저도 필요한 정보를 내줄 수밖에 없지요."

내 말에 장관은 천천히 입을 열었다.

"알겠소. 그렇게 될 경우 장점은 FBI도 우리한테 책임을 묻지는 않을 거라는 것, 단점은 여론에 좋지 않게 비쳐진다는 것이겠군요. 법적으로 보장된 팻 하비의 권리를 법원 명령을 받고서야 억지로 발표했다는 게 알려지면, 분명 보건복지부가 좋은 모양새로 비쳐지진 않겠지. 링 기자의 의심도 더욱 깊어질 테고…."

일반 시민들은 법의국이 보건복지부 산하 기관이라는 것조차 모른다. 팻 하비의 협박대로 된다면 여론에 나쁘게 비쳐지는 것은 결국 나다. 법무부와의 관계를 악화시킬 마음이 없는 장관은 결국 나에게 모든 책임을 뒤집어씌우려 들 것이다.

장관은 말을 이었다.

"아, 물론 팻 하비도 공직을 이용해서 자신의 생각을 관철시키려는 고압적인 인물로 보일 수 있겠군요. 어쩌면 그냥 허세일 수도 있고…."

"그렇지는 않을 겁니다."

"두고 봅시다."

장관은 의자에서 일어나 나를 문까지 배웅해 주었다.

"국장과 이야기를 나누었다고 팻 하비에게 편지를 보내겠소."

잘도 하겠군.

세션스 장관이 내 눈을 피하며 말했다.

"내가 도움이 될 일이 있다면 언제든지 알려주십시오."

방금까지 이야기한 내용의 요점이 바로 도움이 필요하다는 것이었다. 차라리 장관의 팔이 양쪽 다 부러졌으면 싶었다. 그는 분명 손가락 하나 까딱하지 않을 것이다.

사무실에 돌아오자마자 직원들과 로즈에게 〈워싱턴 포스트〉 기자의 전화를 받은 적이 있는지 물었다. 아무리 기억을 더듬고 지나간 메모를 뒤져보아도 클리퍼드 링이라는 이름을 기억하는 사람은 아무도 없었다. 나와 통화를 시도한 적이 없는데 내가 정보 공개를 거부하고 있다고 비난할 이유가 없다. 혼란스러웠다.

사무실을 나서려는데 로즈가 마침 생각났다는 듯이 말했다.

"참, 린다가 박사님을 찾았어요. 빨리 만나뵙고 싶다고요."

린다는 총기분석관이다. 마리노가 탄피를 놓고 간 모양이었다.

3층에 있는 공구흔 및 총기분석실은 마치 중고 총기류 상점 같았다. 리볼버며 라이플, 산탄총, 피스톨 등이 말 그대로 작업대를 완전히 뒤덮었고, 갈색 종이에 싼 증거물들이 바닥에서 가슴 높이까지 쌓여 있었다. 아무도 보이지 않아 다들 점심 식사를 하러 나갔나 생각하고 있는데, 실험실 옆에서 작은 총성이 들렸다. 실험실 옆에는 아연으로 도금한 쇠탱크 안에 물을 채우고 총기 발사 시험을 하는 작은 방이 딸려 있었다.

총성이 두 발 더 들린 뒤, 한 손에는 38구경 스페셜을, 다른 한 손에는 탄창과 탄피를 든 린다가 나타났다. 갈색 머리에 또렷한 얼굴 윤곽, 미간이 넓은 갈색 눈을 가진 린다는 날씬하고 여성적인 외모의 소유자였다. 그녀는 풍성한 검은색 스커트와 칼라에 둥근 금제 브로치를 단 연노랑 실크 블라우스 위로 실험복을 입고 있었다. 비행기 옆 자리에 앉아서 무슨 직업을 가지고 있을까 상상한다면, 아마 문학 선생님이나 아트 갤러리의 주인이 떠오를 것이다.

린다는 권총과 탄피를 책상 위에 놓으며 말했다.

"안 좋은 소식이에요, 국장님."

"마리노가 가져온 탄피 이야기는 아니겠죠?"

"안됐지만 그거예요. 제 이니셜과 실험실 번호를 새기려다가 깜짝 놀랐어요."

린다는 비교현미경 쪽으로 다가가며 내게 의자를 권했다.

"여기 앉으세요. 백문이 불여일견이잖아요."

나는 자리에 앉아 렌즈를 들여다보았다. 시야 왼편으로 스테인리스 스틸 탄피가 보였다.

"이게 뭐지?"

나는 초점을 맞추며 중얼거렸다. 탄피 입구 안쪽으로 'J. M.'이라는 이니셜이 새겨져 있었던 것이다.

"이거 마리노가 갖다준 거 아닌가요?"

나는 린다를 올려다보며 물었다.

"맞아요. 한 시간 전에 왔었죠. 그 사람 보고 이걸 새겼냐고 물어봤더니 아니래요. 마리노가 했다고 생각하지도 않았어요. 마리노의 이니셜은 J. M.이 아니라 P. M.이고, 마리노처럼 경험 많은 사람이 이런 짓을 할 리가 없죠."

어떤 경찰은 탄피 안에 자기 이니셜을 새기기도 하고 간혹 법의관도 시체에서 빼낸 총알에 이니셜을 새기기도 하지만, 총기분석관들은 이를 달갑게 여기지 않는다. 금속에 철필로 이니셜을 새기다가 놀이쇠나 공이, 칼퀴흔과 기타 탄피 식별에 필요한 강선 등의 흔적을 손상시킬 위험이 있기 때문이다. 마리노도 그 정도는 알고 있다. 그도 나처럼 증거물 주머니에 이니셜을 쓰고, 안에 든 증거물에는 손을 대지 않는다.

"마리노가 이 탄피를 가져왔을 때 이미 새겨져 있었겠죠?"

"물론이에요."

J. M.이라면 제이 모렐이다. 그의 이니셜이 새겨진 탄피가 왜 현장에 있었을까?

린다가 말했다.

"현장 수사를 하던 경찰이 주머니에 이걸 넣고 다니다가 자기도 모르게 떨어뜨린 게 아닐까요? 주머니에 구멍이 났다거나."

"그럴 것 같지는 않은데요."

"음, 한 가지 추측이 더 있는데요, 국장님 마음에는 들지 않을 거예요. 저도 마찬가지지만요."

"뭔데요?"

"혹시 탄피를 재활용한 게 아닐까요?"

"재활용한 탄피에 왜 수사관의 이니셜이 새겨져 있는 거죠? 증거물용으로 이니셜을 새긴 탄피를 누가 재활용하겠어요?"

"전에도 그런 일이 있었어요, 국장님. 제가 그랬다고 소문내지 마세요. 아시겠죠?"

나는 말없이 린다의 말에 귀를 기울였다.

"경찰이 증거물로 수집해서 법정에 제출하는 무기와 탄환, 탄피의 양은 워낙 어마어마해서 돈으로 따져도 엄청난 금액이에요. 종종 그걸

욕심 내는 사람들이 있어요. 판사까지도 말이죠. 이걸 개인적으로 챙겨놨다가 총기류 딜러나 기타 수집가에게 파는 거예요. 이 탄피도 어느 경찰이 챙겨놓았거나 법정에 증거물로 제출했다가 다시 사용한 건지도 몰라요. 그러니까 제 말은 다른 사람의 이니셜이 새겨져 있다는 걸 미처 모르고 발사했을 가능성도 있다는 거죠."

"무기를 회수하지 못하면 이 탄피가 데버러 하비의 요추에서 발견한 총알에서 나왔다는 건 증명할 수가 없지요. 이게 하이드라 쇼크 탄피라고 확신할 수도 없고. 확실한 건 9밀리, 페더럴 제품이라는 것뿐이잖아요."

"맞아요. 하지만 페더럴사는 1980년대 후반부터 하이드라 쇼크 탄환의 특허권을 갖고 있어요. 별 도움은 안 되겠지만…."

"재활용된 하이드라 쇼크 탄환을 페더럴에서 팔기도 하나요?"

"그게 문젠데… 그렇지는 않아요. 시장에서 구할 수 있는 건 일반 실탄뿐이죠. 하지만 누군가 다른 경로로 구했을 가능성도 있잖겠어요? 공장에서 훔쳤거나, 공장에서 훔친 사람에게 샀거나. 저도 무슨 특별 프로젝트에 필요하다고 하면 구할 수 있어요. 누가 알겠어요?"

린다는 책상 위에 있던 다이어트 콜라 캔을 집어 들며 덧붙였다.

"요즘 전 웬만한 일에는 놀라지도 않아요."

"마리노도 이 사실을 알고 있나요?"

"제가 전화했어요."

"고마워요, 린다."

나는 일어서며 말했다. 생각이 정리되기 시작했다. 린다의 생각과는 상당히 달랐지만, 불행히도 내 쪽이 좀 더 그럴듯했다. 생각만 해도 분통이 터졌다. 사무실로 돌아온 나는 수화기를 잡아채 마리노의 호출 번호를 돌렸다. 곧장 전화가 왔다.

"그놈의 개새끼."

마리노는 내가 전화를 받자마자 욕설을 내뱉었다.

나는 깜짝 놀라 물었다.

"누구요? 린다?"

"모렐 말이오. 빌어먹을 거짓말쟁이! 막 그놈과 통화를 끝냈소. 무슨 소리를 하는지 도통 모르겠다고 잡아떼길래 내가 증거물을 훔치지 않았느냐, 총과 실탄도 훔치는 게 아니냐, 감사과에 고발하겠다고 협박했더니 그제야 불기 시작하더군."

"자기 이니셜을 탄피에 새겨서 일부러 그곳에 놓아둔 거죠? 안 그래요, 마리노?"

"그렇소. 빌어먹을 탄피는 지난주에 찾았다더군. 진짜 탄피 말이오. 그런 다음 이 빌어먹을 가짜를 심어놓은 거요. 자기는 FBI가 하라는 대로 했을 뿐이라고 징징거리더구먼."

관자놀이에서 핏줄이 팔딱팔딱 뛰었다.

"진짜 탄피는 어디 있죠?"

"FBI 연구실에 있소. 우리 둘이 오후 내내 숲을 뒤졌는데, 이게 뭐요? 그동안 우리는 감시당하고 있었던 거요. 현재 그 장소는 요원들이 감시 중이란 말이오. 수풀 속에 오줌이나 안 싼 게 천만다행이지. 안 그렇소?"

"벤턴과 통화해 봤어요?"

"천만에! 그 친구 따윈 엿 먹으라고 해!"

마리노는 수화기를 쾅 하고 내려놓았다.

협박

글로브 앤드 로렐 식당에 있으면 왠지 안전할 것 같은 든든한 느낌이 든다. 겉치레 따위가 없는 단순한 외관의 벽돌 건물은 버지니아 북부의 트라이앵글 미 해병대 기지 근처에 자리 잡고 있었다. 정면의 좁은 잔디밭은 항상 깔끔했고, 회양목은 산뜻하게 가지치기가 되어 있으며, 페인트칠을 해놓은 주차 공간 안에는 차들이 질서정연하게 서 있었다.

'Semper Fidelis'('항상 충성을'이라는 뜻의 미 해병대 표어-옮긴이)라는 글귀가 걸린 문 안으로 들어서자 군 최고위 간부들의 얼굴이 손님을 반겼다. 경찰서장이나 사성장군, 역대 국방부 장관, FBI와 CIA 국장 등 엄격한 표정을 짓고 있는 사진 속 얼굴에 너무 익숙해져서 마치 오래전에 헤어진 친구처럼 느껴질 정도였다. 짐 얀시 소령이 붉은 하이랜드 체크무늬 카펫 위를 성큼성큼 걸어와 내 앞에 우뚝 섰다. 그가 베트남전에 참전했을 때 신은 군화가 청동에 입혀져 바 한쪽의 피아노 위에 놓여 있었다.

얀시 소령이 내 손을 잡고 악수하며 씩 웃었다.

"스카페타 국장, 지난번에 오셨을 때 여기 음식이 마음에 안 드셨나 봅니다. 그러니 이렇게 오랜만에 발걸음을 하셨죠."

터틀넥 스웨터와 코듀로이 바지의 캐주얼한 차림도 소령의 전직을 숨기지는 못했다. 자부심 넘치는 당당한 자세, 지방이라고는 단 1그램도 없는 탄탄한 몸매, 해병대 스타일로 짧게 자른 흰 머리… 짐 얀시는 어느 모로 보나 천상 군인이었다. 정년퇴직할 나이가 지났지만 당장 전투에 나가도 손색이 없을 정도로 건강했다. 그가 지프를 타고 울퉁불퉁한 길을 덜컹거리며 달리는 모습이나, 빗줄기가 세차게 쏟아지는 정글에서 깡통에 든 레이션을 먹고 있는 모습을 상상하기란 어렵지 않았다.

나는 따뜻한 마음을 담아 대답했다.

"이곳 음식 맛이 나빴던 적은 한 번도 없어요. 아시면서."

"벤턴을 찾고 계시지요? 그 친구도 당신을 찾더군요. 저기, 늘 앉는 자기 소굴에 있습니다."

얀시 소령이 자리를 가리키며 말했다.

"고마워요, 짐. 어딘지 알아요. 다시 만나니 정말 반갑네요."

짐은 내게 윙크를 하고 바로 돌아갔다.

얀시 소령의 식당을 내게 소개해 준 사람은 마크였다. 매달 두 번씩 주말에 그를 만나러 콴티코로 오던 시절이었다. 경찰 계급장과 노병의 낡은 기념품을 잔뜩 붙여놓은 천장 아래를 걸어가노라니 추억이 밀려와 가슴이 아팠다. 마크와 내가 앉았던 테이블도 눈에 들어왔다. 그 자리에 낯선 사람들이 앉아 대화에 열중해 있는 것을 보니 묘한 기분이 들었다. 이 식당에 발걸음을 안 한 지도 벌써 1년 가까이 되었다.

나는 메인 홀을 지나 웨슬리가 기다리고 있는 '소굴'로 향했다. 창문 앞에 붉은 커튼이 쳐져 있는 구석 자리라 다른 곳과 격리되어 있었다.

술을 마시고 있던 웨슬리는 인사말을 건네면서도 미소를 짓지 않았다. 검은색 턱시도 차림의 웨이터가 주문을 받기 위해 다가왔다.

웨슬리가 은행 금고처럼 속을 들여다볼 수 없는 눈으로 나를 올려다보았다. 나도 똑같은 시선으로 그를 바라보았다. 그가 1라운드 공을 울렸으니 이제부터 서로 스윙을 휘둘러댈 차례다.

웨슬리가 먼저 시작했다.

"우리 사이의 커뮤니케이션에 문제가 있는 것 같아 매우 걱정됩니다, 케이."

나는 증인석에서 갈고닦은 냉철하고 침착한 태도로 말했다.

"동감이에요. 나 역시 우리 사이의 커뮤니케이션 문제가 걱정스럽네요. FBI에서 내 전화를 도청하고 날 미행하고 있나요? 숲에 숨어 있던 당신 요원이 찍은 마리노와 내 사진이 잘 나왔으면 좋겠군요."

웨슬리도 나와 똑같이 침착하게 말했다.

"케이, 당신은 감시 대상이 아닙니다. 우리는 마리노와 당신이 어제 오후에 갔던 그 숲 속을 감시하는 것뿐입니다."

나는 애써 화를 참으며 말했다.

"왜 미리 알려주지 않았죠? 그럼 마리노와 내가 그곳에 가보기로 했을 때 당신한테도 알렸을 텐데."

"당신이 거기 갈 거라는 생각은 미처 못했습니다."

"난 자주 사후 현장 답사를 나가요. 그 정도는 나랑 오래 일했으니 잘 알고 있을 텐데요."

"내 실수였어요. 하지만 이제 당신도 알게 됐으니… 그곳엔 다시 가지 않았으면 합니다."

"다시 갈 계획 없어요. 하지만 다시 가게 될 일이 생긴다면 기꺼이 알려드리죠. 말 안 하고 가도 어차피 알게 될 테니까. 당신네 요원이나 경찰이 심어놓은 증거물을 찾느라 시간을 낭비할 생각은 없어요."

퉁명스러운 나의 말에 웨슬리는 목소리를 누그러뜨렸다.

"케이, 난 당신 업무에 간섭하려는 게 아닙니다."

"당신들은 날 속였어요, 벤턴. 애초에 현장에서 회수한 탄피는 하나도 없다고 들었는데, 벌써 일주일 전에 FBI 실험실에 넘겨졌다면서요."

"숲을 감시하기로 결정할 때 그 사실이 새어나가지 않는 편이 좋겠다고 판단했어요. 우리가 하려는 일을 아는 사람이 적을수록 좋으니까요."

"범인이 현장에 되돌아올지도 모른다고 생각했나보군요."

"그럴 가능성도 있습니다."

"지난 네 사건 경우에도 그럴 가능성을 염두에 뒀나요?"

"이번에는 달라요."

"왜죠?"

"범인이 현장에 증거물을 남겨놓았고, 놈도 그 사실을 알고 있을 테니까요."

"탄피가 그렇게 신경 쓰였다면, 지난가을에 숲으로 가서 찾을 시간이 얼마든지 있었을 텐데요."

"데버러 하비가 총에 맞은 사실을 우리가 밝혀낸다거나, 하이드라 쇼크 탄환이 시체에서 나올 거라는 생각은 미처 못했을 수도 있습니다."

"우리가 찾는 범인이 그렇게 멍청할 것 같지는 않군요."

웨이터가 내가 주문한 스카치 소다를 내왔다.

웨슬리가 입을 열었다.

"당신이 발견한 탄피는 우리가 심어놓았던 겁니다. 그걸 부정하는 게 아니에요. 그리고 당신과 마리노가 감시 중이던 지역으로 들어온 것도 맞습니다. 숲 속에 두 명의 요원이 숨어 있었어요. 그들은 두 사람의 행동을 모두 지켜보았습니다. 탄피를 회수하는 장면도 말이죠. 만약 당신이 전화하지 않았다면 내가 했을 겁니다."

"나도 당신이 연락했을 거라고 믿고 싶네요."

"그리고 설명을 했을 겁니다. 당신이 의도한 것은 아니지만 우리 계획을 망쳐버렸으니 다른 방도가 없었겠지요. 하지만… 당신 말이 맞습니다."

웨슬리는 술잔에 손을 뻗으며 말을 이었다.

"미리 당신에게 알렸어야 했는데…. 그랬다면 이런 일도 벌어지지 않았을 테고 계획을 완전히 취소, 아니 연기해야 할 필요도 없었을 테니까."

"정확히 뭘 연기했다는 거죠?"

"마리노와 당신이 우리 계획을 망치지 않았다면, 내일 아침 뉴스에 범인을 목표로 하는 기사가 실렸을 겁니다."

벤턴은 잠시 말을 멈추었다가 다시 입을 열었다.

"범인을 끌어내고 걱정하게 만들려는 허위 정보를 유포하는 것이지요. 어쨌거나 월요일이 좀 지나서 기사가 나갈 겁니다."

"목적이 뭐죠?"

"시체 부검 과정에서 뭔가 드러났다고 생각하게 하려는 겁니다. 범인이 현장에 중요한 증거물을 남겨놓았다, 경찰은 아니라고 말할 뿐 정확한 답변을 피하지만 이러저러하게 추정된다고 말이죠. 이 모든 것은 증거물이 무엇이든 우리가 아직 그걸 찾아내지 못했다는 암시를 주기 위한 겁니다. 범인은 탄피가 현장에 남아 있다는 것을 알고 있어요. 범인이 겁에 질려서 탄피를 회수하러 현장에 오면, 우리는 기다렸다가 놈이 우리가 심어놓은 탄피를 집어드는 광경을 비디오로 찍은 다음 체포할 생각이었습니다."

"범인과 총을 함께 확보하지 않는 이상 탄피는 무의미해요. 경찰이 그 증거물을 찾는 데 혈안이 되어 있는 것 같다면, 범인이 굳이 뭐 하러 현장을 다시 찾는 위험을 무릅쓰겠어요?"

"분명 여러 가지가 걱정될 겁니다. 상황에 대한 통제력을 상실했으니까. 데버러를 등에서 쏘는 것도 굳이 필요 없는 일이었을 겁니다. 처음부터 데버러를 쏠 필요가 없었을 거예요. 체니는 총으로 살해한 것 같지 않잖습니까. 우리가 정말 뭘 찾고 있는지 범인이 어떻게 알겠어요, 케이. 탄피일 수도 있지만, 다른 물건일 수도 있지요. 발견 당시 시체가 정확히 어떤 상황이었는지 범인도 확실히 모를 겁니다. 우리도 범인이 두 사람에게 정확히 어떤 짓을 했는지 모르지만, 범인 역시 부검 과정에서 박사가 무엇을 알아냈는지 모르고 있잖습니까. 기사가 나간 다음 날 당장 현장에 나와보지 않더라도 1~2주가량 지나서 잠잠해진 다음에 나타날지도 모르지요."

"별로 먹힐 것 같지 않은데요."

"시도해 보지 않고는 얻는 것도 없는 법입니다. 범인은 증거물을 남겼어요. 그걸로 대책을 마련하지 않는 것도 어리석은 짓이죠."

허점이 빤히 보였기 때문에 받아치지 않을 수가 없었다.

"그런데 처음 네 사건에서는 왜 시도하지 않았죠, 벤턴? 내가 알기로 그때마다 자동차에서 하트 잭 카드가 나왔다던데요. 그 사실을 숨기려고 무진장 애썼다죠?"

"누구한테 들었습니까?"

벤턴의 표정은 전혀 변하지 않았다. 놀란 것 같지도 않았다.

"사실인가요?"

"그렇습니다."

"그럼 하비와 체니 사건에서도 카드가 나왔나요?"

웨슬리는 홀 저쪽을 바라보더니 웨이터에게 고개를 끄덕이곤 메뉴

판을 펼쳤다.

"필레미뇽을 추천하지요. 아니면 램찹이나."

주문을 하는데 가슴이 두근거렸다. 담배에 불을 붙였지만 마음은 진정되지 않았고, 돌파구를 찾느라 머리가 터질 것만 같았다.

"벤턴, 내 질문에 아직 대답하지 않았어요."

"수사하는 데 있어 당신 역할과는 별 관계가 없는 사항인 것 같습니다."

"경찰은 현장에 출동하고 한참 뒤에야 나를 불렀어요. 내가 도착했을 때 시체는 옮겨져 있었고 누군가 손댄 흔적이 있었죠. 수사관들은 내 업무를 방해하고 있을 뿐만 아니라, 당신은 프레드와 데버러의 사인 발표를 무기한 늦춰달라고 부탁했어요. 게다가 팻 하비는 부검 결과를 발표하지 않으면 법원 명령서라도 받아오겠다고 협박하고 있지요."

나는 말을 멈췄다. 벤턴은 눈썹 하나 까딱하지 않았다. 내 말투는 점차 신랄해졌다.

"마지막으로 난 현장을 감시하고 있다는 것도, 내가 발견한 증거물이 가짜였다는 사실도 모른 채 현장 조사를 나갔어요. 카드와 관련된 사항이 내 역할과는 별 관계가 없다고 했나요? 난 도대체 이번 사건에서 내 역할이란 게 있는지조차 잘 모르겠군요. 당신이 내 역할을 뺏으려고 작정한 건지도 모르죠."

"그런 의도는 전혀 없습니다."

"그럼 누구 다른 사람이겠죠."

벤턴은 대답하지 않았다.

"데버러의 지프나 시체 근처에서 하트 잭이 발견됐다면, 그건 나도 알아야 할 중요한 사항이에요. 커플 살인 사건의 연결 고리가 되니까. 버지니아 주에 연쇄살인범이 돌아다니고 있다면 나와도 관계가 있잖아요."

"애비 턴불에게는 어느 정도 이야기했습니까?"

벤턴이 불쑥 허를 찔렀다.

"아무 이야기도 안 했어요."

가슴이 더 심하게 두근거리기 시작했다.

"그 여자와 만났잖습니까, 케이. 그건 부정하지 않겠지요?"

"마크한테 들었군요. 당신도 그건 부정하지 않겠죠?"

"당신이 마크한테 말하지 않았다면, 당신이 애비를 리치먼드에서든 워싱턴에서든 만났다는 걸 그가 알 리가 없지요. 나한테 전할 까닭도 없었을 테고."

나는 웨슬리를 쳐다보았다. 애비한테 감시가 붙어 있지 않았다면, 내가 애비를 워싱턴에서 만난 사실을 웨슬리가 어떻게 알고 있을까?

"애비가 리치먼드에 왔을 때 마침 마크가 전화했길래 같이 있다는 이야기를 한 것뿐이에요. 마크한테 들은 게 아니란 말인가요?"

"아닙니다."

"그럼 어떻게 알았죠?"

"당신한테 말할 수 없는 사항이 좀 있어요. 그냥 날 믿어줬으면 좋겠습니다."

웨이터가 샐러드를 탁자 위에 내려놓자 우리는 묵묵히 음식을 먹기 시작했다. 메인 코스가 나온 뒤에야 웨슬리가 입을 열었다.

"난 요즘 압력을 많이 받고 있습니다."

"그래 보여요. 피곤하고 지쳐 보이는군요."

"고맙군요, 박사."

웨슬리는 냉소적으로 말했다.

나는 하고 싶은 말을 계속 쏟아냈다.

"다른 측면으로도 많이 변했어요."

"당신이 보기에는 틀림없이 그럴 겁니다."

"당신은 날 따돌리고 있어요, 벤턴."

"당신이 내가 대답할 수 없는 질문을 할 것 같아서 거리를 두는 겁니다. 마리노도 그렇고. 그래서 더욱 압박이 심하지요. 이해하겠습니까?"

"노력 중이에요."

"모든 걸 다 털어놓을 수는 없어요. 그냥 넘어가주면 안 되겠습니까?"

"그럴 수는 없어요. 우리의 이해관계가 충돌하고 있으니까. 나는 당신에게 필요한 정보를 갖고 있어요. 당신은 내게 필요한 정보를 갖고 있고. 당신이 털어놓지 않는다면 나도 당신한테 털어놓을 생각 없어요."

웨슬리가 웃어서 나는 깜짝 놀랐다.

"이런 조건으로 거래할 수 없을까요?"

"선택의 여지가 없는 것 같군요."

"맞아요."

"우리는 데버러와 프레드 사건에서도 하트 잭을 찾아냈습니다. 당신이 현장에 도착하기 전에 시체를 옮긴 것도 사실이고, 서툴렀다는 것도 알아요. 하지만 카드가 왜 중요한지, 그 정보가 새어나가면 어떤 문제가 초래되는지 박사는 전혀 모르고 있어요. 예를 들어 신문에 실린다든지 하면…. 지금은 이 이상 말할 수 없습니다."

"카드는 어디에 있었죠?"

"데버러 하비의 지갑에서 찾았습니다. 몇 명의 경찰에게 도움을 받아서 시체를 뒤집어보니 그 밑에 지갑이 있더군요."

"범인이 데버러의 지갑을 숲까지 들고 갔다는 얘긴가요?"

"그렇다고 볼 수 있지요. 데버러가 지갑을 갖고 갔다고는 생각할 수 없으니까."

"다른 네 사건에서 카드는 눈에 잘 띄도록 차 안에 놓여 있었잖아요."

"바로 그겁니다. 다른 사건들과 일치하지 않는 점 가운데 하나가 카드가 발견된 장소였어요. 왜 이번에는 지프 안에 놓아두지 않았을까? 또 한 가지 차이점은 다른 사건에서 사용된 카드는 '바이시클'이었는데, 이번 사건에서 발견된 건 다른 제품이었습니다. 섬유 문제도 있고."

"무슨 섬유?"

부패한 시체에서 모두 섬유가 나왔지만, 대부분은 피해자 자신의 옷이나 차량 시트와 동일한 것이었다. 기타 출처가 밝혀지지 않은 소수의 섬유는 사건과의 연관성을 밝혀낼 수 없었기 때문에 지금까지는 별 쓸모가 없었다.

"데버러와 프레드 이전에 일어난 사건에서는 버려진 차량의 운전석에서 흰색 면섬유가 나왔습니다."

다시금 분노가 치밀어 올랐다.

"처음 듣는 얘긴데요."

"섬유 분석은 우리 쪽 실험실에서 했어요."

"그래서 당신네 해석은요?"

"발견된 섬유의 패턴이 흥미롭더군요. 피해자 중에는 사망 당시 흰색 면으로 된 옷을 입고 있던 사람이 없어요. 그렇다면 이 섬유는 범인이 남긴 것으로 추정되는데… 범인이 범행 후 피해자의 차를 몰았다는 결론이 나오지요. 하지만 그 점은 훨씬 전부터 고려하고 있던 거예요. 범인의 옷차림을 추정해 보면, 커플을 만났을 때 유니폼 종류의 옷을 입고 있었을 가능성이 큽니다. 흰색 면바지라든가…. 하지만 데버러 하비의 지프 운전석에서는 흰색 면섬유가 나오지 않았습니다."

"하비의 지프 안에서는 뭐가 나왔죠?"

"현재로서는 단서가 될 만한 것은 전혀 없어요. 내부는 티끌 하나 없이 깨끗했습니다."

웨슬리는 잠시 말을 멈추고 스테이크를 잘랐다.

"요점은 이번 사건은 범행 수법이 상당히 다르다는 겁니다. 여러 가지 정황을 고려해 볼 때 몹시 걱정스럽습니다."

"피해자 중 한 사람이 마약왕의 딸이라서, 데버러를 살해한 동기가 어머니의 마약 퇴치 운동과 관계된 정치적인 이유일 가능성이 있기 때문에?"

웨슬리는 고개를 끄덕이며 말을 이었다.

"데버러와 프레드의 살해 사건을 다른 네 사건과 비슷해 보이도록 위장했을 가능성도 배제할 수는 없지요."

"두 사람의 죽음이 정말 다른 사건과 관련이 없는 표적 살인이라면, 범인이 카드에 대해서 어떻게 알았을까요? 나조차 최근까지는 하트 잭에 대해서 전혀 모르고 있었는데…. 신문에 실린 적도 없잖아요."

나는 미심쩍어하며 말했다.

"팻 하비는 알고 있습니다."

웨슬리의 말에 나는 깜짝 놀랐다.

애비! 팻 하비에게 이 사실을 누설한 것은 애비가 틀림없을 테고, 웨슬리도 이를 알고 있었던 것이다.

"팻 하비는 언제 알게 된 거죠?"

"딸의 지프가 발견되었을 때 나한테 카드를 찾았느냐고 묻더군요. 시체가 발견된 뒤에 한 번 더 전화했었고."

"이해할 수가 없군요. 지난가을에는 어떻게 알았을까요? 데버러와 프레드가 실종되기 전부터 앞선 네 사건에 관련된 사항을 알고 있었던 모양인데…."

"몇몇 사항은 알고 있었지요. 개인적인 동기가 생기기 오래전부터 팻 하비는 이번 사건에 관심이 많았습니다."

"왜죠?"

"여러 가설에 대해 박사도 들었을 겁니다. 마약 과용이라든지 새로운 유사 마약이 출현했다든지… 마약 파티를 하려고 숲에 들어갔다가 사망했거나 외진 곳에서 나쁜 물건을 판 다음 커플이 죽는 모습을 보며 쾌감을 느끼는 마약상의 이야기."

"가설은 들었지만 뒷받침할 만한 물증이 전혀 없어요. 예전에 죽은 여덟 명의 약물 검사도 모두 음성으로 나왔잖아요."

웨슬리는 생각에 잠긴 채 말했다.

"나도 보고서에서 읽었습니다. 하지만 그게 피해자들이 마약과 전혀 관련이 없다는 의미는 아니지요. 시체는 거의 백골화된 데다 검사할 만한 조직 샘플이 거의 없어 보이던데…."

"근육이 좀 남아 있었어요. 코카인이나 헤로인 같은 경우는 그 정도면 충분해요. 마약에 의한 사망이라면 적어도 벤조일엑고닌이나 모르핀 등의 대사산물(metabolite)이 검출돼야 해요. 유사 마약일 가능성에 대비해 PCP와 암페타민 계열도 검사했어요."

"차이나화이트는? 내가 알기로는 조금만 복용해도 과용하기 쉽고 검출도 잘 안 된다고 들었습니다만."

차이나화이트란 캘리포니아에서 인기를 끌고 있는 강력한 합성진통제다.

"맞아요. 1밀리그램이 안 되는 양도 치명적일 수 있지요. 즉 체내 농도가 낮아서 RIA 같은 특수 분석법을 거쳐야만 검출할 수 있다는 말이죠."

웨슬리의 멍한 표정을 보고 나는 다시 설명했다.

"방사면역분석법(Radioimmunoassay)은 특정 마약의 항체 반응을 이용한 분석 방법이에요. 통상적인 스크리닝 테스트와는 달리 극미량의 마약 성분도 검출할 수 있기 때문에 차이나화이트나 LSD, THC 등을 검사할 때 이 방법을 쓰죠."

"그런데 아무것도 검출되지 않았다는 거군요."

"그래요."

"알코올은?"

"시체가 심하게 부패했을 경우엔 알코올 검사를 할 때 문제가 많아요. 어떤 테스트에서는 음성으로 나왔고, 어떤 테스트에서는 0.05 이하로 나왔는데 아마 부패의 결과물이겠지요. 측정 불가란 말이에요."

"하비와 체니 둘 다?"

"지금까지는 마약을 한 흔적이 전혀 없어요. 팻 하비가 처음 네 사건에 관심을 가졌던 게 어떤 부분이었죠?"

"대단한 주요 관심사였던 건 아닙니다. 연방 검사 시절에 내부 정보를 통해 주워들은 게 있었던 모양인지 몇 가지 질문을 하더군요. 정치적인 일입니다, 케이. 버지니아 주에서 일어난 커플 살인 사건이 마약과 관련되어 있다는 것이 드러난다면, 하비는 그 정보를 이용해서 마약 퇴치 운동에 더욱 힘을 실을 생각이었던 모양이에요."

지난가을 팻 하비의 집에서 점심을 같이했을 때, 그녀가 의외로 많은 것을 알고 있다는 인상을 받았던 것은 그 때문이었다. 사건 초반부터 관심을 가지고 있었다면 자기 사무실에도 사건 관련 정보를 정리해 놓고 있었으리라.

웨슬리가 말을 이었다.

"하지만 생각보다 별 성과가 없어서 손을 놓고 있었을 겁니다. 그러다 딸과 프레드가 실종되니까, 예전 기억이 모두 되살아난 거지요."

"상상이 가네요. 마약왕의 딸이 마약으로 죽었다고 밝혀지면 얼마나 아이러니한 일일까요."

"아마 팻 하비도 그 생각을 해봤을 겁니다."

웨슬리는 냉혹하게 말했다. 그 말을 듣고 나는 다시 긴장했다.

"팻 하비는 알 권리가 있어요, 벤턴. 나도 언제까지나 발표를 보류할 수 없고요."

벤턴은 웨이터에게 커피를 내오라고 고개를 끄덕였다.

"시간을 조금만 더 벌어줘요, 케이."

"그 허위 정보 전략 때문에?"

"일단 시도는 해봐야지요. 방해받지 않고 일이 진행돼야 해요. 팻 하비가 당신한테 정보를 얻게 되면 그 순간부터 난장판이 되겠지요. 확신하건대 지금 이 시점에서는 그녀가 어떻게 나올지 당신보다는 내가 더 잘 예측할 수 있어요. 팻 하비는 언론사로 달려갈 테고, 그 과정에서 우리가 범인을 유인하기 위해 놓은 덫을 완전히 망가뜨릴 겁니다."

"법원 명령서를 받아오면 어떡하죠?"

"그건 시간이 걸리잖습니까. 내일 당장 그렇게 되는 건 아니지요. 조금만 더 끌어주겠습니까, 케이?"

"하트 잭에 대해서는 아직 설명이 끝나지 않았어요. 범인이 살인 청부업자라면 카드에 대해서 어떻게 알았을까요?"

웨슬리는 마지못해 대답했다.

"팻 하비는 혼자 정보를 모으고 수사를 하는 게 아닙니다. 우선 보좌관과 비서진이 있어요. 게다가 다른 정치가들과 수많은 사람들, 유권자들과도 이야기를 나누지요. 하비가 누구에게 정보를 누설했느냐, 그 가운데 하비를 파멸시킬 동기를 지닌 사람이 누구냐에 따라 얼마든지 가능한 얘깁니다. 물론 그럴 가능성이 있다는 거지, 꼭 그렇다는 건 아니에요."

"예전 사건과 비슷하게 꾸민 살인 청부업자라… 살인 청부업자만이 그런 실수를 저지를 수 있어요. 하트 잭을 차 안에 두어야 한다는 걸 몰랐던 거지요. 그래서 데버러의 시체 밑에, 지갑 안에 넣어둔 거예요. 팻 하비가 불리한 증언을 하게 될 가짜 자선 단체와 연관된 인물이겠죠?”

웨슬리는 천천히 커피를 저었다.

“범죄자들은 다른 범죄자들과 연줄이 있게 마련이지요. 마약상이나 범죄 조직. 하비는 그간 일어난 일들 때문에 그다지 상태가 좋지 않습니다. 아주 혼란스러울 테고… 지금 당장은 의회 청문회는 염두에도 없을 겁니다.”

“알겠어요. 그 청문회 때문에 법무부와도 사이가 별로 좋지 않은 것 같더군요.”

웨슬리는 받침 위에 찻숟가락을 조심스럽게 내려놓았다. 그러곤 나를 올려다보았다.

“맞습니다. 지금 팻 하비가 하려는 일은 우리에게 도움이 되지 않아요. ACTMAD나 기타 범법자들을 몰아내는 거야 좋지요. 하지만 그것만으로는 안 됩니다. 기소를 해야 해요. 과거에 하비와 DEA, FBI, CIA 사이에는 약간 마찰이 있었어요.”

“지금은?”

“더 나쁘지요. 딸의 살인 사건을 해결하려면 FBI의 도움을 받아야 하는데 팻 하비가 감정적으로 대응하고 있어요. 피해망상에 시달려서 비협조적이죠. 우리를 제치고 자기 손으로 문제를 해결하려고 합니다.”

웨슬리는 한숨을 쉬며 덧붙였다.

“하비는 골칫거립니다, 케이.”

“그쪽에서는 FBI에 대해서 그렇게 말할 것 같군요.”

“틀림없이 그렇겠죠.”

웨슬리는 심술궂은 미소를 지었다. 나는 그가 내게 숨기는 것이 또 있는지 알아보기 위해 한 가지 정보를 더 주기로 했다.

"데버러의 왼쪽 검지손가락에 생긴 상처는 방어상처로 보여요. 벤 것이 아니라, 톱날이 달린 칼날에 찍힌 상처예요."

"검지손가락 어디쯤입니까?"

웨슬리는 몸을 앞으로 약간 기울였다. 나는 내 손을 들어올려 보이며 말했다.

"등 쪽. 첫 번째 관절 근처 위쪽이에요."

"재미있군요. 흔치 않은 부위인데."

"그래요. 상황을 재구성하기가 힘들죠."

웨슬리는 생각을 더듬듯 신중하게 말을 이었다.

"그렇다면 범인이 칼을 갖고 있었다는 얘긴데… 당시 현장에서 뭔가 틀어졌다는 느낌이 더욱 강하게 드는군요. 범인이 예기치 못했던 일이 일어난 겁니다. 두 사람을 제압할 때는 총을 썼을지 몰라도, 원래 죽일 때는 칼을 쓸 생각이었을 겁니다. 기도를 자를 생각이었겠지요. 그런데 뭔가 일이 어긋난 겁니다. 데버러가 어쩌다 도망을 치자 범인이 데버러의 등에 총을 쏜 후에 기도를 잘라 마무리했을지도 모르겠군요."

"그런 다음 다른 사건과 비슷해 보이도록 시체를 나란히 놓았다, 커플의 팔짱을 끼우고 얼굴은 아래로, 옷은 다 입힌 채?"

웨슬리는 내 머리 위의 벽을 응시했다.

나는 현장마다 발견된 담배꽁초와 각 사건 사이의 유사점에 대해 생각해 보았다. 데버러와 프레드의 사건에서 발견된 카드가 이전까지와는 다른 제품이고, 다른 장소에 놓여 있었다는 사실로는 별다른 결론을 내릴 수 없다. 범인은 기계가 아니다. 범행 수법과 습관은 정밀 과학도 아니고 돌에 새긴 것처럼 불변하는 것도 아니다. 데버러의 지프에서 흰색 면섬유가 발견되지 않은 사실 등 웨슬리가 지금까지 말한 내용으로는 프레드와 데버러 사건이 앞서 일어난 네 사건과 무관하다는 것을 입증하기에 부족했다. 나는 콴티코에 갈 때마다 느끼는 혼란을 다시 겪고 있었다. 콴티코에만 가면 도대체 실탄이 발사된 건지 공포탄이 발사된 건지, 헬리콥터에 진짜 해병대가 타고 있는 건지 FBI 수사관들이 작전 연습을 하고 있는 건지, FBI 아카데미 내에 있는 모형 마을 호건스 앨리의 건물들이 제 기능을 하는지 할리우드처럼 겉만 멀쩡하게 세워놓은 세트에 불과한 건지 도무지 알 수 없었다.

웨슬리를 계속 밀어붙일 수는 없었다. 그는 더 이상 말하지 않을 것이다.

"늦었군요. 박사는 한참 차를 몰아야 할 텐데…."

웨슬리가 말했다. 나는 한 가지 분명히 해둘 것이 있었다.

"이런 일은 우리 우정과는 아무 상관 없는 거예요, 벤턴."

"물론입니다."

"마크와 나 사이에 있었던 일도…."

"그것도 우리와는 상관없어요."

웨슬리는 단호하지만 차갑지 않은 음성으로 내 말을 끊었다.

"마크는 당신하고 가장 친한 친구였잖아요."

"지금도 그럴 겁니다."

"마크가 콴티코를 떠나서 콜로라도로 간 게 나 때문이라고 생각해요?"

"난 마크가 왜 그곳으로 갔는지 알고 있어요. 물론 섭섭하지요. 아카데미의 유능한 인재였는데…."

허위 정보를 흘려 범인을 유인한다는 FBI의 전략은 다음 주 월요일에도 실행에 옮겨지지 않았다. FBI에서 마음을 바꾼 건지 모르지만, 팻 하비가 선수를 쳐서 월요일에 기자회견을 열었기 때문이다.

팻 하비는 월요일 정오에 워싱턴의 사무실에서 카메라 앞에 섰다. 프레드의 아버지인 브루스 체니가 그녀와 나란히 있었다. 팻 하비는 끔찍한 모습이었다. 화면에 나오면 실제보다 살이 붙어 보이게 마련이고 화장도 했지만, 그동안 그녀는 몹시 수척해지고 눈 밑의 다크 서클도 가릴 수가 없었다.

"협박이 시작된 건 언제입니까, 실장님? 그리고 어떤 종류의 협박이었지요?"

한 기자가 물었다.

팻 하비는 메마른 음성으로 대답했다.

"첫 번째는 자선 단체에 대한 수사를 시작할 때였습니다. 1년이 좀 넘은 것 같군요. 리치먼드의 집으로 편지가 왔더군요. 어떤 종류의 협박이었는지는 자세히 밝힐 수 없지만, 내 가족을 직접 겨냥한 협박이었습니다."

"그 협박이 ACTMAD 같은 가짜 자선 단체에 대한 수사와 관련이 있다고 믿으시는 건가요?"

"의심할 여지가 없습니다. 그 외에도 협박을 당했는데, 가장 최근에 온 것은 딸과 프레드 체니가 실종되기 두 달 전이었어요."

브루스 체니의 얼굴이 화면에 크게 잡혔다. 창백한 얼굴의 그는 눈부신 텔레비전 조명 때문에 눈을 자주 깜빡거렸다.

"하비 부인…."

"팻 하비 실장님…."

기자들이 서로 말을 끊으며 질문 공세를 퍼부으려 하자 팻 하비가 입을 열었다. 카메라가 다시 하비를 비췄다.

"FBI는 이런 상황을 잘 알고 있었습니다. 모든 협박과 편지가 동일한 곳에서 나온 것이라고 추정한 것도 그쪽이었지요."

"팻 하비 실장님!"

웅성거리는 목소리 사이에서 한 기자가 목청을 높였다.

"실장님, 당신과 법무부 사이에 자선 단체 수사를 놓고 마찰이 있었다는 것은 공공연한 비밀인데요. FBI에서 당신 가족의 안전이 위험에 놓여 있다는 것을 알고도 아무 조치도 취하지 않았다고 주장하시는 겁니까?"

"단순한 주장이 아닙니다."

"법무부의 무능을 질타하시는 겁니까?"

"나는 법무부가 음모를 꾸미고 있다고 생각합니다."

나는 신음을 내뱉으며 담배에 손을 뻗었다. 기자들의 소란이 한층 시끄러워졌다. 제정신이 아니군. 나는 법의국의 작은 의학도서관 안에 비치된 텔레비전을 믿기지 않는 눈으로 쳐다보았다.

갈수록 더했다. 팻 하비가 싸늘한 시선을 카메라로 향한 채 나를 포함한 수사 관련자 한 사람 한 사람을 향해 비수 같은 말을 퍼붓는 것을 보고 있자니 가슴이 두려움으로 가득 찼다. 아무도 빼놓지 않았고 성역도 없었다. 하트 잭 또한 마찬가지였다.

하비가 수사에 비협조적이고 골칫거리라는 웨슬리의 말은 대단히 점잖은 표현이었다. 이성의 갑옷 아래에는 분노와 비탄으로 제정신이 나간 여자가 숨어 있었던 것이다. 나는 경찰과 FBI, 법의국이 공모하여 사건을 '은폐' 하고 있다는 하비의 적나라하고 무자비한 주장을 멍하니 듣고 있었다.

"그들은 사건에 관한 진실을 용의주도하게 숨기고 있습니다. 그렇게 하는 이유는 오로지 인간의 생명을 담보로 자신들의 이익을 챙기기 위해서죠."

"무슨 말도 안 되는 소릴…!"

부국장 필딩이 옆에 앉으며 중얼거렸다.

기자 한 사람이 큰 소리로 질문을 던졌다.

"어떤 사건 말입니까? 따님과 남자 친구가 살해당한 사건 말입니까, 다른 네 커플의 연쇄살인 사건 말입니까?"

"전부 다요. 사냥감처럼 쫓기다가 살해당한 젊은 남녀 모두를 뜻하는 겁니다."

"그렇다면 뭘 은폐한다는 겁니까?"

팻 하비는 다 알고 있다는 듯 대답했다.

"이번 사건의 책임이 어디에 있느냐는 거겠죠. 이번 연쇄살인 사건을 막기 위한 법무부 쪽의 노력은 전혀 없었습니다. 정치적인 이유에서죠. 특정 연방 기관의 자기 보호를 위해서 말입니다."

"좀 더 구체적으로 말씀해 주시죠!"

자세한 설명을 요구하는 목소리가 날아왔다.

"제가 개인적으로 진행하고 있는 수사가 종결되면 결론을 내릴 수 있을 것 같습니다."

"청문회 말씀인가요? 데버러와 남자 친구의 죽음이 혹시…."

"그 아이의 이름은 프레드요."

이 말을 꺼낸 사람은 브루스 체니였다. 갑자기 그의 창백한 얼굴이 텔레비전 화면을 가득 채웠다. 순간 기자회견장이 조용해졌다. 자식을 잃은 아버지의 음성은 감정에 북받쳐 떨리고 있었다.

"프레드요. 그 아이 이름은 프레더릭 윌슨 체니입니다. 그냥 '데비의 남자 친구'가 아니란 말이오. 그 아이도 죽었소, 살해당했단 말이오. 내 아들이란 말입니다!"

말이 목구멍에 걸린 듯했다. 브루스 체니는 눈물을 감추기 위해 고개를 숙였다.

기분이 상해서 더 이상 보고 있을 수가 없었다. 나는 텔레비전을 껐다. 로즈가 문간에 서서 텔레비전을 보고 있었던지 나를 보더니 고개를 설레설레 저었다.

필딩도 일어나 기지개를 켜더니 수술복 끈을 단단하게 조였다.

"이건 세상 사람들 앞에서 완전히 망신당하는 짓이야."

필딩이 도서관을 나서며 중얼거렸다.

커피 생각이 간절했다. 문득 팻 하비의 말이 떠올랐다. 그녀의 목소리가 귓가에 쟁쟁하게 울려 퍼졌다.

'사냥감처럼 쫓기다가 살해당한….'

뭔가 미리 준비해 놓은 듯한 어감이었다. 임기응변으로, 즉흥적으로, 비유적인 표현으로 한 말은 아닌 것 같았다. 특정 연방 기관의 자기 보호?

사냥.

하트 잭은 타로카드에서 '컵의 기사'와 같다. 경쟁자, 방어하는 자로 보여지거나 스스로 그렇게 생각하는 사람을 말한다.

전투를 벌이는 사람….

힐다 오지멕은 그렇게 말했다.

기사, 군인, 사냥….

10

살인 연습

모두 다 용의주도하게 계산되고 철저하게 미리 계획을 세운 살인이었다. 브루스 필립스와 주디 로버츠는 6월에 실종되었다. 시체는 8월 중순, 사냥철이 시작될 무렵에 발견되었다.

짐 프리먼과 보니 스미스는 7월에 실종되었으며, 시체는 메추라기와 꿩 사냥철 초기에 발견되었다.

벤 앤더슨과 캐럴린 베넷은 3월에 실종되었고, 시체는 11월 사슴 사냥철이 시작될 즈음에 발견되었다.

수전 윌콕스와 마크 마틴은 2월 말에 실종되었고, 이들의 시체 역시 5월 중순 칠면조 사냥철에 발견되었다.

그리고 데버러 하비와 프레드 체니는 노동절 주말에 실종되어 몇 달 뒤 숲에서 토끼, 다람쥐, 여우, 꿩, 너구리 사냥꾼이 득실거릴 때가 되어서야 발견되었다.

이런 패턴이 어떤 의미가 있다고 생각해 본 적은 없었다. 시체안치소로 들어온 심하게 부패하고 백골화된 시체들을 발견한 것은 모두 사냥꾼이었기 때문이다. 누가 숲에서 죽거나 시체가 버려지면 유해를 발견할 가능성이 가장 높은 사람이 사냥꾼이다. 하지만 지금 생각해 보니 커플들의 시체가 발견된 시기나 장소도 계획에 의한 것일 가능성이 높았다.

범인은 피해자의 시체가 남의 눈에 띄되 당장은 발견되지 않도록 하고 싶었기 때문에 사냥철이 아닌 때에 살인한 것이리라. 사냥꾼들이 다시 숲으로 들어오기 전까지는 시체가 발견되지 않으리라는 것을 알고 있었던 것이다. 그때쯤이면 시체는 심하게 부패된다. 신체 조직과 함께 상해 흔적도 사라지고, 강간을 했다 해도 정액이 남지 않는다. 미량 증거물도 대부분 바람에 날아가거나 비에 쓸려 없어진다. 사냥꾼에 의해 시체가 발견된다는 것 자체도 어쩌면 범인에게는 나름대로 의미가 있을 것이다. 그 또한 사냥꾼이므로… 최고의 사냥꾼.

나는 다음 날 오후 사무실 책상에 앉아 생각에 잠겼다. 사냥꾼은 동물을 사냥한다. 그리고 게릴라나 군 특수부대, 용병들은 인간을 사냥한다.

커플이 실종되고 시체로 발견된 지역에서 반경 80킬로미터 이내에는 포트 유스티스·랭글리 필드를 비롯해 여러 곳에 군 시설이 있고, 캠프 피어리라는 군부대로 가장한 CIA 사관학교도 있다. 첩보소설이나 논픽션 수사물에서 보통 '농장'으로 불리는 캠프 피어리에서는 잠입, 탈출, 폭파, 야간 낙하 및 기타 비밀 작전에 필요한 준군사 활동 훈련이 이루어진다.

애비 턴불은 길을 잘못 들었다가 캠프 피어리 정문까지 갔고, 며칠 후 FBI가 그녀를 찾아왔다. FBI는 불안했던 게 분명하다. 나는 그 이유를 알 것 같았다. 팻 하비의 기자회견 내용이 실린 신문을 읽고 나자 확신은 더욱 굳어졌다.

책상 위에는 〈워싱턴 포스트〉를 비롯한 여러 개의 신문이 놓여 있었다. 나는 기사를 몇 번씩 주의 깊게 읽었다. 〈워싱턴 포스트〉의 담당 기자는 클리퍼드 링으로 예전부터 보건복지부 장관과 여러 직원들을 무던히도 귀찮게 하던 바로 그 사람이었다. 그의 기사에는 내 이름이 단 한 번 지나치듯 언급되어 있었다. 팻 하비가 자신의 신분을 남용하여 관계자에게 딸의 죽음과 관련된 수사 내용을 내놓으라고 위협하고 있다는 부분이었다. 혹시 벤턴 웨슬리가 심어놓은 언론 쪽 정보원, 즉 FBI가 범인을 유인하기 위해 가짜 기사를 싣기로 한 기자가 클리퍼드 링이 아닌가 하는 생각이 들었다. 나쁘지 않은 선택이었다. 하지만 기사는 상당히 불안한 방향으로 흘렀다.

애초에는 이번 달 최고의 폭로 기사려니 했는데, 뜻밖에도 그것은 몇 주 전까지만 해도 미국 부통령감이라는 평을 듣던 한 여자의 위신을 완전히 땅으로 떨어뜨리는 내용이었다. 나도 물론 기자회견장에서 팻 하비가 말한 내용은 좋게 말해 시기상조, 나쁘게 말해 분별 없는 짓이었다고 생각하는 사람 중 하나였다. 하지만 이번 기사에서 하비의 주장을 진지하게 검증해 보려는 시도 자체가 전혀 눈에 띄지 않은 것은 아무래도 이상했다. 보통 때라면 정부 관료들에게서 수상쩍은 '노코멘트'라든가 애매하게 즉답을 회피하는 몇 마디를 따내려고 그렇게 쫓아다니던 기자들이 이번 사건만은 그런 데 전혀 관심이 없는 듯했다.

언론이 유일하게 초점을 둔 취재 대상은 팻 하비였고, 논조에는 일말의 동정도 없었다. 어느 사설의 헤드라인은 '슬로터게이트?'(Slaughtergate? : slaughter는 살인, 학살이란 뜻으로 워터게이트 등 정치적인 스캔들 뒤에 붙이는 '게이트'라는 단어를 붙여 팻 하비가 주장하는 정치 음모가 말이 되느냐는 식으로 슬쩍 비꼰 말-옮긴이)'였다. 기사뿐 아니라 정치 만평에서도 팻 하비는 조롱의 대상이었다. 미국에서 최고로 존경받던 관료 가운데 하나였던 사람이, 이제는 사우스캐롤라이나 주의 일개 심령술사나 찾아다니는 히스테릭한 여자로 취급받고 있었다. 팻 하비의 가장 충실한 우군들조차 고개를 저으며 한발 물러섰고, 적들은 동정을 살짝 얹은 미묘한 말투로 그녀를 확인 사살하고 있었다. 한 민주당 의원은 이렇게 말했다.

'하비가 겪은 끔찍한 개인적인 비극에 비추어볼 때 그런 반응도 충분히 이해가 간다. 경솔한 언행은 눈감아주는 것이 현명하다고 생각한다. 그런 비난은 깊이 상처받은 마음에서 우러나온 화살이 아니겠는가.'

이런 말도 있었다.

'팻 하비에게 일어난 일은 견디기 힘들 정도로 엄청난 개인적인 문제로 인해 야기된 자기 파괴적 행위의 슬픈 실례라고 본다.'

나는 데버러 하비의 부검 감정서를 타이프라이터에 감은 뒤, 사망의 종류 및 원인란에 쓰여 있는 '미결'이라는 글자를 화이트로 지웠다. 그런 다음 종류란에는 '살인', 원인란에는 '요추에 난 총창 및 자상으로 인한 출혈'이라고 적었다. 나는 사망진단서와 CME-1 보고서(법의관의 초동 수사 보고서─옮긴이)도 고친 다음 복사했다. 그리고 감정 내용을 설명하고 발표가 늦어진 데 대해 유감을 표시한 후 약물 검사 결과를 기다리느라 늦어졌다고 해명한 편지를 동봉했다. 약물 검사가 완전히 끝난 것은 아니었다. 벤턴에게 데버러의 시체에 대한 법의학적 감정 결과 발표를 무기한 연기해 달라는 요청을 받았다는 말은 하지 않을 생각이었다. 벤턴에게 이 정도는 해줄 수 있었다.

데버러 하비의 가족은 이제 모든 것을 알게 될 것이다. 나의 육안 감정과 현미경 감정, 첫 번째 약물 검사 결과는 음성으로 나왔다는 사실, 데버러의 요추에서 발견된 총알, 왼손에 난 방어상처, 의복, 아니 남아 있는 옷가지에 대한 상세한 묘사 등등. 경찰에서는 데버러의 귀고리와 시계, 프레드가 생일에 선물했던 반지를 발견한 상태였다.

프레드 체니의 부검 감정서 사본도 그의 아버지 앞으로 보냈다. 하지만 사망의 종류에 대해서는 '살인', 사망의 원인에 대해서는 '알 수 없는 폭력'이라고밖에 적을 수 없었다.

나는 수화기를 들고 벤턴의 사무실 전화번호를 돌렸다. 하지만 그는 사무실에 없었다. 나는 다시 벤턴의 집으로 전화를 했다.

나는 벤턴이 전화를 받자마자 말했다.

"부검 결과를 발표할 생각이에요, 벤턴. 알려주고 싶어서 전화했어요."

벤턴은 아무 대꾸도 하지 않았다.

잠시 후 벤턴이 아주 침착한 음성으로 입을 열었다.

"케이, 기자회견은 보았습니까?"

"네."

"오늘 신문도 읽었고?"

"기자회견도 보고 신문도 읽었어요. 자기 무덤을 파더군요."

"재기 불능이 되지 않을까 싶습니다."

"누군가의 책략이 있었겠지요."

웨슬리는 잠시 말이 없더니 물었다.

"무슨 뜻입니까?"

"무슨 뜻인지 기꺼이 말씀드리죠. 오늘 밤 직접 만나서요."

그는 놀란 듯했다.

"여기서?"

"그래요."

"음, 오늘 밤은 안 되는데…."

"미안해요. 하지만 기다릴 수가 없어요."

"케이, 그런 게 아니라. 솔직하게 말해서…."

나는 그의 말을 잘랐다.

"아뇨, 벤턴. 이번에는 안 돼요."

벤턴 웨슬리의 집으로 차를 몰고 가는 동안, 살을 에는 바람이 컴컴한 나무의 윤곽을 사정없이 흔들었다. 희미한 달빛 아래 드러난 전원의 풍경은 이국적이고 불길했다. 가로등은 거의 없고 시골길에는 표지판도 눈에 띄지 않았다. 결국 나는 문 앞에 급유기 하나만 섬처럼 덩그러니 서 있는 잡화점 앞에 차를 세웠다. 그리고 실내등을 켠 다음 메모지에 흘려 쓴 벤턴의 집 위치를 다시 확인했다. 길을 잃은 것이다.

잡화점은 이미 닫혔지만 문 옆에 공중전화가 있었다. 나는 차를 부스 가까이 세우고 웨슬리의 집으로 전화를 했다. 벨이 몇 번 울린 후 벤턴의 아내 코니의 목소리가 들렸다.

"정말 골치 아픈 데로 가셨네요."

최선을 다해 현재의 위치를 설명한 나에게 코니가 한 말이었다.

나는 신음소리를 냈다.

"아, 맙소사."

"그렇게 멀지는 않아요. 여기까지 오는 길이 복잡해서 그렇지. 그 자리에 그대로 있는 게 좋겠어요, 케이. 차 문 잠그고 기다리고 계세요. 우리가 그곳으로 갈 테니까 당신이 우리 뒤를 따라오면 되겠네요. 15분이면 돼요. 아시겠죠?"

나는 큰길로 다시 나와서 차를 세운 후 라디오를 켜고 기다렸다. 1분이 한 시간처럼 지루하게 흘렀다. 차는 단 한 대도 지나가지 않았다. 헤드라이트 불빛을 받아 길 건너편 서리 내린 풀밭 주위를 둘러싼 흰 울타리가 모습을 드러냈다. 안개 낀 어둠 속에 창백한 조각달이 둥실 떠 있었다. 나는 주위를 끊임없이 경계하며 줄담배를 피워댔다.

커플들이 살해당하던 순간도 이랬을까? 몸을 결박당한 채 맨발로 숲 속으로 끌려가는 기분은 어떨까…. 아마 죽게 된다는 것을 예감했을 것이다. 범인이 무슨 짓을 할지 겁에 질려 있었을 것이다. 나는 조카 루시를 생각했다. 어머니, 여동생, 친구들도 떠올랐다. 사랑하는 사람에게 닥친 고통과 죽음에 대한 공포는 자신의 그것보다 더욱 클지도 모른다.

잠시 후 어둡고 좁은 길 저쪽 너머로 밝은 빛이 점점 다가오더니 낯선 차 한 대가 내 차에서 멀지 않은 곳에 섰다. 운전석에 앉은 사람의 얼굴 윤곽이 언뜻 보이는 순간, 아드레날린이 전류처럼 혈관 속에서 치솟는 느낌이 들었다.

마크 제임스가 렌터카처럼 보이는 자동차에서 내리고 있었던 것이다. 나는 창문을 열고 너무 놀라 한마디도 못한 채 그를 쳐다보고만 있었다.

"안녕, 케이."

마크는 마치 얼마 전까지도 만났던 것처럼 아무렇지도 않게 인사를 건넸다.

웨슬리가 오늘 밤은 안 된다고, 오지 말라고 말렸던 이유를 그제야 알 수 있었다. 마크가 웨슬리의 집에 와 있었던 것이다. 코니가 마크에게 데리러 가라고 했든가, 마크가 자청한 것이리라. 웨슬리의 집에 들어서자마자 거실에 앉아 있는 마크를 보았다면 나는 어떻게 반응했을까.

"벤턴의 집에서 여기까지는 완전히 미로야. 차라리 차를 여기 두고 가지. 그게 더 안전할 거야. 갈 때는 내가 여기까지 태워줄 테니까 길을 잃을 걱정은 안 해도 돼."

나는 아무 말 없이 잡화점 가까이 차를 세워놓고 마크의 차에 올라탔다.

마크가 조용히 물었다.

"어떻게 지냈어?"

"잘 지냈어."

나는 애써 침착한 목소리로 대답했다.

"식구들은? 루시는 잘 지내?"

루시도 여전히 마크의 안부를 묻곤 한다. 그럴 때마다 뭐라고 해야 할지 난감했다.

"잘 지내."

마크의 얼굴과 핸들을 잡은 손을 보고 있노라니 감정이 북받쳐 올랐다. 내게는 마크의 모든 것, 얼굴 윤곽과 핸들을 굳게 쥐고 있는 힘 있는 손, 심지어 하나둘 늘어가는 주름까지도 멋있게만 보였다. 나는 그를 미워했지만, 한편으로는 사랑했다.

"일은 잘돼가고?"

"제발 점잖은 척하는 짓은 집어치울래, 마크?"

"당신처럼 무례한 게 좋을까?"

"난 무례하지 않아."

"도대체 나더러 뭘 어쩌라는 거야?"

마크의 짜증 섞인 말에 나는 입을 다물었다.

마크는 라디오를 켰고, 자동차는 짙은 어둠 속으로 달려나갔다.

"어색한 건 나도 알아. 미안해. 벤턴이 나더러 데려오라더군."

마크는 전방을 똑바로 주시하며 말했다.

"그 사람 대단히 사려 깊네."

나는 비꼬듯이 대꾸했다.

"그런 뜻은 아니었어. 벤턴이 그러지 않았어도 내가 먼저 나섰을 테니까. 당신은 내가 여기 있는 줄 몰랐잖아."

급한 커브길을 돌아 웨슬리의 택지로 들어섰다. 마크가 드라이브길에 차를 세우며 말했다.

"미리 말해 두지만 벤턴은 기분이 별로 좋지 않아."

"나도 마찬가지야."

나는 싸늘하게 대꾸했다.

거실에는 벽난로가 타오르고 있었다. 웨슬리는 벽난로 가까이 앉아 뭔가 하고 있었다. 의자 다리에는 열린 서류 가방이 비스듬히 세워져 있고, 테이블에는 술잔이 놓여 있었다. 내가 거실로 들어섰을 때 웨슬리는 자리에서 일어나지도 않고 고개만 살짝 끄덕였다. 코니가 나를 소파로 안내했다. 나는 소파 한쪽 끝에, 마크는 반대쪽 끝에 앉았다.

코니가 커피를 가지러 가자 내가 입을 열었다.

"마크, 당신이 이 사건에 어떤 관련이 있는지 난 전혀 몰라."

"별 관계 없어. 요 며칠 콴티코에 볼일이 있어서 왔다가 오늘은 여기에 하룻밤 지내러 온 것뿐이야. 내일 덴버로 돌아가야 해. 이번 사건 수사에 참여하지도 않았고, 내 담당도 아니야."

"그렇군. 하지만 사건에 대해 알고는 있잖아."

나는 웨슬리와 마크가 내가 없는 자리에서 무슨 이야기를 했는지 궁금했다. 웨슬리가 나에 대해 마크에게 뭐라고 했는지도 알고 싶었다.

마크 대신 웨슬리가 대답했다.

"마크도 알고 있어요, 케이."

"그렇다면 두 사람에게 물어야겠군요. 팻 하비를 함정에 빠뜨린 게 FBI인가요? 아니면 CIA?"

"무슨 근거로 함정에 빠졌다고 생각하는 겁니까?"

웨슬리는 표정 하나 변하지 않고 반문했다.

"FBI의 허위 정보 전략은 단순히 범인을 유인하기 위한 것만이 아니더군요. 당신들은 팻 하비의 위신을 추락시킬 계획을 가지고 있었고, 언론은 그걸 성공적으로 수행해 냈어요."

"대통령이라 해도 언론에 그만한 영향력을 끼칠 수 없습니다. 이 나라에서는."

"내 지능을 무시하지 말아요, 벤턴."

나는 차갑게 쏘아붙였다.

"이런 표현이 어떨지 모르겠지만, 하비의 행동은 예상했던 대로였습니다."

웨슬리는 다리를 꼬고 앉아 술잔을 집어 들었다.

"그래서 당신이 덫을 놓은 거잖아요."

"기자회견에서 모든 것을 말한 건 하비 자신이었어요."

"다른 사람이 대신할 필요가 없었으니까. 누군가 하비의 비난이 마치 미치광이가 하는 소리처럼 보이도록 기사를 쓰게끔 한 거예요. 기자와 정치가, 예전에 하비의 우군이었던 사람들을 돌아서게 한 건 누구죠, 벤턴? 하비가 심령술사를 찾아갔다는 말은 누가 흘렸죠? 당신인가요?"

"아닙니다."

"팻 하비는 지난 9월에 힐다 오지멕을 만났어요. 그동안 언론에 알려지지 않은 걸로 봐서 지금까지는 모르고 있었던 게 분명해요. 이건 비열한 짓이에요, 벤턴. FBI와 재무부의 비밀검찰국조차 힐다 오지멕에게 여러 번 조언을 구했다고 했잖아요. 하비가 오지멕에 대해서 알게 된 것도 그 때문인데…."

그때 코니가 커피를 들고 들어오더니 테이블 위에 놓고 재빨리 다시 나갔다.

나를 주시하는 마크의 긴장된 시선이 느껴졌다. 웨슬리는 벽난로의 타오르는 장작만 바라보고 있었다. 나는 굳이 분노를 숨기려고 하지 않았다.

"난 진실을 알고 있어요. 지금부터는 외부에 모든 것을 공개할 생각이에요. 당신이 이런 나를 인정하지 못하겠다면, 나 역시 당신을 더 이상 인정할 수 없어요."

"무슨 뜻입니까, 케이?"

웨슬리가 의아한 표정으로 나를 쳐다보며 물었다.

"다시 사건이 발생한다면, 다른 커플이 또 죽음을 당한다면, 사건의 진상을 기자들에게 말하지 않겠다고 보장할 수 없다는…."

"케이, 하비처럼 자기 무덤을 팔 생각은 아니겠지?"

이번에 내 말을 끊은 것은 마크였지만, 나는 그의 얼굴을 쳐다보지 않았다. 나는 그의 존재를 의식하지 않기 위해 최선을 다하고 있었다.

"정확히 말해 하비 혼자 판 건 아니죠. 난 그녀의 말이 옳다고 생각해요. 뭔가 은폐되고 있는 것이 분명해요."

"하비에게 부검 감정서를 보냈겠군요."

웨슬리가 말했다.

"보냈어요. 이 조작극에 난 더 이상 관여하지 않겠어요."

"케이, 실수한 겁니다."

"진작 보내지 않은 것이 실수죠."

"보고서에 데버러의 시체에서 빼낸 탄환에 대한 정보도 들어 있습니까? 정확히 하이드라 쇼크 9밀리라는 사실 말입니다."

"총기명과 몇 구경인지는 총기분석실에서 작성한 감정서에 들어 있을 거예요. 경찰 수사 보고서를 내가 보내는 것이 아닌 것처럼 총기 분석 감정서도 내가 보내는 게 아니에요. 둘 다 내 사무실에서 작성하는 것이 아니니까. 하지만 당신이 그것에 왜 관심을 갖는지 궁금하군요."

웨슬리가 대답하지 않자 마크가 끼어들었다.

"벤턴, 이건 정리하고 넘어갈 필요가 있을 것 같아."

웨슬리는 계속 침묵을 지켰다. 마크가 덧붙였다.

"케이도 알아야 해."

"벌써 알고 있어요. FBI에서 범인이 연방 수사관일지도 모른다고 생각할 만한 근거를 확보한 게 아닌가요? 아마 캠프 피어리 소속이겠죠?"

처마 밑에서 바람 부는 소리가 구슬프게 들렸다. 웨슬리가 벽난로의 불을 손보기 위해 자리에서 일어섰다. 그는 장작 하나를 집어넣은 후 부지깽이로 위치를 잡고 느긋하게 재를 긁어냈다. 그러고는 다시 술잔을 집어 들며 말했다.

"어떻게 해서 그런 결론을 내린 겁니까?"

"그건 중요한 일이 아니죠."

"누가 직접 이야기해 주던가요?"

나는 담배를 꺼냈다.

"아니, 직접 들은 건 아니에요. 당신은 언제부터 그런 의심을 하게 됐죠, 벤턴?"

벤턴은 잠시 머뭇거리다 대답했다.

"자세한 내용은 모르는 게 박사를 위해 좋을 겁니다. 정말입니다. 짐이 될 뿐이에요, 케이. 아주 무거운 짐."

"난 지금도 아주 무거운 짐을 지고 있어요. 거짓 정보에도 신물이 났고요."

"여기서 이야기한 내용은 절대 누설하지 않겠다는 약속을 해주십시오."

"날 알면서 그런 걱정을 해요?"

"커플 살인 사건이 시작된 직후부터 캠프 피어리는 주목의 대상이었습니다."

"지리적으로 가까워서?"

나의 물음에 웨슬리는 마크를 쳐다보며 말했다.

"자네가 설명하지."

나는 돌아서서 한때 침대를 함께 썼던, 내 꿈을 지배했던 남자를 마주보았다. 마크는 예전부터 입고 다녔던 네이비 블루 코듀로이 바지와 붉은색과 흰색 줄무늬의 옥스퍼드 셔츠 차림이었다. 그는 다리가 길고 말쑥했다. 짙은 머리카락은 관자놀이에서 회색으로 변해가고 있었고 녹색 눈과 강인한 턱, 섬세한 얼굴 윤곽, 말할 때 약간씩 손짓을 하고 몸을 앞으로 기울이는 버릇은 여전했다.

"CIA도 부분적으로는 관심을 갖고 있었어. 사건이 캠프 피어리 근처에서 계속 발생했으니까. CIA가 자기네 훈련 시설 주변에서 무슨 일이 일어나는지 훤히 꿰뚫고 있다는 건 당신한테도 놀라운 일은 아니겠지. CIA에서는 일반인들이 막연히 생각하는 것 이상으로 많은 걸 알고 있어. 게다가 실은 정기적으로 주변 지형지물과 일반 시민들을 기동훈련에 이용하기도 해."

"어떤 훈련?"

"감시 임무 같은 거야. 캠프 피어리에서 훈련받는 장교들은 일반 시민을… 음… 더 나은 말이 없군. 일반 시민들을 실험 대상으로 삼아 종종 감시 훈련을 하고 있어. 공공장소나 식당, 술집, 쇼핑센터 같은 곳을 무대로 감시 작전을 수행하는 거지. 차를 이용하거나 도보로 사람들을 미행하기도 하고, 사진을 찍기도 하고 말이야. 물론 아무도 이 사실을 눈치채지 못하지. 별로 해가 되는 일도 아니고…. 물론 자신들이 미행당하고 사진 찍히고 비디오에 담긴다는 걸 일반인들이 알면 기분은 별로 좋지 않겠지만."

"당연히 그렇겠지."

나는 불편한 기분으로 대답했다.

"이런 훈련 중에는 어떤 작전에 앞서 실시하는 예행 연습 같은 것도 포함되어 있어. 자동차가 고장 난 척하고 일반 차량을 세워 도움을 청한 다음 그 사람이 자기를 어느 정도까지 믿게 할 수 있는지 연습을 하는 거지. 경찰인 척할 수도 있고, 견인차 기사로 가장할 수도 있고… 여러 가지야. 모두 해외 작전을 수행하기 위한 연습이지. 첩보 활동을 하면서 다른 첩보원에게 감시당하지 않도록 훈련시키는 거야."

"이번 커플 연쇄살인 사건의 범죄 수법과 상당히 유사하군."

내 말을 기다렸다는 듯이 웨슬리가 끼어들었다.

"바로 그겁니다. 캠프 피어리에서도 그 점을 염려했어요. 우리 쪽에 상황을 계속 지켜봐달라는 요청이 왔습니다. 그러다 두 번째 커플의 시체가 발견되고 범행 수법이 동일한 것으로 밝혀지면서 연쇄살인 사건이 되었지요. 그러자 CIA는 크게 당황했습니다. 그쪽은 늘 피해망상에 걸려 있긴 하지만…. 케이, 캠프 피어리에서 훈련받는 CIA 소속 장교가 사람 '죽이는' 연습을 하고 있다면 그쪽 입장에서는 최악이지요."

"하지만 CIA는 캠프 피어리가 자기네 주요 훈련 시설이라는 사실을 한 번도 인정한 적이 없잖아요."

마크가 내 눈을 바라보며 말했다.

"그건 상식이야. 하지만 당신 말이 맞아. 공개적으로는 한 번도 인정한 적이 없어. 그럴 의향도 없고."

"그렇기 때문에 더욱 이번 살인 사건이 캠프 피어리와 연관되는 것을 원하지 않겠군요."

문득 마크가 어떤 기분일지 궁금했다. 어쩌면 아무 느낌이 없을지도 모른다.

웨슬리가 말을 받았다.

"그 외에도 수많은 이유가 있습니다. 언론에 이 사실이 알려지면 타격이 크지요. 언제 CIA에 대해서 긍정적으로 다룬 기사를 읽어본 적이 있습니까? 이멜다 마르코스(필리핀의 독재자였던 페르디난드 마르코스의 부인으로 정부의 공금을 횡령하는 등 각종 부정부패 사건에 연루되었다-옮긴이)가 절도와 사기죄로 재판을 받았을 때 변호사는 마르코스가 모든 거래는 CIA의 묵인 및 방조 아래 행해졌다고 주장했지요."

아무 느낌이 없다면 저렇게 뻣뻣하게 서 있을 리가 없다. 나를 쳐다보지 않을 리가 없다.

웨슬리가 말을 이었다.

"그런 다음 노리에가(파나마의 군부 독재자로 1989년 미국에 의해 정권이 전복당했으며, 1992년엔 미국 내 마약 밀반입 혐의로 종신형을 선고받았다-옮긴이)가 CIA에서 자금을 지원받고 있다는 폭로가 있었지요. 얼마 전에는 CIA가 시리아 마약 밀수범을 비호하느라 팬암 747 여객기가 스코틀랜드 상공에서 폭발해 270명이 사망한 사고를 막지 못했다는 사실이 보도되기도 했습니다. CIA가 아시아의 어떤 정부를 무력화시키기 위해 마약 조직 간의 전쟁에 돈을 대고 있다는 최근 뉴스는 말할 것도 없겠죠."

마크가 내 시선을 피하며 덧붙였다.

"십대 커플들이 캠프 피어리의 CIA 장교에게 살해당한 것이 사실로 드러난다면 여론은 뻔하지."

나는 문제에 정신을 집중하려고 애쓰며 말했다.

"말도 안 되는 일이지. 하지만 CIA는 어째서 이번 살인 사건이 자기네 요원의 짓이라고 확신하고 있는 걸까? 어떤 증거를 갖고 있길래?"

"대부분은 정황 증거야. 카드를 놓아두는 군대식 습관도 그렇고, 캠프 피어리 인근 도시 및 마을에서 진행되는 훈련과 유사한 범행 수법도 그렇고…. 예를 들어 커플들의 시체가 발견된 숲은 캠프 피어리 내의 '살인 지역'과 아주 비슷해. 어두운 숲 속에서도 앞을 볼 수 있는 야간 투시경 등 온갖 장비를 사용해 수류탄과 자동화기 연습을 하는 훈련 지역이지. 맨손으로 사람을 무장해제시키고 생명을 빼앗거나 불구로 만드는 공격 훈련도 받는 곳이야."

웨슬리가 말을 받았다.

"커플들 가운데 사인이 제대로 밝혀진 경우가 없으니 범인이 무기를 사용하지 않고 살해했을 가능성에 대해서도 생각해 볼 수 있습니다. 교살 같은 것 말입니다. 혹 칼로 목을 잘라 죽였다면 이건 게릴라전에서 적군을 신속하고 조용히 처치하는 방법과 같아요. 기도를 베기 때문에 소리를 전혀 못 내지요."

"하지만 데버러 하비는 총에 맞았어요."

내가 반론을 제기하자 웨슬리가 머리를 끄덕이며 말했다.

"자동화기나 반자동화기, 피스톨이나 우지(Uzi) 기관단총 같은 무기를 사용했을 겁니다. 사용된 탄환은 흔치 않은 것으로, 주로 경찰이나 용병, 사람을 쏘아 죽이는 훈련을 하는 사람들이 사용하는 것이지요. 목표물에 맞는 순간 폭발하는 탄환이나 하이드라 쇼크 탄환을 동물 사냥에 쓰지는 않으니까요."

웨슬리는 잠시 쉬었다 덧붙였다.

"이 점을 생각해 보면 우리가 팻 하비에게 딸을 살해하는 데 사용된 무기와 탄환의 종류를 알려주려 하지 않은 이유를 이해할 수 있을 겁니다."

"하비가 기자회견에서 말한 협박 얘기는요?"

잠자코 두 사람의 이야기를 듣고 있던 내가 물었다.

"사실입니다. 연방 마약정책실장으로 임명되고 나서 얼마 뒤 누군가 팻 하비와 그녀의 가족을 협박하는 서신을 보냈지요. 하지만 FBI가 이를 심각하게 여기지 않았다는 건 사실이 아닙니다. 하비는 계속 협박을 받아왔고, 우리는 언제나 진지하게 대처했습니다. 우리는 최근 협박을 한 배후에 대해 심증을 갖게 되었지만, 데버러의 죽음하고는 전혀 관계가 없습니다."

"하비는 '연방 기관'을 언급했는데, 이건 CIA를 말하는 건가요? 방금 당신이 나한테 이야기했던 내용을 하비도 알고 있나요?"

"그 점이 염려스럽습니다. 하비는 예전부터 그 사실을 알고 있다는 투로 말하곤 했습니다. 그런데 기자회견장에서 말한 내용을 듣고 나니 더욱 신경이 쓰입니다. CIA를 지칭했을 수도 있어요. 물론 아닐 수도 있지만…. 하비는 엄청난 네트워크를 가진 사람입니다. 마약 거래와 관련된 정보라면 CIA의 비밀 문서까지도 열람할 수 있으니까요. 대통령 해외정보자문위원회 소속인 전 유엔 대사와 아주 가까운 사이라는 점도 더욱 걱정스럽고…. 이 위원회 소속의 의원은 언제 어떤 주제든 국가의 일급비밀 문서를 열람할 수 있습니다. 위원회는 내막을 알고 있어요, 케이. 하비 역시 모든 것을 알고 있을 가능성이 큽니다."

"마사 미첼과 비슷한 함정에 빠진 거군요. 비이성적이고 믿을 수 없는 사람이라는 이미지를 구축해서, 혹시 하비가 극비 사항을 폭로하더라도 아무도 믿지 않도록…."

닉슨 대통령 시절 법무부 장관의 아내였던 마사 미첼은 백악관에서 불법적인 활동이 벌어지고 있다고 믿었다. 하지만 당시 사람들은 그녀의 정신이 이상하다고 여기고 그 주장을 진지하게 받아들이지 않았다. 그 후 워터게이트 사건이 터지고 나서야 마사 미첼의 주장이 사실이었음이 확인되었다.

웨슬리는 엄지손가락으로 술잔 가장자리를 만지작거렸다.

"불행한 일이지요. 하비는 비협조적이고 통제가 불가능했습니다. 우스운 건 하비의 딸을 살해한 범인을 더욱 절실하게 찾고 싶은 것은 그녀보다 우리 쪽이라는 점입니다. 우리는 범인, 혹은 그 집단을 잡기 위해 우리 권한 내에서 모든 노력을 기울이고 온갖 조치를 취하고 있어요."

나는 화가 난 음성으로 말했다.

"예전에 데버러 하비와 프레드 체니가 청부업자에게 살해당했을지도 모른다고 한 당신 이야기와는 앞뒤가 맞지 않는군요, 벤턴. 그것도 FBI의 진짜 속셈을 숨기기 위한 연막이었나요?"

벤턴은 냉정하게 대답했다.

"청부 살인인지 아닌지는 우리로서도 아직 모릅니다. 솔직히 우리 쪽에서도 아는 바가 거의 없어요. 이미 말했듯이 정치권이 개입된 살인일 수도 있습니다. 하지만 만약 미치광이 CIA 장교가 벌인 짓이라면 이번 건도 다른 네 건의 커플 살인 사건과 같은 맥락에서 봐야겠지요."

마크가 끼어들었다.

"범인이 폭주하고 있는 건지도 몰라. 팻 하비는 특히 작년 한 해 동안 뉴스에 많이 나왔어. 살인 연습을 하는 CIA 장교가 저지른 짓이라면, 대통령이 임명한 공직자의 딸을 한번 죽여보자고 작정했을 수도 있지."

웨슬리가 받았다.

"짜릿함이 더 커지겠지요. 스릴이 있으니까. 특히 중앙아메리카나 중동에서 수행하는 작전과 비슷한 형태의 살인이니까요. 정치적 무력화. 다른 말로 암살."

"하지만 CIA는 포드 정부 이래로 암살에 개입하지 않는 걸로 알고 있어요. 심지어 외국 지도자가 살해 위협을 당하는 쿠데타에도 참여하지 않는 걸로."

내가 반론을 제기했다.

곧바로 마크가 대답했다.

"당신 말이 맞아. CIA는 개입하지 않는 걸로 되어 있지. 베트남전에 참전한 미국 군인들은 민간인을 살해하지 않은 걸로 되어 있고, 경찰들은 용의자나 재소자에게 지나친 폭력을 사용하지 않는 걸로 되어 있지.

하지만 보다 개별적인 차원에서는 때로 통제할 수 없는 상황으로 흘러갈 수 있어. 규칙을 위반하는 일도 일어나고 말이야."

애비 턴불은 어떨까? 애비는 얼마나 알고 있을까? 하비가 그녀에게 뭔가 흘렸을까? 애비가 쓴다는 책의 진짜 주제는 과연 뭘까? 혹시 지금 우리가 얘기하고 있는 것들에 대해서? 그렇다면 전화가 도청되고 누군가 자신을 미행하고 있다고 의심하는 것도 무리는 아니다. CIA, FBI, 심지어 대통령 집무실까지 곧장 연결되는 뒷문 출입증을 가진 대통령 해외정보자문위원회까지 애비가 쓰고 있는 책의 내용에 대해 불안감을 가질 테니까. 애비는 피해망상 증세를 보이는 게 아니라 어쩌면 정말 위험에 처했는지도 모른다.

등 뒤에서 웨슬리가 현관문을 닫는 소리가 들렸다. 바람은 약간 수그러들었고 나무 위로 엷게 안개가 끼어 있었다. 마크를 따라 그의 차로 향했다. 나는 오늘 두 사람과 나눈 이야기 때문에 뭔가 결의와 확신에 찬 기분이 들었지만 동시에 전보다 더 평정을 잃고 말았다.

나는 웨슬리의 택지를 벗어나면서 비로소 입을 열었다.

"팻 하비는 정말 끔찍한 일을 겪고 있어. 딸을 잃었고, 이제 그동안 쌓아온 정치 경력과 명성까지 잃을 위험에 처했으니…."

마크는 좁고 캄캄한 도로에 시선을 집중한 채 대답했다.

"언론에 정보를 유출하거나 당신 표현대로 하비를 '함정'에 빠뜨린 일 따윈 벤턴하고 아무런 상관이 없어."

"그건 내 표현하고는 상관없는 문제잖아, 마크."

"난 그냥 당신 표현을 빌렸을 뿐이야."

"당신도 무슨 일이 벌어지고 있는지 잘 알고 있잖아. 순진한 척하지 마."

"벤턴은 하비를 위해 할 수 있는 일은 모두 다 했어. 하비는 법무부를 향해 칼을 갈고 있지. 하비에게 벤턴은 단지 자신을 망치려는 또 하나의 연방 수사관일 뿐이야."

"내가 하비라도 그런 기분일 거야."

"내가 아는 당신이라면 아마 그렇겠지."

순간 팻 하비 문제보다 더 깊숙한 곳에 숨어 있던 분노가 고개를 쳐들었다.

"그게 무슨 뜻이야?"

"아무 뜻도 없어."

몇 분 동안 침묵이 흘렀고 차 안 분위기는 차츰 팽팽해졌다. 우리 관계가 어디쯤 왔는지는 몰랐지만, 적어도 함께 있는 시간은 끝나가고 있었다. 마크가 잡화점 주차장 쪽으로 핸들을 꺾더니 내 차 옆에 차를 세웠다.

"이런 상황에서 만나다니… 정말 유감이야."

마크가 조용히 말했다.

"…."

내가 대답하지 않자 그가 덧붙였다.

"하지만 당신을 만난 게, 이렇게라도 만난 것 자체가 싫은 것은 아니야."

"잘 가, 마크."

내가 차에서 내리려 하자 마크가 내 팔을 잡았다.

"그러지 마, 케이."

나는 꼼짝도 않고 앉아 있었다.

"원하는 게 뭐야?"

"그냥 얘기 좀 해. 부탁이야."

나는 그의 팔을 뿌리치며 격한 음성으로 말했다.

"그렇게 이야기가 하고 싶었으면 그전에 왜 연락하지 않았어? 몇 달 동안 이야기해 보려는 노력은 전혀 하지도 않았으면서…."

"서로 그랬지. 지난가을에 자동응답기에 메시지를 남겼는데도 당신은 나한테 연락하지 않았어."

"당신이 무슨 말을 하려는지 알고 있었기 때문에 듣고 싶지 않았을 뿐이야."

나는 냉정하게 쏘아붙였다.

마크가 점점 분노하고 있음이 느껴졌다. 마크는 양손을 핸들 위에 놓고 앞을 똑바로 쳐다보았다.

"미안해. 당신한테 내 마음을 귀신같이 읽어내는 능력이 있다는 걸 깜빡했군."

"화해할 가능성이 전혀 없다는 얘기를 하려고 전화했던 거잖아. 끝났다는 이야기를 하려고. 이미 짐작하고 있는 사실을 굳이 당신 입을 통해 들을 필요가 없어서 그랬던 거야."

"당신 마음대로 생각해."

"내 생각하고는 상관없잖아!"

나를 화나게 만드는 마크의 능력이 정말 싫었다.

마크는 숨을 깊이 들이쉬고 말했다.

"케이, 휴전할 수 없을까? 예전 일은 잊어버리고…."

"그럴 수는 없어."

"좋아. 이성적인 대답, 고맙군. 적어도 난 노력했어."

"노력? 무슨 노력? 떠난 뒤로 여덟, 아홉 달 동안 도대체 뭘 노력했다는 거지, 마크? 당신이 뭘 원하는지는 모르겠지만, 예전 일을 잊는다는 건 불가능해. 다시 만나서 아무 일도 없었다는 듯이 살 수는 없단 말이야. 난 그런 식으로 행동할 수 없어."

"그걸 부탁하는 게 아니야, 케이. 그때 했던 싸움과 서로에 대한 분노, 그때 했던 무자비한 말들을 잊자는 거야."

나는 솔직히 우리가 무슨 말을 했는지 정확히 기억나지 않았고, 무엇이 잘못되었는지도 명확하게 설명할 수 없었다. 우리는 무엇 때문에 싸우는지 모른 채 싸웠고, 그러다 보니 어느새 상처의 원인이 아니라 상처 자체를 놓고 싸우게 되었다.

마크는 감정이 담긴 음성으로 말을 이었다.

"지난 9월에 전화했던 건 화해의 여지가 없다는 이야기를 하려던 게 아니었어. 아니, 다이얼을 돌리면서도 혹시 당신 쪽에서 그런 말을 하지나 않을까 두려웠지. 그런데 전화가 없더군. 나야말로 당신 속마음을 짐작할 수 있었지."

"마음에도 없는 소리 마."

"마음에도 없다니?"

"어쨌든 그렇게 짐작한 건 잘했어. 당신이 한 짓을 생각해 보면 말이야."

"내가 한 짓? 당신이 한 짓은 어떻고?"

마크는 말도 안 된다는 듯 되물었다.

"내가 한 짓이라고는 당신한테 양보하는 데 지치고 신물이 난 것뿐이야. 당신은 리치먼드로 발령받기 위해 노력조차 안 했잖아. 당신은 당신 자신이 뭘 원하는지도 모르면서 당신 혼자 모든 걸 결정했고, 그때마다 내가 무조건 양보하면서 따르고 내 생활 자체를 바꿔주기만 바랐어. 아무리 당신을 사랑한다 해도 난 나 자신을, 내 인생을 포기할 수는 없어. 그건 당신한테도 마찬가지야. 난 당신한테 당신 자신을 포기해 달라고 요구한 적 없어."

"아니, 당신이 은근히 그렇게 압력을 넣었잖아. 설령 리치먼드로 전출

하는 게 가능했다 하더라도 그건 내가 원해서 그런 게 아니었을 거야."

"훌륭하네. 당신이 원하는 일을 하고 있어서 기뻐."

"케이, 이건 누구의 책임도 아니야. 반반이야. 당신에게도 책임이 있다고."

"떠난 사람은 내가 아니었어."

나는 눈에 눈물이 가득 고인 채 중얼거렸다.

"아, 이런."

마크는 손수건을 꺼내 부드럽게 내 무릎 위에 올려놓았다.

나는 눈물을 찍어내며 문 쪽으로 다가앉아 머리를 창문에 기댔다. 울고 싶지는 않았다.

"미안해."

마크가 말했다.

"당신이 미안하다고 해서 바뀌는 건 없어."

"제발, 울지 마."

"상관 마. 내 마음이야."

나는 바보같이 대답했다.

"미안해."

마크가 다시 말했다. 이번에는 속삭이는 듯한 음성이었다. 문득 마크가 내 몸을 만지려는 것 같았다. 하지만 그러지는 않았다. 마크는 의자에 몸을 기대고 천장을 바라보았다.

"아, 차라리 당신이 떠났다면 좋겠어. 그러면 내가 아니라 당신이 모든 걸 망쳐버렸다고 말할 수 있을 텐데."

나는 아무 말도 하지 않았다. 차마 그럴 수가 없었다.

"듣고 있어?"

"모르겠어."

나는 창문으로 얼굴을 향한 채 중얼거렸다. 마크가 자세를 바꾸었다. 그의 시선이 내게 와 닿는 것을 느낄 수 있었다.

"케이, 날 봐."

나는 내키지 않는 기분으로 마크를 보았다.

마크가 나지막한 음성으로 말했다.

"내가 왜 그동안 자주 여길 왔었다고 생각해? 나도 콴티코로 돌아오고 싶어. 하지만 연방 예산 삭감 때문에 타이밍이 좋질 않아. 경제 상황이 안 좋아서 FBI도 타격을 많이 입었거든. 물론 그 외에 여러 가지 이유가 있지만…."

"일이 마음에 들지 않는다는 말이야?"

"내가 실수를 했다는 이야기야."

"일에 있어서 실수를 했다면 나도 유감이야."

"단지 그것만 말하는 게 아니야. 당신도 알잖아."

"뭘? 내가 뭘 안다는 거야?"

나는 마크의 입을 통해 꼭 듣고 싶었다.

"당신도 알잖아. 우리… 모든 게 예전과 달라졌어."

어둠 속에서 마크의 눈동자가 빛났다. 거의 째려보는 듯한 눈매였다.

"당신은 달라진 게 없어?"

마크가 물었다.

"우린 둘 다 실수를 많이 했어."

"난 그 실수를 지금부터라도 만회해 나가고 싶어, 케이. 우리 관계를 이런 식으로 끝내고 싶지는 않아. 오래전부터 이렇게 생각하고 있었지만… 어떻게 이야기를 풀어나가야 할지 모르겠더군. 내가 연락하는 걸 당신이 달가워할지, 다른 사람을 만나고 있는 건 아닌지 알 수도 없었고."

나는 나 역시 그와 똑같은 걱정을 하고 있었다는 것을, 마크가 어떻게 대답할지 두려워하고 있었다는 것을 인정하지 않았다.

마크가 손을 뻗어 내 손을 잡았다. 이번에는 그 손을 뿌리칠 수가 없었다.

"케이, 잘못된 것이 있다면 바로잡아 나가고 싶어. 난 고집이 세고 당신 역시 고집이 센 사람이야. 난 내 길을 고집했고 당신도 마찬가지였지. 그래서 지금 이렇게 된 거야. 내가 떠난 뒤 당신이 어떻게 살았는지 보진 못했지만 틀림없이 그다지 행복하지 않았을 거라고 생각해."

"그런 장담을 하다니 오만하기 짝이 없군."

마크가 미소 지었다.

"당신이 나에 대해 갖고 있는 인상대로 행동하고 있을 뿐이야. 떠나기 전에 마지막으로 당신이 나한테 했던 말은 '이 오만한 인간'이었어."

"개자식이라고 했던 건 그 전이었나, 후였나?"

"전이었을걸?"

"당신도 나한테 상당히 듣기 좋은 소릴 했잖아. 게다가 조금 전에는 서로 예전에 했던 말들을 잊자고 해놓고서."

"아까 당신은 '아무리 당신을 사랑한다 해도'라고 했지."

"뭐라고?"

"현재형으로 '사랑한다'고 했잖아. 어물쩍 넘길 생각은 마. 분명히 들었으니까."

마크는 내 손을 자신의 얼굴에 갖다 댔다. 입술이 내 손가락 위에서 움직이고 있었다.

"당신 생각을 안 하려고 노력했어. 그런데 그럴 수가 없었어. 물론 당신한테 똑같은 말을 해달라는 건 아냐."

하지만 마크는 분명히 부탁하고 있었다. 나는 바로 응답했다.

"아니, 나 역시 마찬가지야."

나는 마크의 뺨에 손을 갖다 댔고, 마크는 내 뺨을 어루만졌다. 서로의 손가락이 닿았던 곳에 키스를 한 후, 입술이 맞닿았다. 더 이상 아무 말도 없었고, 아무 생각도 하지 않았다. 그때 갑자기 차창이 환하게 밝아지면서 밤경치가 붉은색으로 깜빡이기 시작했다. 우리는 깜짝 놀라 옷매무새를 가다듬었다. 잠시 후 순찰차 한 대가 멈춰 서더니 부보안관 한 사람이 플래시와 휴대용 무전기를 들고 차에서 내렸다.

마크가 재빨리 운전석 창문을 열었다.

"별 일 없소?"

부보안관이 허리를 굽혀 안을 들여다보며 물었다. 굳은 얼굴에 오른쪽 뺨이 보기 싫게 불룩한 그의 시선이 우리가 열정을 폭발시켰던 현장을 불쾌하게 훑고 지나갔다.

"괜찮아요."

나는 당황해서 스타킹을 신은 발로 바닥을 더듬었다. 신발 한 짝이 보이지 않았다.

"그냥 이야기를 하고 있었습니다."

다행히 마크는 제정신을 잃지 않았는지 FBI 배지를 꺼내 들지 않았다. 부보안관은 내색은 하지 않았지만 우리가 뭘 하고 있었는지 알고 있을 것이다.

"음, 혹시 그 이야기란 걸 계속하시려거든 다른 데 가서 하시오. 밤 늦게 이런 데 차를 세우고 있으면 위험하니까. 사건도 몇 건 있었고. 이 동네 사람이 아닌 것 같은데, 근래 이 주변에서 커플 실종 사건이 일어나고 있소."

부보안관이 잔소리를 늘어놓는 동안 내 몸은 싸늘하게 식었다. 마크가 마침내 그의 말을 끊었다.

"알겠습니다, 감사합니다. 지금 떠나려던 참입니다."

부보안관은 고개를 끄덕이며 바닥에 침을 뱉었다. 우리는 그가 차에 오르는 모습을 말없이 지켜보았다. 순찰차가 도로로 빠져 천천히 멀어지자 마크가 숨을 죽인 채 말했다.

"젠장!"

"말 안 해도 알아. 얼마나 어리석은 짓이었는지. 맙소사!"

"얼마나 쉬운 일인지 당신도 알겠지? 깜깜한 밤, 차 안에서 두 사람이 서로에게 열중해 있는데 누가 옆에 차를 세우는 거야. 젠장, 저 사람이 얼굴을 들이댈 때까지 글러브 박스에 있는 총은 생각조차 못했어. 그때는 너무 늦지…."

"그만해, 마크. 그만하라고!"

그때 마크가 나를 보더니 갑자기 웃음을 터뜨렸다.

"지금 웃음이 나와?"

"당신, 블라우스 단추를 잘못 채웠어."

마크는 숨이 넘어갈 듯 웃어댔다.

젠장!

"아까 그 사람이 당신 얼굴을 못 알아봤어야 하는데, 스카페타 박사."

"기분 좋은 소리 대단히 고마워, FBI 씨. 난 이제 가야겠어. 당신 때문에 곤란한 일은 이 정도로 충분해."

나는 문을 열었다.

"이봐, 당신이 시작했잖아."

"절대 아냐."

마크의 음성이 진지해졌다.

"케이, 이제 어떡하지? 난 내일 덴버로 돌아가야 해. 앞으로 어떻게 해야 할지 모르겠어. 내 마음대로 할 수 있을지, 노력을 해봐야 할지…."

쉬운 문제는 없었다. 우리 사이에는 그런 법이 없었다.

"노력하지 않으면 아무 일도 일어나지 않겠지."

"당신은?"

"우린 이야기를 많이 해야 해, 마크."

마크는 헤드라이트를 켜고 안전벨트를 맸다. 그리고 다시 내게 물었다.

"당신은? 양쪽이 다 노력을 해야겠지."

"당신이 그런 말을 하다니… 재미있군."

"케이, 제발… 이제 그만하자고."

"생각을 해봐야겠어."

나는 열쇠를 꺼냈다. 갑자기 피로가 몰려왔다.

"사람 갖고 놀지 마."

"갖고 노는 거 아니야, 마크."

나는 마크의 뺨을 쓰다듬으며 말했다. 우리는 마지막으로 키스를 나누었다. 언제까지고 계속하고 싶었지만, 한편으로는 어서 빠져나오고 싶기도 했다. 우리의 열정은 언제나 이렇듯 무모했다. 우리는 항상 미래가 없는 순간을 위해 살았다.

"전화할게."

내가 차 문을 열고 운전석에 앉자 마크가 덧붙였다.

"벤턴의 말을 들어. 그는 믿어도 돼. 당신은 아주 고약한 일에 연루되어 있어."

나는 시동을 걸었다.

"당신이 말려들지 않았으면 좋겠어."

"당신은 늘 그렇게 말하지."

마크는 다음 날 밤늦게 전화를 했다. 이틀 후에도 다시 전화를 했다. 그리고 2월 10일 세 번째로 전화했을 때, 내게 〈뉴스위크〉 최신 호를 사 보라고 일러주었다.

잡지 앞표지에는 팻 하비의 초점 잃은 눈동자가 미국 국민들을 응시하고 있었다. 검은색 굵은 활자로 뽑은 헤드라인에는 '마약왕의 딸 살해되다'라고 쓰여 있고, '독점'이라는 기사의 내용은 기자회견 내용 재탕과 사건 뒤에 음모가 있다는 하비의 주장, 실종된 뒤 버지니아 주 숲속에서 부패한 시체로 발견된 다른 십대 커플 살인 사건에 관한 소개로 이루어져 있었다. 나는 인터뷰를 거절했는데도, 잡지사에서는 내가 리치먼드의 존 마셜 법정 계단을 올라가는 사진을 실어놓았다. 사진 설명은 다음과 같았다.

'법의국장, 법원의 협박에 못 이겨 부검 내용 발표.'

"이 바닥이 원래 그렇지. 난 괜찮아."

나는 마크에게 전화해서 말했다.

그날 밤늦게 어머니까지 전화를 걸어왔다.

"너랑 통화하고 싶어 안달하는 사람이 하나 있구나, 케이."

어머니가 이 말을 하시기 전까지 나는 평정을 유지할 수 있었다.

조카 루시는 날 피곤하게 만드는 데 일가견이 있었다.

"어떡하다 이모에게 이런 문제가 생긴 거예요?"

"난 아무 문제 없어."

"기사에 그렇게 나와 있던데요, 뭐. 누가 이모를 협박했다고."

"설명하기 복잡해, 루시."

하지만 루시는 기죽지 않고 말했다.

"정말 엄청나요. 내일 학교에 잡지를 가져가서 애들한테 보여줄 거예요."

훌륭하군. 루시는 담임 선생님 이야기를 시작했다.

"배로스 선생님이 오는 4월 직업 소개의 날에 이모를 모시고 올 수 있느냐고 하시던데…."

루시를 만난 지도 1년이 다 되었다. 벌써 고등학교 2학년이라는 사실이 믿기지 않았다. 이제 콘택트 렌즈를 끼고 운전면허증도 취득했지만, 내 머릿속에서 루시는 항상 잠자리를 봐줘야 하는 애정에 굶주린 통통한 어린아이에 불과했다. 루시는 강보에 싸여 있을 때부터 무슨 이유에서인지 나와 특별한 인연이 있는 앙팡 테리블(프랑스 작가 장 콕도의 소설 제목에서 비롯된 말로, '무서운 아이'란 뜻 – 옮긴이)이었다. 루시가 태어난 뒤 마이애미에서 동생 도로시와 함께 지냈던 일주일간의 크리스마스 휴가는 평생 잊을 수 없을 것이다. 루시는 깨어 있는 매 순간 나만 쳐다보고 있는 것 같았다. 초롱초롱 반짝이는 보석 같은 두 눈으로 내 모든 움직임을 지켜보던 루시는 내가 기저귀를 갈아주면 나를 향해 미소를 지었고, 내가 방을 나가면 집이 떠나갈 듯 울음을 터뜨리곤 했다.

"이번 여름에 여기 와서 일주일쯤 있을래?"

루시는 망설이다 실망한 듯 말했다.

"그럼 직업 소개의 날에는 못 오신다는 거네요."

"그건 좀 두고 봐야지."

루시의 음성이 뾰로통해졌다.

"나도 이번 여름에는 곤란할 것 같아요. 아르바이트를 하기 때문에 멀리 갈 수가 없어요."

"아르바이트를 하다니, 장하구나."

"컴퓨터 가게예요. 차를 사려고 돈을 모으는 중이거든요. 컨버터블 스포츠카를 사고 싶은데… 구형은 꽤 싸요."

"루시, 그건 살인 기계야. 그런 건 사지 마. 리치먼드로 오지 그러니? 같이 자동차를 골라보자꾸나. 안전하고 좋은 걸로 말이야."

미처 생각할 겨를도 없이 차를 사주겠다는 말이 툭 튀어나왔다. 늘 그렇듯 나는 오늘도 루시가 파놓은 함정에 빠지고 말았다. 루시는 조종의 명수였다. 나는 심리학자는 아니지만 그 아이가 그렇게 된 원인을 알 수 있었다. 루시는 자기 어머니이자 내 동생인 도로시의 무관심에 희생된 피해자였다.

나는 전략을 바꾸기로 했다.

"넌 똑똑하고 독립적인 아가씨잖니. 네 시간과 돈으로 뭘 할지는 스스로 충분히 결정할 수 있겠지, 루시? 이번 여름에 시간을 낸다면 같이 어디 놀러 갈 수도 있어. 바다나 산, 네가 가고 싶은 데로 말이야. 영국에는 안 가봤지?"

"안 가봤어요."

"음, 그럼 그것도 괜찮겠고…."

"정말요?"

루시는 믿기지 않는다는 음성으로 물었다.

나는 더욱 신이 나서 말했다.

"그럼. 나도 몇 년 동안 못 가봤는걸. 너도 옥스퍼드나 케임브리지, 런던의 박물관 같은 데를 구경할 때가 됐지. 네가 원하면 스코틀랜드 야드 투어도 신청해 놓을게. 일찌감치 6월쯤 출발하면 윔블던 티켓도 구할 수 있을 거야."

잠시 침묵이 흐른 뒤 루시가 기분 좋게 말했다.

"그냥 장난친 거예요, 이모. 스포츠카 같은 건 필요 없어요."

다음 날 아침에는 부검이 없었기 때문에 나는 책상 앞에 앉아서 그간 밀린 서류 더미를 해결하기 시작했다. 조사해야 할 시체도 있고, 강의도 있고, 증언해야 할 재판도 있었지만 왠지 집중을 할 수가 없었다. 다른 일을 하려고 해도 커플 살인 사건에만 마음이 쓰였다. 뭔가 코앞에 있는 중요한 사실을 놓치고 있는 듯한 기분이 들었다.

　데버러는 체조 선수였다. 자기 몸을 마음먹은 대로 움직일 수 있는 운동선수였다. 프레드만큼 힘은 세지 않을지 몰라도 그보다 더 빠르고 날렵했을 것이다. 범인은 데버러의 운동신경을 과소평가했을지도 모른다. 숲 속에서 잠시 데버러를 놓친 것도 분명 그 때문이리라.

　나는 검토하고 있던 서류를 멍하니 응시한 채 마크의 말을 떠올렸다. 그의 말에 의하면 자동화기와 수류탄, 야간 투시경 등으로 무장하고 들판이나 숲에서 인간 사냥하는 법을 연습하는 '살인 지역'이란 곳이 캠프 피어리 내에 있다고 했다. 나는 그곳을 상상해 보았다. 섬뜩한 시나리오가 윤곽을 드러내기 시작했다.

　범인은 데버러와 프레드를 납치해서 임도로 데려가기 전에 미리 무시무시한 게임을 준비해 놓았을 것이다. 일단 피해자들에게 신발과 양말을 벗으라고 한 뒤 두 손을 등 뒤로 묶었을 것이다. 그리고 달빛을 증폭시키는 야간 투시경을 쓰고 있었기 때문에 숲으로 두 사람을 몰고 들어가면서도 주변을 잘 볼 수 있었으리라. 범인은 숲 속에서 한 번에 한 사람씩 쫓아가서 죽일 생각이었을 것이다.

　마리노의 말이 맞는 것 같았다. 범인은 우선 프레드부터 처치했을 것이다. 프레드에게 달리라고 말하면서 도망칠 기회를 준 뒤, 그가 겁에 질려 나무 사이를 비틀거리며 달아나는 모습을 지켜보다가 손에 칼을 쥐고 뒤쫓아갔을 것이다. 그리고 적당한 때를 엿보다 사냥감을 뒤에서 공격해 턱 밑을 팔로 조르고 고개를 뒤로 젖힌 후 기도와 경동맥을 칼로…. 그건 범인에게 전혀 어려운 일이 아니었을 것이다. 이런 특공대식 공격법은 소음이 없고 신속하다. 시체가 오랫동안 발견되지 않으면 조직과 연골이 부패하기 때문에 법의관이 사인을 밝혀내기도 어렵다.

　나는 이 시나리오를 좀 더 깊이 파고들어보기로 마음먹었다. 남자 친구가 어둠 속에서 쫓기다가 살해되는 광경을 데버러에게 지켜보도록 한 데는 범인의 사디즘적인 성향이 어느 정도 작용했을지 모른다. 숲 속으로 들어간 뒤 범인은 데버러의 발목을 묶어서 꼼짝 못하는 관객으로 만들었지만, 그녀 특유의 유연성만은 미처 예상하지 못했다. 범인이 프레드의 뒤를 쫓고 있는 동안 데버러는 묶인 팔과 팔 사이로 엉덩이와 다리를 빼내 손을 몸 앞쪽으로 오게 했을 것이다. 이렇게 해서 묶인 발을 푼 데버러는 자기방어를 할 기회를 얻게 되었을 것이다.

나는 손목이 결박된 것처럼 손을 마주 대고 앞으로 내밀어보았다. 데버러가 두 손을 깍지 끼고 휘둘렀을 때 범인이 반사적으로 손을 올려 방어했다면… 그 손에 방금 프레드를 죽인 나이프를 쥐고 있었다면… 데버러의 왼쪽 검지손가락에 난 찍힌 자국이 설명된다. 데버러는 미친 듯이 뛰었을 테고, 불의의 일격을 받고 쓰러진 범인은 달아나는 데버러의 등에 총을 쏘았을 것이다.

과연 그랬을까? 그건 아무도 모른다. 하지만 시나리오는 내 머릿속에서 거침없이 완성되고 있었다. 전문 킬러에 의한 청부 살인이나 CIA 장교에 의한 범행이라는 가설에는 앞뒤가 맞지 않는 부분이 있다. 데버러의 죽음이 전문 킬러에 의한 청부 살인이거나 데버러가 팻 하비의 딸이라는 이유로 미리 목표로 정해놓은 미치광이 연방 수사관의 짓이었다면… 그 사람은 데버러가 올림픽 대표급 체조 선수라는 사실을 이미 알고 있지 않았을까? 데버러가 남달리 날렵하고 동작이 빠르다는 점을 미리 생각하고 적절한 대책을 마련해 두지 않았을까?

그랬다면 과연 '등'에 총을 쐈을까?

데버러를 살해한 방법이 과연 전문적인 킬러의 냉정하고 계산적인 수법과 일치하는가?

등에 총을 쏘다니….

힐다 오지멕은 죽은 십대들의 사진을 보고 일관되게 공포라는 감정을 읽어냈다. 분명 피해자는 공포를 느꼈을 것이다. 하지만 범인 역시 공포를 느꼈을 거라는 생각은 이 순간까지 한 번도 해본 적이 없었다. 등에 총을 쏘는 건 겁쟁이의 행동이다. 데버러가 공격해 오는 순간 범인은 허둥대기 시작했다. 통제력을 상실한 것이다. 깊이 생각하면 할수록, 나는 웨슬리와 기타 수사관들이 범인의 성격을 잘못 파악하고 있다는 것을 확신하게 되었다. 무기를 지니고, 주변 지리를 잘 아는 데다, 야간 투시경이나 고글까지 갖고 있으면서 맨발에 결박당한 십대를 깜깜한 숲 속에서 사냥하는 짓은 통 속에 넣어둔 물고기를 총으로 쏘는 짓이나 다름없다. 이건 너무 쉽다. 모험을 하는 데서 쾌감을 느끼는 전문가의 범행 수법 같지는 않았다.

다음 문제는 범인의 무기다.

내가 인간을 사냥하는 CIA 장교라면 어떤 무기를 사용할 것인가? 우지 기관총? 물론 그럴 수도 있다. 하지만 그보다는 9밀리 권총같이, 과하지도 모자라지도 않게 확실히 목적을 달성할 수 있는 것이면 족하다. 총탄도 평범하고 눈에 띄지 않는 것을 사용할 것이다. 흔한 할로 포인트 같은 것. 절대 익스플로더나 하이드라 쇼크는 쓰지 않을 것이다.

탄환…. 정신을 집중하자, 케이! 시체에서 마지막으로 하이드라 쇼크를 발견한 게 언제인지도 기억나지 않았다.

하이드라 쇼크는 원래 경찰이 사용할 것을 염두에 두고 만든 총탄인데, 2인치 총열에서 발사될 경우 몸에 닿는 순간 다른 탄환보다 단면적이 더 많이 팽창한다. 끝이 뾰족하게 솟은 일반 탄환과 달리 하이드라 쇼크는 끝이 오목하고 중심축이 솟아 있기 때문에, 신체에 꽂히는 순간 압력으로 인해 총알의 가장자리가 꽃잎처럼 벌어진다. 또한 반동이 거의 없어 연속적으로 발사하기 쉽고, 인체를 관통하지 않는 대신 신체

조직과 내부 장기에 끔찍한 손상을 입힌다.

범인은 특수 탄환이 마음에 들었던 것이다. 총을 고를 때도 분명 사용 가능한 탄환의 종류를 염두에 두었을 것이다. 어쩌면 살상력이 가장 높은 탄환을 고르는 데서 더욱 강하고 중요한 인물이 된 듯한 자신감을 얻었을지도 모른다. 일종의 미신 같은 집착일 수도 있다.

나는 수화기를 집어 들고 린다에게 필요한 것을 말했다.

"올라오세요."

린다가 대답했다.

총기분석실에 들어서자 린다는 컴퓨터 모니터 앞에 앉아 있었다. 그녀는 커서를 스크린 아래로 내렸다.

"데버러 하비를 빼면 올해는 한 건도 없어요. 작년에 한 건, 재작년에 한 건뿐이네요. 그 외에 페더럴사 제품은 없어요. 하지만 스콜피언은 두 건 있네요."

"스콜피언?"

나는 린다의 어깨 너머로 몸을 기울였다.

"초기 버전이죠. 페더럴사에서 특허를 사기 10년 전부터 하이드라 쇼크사에서는 기본적으로 똑같은 탄환을 생산하고 있었어요. 스콜피언 38과 코퍼헤드 357이죠."

린다는 키보드를 두드려 검색 결과를 인쇄했다.

"8년 전에 스콜피언 38이 나온 사건이 하나 있었네요. 그런데 이건 사람이 아니었어요."

"무슨 말이에요?"

"피해자는 견종이었어요. 개 말이에요. 총에… 어디 보자…, 세 발 맞았네요."

"혹시 개를 쏜 것이 다른 사건과 연관이 있었나요? 자살이나 살인,

아니면 강도 사건과?"

"여기 있는 자료만으로는 알 수 없어요. 여기엔 스콜피언 탄환 세 발이 죽은 개의 시체에서 나왔다, 하지만 발사한 총기는 찾아내지 못했다고만 입력돼 있네요. 아무래도 미결 사건인 것 같아요."

린다가 출력물을 내게 건넸다.

법의국에서 동물을 부검한 적은 거의 없다. 가끔 수렵 관리인이 사냥철이 아닌 때에 총에 맞은 사슴을 보내거나 다른 범죄가 진행되는 도중에 애완동물이 총에 맞거나 주인의 시체와 함께 발견되는 경우에만 동물 사체를 부검하고 탄환을 회수하거나 약물 검사를 실시하기도 한다. 하지만 법의국에서 동물의 사망 증명서나 부검 감정서를 발급하지는 않는다. 8년 전 개가 총에 맞은 이 사건에 대한 자료가 남아 있을 것 같지는 않았다.

나는 마리노에게 전화를 걸어 상황 설명을 했다.

"농담이시겠지."

"시끄러워지지 않게 조용히 알아볼 수 없나요? 아무도 눈치채지 못하게 했으면 해요. 별일 아닐 수도 있지만 관할 구역이 웨스트포인트라면 재미있잖아요. 두 번째 커플의 시체가 발견된 곳이 웨스트포인트예요."

"음… 그럴지도…. 내가 어떻게 해보리다."

마리노는 말은 그렇게 했지만 시큰둥한 음성이었다.

다음 날 아침 전날 픽업트럭 뒤에서 떨어진 열네 살짜리 소년의 부검을 마무리하고 있는데 마리노가 나타났다.

마리노는 부검대 곁으로 다가와서 코를 킁킁거렸다.

"박사가 쓰는 향수는 아닐 테고…."

"바지 주머니에 애프터셰이브가 들어 있었어요. 도로에 떨어지면서 깨지는 바람에 이렇게 냄새가 지독하네요."

나는 들것 위에 놓여 있는 옷가지를 향해 고개를 까닥해 보였다. 마리노는 다시 코를 쿵쿵거렸다.

"브룻(Brut : 남자 향수브랜드 – 옮긴이)인가?"

"그런 것 같네요."

나는 멍하니 대답했다.

"도리스가 늘 브룻을 사다줬지. 믿기지 않겠지만 어떤 땐 옵세션(Obsession : 남자 향수 브랜드 – 옮긴이)을 사오기도 했다니까."

"좀 찾아냈나요?"

나는 일손을 멈추지 않은 채 물었다.

"개 이름은 '젠장' 이었소. 맹세하지만 진담이오. 웨스트포인트에 사는 조이스라는 괴짜 노인의 개였더군."

"그 개가 법의국으로 들어오게 된 경위는요?"

"다른 사건과는 아무 관련이 없소. 어쩌다 연줄로 들어왔겠지."

"주 수의사가 휴가라도 갔었나보군요."

이전에도 그런 일이 있었다.

법의국 건물 반대편에 동물관리국이 있었는데, 동물에 대한 부검이 이루어지는 시체안치소도 이곳에 있었다. 보통 동물의 사체는 이곳에서 일하는 주 수의사에게 보내진다. 하지만 예외도 있다. 수의사가 부재중일 때 요청이 있으면 법의병리학자가 임시로 일을 봐주기도 한다. 나도 학대받은 개나 몸의 일부가 잘려나간 고양이, 성폭행을 당한 암말, 판사의 우체통에서 발견된 독약을 먹은 닭 등을 부검한 경험이 있다. 인간은 같은 인간에게 그렇게 하듯이 동물에게도 똑같이 잔인한 행동을 한다.

"조이스 씨 집에는 전화가 없지만 아는 사람 말로는 아직도 예전 그 집에 살고 있다더군. 내가 가서 이야기를 들어볼 생각인데, 같이 가시겠소?"

나는 새 메스를 집어 들며 책상 위에 쌓인 일거리를 잠시 떠올렸다. 구술해야 하는 사건, 연락해 줘야 하는 전화, 기타 새로 시작해야 하는 일들….

"그러죠, 뭐."

나는 맥없이 대답했다. 마리노는 뭔가 기다리는 듯 잠시 머뭇거렸다.

마리노를 올려다본 순간, 머리를 깎았는지 얼굴이 환해 보이는 그의 얼굴이 눈에 들어왔다. 게다가 카키색 바지에 멜빵, 새로 산 듯한 트위드 재킷을 입고 있었다. 넥타이와 연노란색 셔츠도 깨끗했다. 신발까지 반짝반짝 윤이 났다.

"진짜 훤해 보이는데요."

나는 엄마처럼 뿌듯한 목소리로 말했다. 마리노는 얼굴을 붉히며 씩 웃었다.

"엘리베이터를 타는데 로즈가 휘파람을 불더군. 웃겼소. 여자가 나를 향해 휘파람을 분 게 언제였는지 모르겠어. 물론 슈거는 예외지만."

"슈거?"

"애덤 가와 처치 가 모퉁이에 죽치고 앉아 있는 여자요. 흠, 별명은 매드독 마마라고 하는데, 골목길에서 완전히 술에 취해 뻗어 있다가 차에 깔릴 뻔한 걸 구해줬지. 제정신이 들게 한 게 실수였어. 미친 고양이처럼 반항하면서 유치장으로 끌고 가는 내내 욕을 퍼붓더군. 그 뒤로 내 모습이 눈에 띄기만 하면 고함을 지르고 휘파람을 불면서 치맛자락을 들춰올리지."

"그런데 여자한테 더 이상 인기가 없다고 투덜거렸단 말이죠?"

11

목격자

'젠장'의 견종은 미상이라고 되어 있었지만, 최악의 유전자만 고르고 골라서 물려받은 것만은 분명했다.

내가 문제의 개가 담긴 폴라로이드 사진을 돌려주자 조이스가 말했다.

"새끼 때부터 키웠소이다. 떠돌이 개였소. 어느 날 아침 뒷문 앞에서 어슬렁거리길래 안됐다는 생각이 들어서 먹다 남은 걸 좀 던져줬지. 그 뒤로는 이놈이 떨어질 생각을 안 하더구먼."

마리노와 나는 조이스의 집 부엌 식탁에 앉아 있었다. 녹슨 도자기 싱크대 위쪽에 난 먼지 낀 창문으로 햇빛이 창백하게 스며들었고, 수도꼭지에서는 물이 뚝뚝 떨어지고 있었다. 15분 전 우리가 도착한 순간부터 조이스는 죽은 개에 대해서 좋은 말이라고는 한마디도 하지 않았지만, 나는 그의 흐릿한 눈에 따뜻한 빛이 어린 것을 보았다. 추억을 더듬으며 머그잔 가장자리를 어루만지는 거칠거칠한 손마디에서 개를 부드럽게 쓰다듬는 모습을 충분히 상상할 수 있었다.

"그런 이름은 어쩌다 붙이게 된 거요?"

마리노가 물었다.

"붙이려고 붙인 게 아니오. 난 그놈한테 항상 소리를 질렀지. '젠장, 입 좀 다물어라! 이리 와라, 젠장! 젠장, 자꾸 짖어대면 입을 철사로 돌돌 말아버릴 테다!' 이렇게 말입니다."

조이스는 쑥스러운 듯 웃으며 덧붙였다.

"그러다 보니 자기 이름이 젠장인 줄 알더구먼. 그 뒤로 아예 그렇게 부르게 됐지."

조이스는 시멘트 공장에서 운전사로 일하다 퇴직한 노인이었는데, 빈곤의 상징과도 같은 농촌의 작은 집에 살고 있었다. 집 양쪽으로 광활한 휴경지가 펼쳐져 있는 것으로 보아 원래 집주인은 소작농이었던 것 같다. 조이스의 말로는 여름이면 옥수수가 빽빽하게 자란다고 한다. 보니 스미스와 짐 프리먼이 주변에 인가가 없는 이 집 앞을 지나친 것도 찌는 듯이 무더운 7월의 밤이었다. 그리고 4개월 뒤인 11월엔 나도 서류와 들것, 시체용 비닐 백을 스테이션왜건 뒷자리에 가득 싣고 조이스의 집 앞을 지나쳤다. 이곳에서 동쪽으로 3킬로미터도 채 떨어지지 않은 지점에 2년 전 커플의 시체가 발견된 깊은 숲이 있다. 정말 소름 끼치는 우연에 불과한 걸까? 만약 그렇지 않다면?

"젠장이한테 무슨 일이 일어났는지 말해 주십시오."

마리노가 담배에 불을 붙이며 말했다.

"주말… 그러니까 8월 중순쯤이었나. 창문을 몽땅 열어놓고 거실에 앉아 드라마 〈댈러스〉를 보고 있었지. 아, 이런 게 기억나다니, 재미있군. 아무튼 금요일이었소. 그게 금요일 9시에 시작했으니까."

"개가 총에 맞은 건 9시에서 10시 사이였습니다."

마리노가 말했다.

"그건 내 추측이지. 젠장이가 한참 전에 총에 맞았으면 집까지 오지 못했을 테니까. 텔레비전을 보고 있는데 낑낑거리면서 문을 박박 긁는 게 아니겠소. 어디 다쳤나, 고양이랑 싸웠나보다 하고 문을 열어봤더니 그런 꼴이더군."

조이스는 담배 주머니를 꺼내 숙련된 솜씨로 담배를 말기 시작했다.

마리노가 참지 못하고 재촉했다.

"그래서 어떻게 했소?"

"트럭에 싣고 곧장 화이트사이드 선생님 댁으로 갔소. 북서쪽으로 8킬로미터쯤 떨어져 있지."

"수의사인가요?"

내가 물었다.

조이스는 천천히 고개를 저었다.

"아니오. 수의사 같은 건 따로 없고 아는 사람도 별로 없었거든. 그분은 아내가 죽기 전에 돌봐준 의사 선생님이지. 진짜 괜찮은 사람이오. 사실 달리 갈 데도 없었고. 물론 너무 늦었지. 개를 데려갔을 때는 선생님도 손쓸 도리가 없었소. 그런데 화이트사이드 선생님이 경찰을 불러야 한다더라고. 8월 중순에 사냥 허가가 난 짐승이라고는 까마귀뿐인데, 밤늦게 까마귀한테든 누구한테든 총질을 할 이유가 어디 있겠소. 그래서 경찰을 불렀지."

"개를 누가 쐈는지 혹시 짐작 가는 사람이라도?"

내가 다시 물었다.

"말했듯이 젠장이는 사람들 뒤를 따라다니는 버릇이 있었소. 타이어를 씹어 먹겠다는 듯이 차 뒤를 쫓아다니기도 하고 말이야. 난 잠시 경찰이 한 짓이 아닐까 생각했지."

"왜?"

마리노가 물었다.

"젠장이를 검사했을 때 권총에 맞은 거라는 얘길 들었소. 그러니 어쩌면 경찰차를 쫓아가다가 그렇게 됐을 수도 있다는 생각이 들었거든."

"그날 밤 집 앞길에서 경찰차를 봤습니까?"

"보지는 못했소. 하지만 지나갔을 수도 있지. 총을 어디서 맞았는지 확실히 모르지만 가까운 곳은 아니었을 거요. 총소리를 못 들었으니까."

"텔레비전을 너무 크게 틀어놓은 거 아닙니까?"

"그래도 들렸을 거요. 이 주변은 무척 조용하거든. 특히 밤이면 아무 소리도 안 날 정도지. 이런 데 살다 보면 평소와 다른 소리는 아무리 작더라도 다 듣게 마련이오. 텔레비전을 켜놓고 창문을 꽉 닫아놔도 말이야."

"그날 밤 집 앞에서 차 소리가 들린 적은 있습니까?"

마리노의 질문에 조이스는 잠시 생각에 잠겼다.

"젠장이가 문을 긁기 얼마 전에 한 대가 지나갔었소. 경찰도 그 차에 대해 묻더군. 내 생각에는 그 차를 탔던 사람이 쏜 것 같소이다. 진술을 받아간 경찰도 같은 생각이었고. 아니, 그렇지 않을까 하더군."

조이스는 잠시 말을 멈추고 창밖을 바라보았다.

"그냥 삐딱한 애들 장난일 수도 있겠지."

거실의 벽시계가 이상한 소리를 내며 울렸다. 잠시 침묵이 흘렀다. 싱크대에서 물 떨어지는 소리만이 텅 빈 시간을 규칙적으로 메우고 있었다. 이 집에는 전화가 없다. 몇 안 되는 이웃도 멀리 떨어져 있다. 나는 조이스에게 자식이 있는지 궁금했다. 젠장이 말고 개나 고양이를 키우는 것 같지도 않았다. 다른 사람이나 동물이 살고 있는 흔적은 전혀 없었다.

"젠장이는 너무 늙어서 아무짝에도 쓸모가 없었지만 그래도 나름대로 정이 들었다오. 우체부가 젠장이 때문에 기겁해서 도망가곤 했지. 거실에 서서 창밖으로 그 꼴을 보면서 눈물이 나도록 얼마나 웃었는지. 우체부는 난쟁이 똥자루만 한 친구였는데, 두리번거리면서 그 잘난 우편 배달차에서 나오질 못하는 거요. 젠장이란 놈은 계속 빙글빙글 돌면서 허공을 향해 짖어대고…. 난 잠시 그 꼴을 구경한 뒤에 소리를 치며 집 밖으로 나오곤 했지. 내가 그냥 손가락으로 한 번 가리키기만 해도 젠장이는 다리 사이에 꼬리를 집어넣고 도망쳤지."

조이스는 재떨이 위에 올려놓은 담배는 까맣게 잊은 채 깊은 한숨을 쉬었다.

"세상이 얼마나 험악한지…."

"누가 아니랍니까."

마리노는 동의를 표하며 의자에 등을 기댔다.

"흉악한 세상입니다. 이렇게 조용하고 좋은 동넨데 말이야. 내가 마지막으로 이쪽에 온 건 2년 전이었죠. 추수감사절 몇 주 전에 커플의 시체가 발견되었을 때…. 그 사건 기억하십니까?"

조이스는 고개를 깊이 끄덕였다.

"그럼요, 그럼요. 그런 소동은 난생처음 봤소. 땔나무를 자르러 나가 있는데 갑자기 경찰차들이 불을 번쩍이면서 쏜살같이 지나가더구먼. 최소한 열 대는 됐을 거요. 앰뷸런스도 있었고. 그런 난리가 없었다니까."

조이스는 말을 멈추고 생각에 잠긴 눈으로 오랫동안 마리노를 쳐다보았다.

"당신을 본 기억은 없는데…."

조이스는 내 쪽을 돌아보며 물었다.

"부인도 계셨소이까?"

"있었어요."

"그런 것 같았소. 어디서 본 듯싶어 이야기하는 동안 내내 기억을 더듬었지. 전에 어디서 봤나 하고 말이야."

"시체가 발견된 숲에도 가보셨습니까?"

마리노가 아무렇지도 않게 물었다.

"그렇게 많은 경찰차들이 집 앞을 지나치는데 가만히 앉아 있을 수가 있어야 말이지. 무슨 일인지 도통 모르겠더군. 그쪽엔 인가도 없고 온통 숲뿐인데…. 혹시 사냥꾼이 총에 맞았나보다 싶었는데 생각해 보니 그것도 말이 안 되잖아. 그럼 경찰이 그렇게나 많이 출동할 리가 없지 않겠소? 그래서 트럭을 몰고 뒤따라가 봤지. 경찰 한 사람이 경찰차 옆에 서 있길래 무슨 일이냐고 물어봤더니 사냥꾼이 시체 두 구를 발견했다고 하더군. 나더러 근처에 사느냐고 묻길래 그렇다고 대답했더니, 나중에 우리 집으로 형사가 찾아왔더구먼."

"혹시 그 형사 이름 기억납니까?"

"모르겠소."

"어떤 질문을 했소이까?"

"주로 그 젊은 커플이 실종되던 때쯤 인근에서 사람을 본 일이 있느냐는 거였지. 이상한 차는 없었느냐, 뭐 그런 얘기."

"봤습니까?"

"음… 형사가 가고 나서 생각해 봤는데, 그 뒤로 가끔 떠오르곤 하지. 커플이 실종되고 살해되었다는 날 밤에는 아무것도 못 들었소. 가끔 일찍 잠들기도 하니까 어쩌면 자고 있었을 수도 있겠지. 하지만 몇 달 전에 생각해 보니 뭔가 떠오르더군. 올 초 다른 커플의 시체가 발견된 뒤에 말이오."

"데버러 하비와 프레드 체니 말인가요?"

내가 물었다.

"여자애 어머니가 저명인사라지?"

"그렇다네요."

마리노가 고개를 끄덕이며 대답했다.

조이스는 말을 이었다.

"그 사건이 일어나고 나서 이곳에서 발견된 시체에 대해서도 다시 생각을 더듬어보았는데 그때 퍼뜩 떠오르더구먼. 차를 몰고 올 때 보셨겠지만, 집 앞에 우체통이 있잖소."

"그런데요?"

내가 대꾸했다.

"몇 년 전 일이오. 여기서 여자애와 남자애가 죽기 몇 주 전에 내 몸이 좀 안 좋았던 적이 있소이다."

"짐 프리먼과 보니 스미스요."

마리노가 말했다.

"그렇지요. 감기에 걸려서 구역질이 나고 머리끝에서 발끝까지 치통이라도 생긴 것처럼 지독하게 쑤셔댔소이다. 그래서 이틀인가 드러눕는 바람에 밖에 나가 우편물을 가져올 힘도 없었지. 그런데 그날 밤 겨우 일어나 몸을 추스르고 수프도 좀 만들고 밖으로 나가서 우체통도 확인해 봤소. 밤 9시나 10시쯤이었을까? 집 뒤쪽으로 걸어가는데 차 소리가 들리더군."

"차 소리가요?"

나는 궁금증을 참지 못하고 물었다.

"그래요. 그래서 소리가 나는 쪽을 보았더니 차가 헤드라이트를 끄고 슬금슬금 가고 있더란 말이지. 칠흑같이 깜깜한 밤인데도 말이야."

"어느 방향으로 가고 있었습니까?"

마리노가 묻자 조이스는 서쪽을 가리켰다.

"저쪽이오. 그러니까 숲 쪽에서 고속도로 방향으로 가고 있었던 거요. 아무 일 아닐 수도 있지만, 나중에 생각해 보니 이상하더군. 그쪽에는 농지와 숲밖에 없는데. 당시엔 그냥 아이들이 술 마시고 돌아다니거나 뭐 그럴 거라고 생각했소."

"차는 제대로 보셨나요?"

내가 물었다.

"중간 크기에 색깔은 어두웠소. 검은색이나 진한 청색, 진한 빨간색…. 하지만 확실한 것은 아니오."

"새 차였습니까, 오래된 차였습니까?"

이번에는 마리노가 물었다.

"새 차였는지는 모르겠는데 아주 낡은 건 아니었소. 외제 차도 아니고."

"어떻게 압니까?"

조이스의 입에서 의외의 대답이 나왔다.

"소리를 들어보면 알지. 외제 차는 미국 차하곤 소리가 달라. 엔진이 더 시끄럽고 부르릉거리는 소리도 더 많이 나거든. 어떻게 설명해야 할지는 잘 모르겠는데 하여간 들어보면 알아. 당신들이 아까 차를 세울 때도 그랬소. 미국 차, 포드나 셰비라는 걸 대번에 알아차렸지. 헤드라이트를 끄고 가던 그 차는 진짜 조용하고 부드러웠소. 모양은 신형 선더버드 같았지만 확실히는 모르겠고. 아, 쿠거일 수도 있겠군."

"그럼 스포츠형이로군."

마리노가 단정적으로 말했다.

"그건 시각에 따라 다른데… 나한테 스포츠형이란 코르벳 같은 차요. 선더버드나 쿠거는 고급 차지."

"그 차 안에 몇 명이나 타고 있었을까요?"

내 물음에 조이스는 고개를 저으며 대답했다.

"그건 전혀 모르겠소이다. 엄청 어두웠고 한참 동안 쳐다본 것도 아니니까."

마리노는 주머니에서 수첩을 꺼내 페이지를 넘기더니 물었다.

"조이스 씨, 짐 프리먼과 보니 스미스는 7월 29일 토요일 밤에 실종되었습니다. 그 차를 본 게 그 전인 게 확실합니까? 그 후는 절대 아니고?"

"틀림없소이다. 아까도 말했지만 그때 몹시 아팠으니까. 아프기 시작한 게 7월 둘째 주였소. 아내 생일이 7월 13일이니 잊어버리려야 잊어버릴 수가 없지. 아내 생일에는 항상 공동묘지에 가서 무덤 앞에 꽃을 놓는다오. 그날도 꽃을 놓고 집에 돌아왔는데 몸이 으슬으슬 아프기 시작하더구먼. 다음 날에는 너무 아파서 침대에서 몸을 일으킬 수도 없었소."

조이스는 잠시 허공을 응시하다 말을 이었다.

"나가서 우편물을 확인하고 그 차를 본 건 15일, 아니면 16일이었을 거요."

마리노는 선글라스를 꺼내면서 일어설 준비를 했다.

"그 커플들이 살해당한 사건이 우리 개가 총에 맞은 일과 관련이 있다고 생각하시는 거요?"

조이스는 우리가 질문한 의도를 알아차린 듯했다.

"우린 여러 가능성을 고려하고 있습니다. 오늘 한 이야기는 절대 입 밖에 내지 않는 게 좋을 겁니다."

마리노가 제법 근엄하게 말했다.

"절대 한 마디도 안 하겠소. 절대로."

"감사합니다."

조이스는 우리를 문간까지 배웅해 주었다.

"시간 있으면 다시 들러요. 7월이면 토마토가 익는데, 저 뒤뜰에서 나는 토마토가 버지니아 주에서 제일이거든. 하지만 꼭 그때까지 기다릴 필요는 없으니 언제든 들르시오. 난 늘 집에 있으니까."

조이스는 포치에 서서 우리가 탄 차가 멀어질 때까지 지켜보고 서 있었다.

먼지투성이 길을 따라 고속도로로 나가면서 마리노가 말했다.

"보니 스미스와 짐 프리먼이 살해당하기 2주 전에 저 사람이 봤다는 차가 수상하군."

"나도 그래요."

"개가 죽은 건 좀 그런 것 같소. 그 개가 총에 맞은 게 짐과 보니가 실종되기 몇 주 전, 몇 달 전이기만 해도 뭔가 있다는 생각이 들 텐데… 그런데 커플 살해 사건이 일어나기 5년이나 전에 죽지 않았소."

살인 지역…. 어쩌면 뭔가에 접근해 가고 있는지도 모른다.

"마리노, 범인에겐 피해자를 선택하는 것보다 살인 장소가 더 중요할지도 모른다고 생각해 본 적 있어요?"

마리노는 나를 힐끗 쳐다보며 다음 말을 기다렸다.

"이자는 괜찮은 장소를 물색하는 데 오랜 시간을 들이는지도 몰라요. 그런 다음 사냥감을 찾아서 자기가 용의주도하게 선택한 장소로 몰고 가는 거죠. 가장 중요한 건 장소와 살해 시기예요. 조이스 씨의 개는 8월 중순에 총에 맞아 죽었어요. 한 해 중 가장 더운 때지만 까마귀 빼고는 사냥이 금지된 시기죠. 이번 사건에서도 커플들은 모두 비사냥철에 살해되었어요. 시체는 항상 몇 주 뒤나 몇 달 뒤 사냥철에 발견되었고. 그것도 사냥꾼에 의해서 말이죠. 이건 패턴이에요."

마리노는 이마에 주름을 잡고 다시 한 번 나를 흘끗 쳐다보았다.

"그럼 범인이 살해할 장소를 물색하고 있는데 갑자기 개가 나타났고, 그래서 죽였다는 거요?"

"난 그냥 생각나는 대로 말하고 있을 뿐이에요."

"미안하지만 그런 생각은 창밖으로 집어 던지는 게 좋을 거요. 범인이 몇 년 동안 사람을 죽이는 환상을 갖고 있다가 살인을 시작했다는 얘기 아니오."

"범인은 광적으로 환상을 즐기는 사람일 거예요."

"박사도 프로파일링이나 해보지 그러시오. 원, 벤턴이랑 이야기하고 있는 것 같군."

"당신은 벤턴을 완전히 무시하는 것 같군요."

"그건 아니오. 그저 지금 당장은 그 친구를 상대할 기분이 아닐 뿐이지."

"벤턴은 아직도 당신의 VICAP 파트너예요, 마리노. 당신과 나만 압박을 받고 있는 게 아니라고요. 마리노, 그 사람을 너무 탓하지 말아요."

"요즘 박사는 공짜 충고를 너무 많이 뿌리고 다니는구먼."

"공짜라서 다행이라고 생각하세요. 당신은 충고를 아주 많이 들어야 하는 사람이니까."

"저녁 먹겠소?"

그러고 보니 저녁 6시가 가까워오고 있었다. 나는 우울한 목소리로 대꾸했다.

"오늘 저녁엔 운동을 해야 하는데…."

"이런, 다음엔 나더러 운동하라고 하겠구먼."

웨스트우드까지 제시간에 도착하기 위해서 빨간 불일 때 내달리는 것만 빼고 별의별 짓을 다 했지만 결국 테니스 수업에 늦고 말았다. 신발 끈은 끊어지고 손바닥은 땀에 젖어 미끄러웠다. 게다가 위층은 멕시칸 뷔페 시간이었다. 이건 타코스에 마가리타를 홀짝거리며 불쌍한 내

꼴을 쳐다보는 것밖에 할 일이 없는 사람들이 관람실에 꽉 차 있다는 얘기다. 다섯 번이나 연달아 백핸드를 베이스라인 뒤쪽까지 훌쩍 넘겨 버리고 나니 절로 다리가 휘청거리고 스윙도 느려졌다. 그 다음 세 샷은 네트에 걸렸다. 발리는 눈뜨고 못 볼 지경이었고, 오버헤드는 말할 것도 없었다. 열심히 할수록 상황은 더욱 나빠지기만 했다.

테드가 이쪽 편으로 건너왔다.

"어깨가 너무 일찍 벌어져서 치는 타이밍이 늦는 겁니다. 백스윙이 너무 길고 팔로스루가 충분하지 않잖아요. 그럼 어떻게 되겠습니까?"

좌절감이 분노로 변하기 시작했다.

"브리지(bridge : 카드놀이의 일종 - 옮긴이)나 해야겠어요."

"라켓 면이 너무 위로 향하고 있어요. 라켓을 좀 더 빨리 뒤로 젖히고 어깨를 돌린 다음 한 발을 딛고 정면을 향해 공을 때리세요. 가능한 한 오랫동안 공을 라켓 면에 댄다는 느낌으로."

테드는 베이스라인까지 물러서서 공 몇 개를 네트 건너편으로 넘겼다. 나는 마냥 부러운 눈으로 쳐다보았다. 테드의 근육은 미켈란젤로가 빚은 것처럼 정교하고 물 흐르듯 부드럽게 균형이 잡혀 있었다. 그는 별로 힘들이지 않고도 마음대로 스핀을 넣어 공을 머리 위로 넘기거나 발밑에 떨어뜨릴 수도 있다. 우리 같은 일반인이 테드 같은 사람을 보면 어떤 기분이 드는지, 훌륭한 운동선수들이 과연 그 기분을 알까?

"박사님 문제는 대부분 머릿속에 있어요. 그냥 박사님 능력껏 하면 되는데 나브라틸로바가 되려고 하시잖습니까."

"나브라틸로바처럼 못한다는 건 나도 잘 아는걸요."

나는 중얼거렸다.

"포인트를 따려고 너무 애쓰지 마세요, 박사님. 박사님한테는 포인트를 잃지 않는 게 더 중요합니다. 현명하게 플레이하세요. 정석대로 인플레이를 유지하다가 상대의 실수나 빈틈을 노려서 공을 보내면 됩니다. 그게 핵심이죠. 클럽 레벨에서는 내가 게임을 따내는 게 아닙니다. 상대방이 지는 거죠. 상대보다 포인트를 많이 따서 이기는 게 아니라, 상대보다 포인트를 적게 잃기 때문에 이기는 겁니다."

테드는 생각에 잠겨 잠시 나를 쳐다보더니 덧붙였다.

"박사님도 업무적으로는 그다지 성급한 편이 아닐 겁니다. 비유하자면, 하루 종일 공이 날아오더라도 다 받아넘길 수 있는 분 아니십니까."

그 점은 잘 모르겠지만, 테드의 충고는 완전히 역효과를 내고 말았다. 테니스가 머릿속에서 완전히 달아나버린 것이다.

현명하게 플레이할 것.

나는 집에 돌아와 욕조에 몸을 담그고 이 말을 한참 생각했다.

범인은 이겨서 잡는 게 아니다. 탄피를 숨겨놓고 신문 기사로 유도하는 작전은 공격적인 전략이었지만 제대로 먹히지 않았다. 현재로선 약간 방어적인 전략이 바람직하다. 범죄자들이 검거되지 않는 것은 그들이 완벽해서가 아니라 운이 좋기 때문이다. 하지만 그들도 실수를 한다. 모든 범죄자들이 다 그렇다. 그 실수를 알아채고 파고드는 눈, 무엇이 의도적인 것이고 무엇이 아닌지 가려내는 판단력이 문제인 것이다.

나는 시체 근처에서 계속 발견된 담배꽁초에 대해 생각해 보았다. 범인이 의도적으로 꽁초를 버렸을까? 그럴 수도 있다. 실수였을까? 아니다. 증거로서는 아무짝에도 쓸모가 없고 브랜드도 알아낼 수 없었으니까. 자동차 안에 남겨진 하트 잭은 의도된 것이지 실수로 떨어뜨린 게 아니다. 지문도 전혀 나오지 않았다. 카드를 남긴 것은 범인이 우리로 하여금 무언가를 생각하도록 만들려는 속셈이다.

나는 범인이 데버러 하비를 쏜 것은 실수였다고 확신했다.

나는 다시 범인의 '과거'에 대해 생각해 보기 시작했다. 법을 준수하던 선량한 시민이 어느 날 갑자기 노련한 살인마로 변하지는 않았을 것이다. 그전에 그는 어떤 범죄를, 어떤 악랄한 행위를 저질렀을까?

예를 들어 8년 전 한 늙은이의 개를 쏘아 죽였을 수도 있다. 그것이 사실이라면 이는 그가 저지른 또 하나의 실수다. 범인은 이곳 사람이지 타지에서 이사 온 사람이 아니라는 의미이기 때문이다. 문득 그가 예전에 살인을 저지른 적이 있지 않을까 하는 의문이 들었다.

다음 날 아침 직원 회의를 마친 직후, 나는 컴퓨터 분석관 마거릿에게 지난 10년간 캠프 피어리 반경 80킬로미터 이내에서 일어난 모든 살인 사건 목록을 출력해 달라고 부탁했다. 굳이 커플 살인 사건을 찾고 있었던 것도 아닌데 놀랍게도 바로 그런 사건이 있었다.

사건번호 C0104233과 C0104234. 내가 버지니아 주로 부임하기 몇 년 전에 일어난 사건이기 때문에 한 번도 들어본 기억이 없었다. 사무실로 돌아와서 문을 닫고 파일을 검토했다. 점점 흥분이 더해갔다. 8년 전 9월, 질 해링턴과 엘리자베스 모트라는 두 여자가 조이스의 개가 총에 맞기 한 달 전에 살해된 것이다.

8년 전 9월 14일 금요일 밤 실종되었을 당시 두 여자는 이십대 초반이었고, 시체는 다음 날 아침 교회 공동묘지에서 발견되었다. 그리고 그 다음 날 엘리자베스가 몰던 폭스바겐이 윌리엄스버그 외곽 라이트풋의 60번 국도변에 있는 한 모텔 주차장에서 발견되었다.

나는 부검 감정서와 신체 도표를 검토하기 시작했다. 엘리자베스 모트는 목에 한 군데 총을 맞은 뒤, 칼로 가슴을 한 번 찔리고 목이 잘린 것으로 추정되었다. 옷은 다 입고 있었고 성폭행 흔적은 없었으며 총알도 발견되지 않았다. 손목에는 끈으로 졸린 흔적이 있었으며 방어상처는 없었다.

하지만 질의 기록은 달랐다. 양쪽 팔뚝과 손에 방어상처가 있었고, 얼굴과 머리에 권총 손잡이로 얻어맞은 듯한 타박상과 열상이 발견되었으며, 블라우스도 찢겨 있었다. 매우 완강하게 반항했는지 열한 번이나 칼에 찔린 상처가 남아 있었다.

파일에 첨부된 신문 기사에 따르면 제임스시티 카운티 경찰은 두 여자가 윌리엄스버그에 있는 앵커 바 앤드 그릴에서 대략 밤 10시까지 맥주를 마시는 모습이 마지막으로 목격되었다고 발표한 모양이었다. 경찰은 그들이 이곳에서 '미스터 굿바(다이안 키튼, 리처드 기어가 출연한 1977년 영화 〈미스터 굿바를 찾아서〉에서 유래한 말. 여주인공 테레사는 낮에는 착실하고 순수한 교사지만 밤마다 술집을 전전하면서 섹스 상대를 물색한다. 당시만 해도 충격적인 소재를 다룬 이 영화는 큰 반향을 불러일으켰다-옮긴이)'처럼 범인을 만나서 함께 술집을 나선 후 엘리자베스의 자동차가 발견된 모텔까지 따라간 것으로 추정했다. 그리고 범인은 주차장 같은 곳에서 납치범으로 변한 뒤 두 사람을 자동차에 태워 공동묘지로 데리고 가서 살해했다는 것이다.

내가 보기에 이 가설에는 말이 되지 않는 요소가 많았다. 경찰은 폭스바겐 뒷자리에서 증명할 수 없는 혈흔을 발견했다. 두 여자의 혈액형과는 다른 피였다. 만약 이것이 범인의 피였다면 도대체 무슨 일이 일어났을까? 뒷자리에서 여자 중 한 명과 몸싸움을 벌였나? 그렇다면 왜 그 여자의 피는 발견되지 않았을까? 두 여자 모두 앞자리에 앉고 범인이 뒷자리에 앉았다면 범인은 어쩌다가 부상을 당하게 된 걸까? 공동묘지에서 질과 몸싸움을 벌이다가 잘못해서 자기 칼에 찔렸다 해도 역시 앞뒤 상황이 맞지 않는다. 범인이 살인을 한 후 여자들이 몰던 차를 타고 묘지에서 모텔까지 왔다면 범인의 피는 뒷자리가 아니라 운전석에 남아 있어야 한다. 마지막으로 범인이 성행위 뒤에 여자들을 살해할 생각이었다면 왜 모텔 안에서 죽이지 않았을까? 그리고 왜 여자들의

PERK(Physical Evidence Recovery Kit, 생체 시료 채취 키트)에서는 정액이 검출되지 않았을까? 여자들이 남자와 성관계를 가진 후 몸을 씻었기 때문일까? 여자 둘에 남자 하나? 트리플 섹스? 하긴 이 일을 하면서 별의별 경우를 다 봤으니까 놀랄 것도 없다.

나는 마거릿에게 전화를 했다.

"한 가지 더 조사할 게 있어요. 제임스시티 카운티 형사 R. P. 몬태나가 수사한 살인 사건 가운데 약물과 관련된 사건을 모두 뽑아 줘요. 가능하면 지금 봤으면 좋겠어요."

"문제없어요."

마거릿의 손이 키보드를 두드리는 소리가 들렸다.

얼마 후 출력물을 받아보니 몬태나 형사가 수사한 사건 가운데 약물 관련 살인 사건은 여섯 건이었다. 그중에는 엘리자베스 모트와 질 해링턴의 이름도 있었다. 두 사람의 혈액에서 알코올이 검출되었던 것이다. 양쪽 모두 0.05 이하로 미미한 수준이었다. 거기다 질은 클로르디아제폭시드(chlordiazepoxide)와 클리디니움(clidinium) 양성 반응을 보였다. 이 두 가지는 리브락스(Librax)에 포함된 마약 성분이다.

나는 수화기를 들고 제임스시티 카운티 경찰서 형사과에 전화를 걸어 몬태나 형사를 찾았다. 그는 현재 감사과장으로 승진한 모양이었다. 전화는 자동으로 몬태나의 자리에 연결되었다.

나는 아주 신중하게 질문하기로 마음먹었다. 두 여자의 살인 사건이 이번 커플 연쇄살인과 연관 있다는 가능성을 조금이라도 비친다면 입을 다물어버릴지도 모른다.

굵직한 음성이 들려왔다.

"몬태나입니다."

"안녕하세요? 전 스카페타 법의국장입니다."

"안녕하십니까, 국장님. 요즘도 리치먼드 사람들은 서로 총질을 하는 모양이죠?"

"전혀 나아지는 것 같지 않네요. 전 지금 약물 관련 살인 사건을 조사하는 중이에요. 우리 컴퓨터에서 검색한 몇 가지 옛날 사건들에 대해서 한두 가지 여쭤볼 게 있어서요."

"물어보십시오. 하지만 오래된 일이라… 세부 사항은 가물가물할지도 모르겠습니다."

"살인 사건을 둘러싼 세부적인 상황과 가설에 대해 알고 싶어요. 당신이 맡은 사건은 대부분 내가 리치먼드로 오기 전에 일어났더군요."

몬태나가 웃음을 터뜨렸다.

"아, 네, 캐그니 박사님이 법의국장으로 계실 때죠. 그분 참 대단하셨죠. 장갑도 안 끼고 시체를 주물럭거리던 모습은 잊을 수가 없습니다. 어린아이만 아니라면 절대 당황하는 일이 없으셨지요. 어린애 시체를 부검하는 건 안 좋아하시더군요."

나는 컴퓨터에서 출력한 정보를 그에게 차근차근 설명했다. 사건에 대해 몬태나가 회상한 내용은 그다지 놀라운 것이 아니었다. 우선 과도한 음주와 가정불화가 극에 달해 결국 남편이 아내를, 아내가 남편을 총으로 쏜 사건이 있었다. 이를 두고 경찰 은어로 '스미스 앤드 웨슨 이혼(Smith & Wesson은 유명한 무기 제조 회사로, 총질을 해서 한쪽이 죽어 나가는 이혼 방식을 빈정대는 말—옮긴이)'이라고 부른다. 이외에 머리끝까지 취한 사내가 포커 게임을 하다가 역시 술에 취한 옆 사람들에게 맞아 죽은 사건, 혈중 알코올 농도가 0.3에 달한 아버지가 아들에게 총에 맞아 죽은 사건 등등. 나는 질과 엘리자베스의 사건을 맨 마지막으로 언급했다.

"잘 기억하지요. 그 일에 대해서는 이상하다는 말밖에 할 말이 없습니다. 바에서 만난 남자와 모텔에 가는 아가씨들 같지는 않았거든요.

둘 다 대학을 졸업하고 번듯한 직장을 가진, 영리하고 매력적인 아가씨들이었어요. 아마 거기서 만난 남자는 정말로 수완이 좋은 사람이었을 겁니다. 무식한 노동자 타입은 절대 아닐 거예요. 제 생각에는 이 근처 사람이 아니라 그냥 지나치던 사람인 것 같아요."

"왜죠?"

"범인이 이 지역 사람이었다면 용의자라도 떠올라야 하지 않겠습니까. 아마 연쇄살인범 같은 그런 놈일 겁니다. 바에서 여자들을 골라서 살해하는 거죠. 여행을 자주 하는 남자, 이 도시 저 도시에서 범죄를 저지르고 다른 곳으로 뜨는 놈 말입니다."

"혹시 범인이 훔쳐간 게 있나요?"

"그런 것 같지는 않았습니다. 사건을 맡았을 때 아가씨들이 재미삼아 마약을 한 게 아닐까, 약을 사려고 누굴 만나러 간 게 아닐까 하는 생각이 맨 처음 들더군요. 파티를 하거나 현금으로 코카인을 사려고 모텔에서 약속을 잡은 건 아닐까 하는…. 그런데 돈이나 귀금속 등 없어진 건 아무것도 없고, 아가씨들이 마약을 흡입하거나 주사한 경험이 있다는 증거도 전혀 찾지 못했습니다."

"약물 보고서에는 질 해링턴이 알코올 외에도 리브락스에 양성 반응을 보였다고 되어 있는데요. 혹시 여기에 대해서 아시는 게 있나요?"

몬태나는 기억을 더듬는지 잠시 뜸을 들였다.

"리브락스라…. 아뇨, 생각이 안 나는군요."

나는 더 이상 묻지 않고 감사를 표한 후 전화를 끊었다.

리브락스는 근육 이완제로 불안과 긴장을 해소해 주는 다용도 치료제다. 질이 이 약을 복용했다면 운동을 하다가 허리가 삐끗한 것일 수도 있고, 위경련 등 정신과적인 문제가 있었을 수도 있다.

그다음 할 일은 약을 판 약사를 찾는 것이었다. 나는 윌리엄스버그

지국의 법의관에게 전화를 걸어 그 지역 약국의 전화번호 목록을 팩스로 보내달라고 요청했다. 그런 다음 마리노의 호출 번호를 눌렀다.

"워싱턴에 경찰 친구 있어요? 믿을 수 있는 사람."

"몇 명 있소. 왜 그러시오?"

"아주 중요한 일로 애비 턴불과 연락해야 하는데 내가 직접 전화하는 건 좋지 않을 것 같아서요."

"다른 사람이 알게 될까봐 그러는군."

"맞아요."

"어쨌든 턴불과 연락하는 건 좋은 생각이 아닌 것 같소."

"당신 생각은 충분히 이해해요. 하지만 내 마음은 바뀌지 않아요, 마리노. 그쪽 친구한테 연락해서 애비의 아파트로 가서 만나보라고 해줄래요?"

"실수하는 거요, 박사. 하지만 뭐, 박사가 원한다면 그렇게 해드리지."

"그냥 내가 통화하고 싶어 한다고만 전해 주세요. 나한테 즉시 연락해 달라고."

나는 마리노에게 애비의 주소를 불러주었다.

전화를 끊자 복도 끝에 놓인 팩스에서 부탁했던 자료가 나오는 소리가 들렸다. 잠시 후 로즈가 그걸 내 책상 위에 갖다놓았다. 오후 내내 나는 질 해링턴이 윌리엄스버그에서 다녔던 약국을 찾기 위해 다이얼을 돌렸다. 그리고 마침내 그녀의 이름이 기록되어 있는 약국을 찾아냈다.

"단골 고객이었나요?"

"그럼요. 엘리자베스 모트도 마찬가지였습니다. 둘 다 여기서 멀지 않은 아파트에 살았어요. 좋은 아가씨들이었는데… 얼마나 충격이 컸는지."

"같이 살았나요?"

"글쎄요…."

잠시 침묵이 이어졌다.

"그런 것 같지는 않네요. 주소도 다르고 전화번호도 다르지만 같은 아파트 단지입니다. 올드타운이라고 이곳에서 3.2킬로미터쯤 떨어져 있는데 괜찮은 곳이지요. 젊은이들, 특히 윌리엄 앤드 메리 대학생들이 많이 살지요."

약사가 질의 처방 기록을 불러주었다. 질은 3년 동안 각종 항생제와 기침약, 기타 일반인들이 흔히 앓는 독감이나 호흡기 및 비뇨기 감염에 관계된 약물을 처방받았다. 살해당하기 한 달 전에는 셉트라(Septra : 광범위한 처방에 사용되는 항생제 - 옮긴이) 처방전을 받아온 모양이었다. 혈액에서 트리메토프림(trimethoprim)과 설파메톡사졸(sulfamethoxazole)이 검출되지 않은 것으로 보아 사망 당시에는 이 약을 복용하지 않은 듯했다.

"리브락스도 처방한 적이 있나요?"

약사가 확인하는 동안 나는 기다렸다.

"아닙니다. 그런 기록은 없군요."

어쩌면 엘리자베스의 처방전에 있을지도 모른다.

"친구 엘리자베스 모트는요? 그쪽에서 리브락스 처방전을 들고 온 적이 있나요?"

"아뇨."

"혹시 다른 약국에도 다녔는지 아시는 데 있나요?"

"그건 도와드릴 수가 없군요. 모르겠습니다."

그는 근처에 있는 다른 약국의 이름을 불러주었다. 대부분은 벌써 전화해 본 곳이었고, 나머지도 리브락스나 다른 약물을 처방한 적은 없다는 대답이 돌아왔다. 리브락스 자체가 중요하지 않을 수도 있다. 하지만 리브락스를 누가, 왜 처방했는지 상당히 신경이 쓰였다.

12

추적

애비 턴불은 엘리자베스 모트와 질 해링턴이 살해당했을 당시 리치먼드에서 사회부 기자로 일하고 있었다. 나는 애비라면 틀림없이 이 사건을 기억할 것이며, 어쩌면 몬태나 형사보다 더 많은 것을 알고 있을지도 모른다고 생각했다.

다음 날 아침 애비는 공중전화에서 내 사무실로 전화를 걸어 로즈에게 전화번호와 15분 동안 기다리겠다는 메시지를 남겨놓았다. 애비는 나도 꼭 '안전한 곳'에서 전화를 걸어야 한다고 다짐한 모양이었다.

"무슨 일 있으세요?"

로즈는 수술 장갑을 벗는 내게 조용히 물었다. 나는 가운을 벗으며 대꾸했다.

"누가 알겠어요."

가장 가까운 '안전한 곳'은 법의국 건물 안에 있는 카페테리아 바깥쪽 공중전화였다. 나는 애비가 정한 시간에 맞추려고 숨을 헐떡거리며 공중전화로 달려가 다이얼을 돌렸다.

애비가 대뜸 물었다.

"무슨 일이야? 여기 경찰이 아파트로 찾아와서는 당신이 보냈다고 하던데."

나는 일단 애비를 안심시키기로 했다.

"맞아. 당신한테 들은 이야기 때문에 직접 집으로 전화하는 건 안 좋을 것 같다는 생각이 들어서. 잘 지내?"

"그런 용건으로 전화하라고 한 거야?"

애비는 실망한 목소리였다.

"여러 가지 용건 중 하나지. 우리 만나서 이야기 좀 해."

"…."

"…."

긴 침묵이 흐른 뒤 애비가 마침내 입을 열었다.

"토요일에 윌리엄스버그로 가. 저녁 7시, 트렐리스에서 어때?"

윌리엄스버그에 왜 가느냐고는 묻지 않았다. 사실 알고 싶지도 않았다. 하지만 막상 토요일이 되어 머천트 스퀘어에 차를 세우고 한 걸음 한 걸음 내디딜 때마다 막연한 걱정은 점점 옅어졌다. 내가 가장 좋아하는 곳에서 겨울 기운이 도는 차가운 바람을 맞으며 뜨거운 애플사이다를 마시고 있으려니 살인과 온갖 범죄 따위는 머릿속에서 사라져버렸다.

관광은 비수기였지만 많은 사람들이 산책을 하며 가게 안을 들여다보거나 짧은 바지에 삼각모자를 쓴 마부가 끄는 마차를 타고 다녔다.

마크와 함께 윌리엄스버그로 주말 여행을 오자고 한 적이 있었다. 히스토릭 디스트릭트 안에 있는 18세기풍의 마차 차고에 묵으면서 가스등 불빛 아래 코블스톤(cobblestone)이 깔린 거리를 걷고, 선술집에서 식사를 하고, 마지막으로 벽난로 앞에서 와인을 마시다가 서로의 품 안에서 잠들자고 약속했었다.

물론 아무것도 실행에 옮기지 못했고, 우리의 역사 속에는 추억보다는 소망이 많았다. 과연 앞으로는 달라질까? 최근에 마크는 전화를 걸어 앞으로는 달라질 거라고 약속했다. 하지만 그는 그전에도 수없이 많은 약속을 했고, 나 역시 그랬다. 마크는 아직 덴버에 있고, 나도 여전히 리치먼드에 있다.

나는 실버스미스 숍에서 순은 세공 파인애플 장식품과 예쁜 체인을 샀다. 늦게나마 조카 루시에게 밸런타인데이 선물을 할 생각이었다. 그리고 잡화점에 들러 고르고 고른 끝에 우리 집 손님방에 놓아둘 비누를 사고, 필딩과 마리노에게 줄 향긋한 면도 크림, 버사와 로즈를 위한 포푸리를 골랐다. 7시 5분 전, 나는 트렐리스로 들어서서 애비를 찾았다. 닭의장풀 화분이 옆에 놓인 테이블에 앉아 초조하게 기다린 지 30분 만에 애비가 나타났다.

"미안해. 일이 밀려서… 그래도 최대한 빨리 온 거야."

애비는 미안하다고 말하며 코트를 벗었다. 그리고 몹시 긴장하고 피곤한 얼굴로 주위를 신경질적으로 둘러보았다. 식당 분위기는 활기차 보였고, 사람들은 흔들리는 촛불 아래에서 두런두런 이야기를 나누고 있었다. 애비는 혹시 미행당하지 않았을까 걱정하는 듯했다.

"하루 종일 윌리엄스버그에 있었어?"

내가 묻자 애비는 말없이 고개를 끄덕였다.

"뭘 하고 있었는지는 감히 물을 수가 없네."

"조사할 게 있어서."

애비는 이 말만 하고는 입을 다물었다. 나는 그녀의 눈을 똑바로 쳐다보며 물었다.

"캠프 피어리 근처에는 안 갔겠지?"

애비는 내 말뜻을 잘 알고 있다는 듯 대답했다.

"그래."

그러고는 지나가는 웨이트리스에게 블러디메리를 주문했다.

"어떻게 알았어?"

애비가 담배를 피워 물며 내게 물었다.

"당신은 어떻게 알았어?"

"그건 말할 수 없어, 케이."

물론 그럴 수 없을 것이다. 하지만 난 알 수 있었다. 팻 하비다. 나는 신중하게 입을 열었다.

"물론 취재원이 있겠지. 이것만 물어볼게. 그 취재원은 왜 당신에게 그런 정보를 알려줬을까? 취재원 입장에서 어떤 목적이 있지 않는 이상 당신에게 정보를 흘릴 리가 없잖아."

"잘 알고 있어."

"왜지?"

애비는 내 시선을 피하며 대답했다.

"진실은 중요하기 때문이지. 그리고⋯ 나도 그쪽한테 정보를 주거든."

"알겠어. 정보를 얻는 대가로 당신도 그동안 알아낸 걸 넘기는 거로군."

"⋯."

애비는 대답하지 않았다. 나는 재차 물었다.

"나도 그런 관계야?"

"절대로 당신을 곤란하게 만들지는 않을 거야, 케이. 내가 그런 적 있었나?"

애비가 나를 쏘아보았다.

"아니. 지금까지는 그런 적 없지."

그건 사실이었다.

블러디메리가 나왔다. 애비는 셀러리 줄기로 멍하니 술을 휘저었다. 나는 말을 이었다.

"당신이 위험한 곳을 파헤치고 있다는 말밖에 해줄 수가 없어. 더 이상 설명할 필요도 없겠지. 누구보다 잘 알고 있을 테니까. 그런데, 그만한 가치가 있는 일이야? 당신 책이 그럴 가치가 있어, 애비?"

애비는 아무 대답도 하지 않았다. 나는 한숨을 쉬며 덧붙였다.

"내가 당신 마음을 돌릴 수 있을 것 같지는 않군. 그렇지?"

"빠져나올 수 없는 일에 얽혀본 적 있어?"

나는 씁쓸하게 미소 지었다.

"늘 그렇지. 지금도 그렇잖아."

"나 역시 그래."

"알았어. 그런데… 당신 생각이 틀렸다면 어떡하지, 애비?"

"그럴 리가 없어. 연쇄살인을 저지른 자가 누구든 FBI와 관계 기관은 어떤 추측 아래 움직이고 있고, 그 추측을 바탕으로 판단한다는 사실은 변하지 않아. 그걸 알려야 해. FBI와 경찰의 판단이 틀린 거라면 내 책에 한 챕터가 더 붙겠지."

"정말 냉정하군."

나는 거북한 마음으로 대꾸했다.

"난 프로답게 행동할 뿐이야, 케이. 당신도 직업 정신이 발동하면 상당히 냉정하잖아."

나는 애비의 동생이 살해당하고 그 시체가 발견된 직후 애비와 이야기를 나눈 적이 있었다. 그 끔찍한 순간 내 말투 역시 냉정했으리라. 아니, 객관적이었다고 해야 할까.

"당신이 뭘 좀 도와줬으면 좋겠어. 8년 전 여기서 아주 가까운 곳에서 여자 두 명이 살해당했어. 엘리자베스 모트와 질 해링턴."

애비는 궁금하다는 듯 나를 쳐다보았다.

"그것도 혹시…."

"아직은 뭐라 말할 수 없어. 하지만 그 사건의 자세한 내용을 알고 싶어. 우리 사무실에 보관된 보고서에는 별다른 정보가 없더라고. 난 당시 버지니아에 있지도 않았고. 파일에 신문 기사가 붙어 있었는데, 몇 개가 당신 이름으로 되어 있더군."

"질과 엘리자베스의 살인 사건이 이번 사건과 연관이 있다고는 생각하기 힘든데…."

순간 마음이 놓였다.

"그렇담 기억은 하는 거지?"

"절대 잊을 수 없을 거야. 취재하면서 실제로 악몽을 꿨던 사건은 몇 개 안 되니까."

"왜 연관이 없다고 생각하는 거야?"

"여러 가지 이유가 있어. 하트 잭 카드도 없었고, 차는 길가에 버려진 게 아니라 모텔 주차장에 있었고, 시체는 증거물이 다 썩을 때까지 숲에 몇 주 혹은 몇 달간 방치되지도 않았으니까. 살해당한 지 24시간 이내에 발견되었어. 피해자는 둘 다 여성에 십대가 아니라 이십대야. 게다가 동일범의 소행이라면 범행을 저지르고 무엇 때문에 5년 동안이나 가만히 있었겠어?"

"그건 당신 말이 맞아. 타이밍이 전형적인 연쇄살인범의 프로파일과는 다르지. 범행 수법도 다른 사건과 다르고. 피해자의 특성 역시 일치하지 않아."

애비는 술을 한 모금 마셨다.

"그럼 무엇 때문에 관심을 갖게 된 거지?"

"이것저것 더듬어보다가 그 사건이 신경 쓰였어. 미결로 남았으니까. 두 사람이 납치 살해당하는 건 흔치 않은 일이야. 성폭행 흔적도 없었고. 게다가 이번 연쇄살인이 일어나는 지역에서 살해당했잖아."

"그리고 총과 나이프가 범행 도구였지."

애비도 데버러 하비에 대해 알고 있는 모양이었다. 나는 모호하게 말했다.

"몇 가지 유사점이 있어."

애비는 아직 납득은 안 되지만 흥미가 당기는 얼굴이었다.

"뭘 알고 싶은 거지, 케이?"

"기억나는 것이면 뭐든 좋아. 뭐든지."

애비는 술잔을 만지작거리며 한참 생각에 잠겼다.

"엘리자베스는 작은 컴퓨터 회사의 세일즈 담당 직원이었는데 일을 아주 잘했던 모양이야. 질은 윌리엄 앤드 메리 법학과를 졸업한 직후에 윌리엄스버그의 작은 법률 회사에 입사했고. 두 사람이 바에서 만난 변태랑 섹스를 하려고 모텔까지 갔다는 생각은 처음부터 전혀 들지 않았어. 둘 다 그런 타입이 아니었거든. 게다가 두 여자가 한 남자랑? 그건 더 말이 안 되고. 그리고 자동차 뒷자리의 혈흔은 질과 엘리자베스의 혈액형과 맞지 않았어."

애비의 엄청난 정보력에는 언제나 놀라지 않을 수 없다. 혈청 검사 결과도 구해 본 모양이었다.

"그건 분명 범인의 피일 거야. 아주 많았어, 케이. 직접 차를 봤거든. 마치 뒷자리에서 누가 칼에 찔린 것처럼 피를 많이 흘렸더라고. 어쩌면 범인이 거기 앉았을 수도 있지만, 무슨 일이 있었는지 재구성하기는 힘들었지. 경찰은 여자들이 앵커 바 앤드 그릴에서 범인을 만난 게 아닐까 추정했어. 하지만 범인이 엘리자베스의 차를 같이 타고 가서 죽일 생각이었다면 나중에 어떻게 자기 차로 돌아갔을까?"

"모텔이 바에서 얼마나 떨어져 있느냐가 중요하겠지. 죽인 뒤 걸어 갔을 수도 있으니까."

"모텔은 앵커 바에서 6~8킬로미터 거리야. 지금은 없어졌지만. 피해자가 마지막으로 목격된 것은 밤 10시경 바에서였어. 범인이 자기 차를 앵커 바 주차장에 두었다면 범행을 저지르고 돌아왔을 때 그곳엔 범인의 차만 남아 있었을 거야. 주변이 밝지도 않았을 거고. 그러면 경찰 눈에 띌 위험도 있고 야간 관리인이 문을 잠그고 퇴근할 수도 있잖아."

"범인이 모텔에 자기 차를 세워두고 엘리자베스의 차로 두 사람을 납치한 뒤 나중에 돌아와서 자기 차를 타고 사라졌을 가능성도 있잖아."

"그렇지. 하지만 모텔까지 자기 차를 몰고 갔다면 엘리자베스의 차는 언제 탄 걸까? 세 사람이 함께 모텔에 들어갔다가 여자들에게 운전을 시켜 묘지까지 갔다는 가설은 납득할 수가 없어. 왜 그런 귀찮은 일을, 그런 위험을 자초하겠어? 주차장에서 비명을 지를 수도 있고 반항을 할 수도 있는데…. 그냥 방 안에서 죽이지 않고 말이야."

"세 사람이 모텔 방에 들었다는 건 확인이 된 건가?"

"그게 말인데… 그날 밤 근무했던 종업원한테 물어봤어. 팜리프라고, 라이트풋의 60번 국도변에 있는 싸구려 모텔이야. 손님이 아주 많은 곳도 아닌데 종업원은 피해자 둘 다 본 기억이 없다고 했어. 폭스바겐이 세워져 있던 위치와 가까운 방에 남자가 들었던 기억도 없다고 했고. 그날 모텔 대부분의 방이 비어 있었어. 게다가 체크인했다가 열쇠를 반납하지 않고 사라진 손님도 없었대. 범인이 모텔에 들었다면 체크아웃을 할 시간 따위 없었을 거야. 굳이 그럴 마음도 들지 않았을 테지. 막 범죄를 저질렀으니 온몸이 피투성이였을 테니까."

"그래서 어떤 가설을 염두에 두고 기사를 썼어?"

"지금도 그때의 생각과 변함이 없어. 난 바 안에서 범인을 만났다고는 생각하지 않아. 피해자 두 사람이 바를 나선 직후에 무슨 일이 생긴 게 분명해."

"무슨 일?"

애비는 눈썹을 찌푸리며 술을 다시 저었다.

"모르지. 히치하이커를 태워줄 사람들도 아니고…. 더구나 그렇게 늦은 시각에 말이야. 마약 문제가 얽혀 있다는 생각도 안 들어. 질과 엘리자베스가 코카인이나 헤로인 등의 마약을 했다는 증언도 전혀 없었고, 두 사람의 아파트에서도 마약은 안 나왔어. 담배도 피지 않았고 술도 많이 마시지 않았어. 둘 다 조깅을 즐기는 아주 건강한 사람들이었어."

"바에서 나온 뒤에는 어디로 갔는지 알아? 집으로 곧장 갔을까? 아니면 어디 다른 델 들렀을까?"

"어딜 들렀다는 증거는 없어."

"바에서 나설 때도 두 사람뿐?"

"내가 취재한 사람들은 둘이 술을 마실 때 다른 사람이 합석한 것을 본 적이 없다고 했어. 두 사람이 맥주 몇 병을 마시며 구석 자리에서 이야기를 했다는 거야. 누구랑 같이 바에서 나서는 걸 본 사람도 없었어."

"그럼 바에서 나온 뒤 주차장에서 누굴 만났을 수도 있겠군. 엘리자베스의 차에서 기다리고 있었을 수도 있고."

"엘리자베스가 과연 차 문을 잠그지 않았을까? 하지만 있을 수 있는 일이지."

"단골 바였나?"

"자주 가지는 않았는데, 예전에 들른 적은 있었대."

"분위기가 거친 곳이야?"

"군인들이 좋아하는 술집이라고 들었기 때문에 그럴 거라고 생각했는데, 막상 가보니 꼭 영국식 퍼브 같았어. 점잖은 분위기더라고. 이야기도 하고 다트 놀이도 하는. 나 같은 사람이 친구랑 가도 편할 것 같은 그런 곳이었어. 잠깐 들른 여행자나 근처에 일시적으로 주둔한 군인이 범인일 거라는 얘기도 있었어. 피해자와는 전혀 모르는 사이라는 거지."

그럴 수도 있다. 하지만 적어도 처음에는 신뢰할 수 있는 사람으로 보였을 것이다. 힐다 오지멕이 처음에는 '우호적'이었을 거라고 한 말이 떠올랐다. 엘리자베스와 질의 사진을 보여주면 뭐라고 할지 궁금증이 일었다.

"질이 혹시 병을 앓거나 하진 않았나?"

애비는 잠시 난감한 표정으로 생각에 잠겼다.

"그런 기억은 없어."

"고향은?"

"켄터키였던 것 같은데…."

"고향엔 자주 갔고?"

"그런 것 같지는 않았어. 명절에나 갈까, 그 외에는 별로."

그렇다면 가족이 살던 켄터키에서 리브락스를 처방받았을 것 같지는 않았다.

"법률 회사에 갓 입사했다고 했는데, 혹시 여행은 자주 다녔나? 다른 곳으로 자주 갔을까?"

애비는 특선 샐러드가 나온 뒤에 대답했다.

"법대 시절부터 가까운 남자 친구가 하나 있었어. 이름은 기억나지 않는데, 그 사람을 인터뷰했었지. 질의 습관이나 사회생활에 대해서 물어봤어. 그런데 그 사람, 질이 혹시 불륜을 저지른 게 아닌가 의심하더라고."

"왜 그런 의심을?"

"법대 3학년 때부터 거의 매주 리치먼드로 나왔대. 리치먼드가 너무 좋아서 그곳 회사에 일자리가 있는지 알아보려고 그랬다나. 그 때문에 수업에 자주 빠져서 필기한 것을 자주 빌리곤 했대. 하지만 정작 졸업하고는 곧장 윌리엄스버그에 있는 회사에 입사해서 이상하게 생각했다는 거야. 그래서 리치먼드에 자주 갔던 게 혹시 살해당한 일과 연관이 있지 않은지 의심하더라고. 예를 들어 리치먼드에서 만나는 유부남이 있었는데, 아내한테 두 사람 관계를 폭로하겠다고 협박하고 있었다거나, 혹시 성공한 법률가나 판사 같은 저명인사와 사귀고 있었다면 그쪽에서는 추문이 생기면 곤란하니까 질의 입을 영원히 막아버렸을 수도 있지 않겠어? 사람을 시켜서 말이야. 그런데 우연히 범행 당시 엘리자베스와 같이 있었던 거지."

"당신 생각은 어때?"

"증거가 전혀 없었어. 내가 주워듣는 정보의 90퍼센트가 다 그렇지."

"그렇게 말한 남학생과 질이 혹시 사귀는 사이는 아니었어?"

"남자 쪽에서 질한테 호감을 가지고 있었던 것 같아. 하지만 사귀지는 않았어. 그 친구가 그런 의심을 하게 된 것도 그 때문인 것 같았어. 비밀스런 관계 말이야. 질이 남몰래 만나는 사람이 없다면 자기한테 넘어오지 않을 리가 없다고 생각하는 듯했지. 자신감이 대단하더군."

"그 사람, 그 학생도 용의 선상에 올랐었어?"

"전혀. 사건이 일어났던 당시 여행 중이었기 때문에 알리바이가 확실했지."

"질이 근무했던 법률 회사의 동료들은 취재해 봤어?"

"그쪽은 별 성과가 없었어. 법률 회사 직원들이 어떤지 알잖아. 게다가 질이 그 회사에 근무한 건 겨우 몇 달밖에 안 돼서 동료들이 그녀에 대해 잘 알 것 같지도 않았어."

"질은 외향적인 성격 같지는 않네."

"카리스마가 있고 재치가 넘치지만 입이 무겁다는 평이었어."

"엘리자베스는?"

"좀 더 활달한 성격이었던 것 같아. 세일즈를 잘했다니까 틀림없이 그랬겠지."

우리는 트렐리스에서 나와 머천트 스퀘어 주차장을 향해 걸었다. 가스등 불빛이 코블스톤 골목에 내려앉은 어둠을 걷어내고 있었다. 짙은 구름이 달을 가렸고, 축축하고 차가운 바람이 옷깃 속으로 파고들었다.

"난 말이야, 그 커플들이 아직 살아서 함께 있다면 뭘 하고 있을까, 지금쯤 어떻게 달라졌을까 궁금해."

애비가 턱까지 옷깃을 치켜세우고 손을 주머니에 푹 찔러 넣은 채 말했다.

나는 조심스럽게 애비의 동생 이야기를 꺼냈다.

"헤나가 살아 있었다면 뭘 하고 있을 것 같아?"

"…"

나의 갑작스러운 질문에 당황했는지 애비는 잠시 말이 없었다.

"아직… 리치먼드에 있겠지. 우리 둘 다…."

"워싱턴으로 옮긴 걸 후회하지는 않아?"

"어떤 날은 모든 게 후회스러워. 헤나가 죽은 뒤로는 내겐 선택의 여지가 없었던 것 같아. 마치 내 의지와 전혀 상관없이 주위 상황 때문에 쫓겨 다닌 것 같다는 기분이 들어."

"난 그렇게 생각하지 않아. 〈워싱턴 포스트〉에 직장을 구해서 워싱턴으로 옮기기로 결정한 건 당신이잖아. 이제는 책을 쓰기로 결정했고."

"팻 하비가 기자회견을 열어서 자기에 대한 평판을 완전히 떨어뜨리기로 결정한 것처럼 말이지."

"물론, 하비도 자기가 선택한 거지."

"이런 일을 겪다 보면 내가 무슨 일을 하고 있는지 알 수 없게 돼. 다른 사람은 어떤 기분인지 절대 이해할 수 없을 거야. 언제 어디서나 고립감을 느끼지. 어디를 가도 사람들이 날 슬슬 피해. 눈도 못 마주치고 대화도 피하지. 무슨 말을 해줘야 할지 모르니까. 그리고 자기들끼리 수군거리는 거야. '저기 저 여자 보여? 저 여자 동생이 그 연쇄살인범한테 당했잖아.' 하비의 경우는 이러겠지. '저 사람이 팻 하비야. 저 여자 딸이 바로 얼마 전 시체로 발견됐잖아.' 동굴 속에서 혼자 사는 기분이 들어. 혼자 있는 것도 두렵고, 사람들과 함께 있는 것도 두렵고, 잠에서 깨는 것도, 잠자는 것도 두려워. 아침이 되면 얼마나 끔찍한 기분으로 잠에서 깨어날지 아니까. 그러니 미친 듯이 내달리고 곧 기진맥진하게 되지. 돌이켜보면 헤나가 죽은 뒤로 내가 한 일들은 모두 다 반쯤 미친 상태에서 한 것 같아."

"당신은 정말 잘 해냈어."

"케이, 당신은 내가 무슨 일을 했는지 몰라. 어떤 실수를 저질렀는지…."

"자, 당신 차 있는 데까지 태워줄게."

잠시 후 우리는 머천트 스퀘어에 도착했다.

열쇠를 꺼내는데 어두운 주차장에서 시동 거는 소리가 들렸다. 차에 올라타서 문을 잠그고 안전벨트를 매는 순간 신형 링컨이 옆에 멈춰 서더니 운전석 창문이 스스륵 내려갔다.

나는 그쪽 목소리가 들릴 정도로만 살짝 창문을 열었다. 젊고 깔끔한 인상의 남자가 지도를 들여다보며 머리를 싸매고 있었다. 그는 난감한 얼굴로 미소 지었다.

"실례합니다. 여기서 64번 고속도로 동행선으로 가려면 어디로 가야 합니까?"

그에게 길을 설명하는데 옆에서 애비가 긴장하는 게 느껴졌다.

"차 번호 불러봐."

남자의 차가 움직이기 시작하자 애비가 다급한 음성으로 말하며 가방을 뒤져 펜과 수첩을 꺼냈다.

"E-N-T-8-9-9."

내가 얼른 말하자 애비가 재빨리 받아 적었다.

"왜 그래?"

나는 불안한 목소리로 물었다. 차가 주차장을 빠져나가는 동안 애비는 다른 차가 근처에 있는지 주위를 두리번거렸다.

"주차장에 들어올 때 아까 그 차 눈에 띄었어?"

애비의 질문에 곰곰이 생각해 보았다. 우리가 들어왔을 때 주차장은 거의 비어 있었다. 어두침침한 구석에 서 있던 차가 그 링컨일지도 모른다는 생각이 들었다.

"구석에 있었던 것 같기는 한데… 하지만 아무도 안 타고 있었던 것 같은데?"

"맞아. 실내등이 꺼져 있었거든."

"그래, 그랬어."

"컴컴한 데 앉아서 지도를 봐?"

애비의 날카로운 지적에 나는 퍼뜩 놀랐다.

"좋은 지적이야."

"그리고 이 도시 사람이 아니라면 뒷범퍼에 붙은 주차 스티커는 뭐야?"

"주차 스티커?"

"콜로니얼 윌리엄스버그 인장이 찍혀 있었어. 몇 년 전 고고학 발굴 현장인 마틴스 헌드레드에서 유해가 발굴되었을 때 취재차 들러서 받았던 것과 똑같은 스티커야. 연재물이었기 때문에 자주 나와야 했는데, 그 스티커가 있으면 히스토릭 디스트릭트 안에 들어가서 카터스 그로브에 차를 세울 수가 있었어."

"그럼 이곳에서 일하면서 64번 고속도로까지 가는 길을 물어봤단 말이야?"

"얼굴 잘 봐뒀어?"

"잘 봤어. 혹시 워싱턴에서 그날 밤 당신을 따라온 그 남자인 것 같아서 그래?"

"모르겠어. 하지만 그럴 수도 있지. 빌어먹을! 케이, 미쳐버릴 것 같아!"

"자, 이제 됐어. 그 차 번호는 나한테 줘. 좀 알아볼 테니까."

나는 단호하게 말했다.

다음 날 아침 마리노가 전화해서 수수께끼 같은 말을 전했다.

"아직 〈워싱턴 포스트〉 안 읽었으면 나가서 하나 사 보쇼."

"마리노, 언제부터 〈워싱턴 포스트〉를 읽었어요?"

"읽은 적 없소. 벤턴이 한 시간 전에 전화했더군. 나중에 다시 전화해 주시오. 지금은 시내요."

나는 운동복에 스키복 재킷을 걸치고 억수같이 퍼붓는 빗속을 달려 가까운 잡화점으로 향했다. 그리고 거의 30분 동안, 나는 히터를 최고로 올리고 쏟아지는 빗속에서 메트로놈처럼 규칙적으로 오가는 와이퍼 소리를 들으며 차 안에 앉아 있었다. 〈워싱턴 포스트〉의 기사는 경악 그 자체였다. 팻 하비 쪽에서 클리퍼드 링을 고소하지 않으면 내가 해야겠다는 생각을 몇 번이나 했는지 모른다.

1면에는 데버러 하비와 프레드 체니, 살해당한 다른 커플들에 대한 연재 기사의 첫 꼭지가 실려 있었다. 클리퍼드에겐 공개하지 못할 내용 따위는 없는 모양이었다. 기사가 워낙 심층적이라 심지어 내가 모르는 사실까지도 다루고 있었다.

데버러 하비는 살해당하기 얼마 전 한 친구에게 자기 아버지가 알코올 중독자이며 아버지 나이의 절반밖에 안 되는 스튜어디스와 바람을 피우고 있다고 털어놓은 모양이었다. 아버지와 그 정부라는 여자가 통화하는 내용을 여러 차례 엿들었다고도 쓰여 있었다. 기사에 따르면 밥 하비는 딸과 프레드 체니가 실종되던 날 밤 샬럿에 사는 그 스튜디어스를 만나고 있었기 때문에 경찰과 부인의 연락이 닿지 않았던 것이라고 한다. 그런데 우습게도 데버러는 아버지를 탓하는 것이 아니라 일 때문에 언제나 집을 비우는 어머니에게 아버지의 불륜과 알코올 중독에 대한 책임이 있다고 생각한 모양이었다.

신랄한 필치로 연이어 실린 칼럼은 정작 자기 가족한테는 무관심해서 온 가족이 뿔뿔이 흩어진 주제에 세상을 구하겠다고 나선 한 힘 있는 여자의 한심하기 짝이 없는 초상을 그려내고 있었다.

팻 하비는 돈 많은 집안의 남자와 결혼했다. 리치먼드에 있는 자택은 궁전 같고, 워터게이트에 있는 집은 피카소와 레밍턴의 작품 등 각종 골동품과 값비싼 미술품으로 가득 차 있다. 멋진 옷을 입고 화려한 파티에 초대받는 여자, 흠잡을 데 없는 사교술을 자랑하는 여자, 사회문제에 대해서도 훌륭한 정책과 해박한 지식을 겸비한 여자….

하지만 흠잡을 데 없이 완벽한 그녀의 겉모습 뒤에는 '한 동료의 표현을 빌리자면, 볼티모어의 블루 컬러 집안 출신으로 불안감 때문에 끝없이 자아실현을 추구하지 않고는 못 배기는 야심만만한 여자'가 숨어 있다는 것이 클리퍼드 링의 결론이었다. 그의 기사에 의하면 팻 하비는 과대망상증 환자였다. 협박을 당하거나 시련이 닥치면, 외골수라고까지는 할 수 없어도 비이성적인 판단을 내리는 사람이라는 것이다.

또한 클리퍼드 링은 지난 3년간 버지니아 주에서 발생한 연쇄살인 사건 역시 인정사정없이 다루고 있었다. 그는 범인이 캠프 피어리 사람일지도 모른다는 CIA와 FBI의 조바심을 거침없이 까발렸고, 이런 사실을 터무니없이 꼬아서 모든 관계자를 나쁜 사람으로 몰고 갔다.

클리퍼드는 CIA와 법무부가 은폐 공작에 합세했고 극단적인 편집증 때문에 버지니아 주의 수사관들에게 서로 정보를 공유하지 못하도록 조장하고 있다, 현장에 엉터리 증거물을 심어놓기까지 했다, 기자들에게는 가짜 정보를 '흘렸으며' 몇몇 기자는 감시 대상이라는 의혹도 일고 있다, 팻 하비는 이 모든 사실을 알고 있었고 기자회견장에서 표출된 악명 높은 하비의 분노는 정의감에서 우러난 것이 아니라는 식으로 쓰고 있었다. 법무부와 힘 겨루기를 하고 있는 하비가 ACTMAD 같은 가짜 자선 단체를 폭로하는 과정에서 점차 사이가 나빠진 연방 기관들을 공격하고 그들에게 의혹을 뒤집어씌우기 위해 민감한 정보를 이용했다는 것이다.

이 독설의 마지막 재료는 다름 아닌 나였다. 법의국장은 FBI의 요청에 따라 사건 관련 정보를 공개하지 않고 보류했으며, 팻 하비로부터 법원 명령서를 발부받겠다는 위협을 받고서야 유가족들에게 부검 감정서를 공개했다는 것이다. 언론과의 인터뷰도 피하고 있다고 했다. 법의국장은 FBI의 요청에 따를 의무가 없다는 점을 감안할 때 이런 행동은 사생활의 영향을 받은 것으로 추측된다는 암시도 곁들여 있었다.

기사는 다음과 같이 이어졌다.

버지니아 주 법의국장과 가까운 소식통에 의하면, 케이 스카페타 국장은 과

거 2년 동안 한 FBI 특수요원과 연인 관계로서 콴티코를 자주 방문하는 것으로 알려져 있다. 또한 이번 사건의 프로파일러인 벤턴 웨슬리를 포함한 FBI 아카데미 요원들과도 절친한 관계라고 한다.

이 기사를 읽고 웨슬리와 내가 불륜 관계라고 생각할 독자들이 몇 명쯤 될까 문득 궁금해졌다.

이외에도 클리퍼드 링은 나의 성실성, 윤리의식과 더불어 법의병리학자로서의 능력까지 공격했다. 잇따라 살해당한 커플 열 명 가운데 단 한 사람의 사인도 밝혀내지 못했고, 데버러 하비의 유골에서 상처를 발견했을 때는 혹시 내가 메스로 긁어서 생긴 게 아닌가 걱정한 나머지 '메르세데스 트렁크에 데버러 하비와 프레드 체니의 유골을 실은 채 눈길을 뚫고 워싱턴까지 달려가서 스미소니언 국립 자연사박물관의 법의인류학자에게 자문까지 받았다' 고 했다.

팻 하비와 마찬가지로 나도 '심령술사의 상담을 받았다' 라고도 쓰여 있었다. 또한 시체가 발견된 현장에서 프레드 체니와 데버러 하비의 유해를 훼손했다고 수사관들을 비난했으며, 경찰을 믿지 못한 나머지 직접 숲으로 들어가 탄피를 찾아 헤맸을 뿐 아니라 프레드와 데버러를 마지막으로 봤던 세븐일레븐의 점원 등 목격자 증언도 직접 들으러 돌아다녔다고 했다. 담배와 술을 하고, 무기 소지 허가증이 있으며, 여러 번 '거의 살해당할 뻔' 한 적도 있다고 했다. 그리고 마지막으로 이혼했으며 '마이애미' 출신이라는 점을 빼놓지 않았다. 이 마지막 문장이 위의 모든 내용을 설명해 준다는 듯한 논조였다.

클리퍼드 링의 글만 읽으면 나는 권총을 들고 돌아다니는 거칠고 오만한 여자로, 법의학에 대해서는 쥐꼬리만큼도 아는 바가 없는 사람처럼 보였다.

애비다. 나는 비에 젖은 거리를 달려 집으로 돌아오며 생각했다. 어젯밤 그녀가 말한 '실수'란 이걸 두고 말한 것일까? 애비가 동료 클리퍼드 링에게 정보를 준 것일까?

"그건 앞뒤가 안 맞아. 그 여자에 대한 생각이 바뀐 건 아니오. 기사를 위해서라면 자기 할머니도 팔아치울 여자지. 하지만 지금은 책을 쓰고 있잖소. 안 그런가? 자신과 경쟁하는 쪽에 정보를 흘리진 않을 거란 말이오. 특히 〈워싱턴 포스트〉에 화가 단단히 나 있는 상황인데."
부엌에 앉아 커피를 마시며 마리노가 말했다.
나로서는 인정하기가 힘들었다.
"몇몇 정보는 틀림없이 애비에게서 나왔을 거예요. 특히 세븐일레븐 점원 이야기 같은 건 말이죠. 그날 밤 애비와 같이 갔으니까. 애비는 마크에 대해서도 알고 있어요."
"어떻게?"
마리노는 궁금하다는 듯 나를 쳐다보며 물었다.
"내가 얘기했으니까요."
내 말에 마리노는 그저 고개만 절레절레 저을 뿐이었다.
나는 커피를 마시며 내리는 비를 바라보았다. 어제 잡화점에서 돌아온 뒤로 애비가 두 번이나 집으로 전화를 걸었다. 나는 전화기 옆에 서서 자동응답기를 통해 들려오는 그녀의 긴장된 음성을 듣고만 있었다. 아직 애비와 통화할 마음의 준비가 되어 있지 않았다. 내 입에서 무슨 말이 튀어나올지 두려웠던 것이다.
"마크가 어떤 반응을 보일 것 같소?"
"다행히 기사에는 마크의 이름이 언급되지 않았어요."
하지만 불안감이 일었다. 특수요원으로 오래 일한 FBI 수사관답게 마크는 거의 편집증이라고 해도 좋을 만큼 사생활 노출을 꺼리는 사람이었다. 신문에서 우리 관계를 암시한 내용을 읽으면 아마 상당히 당황할 것이다. 마크에게 전화를 걸어야 한다. 아니, 어쩌면 통화하지 않는 것이 좋을지도 모른다. 어떻게 해야 할지 갈피를 잡을 수 없었다.

"어쩌면 모렐 입에서 나온 정보도 있을지 몰라요."

나는 생각나는 대로 말했다. 하지만 마리노는 아무 말도 하지 않았다.

"베시 박사도 인터뷰했을 거예요. 아니면 적어도 스미소니언에서 일하는 사람이겠죠. 하지만 힐다 오지멕을 만나러 간 걸 클리퍼드 링이 어떻게 알아냈는지 도대체 모르겠어요."

마리노는 컵과 받침을 식탁 위에 내려놓으며 몸을 앞으로 기울이고 내 눈을 쳐다보았다.

"이제 내가 충고할 차례요."

야단을 맞게 된 어린아이 같은 기분이 들었다.

"이건 말이오, 브레이크가 고장 난 시멘트 트럭이 언덕을 내려가는 것과 같은 거요. 절대 멈출 수가 없지. 박사, 재빨리 도망가는 것밖에 대책이 없어요."

"무슨 말인지 모르겠어요."

나는 성급하게 말했다.

"그냥 박사 일만 하고 나머지는 잊으시오. 누가 물어보면… 틀림없이 그럴 테지. 클리퍼드 링과는 이야기한 적이 없다, 아무것도 모른다고 해요. 다시 말해 무시하란 말이오. 언론과 신경전을 벌였다가는 팻 하비 꼴 나기 십상이지. 병신 꼴이 된단 말이오."

마리노의 말이 옳다.

"그리고 제발 생각이 조금이라도 있다면 애비 턴불을 만나지 마시오."

나는 고개를 끄덕였다.

마리노가 자리에서 일어나며 말했다.

"몇 가지 알아볼 일이 있소이다. 성과가 있으면 알려드리지."

그 말을 듣고 보니 생각이 났다. 나는 지갑을 뒤져 애비가 자동차 번호를 적어놓은 메모지를 꺼냈다.

"차적 조회 좀 해줘요. 링컨 마크 세븐, 진한 회색이었어요."

"누가 박사를 미행하고 있소?"

마리노가 메모지를 주머니에 밀어 넣으며 물었다.

"모르겠어요. 잠깐 길을 물어봤는데, 정말 길을 모르는 것 같지 않아서요."

"어디서 만났소?"

"윌리엄스버그. 텅 빈 주차장에 차를 세워놓고 앉아 있었어요. 어젯밤 10시 30분, 아니 11시쯤 머천트 스퀘어에서요. 내가 차에 오르려는데 갑자기 헤드라이트를 켜더니 다가와서 64번 고속도로로 가는 길을 묻더라고요."

"흠… 어느 멍청하고 심심한 형사가 신호등을 무시하거나 불법 유턴하는 차를 잡으려고 잠복근무 중이었겠지. 박사한테 집적거릴 생각이었을 수도 있고. 멀쩡해 보이는 여자가 밤에 혼자 메르세데스에 올라타니 말이야."

마리노가 문간으로 향하면서 말했다.

애비와 함께 있었다는 말은 하지 않았다. 또다시 설교를 듣는 건 원치 않았다.

"신형 링컨을 모는 형사는 별로 없죠."

"웬 비가 이렇게 온담, 젠장."

마리노는 투덜거리며 자동차를 향해 뛰어갔다.

부국장 필딩은 아무리 깊은 생각에 잠겨 있거나 바쁜 때라도 판유리 창문이나 컴퓨터 스크린, 로비와 안쪽 사무실을 구분하는 보안용 방탄 파티션 등 빛을 반사하는 물체라면 그냥 지나치지 않는 사람이었다. 나는 1층 엘리베이터에서 내리다가 필딩이 시체안치소의 스테인리스 스틸 냉장고 앞에 멈춰 서서 머리카락을 쓸어 넘기는 모습을 보았다.

"귀 쪽이 약간 덥수룩한 것 같네요."

필딩이 씩 웃었다.

"국장님은 약간 회색으로 변하는 것 같습니다."

"잿빛이겠지. 금발은 회색이 아니라 잿빛으로 변하죠."

"그렇죠."

멍하니 수술복 끈을 조이는 필딩의 이두근이 자몽처럼 툭 튀어나왔다. 필딩은 몸을 조금만 움직여도 근육이 울룩불룩해졌다. 현미경 앞에 웅크리고 있는 그의 모습은 마치 로댕의 '생각하는 사람'에게 스테로이드를 먹여놓은 것 같았다.

"잭슨은 20분 전에 인계했습니다. 그런데 내일 할 일이 벌써 들어왔네요. 주말에 있었던 총격전 때문에 인공호흡기를 달고 있던 남자입니다."

필딩이 아침에 처리한 사건에 대해 말했다.

"오늘 오후 일정이 어떻게 되죠? 그러고 보니 피터스버그 법정에 출두해야 하는 것 같던데."

필딩이 시계를 흘끗 보며 대답했다.

"피고가 자백을 했습니다. 한 시간 전에요."

"당신이 간다는 소릴 들은 모양이군요."

"주 당국이 내 사무실이라고 내준 콘크리트 감옥에 현미경 샘플이 천장까지 쌓여 있어요. 오늘 오후에 그걸 처리할 생각입니다. 별 일 없으면 말이죠."

"필딩, 문제가 좀 있는데… 도와줄 수 없을까?"

"무슨 일인데요?"

"8년 전쯤 리치먼드에서 처방된 처방전을 추적하고 싶어요."

"어느 약국입니까?"

우리는 함께 엘리베이터를 타고 2층으로 향했다.

"그걸 알면 문제가 없죠. 전화 릴레이팀이라도 조직해야 할 것 같아요. 확보할 수 있는 사람은 모두 불러 모아 리치먼드의 모든 약국에 전화를 하는 거죠."

내 말에 필딩은 눈살을 찌푸렸다.

"맙소사! 국장님, 적어도 1백 군데는 될 텐데요."

"133곳이에요. 이미 세어봤어요. 여섯 사람이 각각 스물두세 군데를 맡으면 된다고요. 할 만해요. 도와줄래요?"

"그럼요."

필딩은 우울한 얼굴로 말했다.

나는 필딩 외에도 행정관과 비서 로즈, 다른 비서 한 명과 컴퓨터 프로그램 분석관을 끌어들였다. 우리는 약국 리스트를 들고 회의실에 모였다. 내 부탁은 간단하고 명확했다. 입 조심. 이 일을 가족이나 친구, 경찰에게 한마디도 해서는 안 된다. 적어도 8년 전 처방전이고 질은 사망한 사람이기 때문에 기록이 장부에 남아 있지 않을 확률이 높았다. 나는 약사에게 당시의 기록을 찾아줄 것을 부탁하라고 지시했다. 그리고 비협조적이거나 정보 제공을 꺼리면 내게 넘기라고 일러두었다.

그런 다음 우리는 각자 자기 사무실로 흩어졌다.

두 시간 후 로즈가 오른쪽 귀를 부드럽게 어루만지며 내 책상 앞에 나타났다. 그녀는 의기양양함이 깃든 미소를 차마 숨기지 못하고 통화 내역서를 내밀었다.

"불바르와 브로드 가에 있는 불바르라는 약국이에요. 질 해링턴이 리브락스를 두 번 처방받았더군요."

로즈가 날짜를 말해 주었다.

"처방한 의사는?"

"애너 제너 박사."

세상에!

나는 놀라움을 감추며 로즈에게 말했다.

"잘했어요, 로즈. 그리고 고마워요. 오늘은 그만 퇴근하세요."

"어차피 4시 30분이 퇴근 시간인 걸요. 늦었어요."

나는 로즈를 끌어안고 싶은 심정이었다.

"그럼 내일 점심시간을 세 시간 써요. 다른 사람들에게도 임무 끝이라고 말해 줘요. 전화 그만 걸어도 된다고."

로즈는 문을 나서며 생각에 잠긴 채 중얼거렸다.

"제너 박사라면 예전에 리치먼드 의학협회 회장을 지낸 분 아닌가요? 어디서 읽은 것 같은데… 아, 음악도 한다고 했었지."

"재작년에 회장을 지냈죠. 그리고 리치먼드 교향악단에서 바이올린도 연주했어요."

"그럼 박사님도 아시겠네요."

로즈는 놀랍다는 얼굴이었다.

너무 잘 알지.

나는 수화기를 집어 들었다.

그날 저녁 애너 제너 박사가 집으로 전화를 했다.

"신문에서 요즘 아주 바쁘다는 기사를 읽었어요, 케이. 좀 괜찮나요?"

애너가 〈워싱턴 포스트〉를 읽었는지 궁금했다. 오늘 조간신문에는 힐다 오지멕의 인터뷰와 사진이 실렸고, 사진 밑에는 이런 설명이 붙어 있었다.

'심령술사, 피해자의 사망 사실 미리 알고 있었다.'

또한 살해당한 커플들의 친척과 친구의 인터뷰 내용이 인용되어 있었고, 피해자의 자동차와 시체가 발견된 위치를 점으로 표시한 컬러 지도가 지면의 절반 정도를 차지했다. 그 점들 한가운데, 마치 보물 지도의 두개골과 뼈다귀 그림처럼 캠프 피어리가 음산하게 자리 잡고 있었다.

"네, 괜찮아요. 제가 전화를 드린 건 다름이 아니라 뭘 좀 도와주셨으면 해서…."

나는 필요한 것을 설명하고 덧붙였다.

"질 해링턴의 처방 기록을 요청할 수 있는 법률적 권한을 명시한 서류를 내일 팩스로 보낼게요."

절차상 보내는 것이다. 하지만 법적 권한을 들먹이는 것은 어쩐지 쑥스러웠다.

"직접 가져와요. 수요일 7시, 저녁 어때?"

"굳이 귀찮게 해드리지 않아도…."

애너는 따뜻하게 내 말을 끊었다.

"귀찮다니, 보고 싶었어."

증언

파스텔 톤 아르데코 양식의 주택가는 마이애미비치를 연상시켰다. 건물은 대부분 분홍색과 노란색이었고, 광택이 나는 엷은 청색 황동 문고리와 현관마다 펄럭이는 화려한 수제 깃발은 우중충한 날씨 때문에 더욱 튀어 보였다. 빗방울이 눈발로 바뀌고 있었다.

러시아워의 도로는 지옥이었다. 좋아하는 와인 숍까지 걸어갈 수 있는 거리인데도 주차 공간을 찾느라 블록을 두 바퀴나 돌아야 했다. 나는 레드 와인 두 병과 화이트 와인 두 병을 골랐다.

모뉴먼트 애버뉴에는 말을 탄 남부 연방 장군들의 동상이 뿌옇게 흩날리는 눈발 사이로 유령처럼 도로를 내려다보고 있었다. 지난여름 나는 애너를 만나기 위해 이 길을 일주일에 한 번씩 지나쳤지만, 가을이 되면서 뜸해지다가 겨울에는 완전히 발을 끊은 상태였다.

애너의 진료실은 집과 붙어 있었다. 예쁘고 오래된 목조 가옥으로, 집 앞길은 해가 지면 가스등이 불을 밝히는 검은색 코블스톤으로 되어 있었다. 나는 진료를 받으러 온 환자처럼 현관 벨을 울린 뒤, 대기실로 쓰이는 방과 연결된 현관으로 들어섰다. 잡지가 쌓여 있는 커피 테이블 주위에는 가죽 소파가 놓여 있고, 하드우드 바닥에는 낡은 동양 카펫이 깔려 있었다. 한쪽 구석에는 어린이 환자들을 위한 장난감 상자 외에 접수대와 커피메이커, 벽난로가 구비되어 있었다. 긴 복도 끝은 부엌이었는데, 구수한 음식 냄새를 맡으니 문득 점심을 거른 게 떠올랐다.

"케이? 케이, 맞아요?"

독일 악센트가 강하게 남아 있는 특유의 음성과 함께 활기찬 발소리가 들려오더니, 애너가 앞치마에 손을 닦으며 나타나 나를 끌어안았다.

"들어오면서 문 잠갔어요?"

"네. 마지막 환자가 나가면 문을 잠그셔야죠, 애너."

예전에 올 때마다 하던 말이었다.

"당신이 마지막 환자야."

나는 애너를 따라 부엌으로 향했다.

"박사님 환자는 다들 와인을 가져오나요?"

"그런 건 내가 허락을 안 하지. 환자한테는 요리를 해주지도 않고 같이 어울리지도 않아. 하지만 당신한테만은 모든 규칙이 예외야, 케이."

나는 한숨을 쉬었다.

"고마워요. 이 은혜를 어떻게 갚아야 할까요?"

"당신 업무로는 안 갚아줬으면 하는데."

애너는 쇼핑백을 조리대 위에 올려놓았다.

"아주 살살 만져드릴 텐데."

"죽어서 벌거벗고 있는데 아무리 살살 만져준다 한들 알 턱이 있겠어?"

애너는 내가 들고 온 쇼핑백을 들여다보며 덧붙였다.

"케이, 내가 취한 꼴을 보고 싶은 거야, 아님 세일하는 집을 찾은 거야?"

"박사님이 무슨 요리를 할 건지 미처 물어보질 못해서 레드를 사야 할지 화이트를 사야 할지 모르겠더라고요. 그래서 안전하게 두 종류로 샀어요."

"당신한테는 절대 무슨 요리를 하는지 알리지 말아야겠다는 생각이 다시 드네. 오 이런, 케이!"

애너가 와인을 쇼핑백에서 꺼내며 탄성을 질렀다.

"맛있겠네. 지금 한잔할까요? 아니면 일단 좀 독한 술부터 한잔할까?"

"독한 술요."

"늘 마시던 걸로?"

"네."

나는 가스레인지 위에서 끓고 있는 커다란 냄비를 쳐다보며 대답했다. 애너는 칠리를 아주 잘 만들었다.

"저게 그건가요?"

"몸이 따뜻해질 거야. 그린 칠리 한 통이랑 지난번에 당신이 마이애미에서 가져다준 토마토를 몽땅 다 넣었어. 아껴뒀거든. 오븐에 사워도 브레드(sourdough bread: 효모를 이용해 만든 빵-옮긴이)도 있고 콜슬로도 있어. 참, 식구들은 잘 지내요?"

"루시는 갑자기 남자애들이랑 자동차에 관심을 갖게 된 것 같은데 아직은 컴퓨터보다는 덜한 모양이에요. 여동생은 다음 달에 새 책이 나오는데 여전히 자기 아이한테는 대책이 없답니다. 엄마나 딸이나 평범하진 않아요. 어머니는 마이애미가 예전 같지 않다는 둥, 아무도 영어를 쓰지 않는다는 둥 투덜대는 건 마찬가지지만 그럭저럭 잘 지내세요."

"크리스마스에 갔었어요?"

"아뇨."

"어머니께서 뭐라 안 하시던가요?"

"아직은."

"어머님 잘못이 아니네요. 크리스마스에는 가족과 함께 지내야 하는데…."

나는 대답하지 않았다. 그리고 애너의 다음 말에 깜짝 놀랐다.

"하지만 좋아졌군요. 당신이 가고 싶지 않아서 안 간 거니까. 누누이 말하지만 여자들도 이기적일 필요가 있어요. 당신도 이기적으로 행동하는 법을 배운 거로군요?"

"이기적으로 행동하는 건 예전부터 그다지 별로 어렵지 않았어요, 애너."

"그로 인해 죄책감을 느끼지 않는다면 치료가 끝난 거지."

"죄책감은 아직 느껴요. 박사님 말이 맞아요. 아직 치료가 덜 된 거죠."

"그렇군."

나는 와인에 공기가 통하도록 코르크 마개를 뽑는 애너의 모습을 가만히 지켜보았다. 팔꿈치까지 걷어 올린 흰색 면 블라우스 소매 밑으로 드러난 강하고 단단한 팔뚝은 실제 나이의 절반도 채 안 돼 보였다. 애너가 젊은 시절 어떤 외모였는지는 모르지만, 일흔이 다 된 나이에도 게르만족 특유의 강한 얼굴 윤곽과 짧은 흰색 머리, 연푸른 눈동자는 사람의 눈을 잡아끌었다. 그녀는 찬장을 열고 병 하나를 꺼내더니 얼른 내게 스카치 소다 한 잔을 만들어주고 자신은 맨해튼을 만들었다.

우리는 술잔을 들고 부엌 테이블로 향했다.

"마지막으로 만난 이후 무슨 일이 있었지, 케이? 그때가 추수감사절 전이었나? 물론 통화는 했었지. 그 걱정된다는 책 이야기를 했던가?"

"맞아요. 박사님도 애비의 책에 대해서는 내가 아는 만큼은 알고 계시죠. 이번 사건에 대해서도 아실 테고… 팻 하비에 대해서도. 전부 다 말이에요."

나는 담배를 피워 물었다.

"뉴스에서 보고 있어. 그래도 당신은 괜찮아 보이네요. 약간 피곤한 것 같지만. 살도 약간 빠졌나?"

"살은 아무리 빠져도 좋지요."

"훨씬 형편없을 때도 있었지. 업무 스트레스는 잘 해소하고 있는 것 같군요."

"이럴 때도 있고 저럴 때도 있고 그렇죠."

애너는 맨해튼을 한 모금 마시더니 생각에 잠긴 눈으로 가스레인지를 지켜보았다.

"마크는?"

"만났어요. 통화도 하고 있고요."

"만났다고요? 새로운 소식이군요."

"네, 하지만 마크도 아직 혼란스럽고 마음의 결정을 못한 상태예요. 나 역시 그런 것 같고. 뭐, 새로운 소식은 아니죠."

"마크에 대한 당신 감정은?"

"난 아직 마크를 사랑해요."

"그건 새로운 소식이 아니고."

"너무 힘들어요, 애너. 언제나 그렇지만, 도대체 왜 포기를 못하는지 알 수가 없어요."

"강렬한 감정이니까. 하지만 두 사람 다 서로에게 맹세하는 걸 두려워하고 있어요. 자극적인 감정을 원하면서 자기 방식을 고집하고 말이야. 신문에 그 사람 얘기가 언급되었더군요."

"알아요."

"그래서?"

"아직 마크하고는 이야기를 못 나눠봤어요."

"그럴 필요는 없을 것 같아. 마크가 신문을 못 봤더라도 FBI에서 누군가 알려줬겠죠. 그 일로 화가 났다면 마크가 먼저 연락하지 않았을까? 안 그럴까요?"

그 말을 들으니 마음이 좀 놓였다.

"맞아요. 그랬겠죠."

"적어도 연락은 받았겠지. 자, 이제 마음이 놓이나요?"

그런 것 같았다.

"희망도 생기고?"

"두고 봐야죠. 하지만 잘될지는 모르겠네요."

"앞날을 확신할 수 있는 사람이 어디 있겠어."

"슬프지만 사실이죠. 나도 아무것도 자신할 수가 없네요. 현재의 내 감정이 어떤지만 알 뿐이지."

"그럼 당신은 훨씬 나아진 거야."

"뭔지는 모르겠지만 어쨌든 내가 나아진 거라면 그 역시 슬픈 사실이네요."

애너는 자리에서 일어나 오븐에서 사워도 브레드를 꺼냈다. 나는 그녀가 도자기 그릇에 칠리를 넣고 콜슬로를 뿌린 후 와인을 붓는 모습을 지켜보았다. 순간 서류를 가져온 것이 기억나서 그것을 테이블 위에 올려놓았다.

애너는 서류는 거들떠보지도 않고 음식을 내놓더니 자리에 앉았다. 그리고 입을 열었다.

"진료 기록을 검토해 보겠어?"

애너가 상담 기록을 상세하게 남겨놓지 않을 사람이라는 것은 잘 알고 있었다. 기록을 남겨두면 나처럼 진료 기록을 청구할 법적 권한이 있는 사람에 의해 언젠가 법정에 증거로 제출될 가능성이 있기 때문이다. 그래서 애너같이 빈틈없는 사람은 그런 빌미가 될 만한 문서를 남겨놓지 않는다.

"그냥 요약해 주세요."

"나는 질을 적응장애로 진단했어요."

이는 질의 사인이 호흡장애, 혹은 심장마비라는 것과 비슷한 말이다. 총에 맞아 죽든, 기차에 치여 죽든 사람은 호흡이 멎고 심장박동이 정지하기 때문에 사망에 이른다. 적응장애라는 말은 《정신장애의 진단 및 통계 입문》에나 실려 있을 법한 포괄적인 용어인 것이다. 환자의 병력이나 증세에 대한 실질적인 정보는 쥐꼬리만큼도 공개하지 않으면서 보험회사에서 돈을 타낼 때 쓰기 좋은 용어이기도 하다.

"모든 사람들은 적응장애를 갖고 있죠."

내 말에 애너가 미소 지었다.

"박사님의 직업윤리는 존중해요. 박사님이 극비로 분류하는 정보가 제 진료 기록에 남겨지는 게 저 자신도 달갑지 않고요. 하지만 질의 죽음에 단서가 될 만한 것이면 무엇이든 알아내야 해요. 예를 들어 질의 생활방식에 어떤 문제가 있었다면 그것이 위험을 초래했을 수도 있지 않겠어요?"

"난 케이의 직업윤리 역시 존중해."

"고마워요. 이제 서로의 공정성과 성실함에 대한 상호존중의 정신을 확립했으니 격식은 접어두고 대화를 시작해 볼까요?"

"그러지, 케이."

애너는 맨해튼을 한 모금 마시고 나서 말을 이었다.

"질에 대해선 아주 잘 기억하고 있어. 독특한 환자를 기억하는 건 어렵지 않지. 특히 그 환자가 살해당한 경우에야…."

애너는 잠시 말을 멈추고 생각에 잠겼다.

"어떤 점이 특별했나요?"

애너는 슬픈 듯 미소 지었다.

"특별? 아주 영리하고 사랑스러운 여성이어서 잘해 주고 싶었어. 예약 시간이 기다려지는 그런 사람이었지. 환자가 아니었다면 친구로 삼고 싶었을 거야."

"상담은 얼마나 오랫동안 했어요?"

"한 달에 네 번씩, 1년 동안."

"왜 당신이었죠, 애너? 자신이 살고 있는 윌리엄스버그에서 가까운 의사를 찾을 수도 있었을 텐데."

"내 환자 중에는 시외에서 오는 사람이 꽤 많아. 심지어 필라델피아에서 오는 사람도 있지."

"가까운 사람들에게 정신과 상담을 받는다는 것을 알리고 싶지 않아서 그런 거군요."

애너는 고개를 끄덕였다.

"맞아. 대부분의 환자들이 다른 사람에게 알려지는 것을 두려워하지. 여기 왔다가 뒷문으로 나가는 환자가 얼마나 많은지 알면 놀랄걸."

나 역시 정신과 상담을 받는다는 것을 그 어느 누구에게도 알리지 않았다. 애너가 내게 진료비를 청구했다면 아마 현금으로 지불했을 것이다. 총무과에 내 의료보험 청구 내역이 날아가서 보건복지부 안에 소문이 나는 것은 결코 바라지 않는 바였다.

"그렇다면 질 역시 정신과 상담을 받는다는 것을 아무에게도 알리고 싶지 않았다는 거죠? 리브락스를 리치먼드의 약국에서 타 갔던 것도 그런 이유였겠군요."

"당신의 전화를 받기 전에는 리치먼드에서 타 갔다는 걸 모르고 있었어. 하지만 놀랄 일은 아니지."

애너는 와인을 집어 들었다.

칠리는 눈에 눈물이 고일 정도로 매웠다. 하지만 맛은 훌륭했다. 나는 최고의 작품이라고 치켜세웠다. 그런 다음 애너가 이미 짐작하고 있을 내용을 설명하기 시작했다.

"질과 친구 엘리자베스 모트를 살해한 범인은 이번 커플 연쇄살인 사건의 범인과 동일범일 가능성이 있어요. 아니, 적어도 두 사건 사이에는 우려할 만한 공통점이 있죠."

"나한테 털어놓는 게 마음에 걸리면 지금 수사 중인 사건의 상세한 정보는 말 안 해도 돼요, 케이. 최대한 질에 대한 기억을 더듬어볼 테니까 궁금한 게 있으면 물어봐요."

"질은 정신과 상담을 받는다는 걸 다른 사람이 알게 될까봐 왜 그렇게 걱정했을까요? 뭘 숨기고 있었길래…."

내 질문에 애너가 차분한 목소리로 입을 열었다.

"질 해링턴은 켄터키 주의 유명한 집안 출신인데, 평소 가족의 시선과 가족에게 인정받는 것을 아주 중요하게 여겼어. 좋은 학교에 진학했고, 성적도 좋았고, 앞으로 변호사로 성공할 가능성도 있었지. 가족은 질을 아주 자랑스러워했어. 하지만 그 사실은 모르고 있었던 거야."

"뭘 말이죠? 정신과 상담을 받는다는 것?"

"그것도 그렇지만, 더 중요한 점은 질이 동성애자라는 사실을 몰랐던 거지."

"엘리자베스?"

그렇게 묻기는 했지만, 나는 알고 있었다. 이미 그럴 가능성을 생각해 보았으니까.

"그래요. 질과 엘리자베스는 질이 법대 1학년일 때부터 친구 사이였지. 그런 다음 연인으로 발전했고. 무척 열정적이었지만 갈등이 많아 힘든 관계였어. 둘 다 동성애는 처음이었으니까. 아니, 질이 내게 말한 내용으로 짐작하건대 그래 보였어. 내가 엘리자베스를 만나본 적이 없고 그쪽 이야기는 듣지 못했다는 걸 염두에 둬야 해요, 케이."

"그러죠."

"질이 처음 내게 상담을 받으러 온 건 그런 상황을 바꾸고 싶어서였어. 동성애자가 되고 싶지 않아서, 정신과 상담을 받으면 이성애적인 성향이 되돌아올까 싶어서 말이야."

"그럴 희망은 보였나요?"

"어떻게 되었을지는 모르지. 질의 말에 근거해서 내가 할 수 있는 말은, 엘리자베스와의 관계가 상당히 단단했다는 거야. 엘리자베스 쪽이 질보다 두 사람 관계를 침착하게 받아들이고 있다는 인상을 받았어. 질은 엘리자베스를 감정적으로는 놓치고 싶지 않았지만 이성적으로는 도저히 인정할 수가 없었지."

"그렇다면 갈등이 심했겠군요."

"마지막 몇 번 상담했을 무렵에는 갈등이 더욱 깊어졌지. 막 법대를 졸업한 상황이고 환한 미래가 눈앞에 놓여 있었으니 결단을 내려야 했던 거야. 심신증(심리적인 스트레스가 원인이 되어 일어나는 신체의 질환-옮긴이) 증세도 나타나기 시작했어. 경련성 대장염이 생겨서 리브락스를 처방한 거지."

"혹시 질이 했던 말 중에 누가 범행을 저질렀을지 단서가 될 만한 게 있었나요?"

"사건이 일어난 후 나도 골똘히 생각해 봤어. 신문을 읽었을 때는 내 눈을 의심했으니까. 겨우 사흘 전에 질을 만났었는데…. 질이 했던 말 한마디 한마디를 얼마나 열심히 집중해서 떠올려봤는지 몰라. 뭔가 단서가 나왔으면 했거든. 도움이 될 만한 게 없을까 해서 말이야. 하지만 전혀 없었어."

"질과 엘리자베스 모두 다른 사람에게는 두 사람 관계를 숨기고 있었겠죠?"

"그래요."

"질이나 엘리자베스가 가끔 데이트하던 남자 친구는 없었나요? 겉으로만 그렇게 보이도록…."

"둘 다 그런 일은 없다고 들었어. 내가 모르는 다른 일이 없는 한 질투가 개입될 상황은 아니었지."

애너가 내 빈 그릇을 힐끗 보더니 물었다.

"더 줄까요?"

"이제 더 이상 못 먹겠어요."

애너는 자리에서 일어나 빈 그릇을 넣고 식기세척기를 돌렸다. 한동안 우리는 아무 말도 하지 않았다. 애너가 앞치마를 벗어 청소도구함 안 옷걸이에 걸었다. 그런 다음 우리는 잔과 와인을 들고 서재로 갔다.

애너의 서재는 내가 가장 좋아하는 방이었다. 책장이 양쪽 벽을 가득 채우고, 다른 한쪽 벽에는 커다란 퇴창(推窓)이 있어서 복잡한 책상 앞에 앉아서도 뒤뜰에 꽃이 피어나는 모습과 눈발이 휘날리는 경치를 볼 수 있었다.

예전에 나는 이 창문을 통해서 레몬빛이 도는 흰 목련이 화려하게 피어나는 광경을 바라보았다. 그리고 가을에는 반짝이는 햇살이 저물어가는 모습도 지켜보았다. 애너와 이곳에서 내 가족과 이혼, 마크에 대해서 이야기를 나누었다. 고통과 죽음에 대해서도 이야기했다. 나는 낡은 가죽 의자에 앉아 어색해하며 애너 앞에 내 인생을 펼쳐 보였다. 질 해링턴이 그러했듯이….

두 사람은 연인이었다. 이것은 연쇄살인 사건과의 연결 고리로 볼 수 있다. 이로 인해 '미스터 굿바' 가설은 신빙성이 더욱 떨어지게 된 셈이다. 나는 애너에게 이 점을 지적했다.

"동의해요."

"두 사람이 마지막으로 목격된 장소는 앵커 바 앤드 그릴이었어요. 질이 박사님한테 이곳에 대해 언급한 적이 있나요?"

"이름은 듣지 못했어. 하지만 자주 가서 이야기를 한다는 바에 대해서는 들은 기억이 나요. 가끔 아는 사람이 아무도 없을 만한 외진 식당에 간다고 했지. 보통 두 사람 관계에 대해서 감정적인 대화를 나눌 때 찾는다고 했어."

"실종되었던 날 밤 앵커 바에서 그런 대화를 나누고 있었다면 둘 다 상당히 마음이 상해 있었겠죠? 어느 한쪽은 거부당해 화가 난 상태였을 거예요. 질과 엘리자베스가 혹시 남자를 유혹했을 가능성은 없을까요? 홧김에 이성(異性)하고의 관계를 한번 시도해 보자는 그런 기분 말이에요."

"불가능하다고 할 수는 없지. 하지만 정말 그랬다면 난 아주 놀랐을 거예요. 질이나 엘리자베스는 두 사람 관계를 놓고 게임을 벌일 타입 같지는 않았거든. 그보다는 그날 밤 이야기할 때 대화가 격해지는 바람에 주위 사람들에 대해 전혀 신경을 쓰지 못한 게 아닌가 싶어."

"누군가 엿들었을 수도 있겠군요."

"개인적인 문제를 공공장소에서 논할 때는 항상 그런 위험이 따르지. 질에게도 이야기했었어."

"누군가 눈치챌까봐 그렇게 걱정한 사람이 어째서 그런 위험을 자초했을까요?"

애너는 와인잔을 집어 들었다.

"질의 결심은 그다지 강하지 않았어, 케이. 엘리자베스와 둘만 있을 때는 분위기에 취해 그냥 예전의 감정으로 돌아가버리기 일쑤였을 거야. 껴안고, 쓰다듬고, 울고… 그러다 아무 결단도 내리지 못하고."

낯설지 않은 이야기였다. 마크와 함께 그의 집이나 우리 집에서 이야기를 하다 보면, 결국 침대 위에서 막을 내리는 것이 정해진 수순이었다. 그런 뒤 한쪽이 떠나고, 문제는 해결되지 않은 채 그대로 남게 된다.

"애너, 두 사람 관계가 그들이 살해당한 일과 연관이 있을지도 모른다는 생각 해본 적 있어요?"

"글쎄… 그런 관계였기 때문에 더더욱 이상하다는 거지. 주위 사람들의 눈길을 끌 생각이 없는 여자 둘이 바에 있는 것보다는 여자 혼자 앉아서 남자가 말을 걸어주기만 바라고 있는 게 훨씬 더 위험하지 않을까?"

"두 사람의 습관과 일상생활에 대해 얘기해 줘요."

"같은 아파트 단지에 살았지만 같이 지내지는 않았어. 물론 위장술이지. 각자 생활을 꾸려가면서 밤늦게 질의 아파트에서 편히 만날 수 있었으니까. 질은 자기 집에서 만나는 것이 더 좋다고 생각했지. 가족이나 아는 사람들이 밤늦게 전화를 걸 때마다 받지 않으면 문제가 될 거라는 말을 한 적이 있어."

애너는 잠시 말을 멈추고 기억을 더듬었다.

"질과 엘리자베스는 운동도 했어. 아주 건강한 사람들이었지. 조깅을 했던 것 같은데… 항상 같이 뛴 건 아니고."

"왜 하필 조깅이었을까요?"

"아파트 근처에 공원이 있다고 들었어."

"다른 건요? 자주 갔던 극장이나 가게, 쇼핑센터 같은 곳은?"

"떠오르는 게 없군."

"박사님 직감은 어땠어요? 두 사람 얘기를 신문기사를 통해 접했을 당시 어떤 기분이 들던가요?"

"바에서 고통스러운 대화를 나누고 있었을 거라는 생각이 들었어. 둘만 있고 싶었을 테니까 누가 방해하는 것이 싫었을 거야."

"그런 다음엔?"

"그날 밤 어느 시점에 범인을 만났겠지."

"어떤 과정으로 범인을 만나게 되었을까요?"

"둘 다 알던 사람이거나 적어도 얼굴이 익어서 불신할 이유가 없는 사람이었을 거라는 생각엔 변함이 없어. 바 주차장이나 그 후에 들른 곳에서 한 사람, 혹은 그보다 많은 사람에게 총으로 협박을 당해 납치되었을 수도 있겠지."

"낯선 사람이 바 주차장에서 차가 고장났으니 어디까지 좀 태워달라고 했다면…."

말을 맺기도 전에 애너는 고개를 저었다.

"적어도 내가 알고 있는 두 사람은 그런 행동을 하지 않았을 거야. 물론 낯익은 사람이었다면 이야기가 다르지."

"범인이 경찰을 사칭하면서 접근했다면요? 검문이 있다면서 차를 세워보라고 했다든지…."

"그건 다른 문제지. 당신이나 나 같은 사람도 그런 경우라면 꼼짝없이 당할 수밖에 없지 않을까?"

애너가 피곤해 보였기 때문에 나는 맛있는 저녁 식사와 시간을 내준 데 대해 감사를 표하고 일어섰다. 오늘의 대화가 애너에게 힘들었다는 것을 안다. 잠시 내가 그녀의 입장이었다면 어떤 기분이었을까 하는 생각을 했다.

집에 돌아온 지 몇 분 뒤에 전화벨이 울렸다. 애너였다.

"한 가지 기억나는 게 있어서 전화했어요. 별로 중요하지 않을지도 모르지만."

"아니에요, 박사님. 사소한 거라도 괜찮으니까 말씀해 주세요."

"일요일 아침이나 외출할 기분이 안 날 때는 둘이서 크로스워드 퍼즐(crossword puzzle)을 즐겨 했다는 이야기를 들은 적이 있어. 중요한 일은 아니겠지만, 둘에게는 일종의 습관 같은 거였어."

"퍼즐 책? 아니면 신문에 실리는 그런 거요?"

"모르겠어요. 하지만 질은 여러 가지 신문을 읽었어. 상담 대기 중에도 꼭 뭔가를 읽고 있었거든. 〈월스트리트 저널〉이나 〈워싱턴 포스트〉 같은 거 말이야."

나는 다시 감사 인사를 하고 다음번에는 내가 요리를 대접하겠다고 말했다. 그런 다음 마리노에게 전화를 걸어서 곧장 본론으로 들어갔다.

"제임스시티 카운티에서 8년 전에 살해당한 두 여자 말이에요, 이번 사건과 관련이 있을 가능성이 커요. 혹시 그쪽에 있는 몬태나라는 형사 알아요?"

"알고 있소. 만나봤지."

"그 사람을 불러서 사건을 검토해 봐야겠어요. 입이 무거운 사람인가요?"

"그걸 내가 어찌 알겠소."

몬태나 형사는 이름처럼 덩치가 크고 살집이 없는 몸에 울퉁불퉁한 얼굴, 연한 파란색 눈동자, 숱이 많은 회색 머리를 하고 있었다. 버지니아 주 토박이 악센트를 지닌 그는 말끝마다 "예, 부인"을 연발하는 사람이었다. 다음 날 오후 나와 몬태나, 마리노는 비밀이 보장되고 누구에게도 방해받지 않는 우리 집에서 만났다.

몬태나는 질과 엘리자베스 사건에 연간 필름 구입 예산을 몽땅 쏟아

부은 모양이었다. 현장에서 찍은 시체와 팜리프 모텔에 버려져 있던 폭스바겐, 앵커 바 앤드 그릴은 물론 두 사람의 아파트에 있는 모든 방과 찬장, 벽장을 찍은 사진이 부엌 식탁 위를 온통 뒤덮었다. 몬태나의 가방은 노트와 지도, 탐문 수사 조서, 도표, 증거물 목록, 통화 기록 자료로 불룩했다. 관할 구역에서 살인 사건이 거의 일어나지 않는 형사들의 수사 태도는 극히 성실하다. 평생 가야 한두 건 일어날까 말까 하는 사건이기 때문에 최선을 다해 꼼꼼하게 수사를 펼치는 것이다.

"공동묘지는 교회 바로 옆에 있습니다."

몬태나가 사진 한 장을 내 앞으로 밀며 말했다.

나는 낡은 벽돌과 슬레이트를 살펴보며 감탄했다.

"아주 오래된 곳 같군요."

"그렇기도 하고 아니기도 합니다. 1700년대에 지어졌는데 20년 전까지만 해도 멀쩡하던 것을 배선 공사를 잘못해서 다 망쳐놨습니다. 순찰 중에 연기가 보여서 우리 이웃집 농장에 불이 났나 했지요. 무슨 역사학회에서 보수를 맡았습니다. 안팎 모두 예전과 똑같은 모습으로 복구한 거라고 하더군요."

몬태나는 다른 사진 한 장을 집어 들더니 손가락으로 툭툭 치며 말을 이었다.

"그 여자들이 죽기 전날 밤 마지막으로 목격된 앵커 바에서 서쪽으로 6.4킬로미터가량, 60번 국도에서는 서쪽으로 3.2킬로미터가량 떨어진 이 샛길로 빠지면 묘지가 나옵니다."

"시체는 누가 발견했소이까?"

마리노가 앞에 펼쳐진 사진을 대충 훑어보며 물었다.

"교회 관리인이 발견했습니다. 토요일 아침마다 와서 청소를 하고 일요일 예배 준비를 하곤 했다더군요. 그날도 차를 몰고 들어오는데 공동묘지 정문 6미터 안쪽 풀밭에서 두 사람이 잠자듯이 누워 있는 게 눈에 띄었답니다. 교회 주차장에서도 쉽게 보이는 곳에 시체가 있었습니다. 그러니까 범인은 남의 눈에 띌 걱정을 안 했다는 이야기지요."

"금요일 밤 교회에서는 아무 행사도 없었나보군요."

내가 물었다.

"아무 일도 없었습니다, 부인. 문도 잠겨 있었고요."

"금요일 밤에 행사를 하는 경우는 전혀 없나요?"

"가끔 합니다. 청년부 애들이 금요일 밤에 가끔 모이지요. 합창 연습 같은 걸 합니다. 문제는 사람을 죽이는 장소로 이 묘지를 미리 택한 거라면 말이 안 된다는 겁니다. 어느 날 밤이든 교회에 사람이 전혀 없다는 보장이 없거든요. 제가 처음부터 이 사건을 무작위적인 살인이다, 여자들이 바 같은 곳에서 우연히 범인을 만난 거라고 생각했던 이유가 그겁니다. 용의주도한 계획 아래 이루어진 살인이라고 생각할 만한 요소가 전혀 없습니다."

"범인은 무장을 하고 있었어요. 칼과 총을 갖고 있었잖아요."

내가 반론을 제기하자 몬태나가 사무적으로 대답했다.

"자동차 안은 물론 심지어 수중에 칼이나 총을 갖고 다니는 사람은 많습니다."

나는 현장에서 찍은 시체 사진을 모아 주의 깊게 관찰하기 시작했다. 피해자들은 삐딱하게 경사진 화강암 묘비 사이의 풀밭 위에 1미터도 채 안 되는 간격을 두고 누워 있었다. 엘리자베스는 얼굴을 아래로 하고 다리를 약간 벌린 채 누워 있었는데, 왼쪽 팔은 배 아래 깔려 있었고 오른쪽 팔은 몸 옆으로 가지런히 놓인 채였다. 날씬한 몸에 짧은 갈색 머리의 엘리자베스는 청바지와 목 언저리가 검붉게 물들어 있는 흰색 풀오버 스웨터를 입고 있었다. 몸을 뒤집어놓은 사진을 보니 스웨터 앞쪽은 피로 물들었고 생명이 끊긴 눈은 멍하니 허공을 응시하고 있었다. 나는 기도를 자른 상처가 깊지 않고 목에 난 총상도 즉사할 정도는 아니라는 부검 감정서 내용을 떠올렸다. 치명상은 가슴의 자상(칼 등의 날카로운 기물에 찔린 상처 – 옮긴이)이었다.

질의 상처는 훨씬 심했다. 질은 등을 하늘을 향하고 누워 있었는데 얼굴에 온통 피가 말라 붙어 있어서 짧은 검은 머리와 곧고 예쁜 콧날 외에는 생전의 모습을 짐작할 수 없을 정도였다. 질 역시 날씬한 몸매였다. 청바지에 연노란색 면 셔츠 차림이었는데, 피 묻은 셔츠 자락은 바지에서 빠져나와 있었고 허리께까지 단추가 풀어져 칼자국이 여러 곳 드러나 있었다. 몇몇 상처는 브래지어 위로 찔린 것이었다. 팔뚝과 손에도 깊은 상처가 보였다. 기도를 자른 상처는 얕았는데 죽은 뒤, 혹은 사망 직전에 난 듯했다.

이 사진들을 통해 한 가지 결정적인 사실을 발견했다. 사무실의 사건 파일에서 검토한 신문 기사나 부검 감정서에서는 확실하게 알 수 없었던 사실이 뚜렷하게 드러난 것이다.

나는 마리노를 흘끗 보았다. 우리의 시선이 마주쳤다.

나는 몬태나 형사를 돌아보며 물었다.

"피해자의 신발은 어디 있죠?"

14

지문

"그 점을 지적하시다니 흥미롭군요. 저도 이 여자들이 왜 신발을 벗었는지 마땅한 이유를 찾지 못했습니다. 모텔에 들어갔다가 나오면서 옷을 다시 입을 때 굳이 신지 않았다면 모를까…. 신발과 양말은 폭스바겐 안에서 발견되었습니다."

몬태나의 말에 마리노가 물었다.

"그날 밤은 따뜻했소?"

"그랬습니다. 아무리 그래도 옷을 입을 때 신발은 신어야 하지 않습니까."

"모텔 방에 들어갔는지 안 들어갔는지도 확실하지 않죠."

내가 몬태나에게 말했다.

"맞습니다."

몬태나는 고개를 끄덕이며 대답했다.

몬태나가 이번 연쇄살인 사건의 커플들도 양말과 신발이 사라졌다고 밝힌 〈워싱턴 포스트〉 기사를 읽었을지 궁금했다. 하지만 읽었다 해도 질과 엘리자베스의 죽음이 커플 연쇄살인 사건과 연관되어 있을지도 모른다는 생각은 미처 하지 않은 모양이었다.

"질과 엘리자베스 살해 사건을 취재한 애비 턴불이라는 기자를 만난 적 있나요?"

"그럼요. 개꼬리에 매달린 깡통처럼 절 졸졸 따라다녔지요. 어딜 가나 그 여자가 있었습니다."

"그 기자에게 질과 엘리자베스가 맨발이었다는 이야기를 했나요? 현장 사진도 보여주고요?"

영리한 애비가 이렇게 중요한 정보를 깜빡했을 리 없다.

몬태나는 망설이지 않고 대답했다.

"아니요, 부인. 취재에는 응했습니다만, 사진은 보여준 적이 없습니다. 말도 조심해서 했지요. 당시 신문 기사 보셨겠지요?"

"몇 개는 봤어요."

"여자들의 옷차림이나 셔츠가 찢어졌다는 이야기, 신발과 양말이 벗겨져 있다는 기사는 없었습니다."

그럼 애비도 몰랐던 거다. 나는 마음을 놓았다.

"검시한 사진을 보니 둘 다 손목에 끈 자국이 있더군요. 손을 묶는 데 사용되었을 가능성이 있는 물건은 나왔나요?"

"아닙니다, 부인."

"그렇다면 범행 뒤에 범인이 치웠나보군요."

"범인은 아주 조심스러운 자였습니다. 탄피나 무기, 피해자를 묶는 데 사용했을 만한 물건을 전혀 발견하지 못했으니까요. 정액도 없었고요. 그러니 강간하려고 덮친 건 아니었던 것 같고, 설사 그랬다 해도 뒷받침할 만한 근거가 없습니다. 둘 다 옷을 입고 있었고… 이 여자 블라우스가 찢어진 건…."

몬태나는 질의 사진을 가리키며 말을 이었다.

"범인과 몸싸움을 벌일 때 그렇게 됐을 겁니다."

"현장에서 단추는 찾았나요?"

"몇 개 발견했습니다. 시체 옆 풀밭 위에서요."

"담배꽁초는요?"

몬태나는 침착하게 서류를 넘기더니 말했다.

"담배꽁초는 없었습니다."

그러고는 잠시 입을 다물고 서류를 살피다가 보고서 하나를 꺼냈다.

"하지만 이게 나왔군요. 고급 은제 라이터입니다."

"어디서?"

마리노가 물었다.

몬태나는 다른 사진을 보여주며 대답했다.

"시체가 있던 곳에서 4.5미터쯤 떨어진 곳입니다. 보시다시피 묘지 주위에는 쇠 울타리가 있습니다. 이 문으로 들어가지요. 라이터는 문 안쪽으로 1.5~1.8미터가량 떨어진 풀밭 위에 있었습니다. 펜 모양으로 날씬하게 생긴 값비싼 라이터지요. 파이프에 불을 붙일 때 쓰는 겁니다."

"불은 제대로 켜졌소?"

"발견 당시 작동도 잘되고 반짝반짝 윤도 났습니다. 그 여자들 건 분명 아니었을 겁니다. 두 사람 다 담배를 피지 않았어요. 게다가 내가 만나본 사람들 중에서 두 여자가 그런 걸 갖고 있는 것을 보았다는 사람이 아무도 없었으니까요. 범인의 주머니에서 떨어졌을 수도 있고… 또 모르죠, 아무 관계 없는 사람이 하루나 이틀 전에 떨어뜨린 것일 수도 있겠지요. 오래된 공동묘지에서 어슬렁거리며 돌아다니는 걸 좋아하는 사람들도 많잖습니까."

"지문 채취는 했소?"

마리노의 질문에 몬태나는 생각에 잠겨 허공을 응시했다.

"지문을 채취하기에는 표면 상태가 좋지 않았습니다. 비싼 만년필처럼 표면에 십자가 무늬가 새겨져 있었거든요. 적어도 1백 달러는 줘야 하는 물건이었습니다."

"현장에서 발견한 라이터와 단추는 아직도 갖고 계시나요?"

"그 사건의 증거물은 모두 보관하고 있습니다. 언젠가 해결할 수 있을 거라는 희망을 갖고 있었죠."

몬태나의 희망도 나보다는 크지 않을 것이다.

잠시 후 그가 떠난 뒤 마리노와 나는 머릿속에서만 맴돌던 생각을 털어놓기 시작했다.

마리노는 믿기지 않는다는 얼굴로 내뱉었다.

"똑같은 놈이야. 그 빌어먹을 놈이 이번 커플들한테 한 것과 똑같이 신발을 벗겨놓은 거요. 살해할 장소로 데려갈 때 빨리 도망가지 못하게 하려고 말이오."

"원래 목표한 곳은 공동묘지가 아니었을 거예요. 그런 곳에서 살해할 계획이었다고는 생각할 수 없어요."

"맞아. 두 사람을 다 감당하기 힘들었겠지. 피해자들이 고분고분하지 않았거나, 무슨 일이 일어나서 범인이 당황했던 거요. 폭스바겐 뒷좌석의 핏자국과 관계된 일이 틀림없어. 그래서 가장 가까운 곳에 차를 세운 것이 공동묘지가 있는, 어둡고 인적이 드문 교회였단 말이지."

마리노가 확신에 차서 말했다.

"버지니아 주 지도 있소?"

"물론이에요."

나는 서재로 가서 지도를 찾아왔다. 마리노는 부엌 식탁 위에 지도를 펼쳐놓고 한참 동안 들여다보았다.

"이것 봐. 60번 국도에서 교회 쪽으로 빠지는 길은 짐 프리먼과 보니 스미스가 살해당한 숲으로 가는 길에서 3.2킬로미터 전방에 있지. 요전날 조이스 씨를 만나러 갔을 때, 우린 두 여자가 살해당한 교회로 가는 그 길 앞을 지나쳤단 말이오."

"맙소사! 어쩌면…."

"음… 나도 생각 중인데… 어쩌면 범인이 숲을 사전에 답사하면서 적당한 장소를 찾고 있을 때 그 죽은 개가 갑자기 놀라게 했을 수도 있소. 그래서 총을 쏴 죽인 거지. 한 달 뒤에는 첫 번째 피해자인 질과 엘리자베스를 납치했고 말이야. 원래는 그 숲에서 두 사람을 살해하려고 했는데, 도중에 일이 잘못돼 버린 거요. 그래서 일찌감치 차를 세운 거지. 아니면 놀라고 당황한 나머지 질과 엘리자베스한테 엉뚱한 길을 지시했을 수도 있고. 한참 가고 있는데 교회가 보이니까 정말 당황해 버린 거요. 그제야 범인은 원래 가려던 길이 아니라는 걸 깨달은 거지. 그곳이 어딘지 전혀 감조차 안 왔을 수도 있고…."

나는 그 광경을 머릿속에 그려보았다. 질과 엘리자베스 중 한 사람은 운전을 하고 다른 한 사람은 조수석에 앉아 있다. 범인은 뒷좌석에 앉아서 두 사람에게 총을 겨누고 있다. 도대체 무슨 일이 있었길래 범인은 그렇게 많은 피를 흘린 것일까? 실수로 자기를 쏜 걸까? 별로 개연성이 없는 이야기다. 칼로 자기 몸을 찔렀을까? 그럴 수도 있지만, 역시 말이 안 된다. 몬태나가 가져온 사진을 보니 차 안의 핏자국은 조수석 머리받이 뒤쪽에 묻은 핏방울부터 시작된 듯했다. 조수석 뒤쪽에도 핏방울이 묻어 있고, 바닥 깔개에는 피가 많이 흘러 있었다. 이로 미루어보건대 범인은 조수석 바로 뒤에 앉아서 몸을 앞으로 기울이고 있었던 것이 분명하다. 머리나 얼굴에서 피가 흘렀을까?

혹시 코피?

나는 마리노에게 내 생각을 말했다.

"코피라면 엄청났겠구먼. 피가 많이 흘렀던데…."

마리노는 잠시 생각에 잠기더니 말을 이었다.

"그렇다면… 여자 한 사람이 팔꿈치를 뒤로 젖혀 범인의 코를 가격한 거로군."

"마리노, 당신이라면 그럴 때 어떻게 대응하겠어요? 당신이 범인이라면…."

"여자는 똑같은 짓을 두 번 다시는 못할 거요. 차 안에서 총을 쏘지는 않겠지만, 주먹이나 총으로 머리를 가격할 테니까."

"앞자리에는 핏자국이 없었잖아요. 피해자들이 차 안에서 상처를 입은 흔적은 전혀 없어요."

"흠…."

"알쏭달쏭하군요. 안 그래요?"

마리노가 얼굴을 찡그리자 이마에 주름이 잡혔다.

"그렇군. 범인이 뒷자리에 앉아서 몸을 앞으로 기대고 있었다, 그런데 갑자기 피가 흐르기 시작했다? 정말 모를 일이군."

마리노와 나는 새로 뽑은 커피를 갖다놓고 다시 떠오르는 생각들을 교환했다. 우선 한 사람이 두 사람을 제압할 수 있는 방법이 문제였다.

"엘리자베스의 차였으니까 그녀가 운전하고 있었다고 가정하죠. 분명 그 시점에는 손이 묶여 있지 않았을 거예요."

"하지만 질은 묶여 있었을 수도 있소. 범인은 차가 달리는 도중 질에게 두 손을 머리 위로 돌려 맞잡으라고 한 다음 뒤에서 묶었을 거요."

"돌아앉게 해서 머리받이 위에 두 팔을 올려놓게 했을 수도 있어요. 이때 질이 범인의 얼굴을 때리지 않았을까요?"

"그럴 수도 있겠군."

"어쨌거나 차를 세운 시점에 질은 이미 묶여 있었고 맨발이라고 가정해 보죠. 다음으로 범인은 엘리자베스에게 신발을 벗으라고 하고 두 손을 묶었어요. 그런 다음 권총을 겨누고 공동묘지로 몰고 갔겠죠."

"질은 손과 팔뚝에 상처가 많이 있었잖소. 두 손이 묶인 상태에서 칼을 방어하는 상황과 부합되는 상처였소?"

"손이 몸 뒤쪽이 아니라 앞쪽으로 묶여 있었다면요."

"범인 입장에서는 뒤쪽으로 묶는 편이 나았을 텐데…."

마리노가 머리를 긁적이며 말했다.

"힘든 방식을 시도해서 살인 기술을 연마하려던 게 아닐까요?"

"엘리자베스에게는 방어상처가 전혀 없었소?"

"없었어요."

"범인은 엘리자베스를 먼저 죽였구먼."

"어떻게 죽였을까요? 인질 두 명을 함께 다뤄야 하는데…."

"나라면 둘 다 풀밭에 머리를 아래로 하고 엎드리게 하겠소. 그리고 칼을 꺼내는 동안 총을 뒤통수에 겨누고 반항하지 못하도록 하겠지. 그런데 갑자기 피해자가 반항한다면 놀라서 아마 방아쇠를 당길지도 몰라. 그럴 생각은 없었지만 말이지."

"목에 총을 맞은 건 그렇게 설명이 되는군요. 총을 뒤통수에 겨누고 있었는데 반항했다면 총구가 미끄러졌겠죠. 데버러 하비가 살해당한 과정과 비슷해요. 하비는 총에 맞았을 때 누워 있었던 것 같지는 않지만."

"이자는 칼을 즐겨 사용하는 놈이오. 총은 자신의 계획대로 되지 않았을 경우에 사용하는 거지. 지금까지는 두 번이었소. 엘리자베스와 데버러."

"엘리자베스가 총에 맞았다, 그다음은요, 마리노?"

"처치한 다음에는 질한테 넘어가는 거지."

"범인은 질과 몸싸움을 벌였어요."

"틀림없이 발버둥을 쳤을 거요. 친구가 눈앞에서 살해당하는 것을 목격했으니까. 살아날 희망이 없다는 걸 알았겠지만 그래도 미친 듯이 싸워보는 게 낫지."

"아니면 엘리자베스를 살해하기 전부터 두 사람은 싸우고 있었던 게 아닐까요?"

마리노의 눈이 의심스럽다는 듯이 가늘어졌다.

질은 변호사였다. 인간이 인간에게 저지르는 잔인한 짓에 대해 무지한 사람은 아니었을 것이다. 밤늦은 시간 친구와 함께 공동묘지로 끌려가면서, 질은 둘 다 죽을 거라는 사실을 감지했을 것이다. 범인이 철문을 열 때부터 한 사람, 아니면 둘이 같이 반항하기 시작했을 것이다. 은제 라이터가 범인의 것이라면 이때 주머니에서 떨어졌을 가능성이 있다. 그다음은 아마 마리노의 말이 맞을지도 모른다. 범인은 두 여자에게 엎드리라고 했을 것이다. 그리고 엘리자베스를 처치하려는 순간 겁에 질린 질이 친구를 보호하기 위해 범인 앞을 가로막았고, 당황한 범인이 얼떨결에 총을 발사하는 바람에 엘리자베스는 목에 총을 맞은 것이다.

"질의 상처 자국을 보면, 범인은 화가 나고 겁에 질려 있었던 것 같아요. 통제력을 상실했기 때문이지요. 아마 범인은 총으로 질의 머리를 때리고 몸 위에 올라타서 셔츠를 찢은 후 칼로 마구 찔렀을 거예요. 최후의 일격으로 목을 자른 거고. 그런 다음 폭스바겐을 타고 현장을 벗어난 뒤 모텔에 차를 버리고 자기 차가 있는 곳까지 걸어간 거예요."

"범인의 몸에 피가 묻어 있었을 텐데…. 운전석에 핏자국이 전혀 없었다는 게 이상하잖소. 뒷자리에만 있었잖아."

"이번 연쇄살인 사건에서도 운전석에서는 피가 전혀 발견되지 않았어요. 범인은 아주 조심성이 많은 사람이에요. 범행을 계획할 때 갈아입을 옷과 수건 같은 것을 미리 준비해 두었겠죠."

마리노는 주머니에서 스위스제 군용 나이프를 꺼내더니 냅킨을 식탁 위에 펴놓고 손톱을 자르기 시작했다. 순간 도리스가 그 오랜 세월 동안 얼마나 많은 것을 참으며 살아야 했는지 짐작이 갔다. 마리노는 절대 재떨이도 비우지 않고 싱크대에 그릇 하나 담가놓는 법이 없을 뿐 아니라 바닥에 떨어진 더러운 자기 옷가지도 절대 줍지 않았을 것이다. 마리노가 사용하고 난 욕실이 어떤 꼴일지는 상상하기조차 싫었다.

마리노는 나를 올려다보지 않고 물었다.

"애비 턴코트(turncoat : 배신자란 뜻으로, 애비 턴불의 이름을 살짝 비꼬아 조롱한 것 - 옮긴이)는 요즘도 박사한테 연락하오?"

"애비를 그렇게 부르지 말았으면 좋겠네요."

나는 기분이 상해 짜증 섞인 목소리로 말했다.

마리노는 대답하지 않았다.

"요 며칠은 전화하지 않았어요. 내가 알기로는 말이죠."

"혹시 그 여자와 클리퍼드 링이 동료 관계 이상이라는 걸 알고 있소, 박사?"

마리노가 왼쪽 엄지손가락을 손질하며 물었다. 손톱이 냅킨 위로 떨어졌다.

"무슨 뜻이죠?"

"그 여자가 경찰서 출입 기자에서 밀려난 건 커플 사건과는 아무 상관이 없단 말이오. 하도 이상하게 구니까 편집부에서 아무도 상대를 안 하려고 한 거지. 그러다가 지난가을 그 여자가 리치먼드로 박사를 만나러 오기 직전에 일이 터진 거요."

"무슨 일?"

나는 마리노를 뚫어지게 쳐다보며 물었다.

"음… 내가 듣기로는 편집부 한가운데서 난리를 쳤다고 하더군. 커피를 클리퍼드 링의 무릎에다 쏟아버리더니, 어디 가는지 언제 돌아올 건지 말도 없이 그대로 뛰쳐나갔다고 들었소. 그 일 때문에 특집란을 맡게 된 거지."

"누구한테 들었어요?"

"벤턴한테."

"〈워싱턴 포스트〉 편집부에서 일어난 일을 벤턴이 어떻게 알죠?"

"물어보지 않아서 모르겠소."

마리노는 나이프를 접어서 주머니에 도로 집어넣었다. 그리고 자리에서 일어서더니 냅킨을 뭉쳐 쓰레기통에 넣었다.

"마지막으로 한 가지 더 있는데, 박사가 말한 그 링컨 말이오."

마리노가 부엌 한가운데 우뚝 서서 말했다.

"네?"

"1990년식 마크 세븐이었소. 차주는 배리 애러노프란 사람인데, 로어노크에 사는 서른여덟 살의 백인이더군. 의료기기 도매상에서 일하는 세일즈맨이오. 이리저리 옮겨 다닌다고 하더군."

"만나봤나요?"

"부인과 통화했소. 2주 전부터 출장 중이라더군."

"그럼 내가 윌리엄스버그에서 그 사람 차를 봤을 때는 어디 있었대요?"

"부인은 남편 스케줄에 대해서는 잘 몰랐소. 매일같이 이곳저곳 다른 도시로, 다른 주로도 옮겨 다니는 것 같더군. 북쪽으로 보스턴까지 갈 때도 있는 모양이고. 부인 말로는 아마 당시에는 타이드워터에 있다가 뉴포트뉴스 공항을 통해서 매사추세츠로 갔을 거라고 하더군."

"…."

대답이 없자 마리노는 내가 당황해서 그러는 것으로 생각한 모양이었다. 하지만 나는 생각에 잠겨 있었다.

"박사, 형사 노릇 잘하셨소. 자동차 번호를 적어서 확인해 보는 건 나쁠 것 없지. 박사를 따라다닌 게 수상쩍은 놈이 아니었다는 걸 알았으니 마음이 놓이겠소이다."

나는 마리노의 말에 대꾸하지 않았다.

"한 가지 실수한 게 있더군. 박사는 링컨이 진회색이라고 했잖소. 한데 애러노프의 차는 갈색이었소."

그날 밤 늦게 몸부림치는 나무 사이로 번개가 번쩍거렸고 화약을 몽땅 쏟아 부은 듯한 폭풍우가 휘몰아쳤다. 나는 침대에서 일어나 앉아 잡지 몇 권을 훑어보며 몬태나 형사와 전화가 연결되기를 기다리고 있었다.

전화가 고장났거나 두 시간 동안 누가 통화 중이거나 둘 중 하나였다. 몬태나와 마리노가 집을 나선 뒤에, 애너가 마지막으로 했던 말과 관계된 것이 사진 속에 있었다는 게 문득 떠올랐던 것이다. 질의 아파트 거실 카펫 위에는 메모장과 다른 도시에서 발행되는 신문 몇 장, 그리고 〈뉴욕 타임스〉가 쌓여 있었다. 나는 애너가 말했던 크로스워드 퍼즐 이야기는 그다지 심각하게 생각해 보지 않았다. 생각할 것이 너무 많았던 것이다. 하지만 〈뉴욕 타임스〉의 크로스워드 퍼즐은 할인 쿠폰 만큼이나 인기가 높다.

나는 수화기를 집어 들고 몬태나 형사의 집 전화번호를 다시 돌렸다. 이번에는 연결이 됐다.

"통화 중 연결 서비스를 신청하지 그러세요?"

나는 기분 좋게 말했다.

"우리 딸한테 전화 교환대를 사줄까 생각 중입니다."

"여쭤볼 게 있어서요."

"뭔데요?"

"질과 엘리자베스의 아파트를 수색했을 때 우편물도 살펴보셨겠지요."

"그렇습니다. 한동안 우편물을 살펴보면서 뭐가 들어오는지, 누가 편지를 보내는지 확인하고 신용카드 청구서 같은 것도 챙겨 봤습니다."

"두 사람이 정기구독하는 신문은 없었나요?"

"글쎄요…."

몬태나는 선뜻 대답하지 못했다. 그때 문득 생각이 났다.

"미안해요. 관련 자료가 사무실에 있을 테니…."

"아닙니다, 부인. 자료를 갖고 곧장 집으로 왔습니다. 그냥 기억을 더듬는 것뿐입니다. 워낙 바빴던 하루라서요. 잠시 기다리시겠습니까?"

수화기 너머로 종이 넘기는 소리가 들렸다.

"청구서 몇 장과 광고 우편물 같은 게 있긴 했지만… 신문은 없었습니다."

나는 질의 아파트에 다른 도시에서 발행되는 신문이 있었다고 말하고 덧붙였다.

"그럼 어디서 샀나보군요."

"자동판매기에서 샀을 수도 있습니다. 대학 주변에 많이 있지요. 전 그렇게 생각되는데요."

자동판매기에 〈워싱턴 포스트〉나 〈월스트리트 저널〉은 있을 것이다. 하지만 일요일판 〈뉴욕 타임스〉는 팔지 않는다. 질과 엘리자베스가 일요일 아침을 먹으러 나갈 때 자주 들르던 잡화점이나 가판대 같은 곳에서 샀을 가능성이 높다. 나는 몬태나에게 감사 인사를 하고 전화를 끊었다.

불을 끄고 침대에 누운 나는 지붕을 쉼 없이 두드리는 빗소리에 귀를 기울이며 이불을 좀 더 단단히 끌어 덮었다. 온갖 생각과 영상이 뒤죽박죽 스쳐 지나갔다. 축축한 흙으로 뒤덮인 데버러 하비의 빨간 지갑도 눈 앞에 떠올랐다.

나는 지문감식실의 밴더가 지갑을 감정해 제출한 보고서를 훑어보고 있었다.

"어떻게 하실 생각이세요, 국장님? 이대로는 가족에게 보낼 수가 없는데요."

로즈가 물었다. 묘하게도 데버러의 지갑은 로즈의 책상 위 플라스틱 쟁반에 놓여 있었다.

"그럴 수는 없죠."

"그냥 신용카드랑 내용물만 꺼내서 씻은 다음 보낼까요?"

순간 로즈의 얼굴이 갑자기 일그러졌다. 그녀는 화가 난 듯 반대편으로 쟁반을 밀치더니 소리쳤다.

"당장 가지고 나가요! 더 이상 참을 수 없어!"

갑자기 나는 부엌에 와 있었다. 창문 밖으로 마크의 차가 정원으로 들어오는 모습이 보였다. 못 보던 차였지만, 무슨 이유에선지 마크의 차라는 것을 알 수 있었다. 나는 지갑을 뒤져 빗을 꺼낸 뒤 미친 듯이 머리를 빗었다. 이를 닦으려고 욕실로 뛰어가려고 했지만 이미 너무 늦었다. 현관 벨이 울렸다. 단 한 번.

문을 열자마자 마크는 나를 와락 끌어안더니 고통스러운 듯 내 이름을 속삭였다. 마크가 왜 덴버에 있지 않고 우리 집으로 왔는지 의아한 기분이 들었다.

마크가 발로 문을 밀어 닫으며 내게 키스했다. 문은 엄청난 소리를 내며 쿵 하고 닫혔다.

나는 눈을 떴다. 천둥이 우지끈 소리를 내며 요란하게 울렸다. 뒤이어 번개가 번쩍이며 내 침실을 밝혔다. 심장이 쿵쿵거렸다.

다음 날 아침 나는 부검 두 건을 처리하고 지문분석실장 닐스 밴더를 만나기 위해 위층으로 올라갔다. 밴더는 컴퓨터실의 지문자동인식시스템 앞에 앉아 골똘히 생각에 잠겨 있었다. 나는 데버러 하비의 지갑 감식 결과가 적힌 감정서를 키보드 위에 놓았다.

"물어볼 것이 있어요."

나는 웅웅거리는 컴퓨터 소음 사이로 목소리를 높였다. 밴더는 집중해서 보고서를 들여다보았다. 회색 머리카락이 귀 위로 제멋대로 뻗어 있었다.

"국장님, 지갑이 그렇게 오랫동안 숲에 방치되어 있었는데 어떻게 찾아냈어요? 놀랍군요."

밴더는 다시 시선을 모니터로 향했다.

"지갑은 방수 처리된 나일론 소재였고, 신용카드는 지퍼로 여닫는 비닐 창 안에 들어 있었습니다. 슈퍼글루(시아노아크릴레이트 수지가 주성분인 순간접착제로, 상자 속에 지문이 묻은 물건을 매단 후 가열한 슈퍼글루 증기에 쐬면 잠재지문의 수분과 시아노아크릴레이트가 중합 반응을 일으켜 지문이 나타난다-옮긴이) 훈연 탱크에 집어넣으니 얼룩과 부분지문이 잔뜩 나타나더군요. 레이저를 쏠 필요도 없었습니다."

"훌륭해요."

내 말에 밴더가 살짝 미소 지었다.

"하지만 알아볼 수 있는 건 전혀 없군요."

"저도 그 점이 가슴 아픕니다."

"재미있는 건 운전면허증이에요. 아무것도 안 나왔잖아요."
"얼룩 하나 없었죠."
"깨끗해요?"
"사냥개 이빨처럼 깨끗합니다."
"고마워요, 닐스."

밴더는 다시 만곡선과 나선의 세계 속으로 빠져들었다.

나는 아래층으로 내려와서 지난가을 애비와 함께 갔던 세븐일레븐의 전화번호를 찾아 통화를 시도했다. 하지만 당시 이야기했던 엘런 조던이라는 점원은 저녁 9시가 되어야 출근한다고 했다. 나는 남은 하루를 저녁도 거르고 시간의 흐름도 잊은 채 일에 몰두했다. 이상하게 집에 올 때까지 전혀 피곤하지 않았다.

저녁 8시쯤 부엌에서 식기세척기를 돌리고 있는데 현관 벨이 울렸다. 나는 수건으로 손을 닦고 불안한 마음을 진정시키며 현관으로 향했.

코트 깃을 귀 위로 세우고 창백한 얼굴에 가련한 눈을 한 애비 턴불이 포치에 서 있었다. 차가운 바람이 정원의 어두운 나무를 흔들고 애비의 머리카락을 이리저리 흩날렸다.

"전화를 해도 연락이 없어서…. 날 집 안에 들여놓고 싶지 않겠지, 케이?"

"절대 아냐. 들어와, 애비."

나는 문을 활짝 열고 뒤로 물러섰다.

애비는 내가 벗으라고 할 때까지 외투를 벗지 않았다. 벗은 외투를 걸어놓겠다고 하니 애비는 고개를 저으며 그냥 의자 등받이에 걸쳐놓았다. 오래 있지 않겠다는 무언의 표현인 것 같았다. 애비는 빛바랜 청바지에 보풀이 일어난 두꺼운 갈색 스웨터 차림이었다. 부엌 식탁 위에 널려 있는 서류와 신문을 정리하려고 그녀의 옆을 스치는 순간 찌든 담배 냄새와 역한 땀 냄새가 훅 끼쳤다.

"마실 거 줄까?"

"집에 있는 거 아무거나 줘."

무슨 이유에서인지 애비에게 화가 나지 않았다. 애비는 내가 칵테일을 만드는 동안 담배를 피웠다. 내가 자리에 앉자 애비가 입을 열었다.

"말을 꺼내기가 힘드네. 그 기사 말인데…. 클리퍼드는 당신을 터무니없이 몰아세웠어. 난 당신이 어떤 생각을 하고 있을지 알고 있어…."

"내 생각과는 상관없는 문제야. 난 당신이 무슨 생각을 하고 있는지 더 듣고 싶은데."

"지난번 내가 실수를 저질렀다고 했지…."

애비의 음성이 떨렸다.

"클리퍼드 링도 그런 실수 중의 하나야."

"…."

나는 말없이 듣고만 있었다.

"그 사람은 심층 보도 전문 기자고, 내가 워싱턴에 가서 가장 처음으로 알게 된 사람 중 하나였어. 아주 잘나가는 데다 자극적인 사람이지. 영리하고 자신만만하고…. 그때 난 지쳐 있었어. 막 낯선 도시로 이사 온 참이었고, 힘든 일을 겪었기 때문에… 헤나에게 있던 일 말이야."

애비는 내 시선을 피하며 말을 계속했다.

"처음에는 친구처럼 시작했는데, 모든 것이 너무 급하게 진행됐어. 난 그가 어떤 사람인지 몰랐어. 알고 싶지 않았으니까."

애비는 말이 목에 걸린 듯했다. 나는 그녀가 진정하는 동안 말없이 기다렸다.

"난 그 사람을 철석같이 믿었어, 케이."

"그럼 결국 링이 쓴 기사의 정보는 당신에게서 나온 거라고 결론을 내려야겠군.”

“아니야. 내가 아니라 내 취재 기록에서 나온 거야.”

“무슨 뜻이지?”

나는 의아스러운 표정으로 애비에게 물었다.

“난 쓰고 있는 기사에 대해서는 아무한테도 이야기하지 않아. 클리퍼드는 이번 사건에 내가 뛰어들었다는 건 알고 있었지만 자세한 내용은 한 번도 이야기한 적이 없어. 별로 관심 있는 것 같지도 않았고.”

애비의 음성에 분노가 묻어났다.

“하지만 사실은 관심이 아주 많았던 거야. 그는 늘 그런 식이지.”

“자세한 내용을 이야기한 적이 없다면서 클리퍼드가 어떻게 정보를 빼낸 거야?”

“그 사람한테 우리 아파트 현관 열쇠랑 집 열쇠를 주곤 했거든. 내가 여행 갔을 때 화분에 물도 주고 우편물도 들여놓으라고. 아마 그걸 복사한 것 같아.”

메이플라워에서 나누었던 이야기가 떠올랐다. 애비가 누가 자기 컴퓨터에 침입했다면서 FBI와 CIA를 비난했을 때 나는 솔직히 믿지 않았다. 숙련된 요원이 파일을 열어보았다면 시간과 날짜가 변경될 거라는 사실을 몰랐을까? 그럴 것 같지는 않았다.

“클리퍼드 링이 당신 컴퓨터를 열어봤다고?”

“증거는 없지만 확실해. 증명은 할 수 없지만 그 사람이 내 우편물을 훔쳐본 것도 분명하고. 봉투를 열었다가 다시 붙여서 우편함에 넣어놓는 건 아무것도 아니잖아. 우편함 열쇠를 복사해서 갖고 있다면 문제도 아니지.”

“클리퍼드가 그 기사를 쓰고 있다는 걸 당신도 알고 있었어?”

“당연히 몰랐지. 일요일자 신문을 펼칠 때까지 까맣게 모르고 있었다니까! 클리퍼드는 내가 없는 시간을 골라서 내 아파트에 들어왔어. 컴퓨터를 뒤지고 확보할 수 있는 모든 자료를 빼낸 거야. 그런 다음 사람들에게 전화를 걸어서 코멘트를 따고 정보를 얻어냈지. 쉬운 일이야. 어디서 무엇을 알아내야 할지 이미 다 알고 있었으니까."

"당신이 경찰서 출입을 못하게 됐기 때문에 더 쉬웠겠지. 당신은 〈워싱턴 포스트〉가 그 사건에서 손을 뗐다고 생각했는데, 사실은 그쪽에서 당신을 따돌렸던 거로군."

애비는 화난 듯 고개를 세차게 끄덕였다.

"기사는 〈워싱턴 포스트〉에서 좀 더 믿을 만한 기자라고 생각한 사람 손으로 넘어갔던 거야. 바로 클리퍼드 링이지."

클리퍼드 링이 왜 굳이 나를 취재하지 않았는지 알 것 같았다. 애비와 내가 친구라는 것을 이미 알고 있었기 때문이다. 클리퍼드에게 사건에 대한 질문을 받았다면 나는 틀림없이 애비에게 그 사실을 알렸을 것이다. 그는 자신이 하고 있는 일을 가능하면 오랫동안 애비에게 숨기고 싶었을 것이다. 그래서 나를 직접 취재하지 않은 것이다.

"그 사람은…."

애비는 헛기침을 하고 술잔을 집어 들었다. 손이 떨리고 있었다.

"그 사람은 설득력이 아주 뛰어나. 아마 상도 탈 거야. 그 연속 기사로 말이야."

"저런…."

"다른 누구도 아닌 내 잘못이야. 내가 어리석었어."

"사랑할 때는 누구나 모험을 하는 법이야."

"그런 모험은 다시는 하지 않을 거야. 그 사람과 있다 보면 항상 문제가 생겼어. 양보하는 쪽은 늘 나였지. 한 번만 더 기회를 주자, 그러다 두 번, 세 번, 네 번…."

"같이 일하는 사람들도 당신과 클리퍼드의 관계에 대해서 알고 있어?"
"우린 조심했어."
애비는 모호하게 대답했다.
"왜?"
"신문사 편집부는 비밀이 없는 곳이거든."
"두 사람이 같이 있는 것을 동료들이 본 게 분명해."
"우린 아주 조심했어."
"하지만 둘 사이에 뭐가 있다는 눈치는 챘을 거야. 적어도 긴장감 같은 것…."
"경쟁심, 자기 영역 지키기… 뭐 그런 거겠지."
그리고 질투….
애비는 자기 감정을 능숙하게 숨길 줄 모르는 사람이다. 질투심에 몸을 떠는 그녀의 모습을 충분히 상상할 수 있었다. 야심만만한 애비가 클리퍼드 링을 질투하고 있다고 생각하며 그녀를 바라보는 다른 기자들의 모습도 상상되었다. 하지만 그렇지 않았다. 애비는 링의 다른 면을 질투하고 있었던 것이다.
"결혼한 사람이었군. 그렇지, 애비?"
이번에는 애비도 눈물을 참지 못했다.
나는 자리에서 일어나 술잔을 다시 채웠다. 애비는 링의 결혼 생활이 불행했다, 이혼을 생각하고 있었다, 모든 것을 버리고 자기한테 올 줄 알았다… 이런 말을 할 것이다. 앤 랜더스의 칼럼처럼 뻔하고 진부한, 이전에도 수백 번은 들은 이야기다. 애비는 이용당한 것이다.
나는 식탁 위에 술잔을 놓고 애비의 어깨를 한 번 부드럽게 붙잡아준 후 내 자리로 돌아왔다.
애비는 내가 예상하고 있던 이야기를 털어놓았다. 나는 그녀를 슬픈 눈으로 바라보았다.

"난 당신한테 동정받을 자격도 없어."

"애비, 당신은 나보다 훨씬 더 많이 상처받았어."

"모든 사람이 상처받았지. 당신과 팻 하비, 살해당한 커플들의 부모와 친구들…. 이번 사건이 일어나지만 않았다면 난 지금도 경찰서를 담당하고 있었을 거야. 적어도 직업적으로는 아무 문제 없었을 거라고. 이런 파멸을 초래할 수 있는 힘은 어느 누구도 가져서는 안 돼."

나는 애비가 더 이상 클리퍼드 링을 염두에 두고 있지 않다는 것을 깨달았다. 그녀는 범인을 생각하고 있었다.

"당신 말이 맞아. 어느 누구도 그런 힘을 가질 수는 없지. 우리가 허락하지 않는다면 절대 그럴 수 없어."

"데버러와 프레드는 허락하지 않았어. 질, 엘리자베스, 짐, 보니… 모두 다. 모두 다 살해당하고 싶지 않았을 거야."

애비는 패배감에 젖은 얼굴이었다.

"이제 클리퍼드는 어떻게 할까?"

내가 물었다.

"그건 모르겠지만, 나하고는 전혀 상관없을 거야. 집 열쇠는 전부 바꿨으니까."

"전화가 도청되고 미행당한다는 건?"

"내가 뭘 하고 있는지 알고 싶어 하는 사람은 클리퍼드만이 아니야. 아무도 신뢰할 수가 없어!"

애비의 눈에 분노의 눈물이 차올랐다.

"당신만은 정말 다치게 하고 싶지 않았어, 케이."

"그만해, 애비. 당신이 하루 종일 울어봤자 나한테는 아무 도움이 안 돼."

"미안해."

"사과도 그만해."

나는 부드럽지만 단호한 음성으로 말했다. 애비는 아랫입술을 깨물며 술잔을 멍하니 쳐다보았다.

"이제 날 도와줄 마음의 준비가 됐어?"

애비가 의아한 눈으로 날 올려다보았다.

"우선 저번 주 윌리엄스버그에서 봤던 링컨 색깔 기억나?"

"진한 회색. 내부는 진한 색, 아마 검은색 가죽이었을 거야."

애비의 눈에 생기가 돌았다.

"고마워. 나도 같은 생각이야."

"무슨 일인데?"

"나도 모르겠어. 하지만 더 있어."

"뭐가?"

나는 미소 지었다.

"당신한테 맡길 임무가 있어. 하지만 일단은, 워싱턴으로는 언제 돌아갈 거야? 오늘 밤?"

나의 물음에 애비는 시선을 피했다.

"모르겠어, 케이. 지금은 갈 수가 없어."

애비는 도망자 같았다. 어떤 면에서는 사실 그렇기도 했다. 클리퍼드 링이 그녀를 워싱턴에서 몰아낸 것이다. 어쩌면 잠깐 몸을 숨기는 것도 나쁜 방법은 아닐지도 모른다.

"노던넥에 여관이 있으니까…."

"우리 집에 손님방이 있어. 잠깐 동안 여기 있어도 돼."

나는 애비의 말을 가로막으며 말했다. 그녀는 잠시 망설이더니 걱정을 털어놓았다.

"케이, 다른 사람 눈에 어떻게 보이겠어?"

"솔직히 난 지금은 신경 안 써."

"왜?"

"당신네 신문사에서 이미 날 우스운 꼴로 만들어놨으니까. 죽을 지경이야. 앞으로 좋아졌으면 좋아졌지 이보다 더 나빠지기야 하겠어?"

"적어도 해고당하지는 않았잖아."

"당신도 마찬가지잖아, 애비. 바람을 피운 데다, 애인 무릎 위에 커피를 쏟은 건 동료들 앞에서 해서는 안 될 행동이었어."

"그런 꼴을 당해도 싼 놈이야."

"물론 그렇겠지. 하지만 〈워싱턴 포스트〉와 전투를 벌이는 건 현명한 짓이 아니야. 명예 회복은 당신 책을 통해서 하라고."

"당신은?"

"내 관심사는 이번 사건이야. 당신은 내가 못하는 일을 할 수 있으니까 도움이 되겠지."

"어떤 일?"

"난 거짓말은 못해, 애비. 사기도 못 치고, 집요하게 달라붙지도 못하고, 정보를 몰래 빼내지도 못하고, 중상모략도 못하고, 이리저리 기웃거리지도 못하고, 내가 아닌 척 가장할 수도 없어. 난 버지니아 주 공무원이니까. 하지만 당신은 행동 반경이 넓잖아. 기자니까 말이야."

"대단히 고맙군. 차에서 짐 좀 가져올게."

애비는 부엌을 나서며 투덜거렸다.

집에 손님이 머무르는 일은 흔치 않기 때문에 1층 침실은 보통 루시가 사용했다. 하드우드 바닥에는 화려한 꽃무늬가 수놓인 이란제 카펫이 깔려 있어서 온 방 안이 정원 같았다. 그 안에 있는 루시는 하는 짓에 따라 장미꽃이 되었다가 잡초로 둔갑하기도 했다.

"꽃을 좋아하나보군."

애비는 옷가방을 침대 위에 내려놓으며 멍하니 말했다.

"카펫이 너무 튀지? 보는 순간 너무 마음에 들어서 샀는데 깔 만한 자리가 없더라고. 게다가 잘 닳지도 않고…. 여긴 루시가 쓰는 방이니까 어울리잖아."

나는 괜히 무안해서 변명을 늘어놓았다.

"예전에는 그랬겠지. 하지만 루시는 더 이상 열 살짜리 꼬마가 아니야."

애비가 옷장 문을 열며 말했다.

"옷걸이는 많을 거야. 더 필요하면…."

"괜찮아."

"욕실에 수건이랑 치약, 비누가 있어."

하지만 애비는 짐을 풀기 시작하면서부터 내 말에는 귀를 기울이지도 않았다.

나는 침대 모퉁이에 앉아 애비가 짐을 정리하는 모습을 가만히 바라보았다.

애비는 정장과 블라우스를 옷장 안에 걸었다. 옷걸이가 금속 봉에 긁혀 날카로운 소리를 냈다. 말없이 애비를 바라보고 있노라니 조바심이 치밀어 올랐다.

몇 분 동안 서랍장 여닫는 소리와 옷걸이 긁히는 소리, 욕실의 캐비닛이 휙 열렸다가 철컥 닫히는 소리만 이어졌다. 애비는 옷가방을 옷장 안에 밀어넣은 다음 할 일을 찾는 듯 주위를 둘러보았다. 그녀는 서류 가방을 열고 소설책 한 권과 노트를 꺼내 사이드 테이블에 올려놓았다. 나는 애비가 38구경 권총과 탄약 상자를 서랍 안에 집어넣는 모습을 불편한 심정으로 쳐다보았다.

잠자리에 들기 위해 2층으로 올라간 것은 자정께였다. 침대에 눕기 전, 나는 세븐일레븐의 전화번호를 다시 돌렸다.

"엘런?"

"네, 전데요? 누구시죠?"

나는 신원을 밝히고 용건을 말했다.

"지난가을 프레드 체니와 데버러 하비가 그곳에 들렀을 때 데버러가 맥주를 사려고 하자 당신이 신분증을 요구했다고 했죠?"

"네, 맞아요."

"정확히 뭐라고 말했는지 기억나요?"

"운전면허증을 봐야 한다고 했어요. 그러니까… 그냥 보여달라고 했죠, 뭐."

약간 당황한 듯한 음성이었다.

"그랬더니 면허증을 지갑에서 꺼내던가요?"

"네. 지갑에서 꺼내 보여줬어요."

"그럼 당신한테 건네줬겠군요."

"그렇죠."

"면허증이 어디 들어 있던가요? 비닐 케이스 같은데?"

"겉에 싸인 건 아무것도 없었어요. 그냥 건네주길래 확인한 후 돌려준 것뿐이에요."

잠시 침묵이 흘렀다.

"왜 그러세요?"

"데버러 하비의 운전면허증을 당신이 만졌는지 그게 알고 싶어서요."

"아, 그럼요. 보려면 만져야죠. 혹시… 저한테 무슨 일이 생기는 건가요?"

말투로 보아 엘런은 겁에 질린 듯했다.
"아니에요, 엘런. 아무 일 없을 거예요."

15

딜러

애비의 임무는 배리 애러노프에 대해 알아낼 수 있는 데까지 알아내는 것이었다. 그녀는 아침 일찍 로어노크로 떠났다가, 다음 날 저녁 마리노가 우리 집 현관문 앞에 나타나기 직전에 도착했다. 마리노는 저녁 식사에 초대를 받고 온 터였다.

부엌에서 애비의 모습을 발견한 마리노는 동공이 줄어들면서 순간 얼굴에 핏기가 돌았다.

"잭 블랙?"

나는 마리노의 반응을 무시하며 물었다.

장식장에서 술병을 찾아 돌아와보니 애비는 식탁에 앉아 담배를 피우고 있었고 마리노는 등을 돌린 채 창문 앞에 서 있었다. 마리노는 부루퉁한 얼굴을 하고 블라인드 틈새로 바깥의 새 모이통을 바라보고 있었다.

"이 시간에는 박쥐 말고는 새가 한 마리도 없어요."

나의 말에 마리노는 아무런 대꾸도 하지 않았고, 돌아보지도 않았다. 나는 샐러드를 접시에 담기 시작했다. 키안티 와인을 따르자 그제야 마리노가 의자에 앉았다.

"손님이 있다는 이야기는 안 했잖소."

"말했다면 안 왔겠죠."

나는 마리노와 똑같은 말투로 툭 내던졌다.

"나한테도 그런 말 안 했어요. 기쁜 마음으로 함께 모였다는 걸 알았으니 이제 식사나 맛있게 합시다."

애비도 퉁명스럽게 말했다.

토니와의 결혼 생활에서 배운 게 하나 있다면, 밤늦은 시간이나 식사 시간에는 절대 대결 구도를 만들지 않아야 한다는 것이다. 나는 무거운 침묵을 가벼운 대화로 메우기 위해 최선을 다했다. 커피 마실 시간이 되어서야 나는 속마음을 털어놓았다.

"애비는 당분간 우리 집에 있을 거예요."

"그건 박사가 알아서 할 일이고."

마리노는 설탕을 집으며 퉁명스럽게 대꾸했다.

"당신 일이기도 해요. 우린 모두 한 배를 탔어요."

"우리가 무슨 같은 배를 탔다는 건지 설명을 좀 해주면 좋겠소, 박사. 하지만 일단은…."

마리노는 애비를 쳐다보며 말을 이었다.

"오늘의 이 저녁 식사 자리가 당신 책 몇 페이지에 등장할지 그건 좀 알아야겠소이다. 그래야 처음부터 끝까지 읽는 수고를 안 하지. 그 페이지만 펴서 읽으면 되니까."

"당신 가끔 정말 재수 없는 거 알아요?"

애비의 거친 말에 마리노가 더 세게 받아쳤다.

"난 가끔 개자식도 되는 놈이오. 아직 그 꼴은 못 보셨나보군."

"기대되네요. 고마워요."

마리노는 셔츠 주머니에서 낚아채듯 펜을 꺼내더니 식탁 건너편으로 던졌다.

"지금부터 쓰시오. 내 말을 엉터리로 인용하는 건 싫으니까."

애비는 분노에 찬 눈으로 마리노를 노려보았다.

"그만들 해요!"

나는 더 이상 참을 수 없어 화난 음성으로 소리쳤다.

두 사람이 나를 쳐다보았다.

"다른 사람들보다 하나도 나을 게 없군요."

내 말에 마리노는 멍한 표정을 지었다.

"누가 말이오?"

"둘 다요. 거짓말, 질투, 의심, 권력 다툼 따위는 이제 신물이 나. 내 친구들은 좀 다를 줄 알았다고요! 난 두 사람이 내 친구라고 생각했어요."

나는 의자를 뒤로 밀치고 일어섰다.

"저녁 내내 서로 입씨름이나 할 참이라면 마음대로 하세요. 난 빠질 테니까."

나는 두 사람에게 눈길도 주지 않고 커피를 들고 거실로 나갔다. 그리고 오디오를 켠 다음 눈을 감았다. 음악은 내게 치료제와 같았다. 마지막으로 들은 음악은 바흐였다. 바흐의 칸타타 29번 두 번째 신포니아가 중간부터 시작되었다. 서서히 긴장이 풀리기 시작했다. 마크가 떠난 뒤 몇 주 동안 잠이 오지 않을 때마다 거실로 내려와 헤드폰을 끼고 베토벤과 모차르트, 파헬벨의 음악에 푹 파묻히곤 했다.

15분쯤 뒤 애비와 마리노가 말다툼을 하다 방금 화해한 부부처럼 쑥스러운 얼굴로 거실에 나타났다. 오디오를 끄자 애비가 어색한 표정으로 말했다.

"어, 이야기를 좀 했는데… 최대한 상황을 설명했어. 어느 정도 서로 이해된 것 같아."

반가운 소리였다. 마리노가 말을 받았다.

"힘을 합치는 게 좋겠소, 우리 세 사람이. 뭐 어때? 엄밀하게 말해서 지금 이 여자는 기자도 아닌데."

마리노의 말이 애비의 심기를 약간 건드린 것 같았지만, 두 사람이 협력하기로 했다는 것은 기적 중의 기적이었다.

"책이 나올 때쯤이면 해결되겠지. 그게 중요하잖소. 해결이 된다는 것. 3년 동안 살해된 애들이 자그마치 열 명이오. 질과 엘리자베스를 포함하면 열둘이지."

마리노가 고개를 설레설레 저으며 말했다. 눈동자에 단호한 빛이 떠올랐다.

"이 아이들을 죽인 범인은 알아서 손을 털지는 않을 거요, 박사. 잡힐 때까지 그 짓을 할 거란 말이야. 이런 사건에서 운이 좋아 범인을 잡는 경우는 있을까 말까 하지."

애비가 마리노에게 말했다.

"벌써 우리한테 행운이 왔는지도 몰라요. 그날 밤 링컨을 몬 건 애러노프가 아니었어요."

"확실하오?"

"그럼요. 애러노프는 머리 색깔이 회색이었어요. 게다가 거의 대머리였고요. 키는 173센티미터, 몸무게는 90킬로그램 정도 나가 보이더군요."

"그 사람을 만났다는 거요?"

"아뇨. 애러노프는 아직 여행 중이었어요. 집으로 찾아갔더니 그의 아내가 안으로 들여보내주더군요. 난 작업복 바지에 부츠 차림으로 갔죠. 전력 회사 직원인데 계량기 검침을 하러 왔다고 했거든요. 그래서 이야기를 하게 됐죠. 콜라도 주더군요. 안에 들어가서 둘러보니 가족 사진이 있길래 남편이 맞느냐고 물어봤어요. 그 사진을 통해서 애러노프가 어떻게 생겼는지 알게 된 거예요. 우리가 윌리엄스버그에서 본 남자는 그 사람이 아니었어요. 워싱턴에서 날 미행한 사람도 아니었고."

"가만… 우리라고?"

마리노가 깜짝 놀라며 물었다.

"그렇다면 그날 당신도 윌리엄스버그에 박사와 같이 있었단 말이오?"

마리노가 애비를 향해 물었다.

"맞아요."

애비 대신 내가 대답했다.

"사실대로 말하지 않은 건 당신이…."

"알아요, 알아. 그 얘긴 이제 그만합시다. 뭐 크게 중요한 것도 아니니까."

마리노는 한때 애비를 믿지 못한 것이 미안했는지 서둘러 화제를 돌렸다.

"그건 그렇고… 두 사람이 혹시 차량 번호를 잘못 봤을 리는 없겠지?"

"그럴 리는 없어요. 혹시 그랬다 하더라도 굉장한 우연의 일치잖아요. 둘 다 1990년형 링컨 마크 세븐이라니…. '실수로' 엉터리 번호를 적었는데 그게 애러노프의 차량 번호였고, 하필 그때 그 사람도 윌리엄스버그 타이드워터 지역을 여행하고 있어요?"

"애러노프랑 이야기를 좀 해봐야 할 것 같군."

마리노가 말했다.

며칠 후 마리노가 사무실로 전화해서 대뜸 말했다.

"들어보시겠소?"

"애러노프를 만났군요."

"그렇소. 2월 10일 수요일 로어노크를 출발해서 댄빌, 피터스버그, 리치먼드에 들렀다는군. 12일 금요일에는 타이드워터 근방에 있었는데, 이게 아주 재미있어. 13일 토요일, 그러니까 박사와 애비가 윌리엄스버그에서 만난 날 밤에는 보스턴에 있었다는군. 그 전날 차를 뉴포트 뉴스 공항 장기주차장에 세워놨다는 거야. 거기서 비행기를 타고 보스턴에 갔다가 그 주는 계속 그 근방을 렌터카로 돌아다닌 거지. 뉴포트 뉴스 공항에는 어제 아침에 돌아와서 차를 타고 집에 갔다고 했소."

"그럼 누군가 장기주차장에 세워놓은 차 번호판을 훔쳐갔다가 다시 붙여놓았다는 얘기예요?"

"애러노프가 거짓말을 하는 게 아니라면 그렇소. 하지만 그럴 이유도 없고 달리 설명할 길도 없잖소, 박사."

"차를 도로 찾았을 때 누가 손댄 흔적 같은 건 못 느꼈대요?"

"전혀. 애러노프와 같이 차고에 들어가서 차를 살펴봤소. 앞뒤 번호판 다 제자리에 붙어 있고 나사도 꽉 죄어 있었소. 차체와 마찬가지로 번호판도 더러웠는데 얼룩이 묻어 있었소. 지문 채취는 안 했지만, 아마 번호판을 빌렸던 작자는 장갑을 끼고 있었을 거요. 그래서 얼룩이 묻은 거지. 무슨 도구나 지렛대로 들어올린 흔적 같은 것도 없었소."

"주차장에서 눈에 띄는 곳에 세워놨었나요?"

"애러노프 말로는 주차장 한가운데쯤이었다는데, 차가 거의 다 차 있었다는군."

"번호판 없이 며칠간 세워져 있었다면 경비원이나 다른 사람 눈에 띄었을 텐데."

"꼭 그렇지도 않소. 보통 사람들은 주위 상황에 그렇게 신경을 쓰지 않는 법이오. 공항 주차장에 차를 세워두거나 여행에서 돌아왔을 때 머릿속에 드는 생각은 오로지 짐을 꺼내고 비행기를 타야지, 아니면 집에 얼른 가야지 하는 것뿐이거든. 눈치챈 사람이 있더라도 굳이 경비원에게 알리지는 않았을 거요. 만약에 경비원이 알았다 하더라도 주인이 돌아올 때까지 아무 대책이 없었을 테고. 번호판 도난당한 것을 신고하느냐 마느냐는 주인 마음이오. 실제로 번호판을 훔치는 일은 별로 어렵지 않았을 거요. 자정 넘어서 공항에 가면 사람이 거의 없으니까. 나라면 그냥 내 차를 찾는 것처럼 주차장에 들어가서 5분 뒤 서류 가방에 번호판 한 벌을 넣어가지고 나올 수 있을 거요."

"당신 생각에는 그렇게 훔쳐낸 것 같아요?"

"내 추측이 그렇다는 거지. 지난주에 길을 물어본 사내는 형사나 FBI, 비밀공작원은 절대 아니었을 거요. 뭔가 나쁜 짓을 하려는 작자였을 거야. 마약 딜러나 뭐 그런 사람…. 내 생각에 그놈이 타고 있던 진회색 마크 세븐은 안전을 고려해서 나쁜 짓을 하러 나갈 때는 순찰 중인 경찰의 눈에 띌 경우를 대비해서 번호판을 바꿔다는 걸 거요."

"그러다가 교통신호 위반으로 잡히면 너무 위험하잖아요. 차량번호가 다른 사람 명의로 나올 텐데."

"그건 그렇지만, 그런 것까지 염두에 둘 것 같지는 않소. 그보다는 범죄를 저지르러 나왔으니까 자기 차가 남의 눈에 띌지도 모른다는 걸 걱정할 거요. 뭔가 잘못됐을 때 진짜 번호가 수배되는 위험은 절대 피하고 싶겠지."

"그럼 왜 렌터카를 빌리지 않았을까요?"

"그건 진짜 번호판을 달고 나가는 것만큼이나 바보 같은 짓이오. 경찰들은 한눈에 렌터카를 알아보니까. 버지니아 주의 모든 렌터카 번호판은 'R'로 시작되는데, 조회를 해보면 누가 빌렸는지 곧장 나오지. 조금만 머리를 써서 안전한 루트를 찾아낼 수만 있다면 번호판을 바꾸는 게 더 낫소. 나라면 그러겠어. 아마 장기주차장을 선택하겠지. 훔친 번호판을 사용한 다음엔 다시 떼고 내 번호판을 도로 달 거요. 그런 다음 공항으로 차를 몰고 가서 날이 어두워지면 주위에 보는 사람이 없는지 확인하고 훔친 차에 번호판을 도로 달아놓겠지."

"주인이 먼저 돌아와서 번호판을 도난당한 걸 알게 된다면?"

"차가 주차장에 없으면 번호판은 가까운 쓰레기통에 그냥 던져버릴 거요. 어쨌든 나한테는 손해될 게 없으니까."

"세상에! 애비와 내가 그날 밤 만난 사람이 범인일 수도 있어요, 마리노."

"그날 만난 놈은 길을 잃은 사업가도 아니고 당신들을 미행하던 얼간이도 아닐 거요. 뭔가 불법적인 일을 하려던 게 분명해. 하지만 그렇다고 그가 꼭 살인범이란 얘기는 아니오."

"주차 스티커는…."

"그건 내가 알아보겠소. 콜로니얼 윌리엄스버그에 알아보면 주차증을 발급받은 사람들의 명단을 확보할 수 있을 거요."

"헤드라이트를 끄고 조이스 씨의 집 앞길을 지나갔다는 그 차도 어쩌면 링컨 마크 세븐일지 몰라요."

"그럴 수도 있겠지. 마크 세븐은 1990년에 나왔으니까. 짐과 보니는 1990년 여름에 살해됐소. 깜깜한 데서 보면 마크 세븐은 조이스 씨가 언급했던 선더버드와 비슷해 보이기도 하겠군."

"웨슬리한테 알아보라고 해요."

나는 믿기지 않는다는 듯이 중얼거렸다.

"알겠소. 내가 전화하지."

겨울은 영원하지 않다는 희망찬 속삭임과 함께 3월이 찾아왔다. 메르세데스 앞 유리를 닦는 내 등 위로 따뜻한 햇살이 내려앉았다. 애비는 차에 기름을 넣고 있었다. 며칠 동안 내린 비가 대기 중의 먼지를 싹 씻어내자 부드러운 산들바람이 상쾌하게 불어왔다. 사람들은 집집마다 밖으로 나와서 세차를 하거나 자전거를 타고 다녔다. 아직 완전히 깨어나지 않은 대지가 봄이 머지않았음을 알리려는 듯 꿈틀거리고 있었다.

요즘 대부분의 주유소가 그렇듯이 내가 자주 가는 곳도 편의점을 겸하고 있었다. 나는 기름값을 지불하러 편의점 안으로 들어간 김에 커피 두 잔을 샀다. 그런 다음 애비와 나는 라디오에서 흘러나오는 브루스 혼스비의 '하버 라이츠(Harbor Lights)'를 들으며 윌리엄스버그로 출발했다.

"집을 나서기 전 우리 집으로 전화를 걸어봤어."

애비가 말했다.

"그래서?"

"아무 말없이 끊은 전화가 다섯 통이더라고."

"클리퍼드?"

"장담해. 통화하고 싶어서가 아니라, 내가 집에 있는지 확인하기 위해 걸었을 거야. 주차장 앞을 왔다 갔다 하면서 내 차가 있는지 없는지 살폈겠지."

"당신이랑 이야기할 생각이 없다면 왜 그랬을까?"

"내가 자물쇠를 바꿨다는 걸 몰랐을 테니까."

"그렇다면 멍청한 사람이지. 기사화되는 순간 당신이 모든 것을 알아챌 거라는 건 그 사람도 알고 있지 않겠어?"

"그렇겠지."

애비가 창밖을 내다보며 말했다. 나는 선루프를 열었다.

"클리퍼드는 모든 사람을 속였어. 사람들은 그가 얼마나 미치광이인지 잘 몰라."

"미치광이였다면 지금의 위치까지 오르지도 못했을 텐데?"

"워싱턴이 원래 그런 곳이야. 세계 최고의 명성과 권력을 누리는 사람들이 모여 있지만, 절반은 미치광이고 나머지 절반은 정신병자지. 대부분이 부도덕해. 권력이 그렇게 만드는 거 아니겠어? 사람들이 워터게이트 사건을 놓고 왜 그렇게 떠들어댔는지 이해가 안 간다니까."

"권력이 당신한테는 무슨 짓을 했는데?"

"나는 권력의 맛을 알지만 중독될 정도로 거기 오래 있지는 않았어, 케이."

"운이 좋았던 건지도 몰라."

애비는 말이 없었다.

나는 팻 하비를 떠올렸다. 요즘 그녀는 무엇을 하고 있을까? 무슨 생각이 그녀의 머릿속에 오가고 있을까?

"팻 하비와 이야기해 봤어?"

"응."

"〈워싱턴 포스트〉에 기사가 실린 뒤로?"

애비는 고개를 끄덕였다.

"어땠어?"

"콩고령의 어느 나라에 있었던 한 선교사가 쓴 글을 읽은 적이 있어. 정글에서 어떤 부족 사람을 만났는데, 겉으로 보기에는 멀쩡하더래. 그런데 그 사람이 씩 웃을 때 보니까 이를 뾰족하게 갈았더라지? 식인종이었던 거야."

화를 억누르는 듯 말하는 애비의 음성이 차 안에 낮게 깔리며 갑자기 분위기가 어두워졌다. 무슨 말을 하려는 건지 짐작할 수가 없었다.

"그게 팻 하비야. 요 전날 로어노크로 떠나기 전에 잠시 하비를 만났는데, 〈워싱턴 포스트〉에 난 기사 이야기를 잠깐 했어. 처음에는 대범하게 받아들이나보다 생각했는데, 미소를 짓는 거야. 그 미소… 피가 얼어붙는 것 같았어."

뭐라 할 말이 없었다.

"클리퍼드의 기사가 팻 하비를 막다른 골목까지 몰고 간 거야. 데버러의 죽음만으로도 이미 한계에 도달했는데, 그 기사가 그녀를 벼랑 끝으로 내몬 거지. 난 예전에 그녀한테 뭔가 사라진 것 같은 기분이 든다고 생각했는데… 이제 보니 사라진 건 바로 팻 하비였어."

"남편이 바람을 피우고 있다는 건 알았을까?"

"이제 알게 됐지."

"그래, 그게 진짜 사실이라면…."

"클리퍼드는 믿을 만한 취재원에게서 나온 정보가 아니면 기사로 쓰지 않아."

나를 벼랑 끝으로 몰고 갈 만한 것은 무엇일까? 루시? 마크? 사고가 나서 손을 쓸 수 없다거나 장님이 됐다면? 내 신경줄을 갑자기 툭 끊어놓을 만한 것이 과연 있을까 하는 생각이 들었다. 어쩌면 그건 죽음과 같을지도 모른다. 일단 한계점을 넘어가버리면 아무런 차이를 못 느낄 테니까.

정오가 약간 지날 무렵 애비와 나는 올드타운에 도착했다. 질과 엘리자베스가 살았던 아파트 단지는 똑같이 생긴 닭장 같은 건물이 줄줄이 늘어서 있는 평범한 곳이었다. 건물은 벽돌로 지어졌고 현관 앞에 쳐진 빨간색 차양 위에는 번지수가 적혀 있었다. 갈색으로 변한 마른 잔디와 나무 조각을 세워 만든 자그마한 화단이 안뜰을 장식하고 있었다. 그네와 피크닉 테이블, 그릴 등이 갖추어진 야외 바비큐 시설도 있었다.

우리는 주차장에 차를 세우고 예전에 질이 살던 집의 베란다를 올려다보았다. 간격이 넓은 난간 사이로 흰색과 파란색으로 짜인 의자 두 개가 산들바람에 천천히 흔들리는 모습이 눈에 띄었다. 천장의 고리에 이어진 체인에는 화분이 외롭게 매달려 있었다. 엘리자베스가 살던 집은 질의 집 반대편이었다. 서로 자기 집에서 상대편의 집을 쳐다볼 수 있는 위치였다. 불이 켜지고 꺼지는 것으로 미루어 서로 일어났는지 잠들었는지, 집에 들어왔는지 외출 중인지 알 수 있었을 것이다.

애비와 나는 잠시 침묵을 지켰다.

애비가 먼저 입을 열었다.

"친구 이상이었지. 그렇지, 케이?"

"법률적 증거는 없어."

내 대답에 애비는 살짝 미소를 지었다.

"솔직히 그 기사를 쓸 때부터 그렇지 않을까 의심했었어. 그냥 그런 생각이 들었지. 하지만 그런 주장을 제기한 사람도 없었고 넌지시 비친 사람도 없었어."

애비는 먼 곳을 바라보며 잠시 입을 다물었다.

"두 사람이 어떤 기분이었을지 알 것 같아."

나는 말없이 애비를 바라보았다.

"내가 클리퍼드에게 느꼈던 그런 기분이었겠지. 몰래몰래 감추고, 남들이 어떻게 생각할까, 남들이 의심하지는 않을까 걱정하는 데 온 신경을 다 쏟아붓는 거야."

나는 차에 시동을 걸었다.

"하지만 우스운 건 다른 사람들은 신경조차 쓰지 않는다는 거지. 모두들 자기 일에 정신이 팔려서…."

"질과 엘리자베스가 그걸 알았을까?"

"사랑이 두려움보다 더 컸다면 결국엔 알게 됐겠지."

"그런데 이제 어디로 가지?"

애비가 길가의 풍경이 빠르게 스쳐 지나가는 것을 보며 물었다.

"그냥 가보지 뭐. 시내 쪽으로."

오늘의 일정은 애비에게 미리 말하지 않았다. 그저 '이리저리 둘러보자'는 말만 했을 뿐이었다.

"그 빌어먹을 차를 찾고 있는 거지, 케이?"

"찾아봐서 나쁠 건 없잖아."

"찾으면 어떡하게?"

"차량 번호를 적어서 이번에는 차 주인이 누구로 나오는지 알아봐야지."

애비가 갑자기 웃기 시작했다.

"음… 콜로니얼 윌리엄스버그 스티커가 뒷범퍼에 붙은 1990년형 진회색 링컨 마크 세븐을 찾아내면 내가 1백 달러 줄게."

"그럼 수표책이나 잘 준비해 둬. 꼭 찾고 말 테니까."

나는 정말로 채 30분도 지나지 않아, 잃어버린 물건을 찾을 때 쓰는 고전적인 방법으로 그 차를 찾아냈다. 그 방법이란 바로 거쳐왔던 길을 역추적하는 것이다. 머천트 스퀘어로 돌아가보니 그 차는 바로 우리에게 길을 물었던 주차장에서 멀지 않은 곳에 버젓이 서 있었.

애비가 중얼거렸다.

"맙소사! 믿을 수가 없어."

차 안에는 아무도 없었다. 햇빛이 앞 유리에 부딪혀 부서졌다. 방금 세차를 하고 왁스칠이라도 한 것 같았다. 뒷범퍼 왼쪽에는 콜로니얼 윌리엄스버그 인장이 찍힌 주차 스티커가 붙어 있었다. 자동차 번호는 ITU-144였다.

"너무 쉬워, 케이. 이럴 리가 없는데…."

애비가 자동차 번호를 재빨리 적으면서 믿기지 않는다는 표정을 지으며 말했다.

"그때 그 차인지는 아직 몰라. 같은 차 같지만, 확실하게 확인해 봐야 해."

나는 스무 칸 정도 건너편에 있는 스테이션왜건과 폰티악 사이에 내 메르세데스를 세운 다음 차 안에 앉아 주변의 상점들을 살펴보았다. 선물 가게, 액자 가게와 식당… 그리고 담배 가게와 빵집 사이에 쉽게 눈에 띄지 않는 작은 서점이 하나 있었다. 창가에는 책이 진열되어 있었고, 나무 간판이 문에 걸려 있었다. 간판에는 콜로니얼 서체로 '딜러스 룸'이라고 적혀 있었다.

"크로스워드 퍼즐."

나는 숨을 죽이며 낮게 중얼거렸다. 등골을 타고 소름이 오싹 끼쳤다. 애비는 여전히 링컨을 바라보고 있었다.

"뭐라고?"

"질과 엘리자베스는 크로스워드 퍼즐을 좋아했어. 일요일 아침에는 식사를 하러 나와서 〈뉴욕 타임스〉를 사 봤을 텐데…."

나는 차 문을 열었다. 애비가 얼른 내 팔을 잡으며 말했다.

"안 돼, 케이. 잠깐만 기다려. 생각 좀 해보고."

나는 다시 운전석에 앉았다.

"그냥 무턱대고 들어가선 안 돼."

애비가 명령조로 말했다.

"신문 한 부만 사면 돼."

"그 사람이 저기 있으면? 그럼 어떡하려고?"

"그 사람이 맞는지 확인해야지. 링컨을 몰던 남자가 맞는지… 얼굴을 보면 알 수 있을 것 같아."

"그쪽에서 당신을 알아볼 수도 있어."

"딜러스 룸의 '딜러(Dealer)'는 카드놀이할 때의 그 딜러를 말하는 건지도 몰라."

나는 생각나는 대로 말했다.

검은색의 짧은 곱슬머리를 한 젊은 여자가 서점으로 향하더니 문을 열고 안으로 사라졌다. 나는 말꼬리를 흐렸다.

"카드를 돌리는 사람, 하트 잭을 돌리는 사람…."

"그 남자가 길을 물어봤을 때 대답한 건 당신이잖아. 당신 사진은 신문에도 실렸고 말이야. 그러니까 당신은 안 돼. 내가 갈게."

"같이 가."

"그건 말도 안 돼!"

애비가 단호하게 말했다.

나는 마음을 굳혔다.

"맞아. 당신은 그냥 있어. 내가 갈 테니까."

애비가 미처 뭐라 말하기도 전에 나는 차에서 내렸다. 애비도 차에서 내렸지만 어쩔 줄 모르는 얼굴로 그냥 서 있을 뿐이었다.

나는 서점을 향해 성큼성큼 걸어갔다. 애비는 따라오지 않았다. 소란을 피워서 좋을 게 없다고 판단한 듯했다.

나는 서점의 차가운 놋쇠 손잡이에 손을 갖다댔다. 심장이 쿵쿵거렸다. 문을 열고 안으로 들어선 순간, 무릎에서 힘이 쑥 빠졌다.

한 남자가 카운터 뒤에 서서 미소를 지으며 신용카드 영수증을 기입하고 있었다. 그 앞에서는 울트라스웨이드 정장 차림의 중년 부인이 재잘거리고 있었다.

"…생일이란 그래서 좋은 거죠. 남편한테 내가 읽고 싶은 책을 사주면….."

"두 분이 같은 장르의 책을 좋아하신다면 그것도 좋겠지요."

매우 부드럽고 편안한, 신뢰할 수 있는 목소리.

서점 안에 들어서긴 했지만, 난 필사적으로 달아나고 싶었다. 뛰고 싶었다. 카운터 한쪽으로 신문 뭉치가 쌓여 있는 게 보였다. 그중에는 〈뉴욕 타임스〉도 있었다. 신문을 한 부 집어 들고 얼른 계산한 뒤 나가면 그만이다. 하지만 나는 그 남자의 눈과 마주치고 싶지 않았다.

그 사람이다.

나는 돌아서서 뒤돌아보지 않고 서점 밖으로 나왔다.

애비는 담배를 피우며 차 안에 앉아 있었다. 나는 허겁지겁 시동을 걸었다.

"여기에서 일하면서 64번 고속도로로 가는 길을 몰랐다는 건 말이 안 돼."

애비는 내 말뜻을 정확하게 알아들었다.

"지금 마리노한테 전화할까, 리치먼드로 돌아가서 연락할까?"

"지금 해야 해."

공중전화를 찾아 통화를 시도했지만 마리노는 순찰 중이라는 응답이 돌아왔다. 나는 그에게 메시지를 남겼다.

"ITU-144. 전화해요."

애비는 내게 질문을 퍼부었고, 나는 최선을 다해 대답했다. 그리고 한동안 긴 침묵이 흘렀다. 위가 쓰라렸다. 길가에 차를 세울까 하는 생각이 들었다. 구역질이 날 것 같았다.

애비가 몹시 걱정스러운 얼굴로 나를 쳐다보았다.

"맙소사! 케이, 얼굴이 백지장 같아."

"난 괜찮아."

"내가 운전할까?"

"괜찮아. 정말이야."

집에 도착한 후 나는 곧장 침실로 올라갔다. 다이얼을 돌리는 손이 부들부들 떨렸다. 신호가 두 번 가고 마크의 자동응답기가 대답하는 순간, 나는 전화를 끊으려고 했지만 그의 음성이 놓아주지 않았다.

"죄송합니다. 지금은 전화를 받을 수 없으니 다음에…."

삑 소리가 들리는 순간 망설이다 조용히 수화기를 내려놓았다. 인기척에 고개를 돌려보니 애비가 문간에 서 있었다. 방금 내가 무슨 일을 했는지 알고 있다는 표정이었다.

나는 눈물이 그렁그렁한 눈으로 애비를 바라보았다. 애비는 침대 가장자리에 나란히 앉았다.

"왜 메시지를 남기지 않았어?"

"내가 누구한테 전화했는지 당신이 어떻게 알아?"

나는 목소리를 다잡으려 애쓰며 물었다.

"나도 마음이 아주 안 좋을 때 그런 충동에 사로잡히니까. 무작정 수화기를 들고 싶은 거야. 아직까지도…. 그런 일을 당했으면서 말이야. 아직도 클리퍼드에게 전화 걸고 싶어."

"그래서 걸었어?"

애비는 천천히 고개를 저었다.

"그러지 마. 절대로 그러지 마, 애비."

애비는 내 얼굴을 찬찬히 들여다보았다.

"서점 안에 들어가서 범인을 봤어?"

"모르겠어."

"알고 있잖아."

나는 애비의 시선을 피하며 대답했다.

"아주 가까이 가면 직감적으로 알게 돼. 전에도 그런 적이 있으니까. 왜 그런지는 모르겠어."

"우리 같은 사람들은 어쩔 수 없어. 어떤 강박 같은 것이 우리를 몰아가는 거야. 그래서 그런 일이 일어나지."

애비에게 나의 두려움을 말할 수는 없었다. 마크가 전화를 받았다 해도, 그에게 말할 수 있었을까.

"당신은 죽음을 많이 봐왔을 텐데, 자신의 죽음에 대해서는 생각해 본 적 있어?"

애비가 허공을 바라보며 공허한 음성으로 물었다.

나는 대답 대신 침대에서 벌떡 일어서며 말했다.

"마리노는 도대체 어디 있는 거지?"

그러고는 수화기를 집어 들고 마리노의 번호를 다시 돌렸다.

16

용의자

하루하루가 흘러 몇 주가 지나는 동안 나는 초조하게 기다렸다. '딜러스 룸'에 대한 정보를 가져간 뒤로 마리노는 연락이 없었다. 아무도 연락을 하지 않았다. 시간이 흐를수록 침묵은 더욱 요란해지고 불길함은 더해가기만 했다.

봄이 시작되는 첫날, 변호사 두 사람 앞에서 세 시간 동안 증언을 마치고 회의실에서 나오는 길이었다. 로즈가 전화가 왔다고 알려주었다.

"케이? 벤턴입니다."

갑자기 아드레날린이 솟구치는 느낌이 들었다.

"좋은 오후예요."

"내일 콴티코로 올 수 있습니까?"

벤턴은 딱딱한 표정이 연상되는 낮은 목소리로 불쑥 물었다.

나는 일정표를 끌어당겼다. 로즈가 전화 회의란에 연필로 표시를 해놓았다. 이건 조정할 수 있을 것이다.

"몇 시에?"

"괜찮으시면 10시. 마리노에게는 이미 알렸습니다."

뭐라 묻기도 전에 벤턴은 아직은 말할 수 없다며 만나서 이야기하겠다고 선수를 쳤다.

나는 6시가 약간 넘어서 사무실을 나섰다. 해가 지자 공기가 차게 느껴졌다. 우리 집 정원으로 들어서는 순간 불이 켜져 있는 것이 보였다. 애비가 일찍 들어온 모양이었다.

둘 다 들락날락하느라 최근에는 대화는커녕 거의 얼굴도 보지 못했다. 애비는 직접 쇼핑을 하지는 않았지만, 가끔 냉장고에 테이프로 50달러짜리 지폐를 붙여놓곤 했다. 애비가 먹는 얼마 안 되는 비용을 치르고도 남는 액수였다. 와인이나 스카치 병이 바닥을 드러낼 때는 병 밑에 20달러가 붙어 있었다. 며칠 전에는 다 쓴 세탁비누통 위에 5달러가 놓여 있기도 했다. 집 안 구석구석 돌아다니는 일이 어느덧 보물 찾기로 둔갑해 버렸다.

현관문을 여는 순간 애비가 갑자기 나오는 바람에 나는 깜짝 놀라 뒤로 물러섰다.

"미안해. 차 소리 들었어. 놀랐어?"

애비가 같이 살게 된 뒤로 놀라는 일이 잦았다. 아직도 누구와 같이 산다는 사실에 익숙해지지 않은 모양이다. 애비는 피곤한 얼굴이었다.

"마실 거 만들어줄까?"

애비가 물었다.

"그래."

나는 코트 단추를 풀며 거실을 둘러보았다. 커피 테이블 위에는 담배꽁초가 가득 찬 재떨이와 와인잔, 그리고 취재 수첩 몇 개가 놓여 있었다.

나는 코트와 장갑을 벗으며 2층으로 올라가 침대 위에 옷을 던진 후, 자동응답기에 남겨진 메시지를 한참 동안 확인했다. 어머니가 전화를 하신 모양이었다. 저녁 8시까지 전화를 해주면 상을 주겠다는 메시지도 있었고, 아침에 날 데리러 오겠다는 마리노의 메시지도 있었다. 마크와 나는 여전히 서로를 그리워하며, 서로의 자동응답기에 목소리를 남기곤 했다.

"내일 콴티코에 가야 해."

나는 거실로 들어서며 애비에게 말했다. 애비는 커피 테이블에 놓인 술잔을 가리켰다.

"마리노와 함께 벤턴을 만나러 갈 거야."

애비는 담배를 집어 들었다.

나는 말을 이었다.

"무슨 일인지 모르겠는데, 혹시 아는 거 있어?"

"내가 어떻게 알겠어?"

"당신 요즘 집에 자주 안 들어왔잖아. 당신이 뭘 하는지 난 모르니까."

"당신이 사무실에서 무슨 일을 하는지 나도 몰라."

"요즘 특별한 일은 없어. 알고 싶은 게 뭐지?"

나는 긴장감을 감추려고 애쓰며 가볍게 물었다.

"당신이 업무에 대해서 얼마나 입이 무거운지 아니까 물어보지 않을래. 염탐하고 싶지는 않아."

이 말은 애비에게 요즘 무슨 일을 하고 있는지 물어보는 것도 염탐이라는 의미로 받아들일 수 있다는 뜻이다.

"애비, 난 요즘 당신이 좀 서먹서먹해."

"머리가 복잡해서 그래. 심각하게 받아들이지 마."

분명 지금 쓰고 있는 책과 앞으로의 계획 등으로 생각할 게 많기는 할 것이다. 하지만 애비가 이렇게 혼자 틀어박혀 지내는 모습은 본 적이 없었다.

"걱정돼서 그러는 것뿐이야."

"케이, 당신이 날 몰라서 그래. 난 한 가지 일에 빠지면 완전히 사로잡히는 성격이야. 털어버릴 수가 없어. 이 책이 내 명예를 회복할 기회라고 했었지? 사실 그래."

"그 말은 반갑군. 애비, 당신을 믿어. 틀림없이 베스트셀러가 될 거야."

"그럴 수도 있겠지. 이번 사건을 다룬 책에 관심이 있는 사람은 나뿐만이 아냐. 에이전트가 벌써 다른 건이 진행 중이라는 소문을 들었다는데… 먼저 출발했으니 빨리 작업하면 괜찮겠지."

"난 당신 책을 걱정하는 게 아니라 당신을 걱정하는 거야."

"나도 당신 걱정을 해, 케이. 여기 있도록 해준 거 고맙게 생각하고 있어. 오래가지 않을 거야. 약속해."

"이 집에는 원하는 만큼 있어도 돼."

애비는 수첩을 정리하며 술을 마셨다.

"곧 집필을 시작해야 하는데, 그때부터는 내 공간과 내 컴퓨터가 있어야 해."

"그럼 요즘은 리서치만 하는 거군."

"그렇지. 미처 생각지도 못한 것들을 많이 찾아냈어."

애비는 침실로 향하며 수수께끼 같은 말을 남겼다.

다음 날 아침 콴티코로 빠지는 출구가 보일 때쯤 갑자기 도로가 꽉 막혔다. 95번 고속도로 북쪽 어딘가에서 사고가 난 모양이었다. 차들이 전혀 움직이지 않았다. 마리노는 비상등을 켜고 갓길로 빠졌다. 우리는 차체 밑으로 돌이 튀는 울퉁불퉁 길을 덜컹거리며 90미터가량을 빠져나갔다.

웨슬리가 무슨 말을 할지 궁금하기도 하고 애비에 대한 걱정으로 머릿속이 꽉 차 있는데, 마리노는 두 시간 동안 최근 자신이 해낸 집안일에 대해 자랑을 늘어놓았다.

마리노는 해병대 병영과 사격장 옆을 지나치며 투덜거렸다.

"베니션 블라인드가 그렇게 골치 아픈 물건인 줄 알았나. 세제를 뿌리는데…."

마리노는 나를 흘끗 쳐다보며 말을 이었다.

"한 줄에 1분씩 걸리더군. 종이타월은 갈기갈기 찢어져서 온통 날리고 말이야. 그래서 결국 방법을 찾아냈지. 아예 창문에서 통째로 떼서 욕조에 담가놓는 거요. 따뜻한 물에 세제를 푼 다음 담가놓으니 아주 편하더군."

"잘했어요."

"부엌 벽지도 뜯어내는 중이오. 집을 살 때부터 발려 있던 거거든. 도리스도 마음에 안 들어했지."

"문제는 당신 마음에 들어야죠. 이제 그 집에 사는 사람은 당신이니까."

마리노는 어깨를 으쓱했다.

"나야 뭐 별 신경도 안 쓰지. 하지만 도리스가 보기 싫다고 하면 보기 싫은 걸 테니까…. 트레일러를 팔아서 간이 풀장을 살까 하는 이야기도 했었소. 여름이 되기 전에 그것도 들여놔야겠어."

"마리노, 명심해요. 당신 자신을 위한 일을 하라고요."

마리노는 대답하지 않았다.

"가망 없는 일에 매달리지 말아요."

"어차피 손해 보는 일도 아니지. 도리스가 돌아오지 않는다 해도 보기 좋게 꾸며놓으면 좋지 않겠소."

"언제 한번 집 구경 시켜줘요."

"그럽시다. 그러고 보니 늘 박사 집에만 놀러 가고 우리 집에는 한 번도 초대를 안 했구먼."

마리노가 차를 세웠다. FBI 아카데미는 미 해병대 기지의 바깥 경계선을 야금야금 먹어 들어가고 있었다. 분수가 있고 깃발이 휘날리는 본 건물은 이제 행정사무실로 변했고, 활동 중심지는 그 옆에 새로 지은 적갈색 건물로 옮겨졌다. 못 본 사이 기숙사로 보이는 건물이 하나 더 들어서 있었다. 멀리서 총성이 폭죽 소리처럼 들려왔다.

마리노는 안내 데스크에 38구경 권총을 맡겼다. 우리는 출입 신고를 하고 방문증을 달았다. 마리노가 벽돌과 유리로 된 밀폐된 통로를 피해 지름길로 나를 안내했다. 일단 문을 통해 건물 밖으로 나온 뒤 하역장을 가로질러 취사장을 지나쳤다. 그다음엔 선물 가게 뒤편으로 불쑥 튀어나왔다. 마리노는 여러 장의 스웨트셔츠를 들고 있는 젊은 여점원 쪽으로는 눈길도 주지 않고 태연자약하게 가게를 가로질렀다. 우리의 행보를 지켜보는 점원의 입술이 항의라도 하려는 듯 약간 벌어졌다. 선물 가게에서 나온 우리는 모퉁이를 돌아 보드룸이라는 이름의 술집 겸 식당으로 들어갔다. 웨슬리는 구석의 테이블에서 우리를 기다리고 있었다.

웨슬리는 곧장 본론으로 들어갔다.

딜러스 룸의 주인은 스티븐 스퍼리어라는 이름을 가지고 있었다. 웨슬리는 그를 '서른네 살의 백인, 검은 머리, 갈색 눈, 180센티미터, 73킬로그램'이라고 묘사했다. 아직 체포하거나 신문하지는 않았지만, 계속 감시를 붙여놓았다고 했다. 현재까지 관찰한 바로는 아주 평범한 사람이라곤 볼 수 없었다.

밤늦게 2층 벽돌집에서 나와 바 두 곳과 휴게소 한 곳에 들른 적이 몇 번 있다는 것이다. 한 곳에서 절대 오래 머무르는 법이 없고, 항상 혼자였다. 지난주에는 톰톰이라는 바에서 나오는 젊은 커플에게 접근했다. 이번에도 길을 묻는 것 같았지만 아무 일도 일어나지 않았다. 커플은 차를 타고 떠나고, 스퍼리어는 자신의 링컨에 올라타고 이곳저곳을 배회하다 집으로 들어온 모양이었다. 자동차 번호판은 여전히 그대로였다.

"증거 문제가 좀 있습니다. 탄피는 우리 실험실에 있지만, 데버러 하비의 시체에서 나온 총알은 리치먼드 법의국에 있지요."

딱딱하게 굳은 얼굴의 웨슬리는 무테 안경 너머로 나를 바라보며 말했다.

"내가 가지고 있는 게 아니라 법과학연구소에 있는 거죠. 엘리자베스 모트의 차에서 나온 혈액의 DNA 감식은 그쪽에서 시작한 걸로 알고 있는데요."

"1~2주 정도 더 걸릴 겁니다."

나는 고개를 끄덕였다. FBI의 DNA 연구실에서는 다섯 개의 다형 탐침(polymorphic probe)을 사용하는데, 이 탐침은 엑스레이 현상액에 각각 일주일 동안 담가놓아야 한다. 얼마 전 내가 몬태나 형사에게서 피 묻은 천조각을 받아 웨슬리에게 즉각 분석하라고 편지를 보낸 것도 그 때문이었다.

"용의자의 혈액을 확보하지 못하면 DNA 따위는 아무짝에도 쓸모가 없지."

마리노가 말했다.

"그것도 노력 중일세."

웨슬리가 냉정하게 말을 받았다.

"음… 자동차 번호판 덕분에 스퍼리어를 잡을 수 있었으니까 몇 주

전에 뭘 하느라 애러노프의 번호판을 달고 돌아다녔는지도 직접 물어보게나."

"그걸 달고 돌아다녔다는 건 증명할 수가 없어. 케이와 애비의 증언이 전부니까."

"수색영장을 발급해 줄 판사만 확보하면 되잖나. 일단 뒤져보는 거야. 신발 열 켤레가 튀어나올 수도 있고, 우지나 하이드라 쇼크 탄환이 나올 수도 있어. 뭐가 나올지 누가 알겠나?"

"그럴 계획이야. 하지만 차근차근 하자고."

웨슬리가 커피를 더 가지러 일어서자 마리노가 내 컵과 자기 컵을 들고 웨슬리의 뒤를 따랐다. 이른 시각이어서 보드룸은 텅 비어 있었다. 나는 빈 테이블과 구석의 텔레비전을 둘러보면서 밤늦게 이곳에서 무슨 일이 벌어질지 상상해 보았다.

훈련 중인 FBI 요원들의 생활은 수도사와 거의 비슷하다. 기숙사에는 이성이 출입할 수 없으며, 음주와 흡연도 금지되고, 방문을 잠글 수도 없다. 하지만 이곳 보드룸에서는 맥주와 와인을 마실 수 있다. 파티나 떠들썩한 술판은 항상 이곳에서 벌어졌다. 마크가 해준 이야기가 생각났다. 어느 날 밤 여기서 공짜 술판이 벌어졌는데, 복습에 너무 열중했던 FBI 신참 요원 하나가 베테랑 마약단속국 요원들이 앉아 있는 테이블을 '장악' 한 일이 있었다고 한다. 테이블은 부서져서 바닥에 나동그라지고, 맥주와 팝콘 바구니가 굴러다녔다지….

웨슬리와 마리노가 돌아왔다. 웨슬리는 커피를 내려놓고 은회색 정장 재킷을 벗더니 의자 등받이에 깔끔하게 걸쳐놓았다. 흰 셔츠에는 주름 하나 없었다. 실크 넥타이는 광택이 나는 청색 바탕에 작은 백합 무늬가 그려져 있었고, 같은 색의 멜빵을 하고 있었다. 마리노는 〈포천〉이 선정한 500인 안에 들어도 될 법한, 옆에 앉은 동료와 완벽한 대조를 이루었다. 배가 너무 나와서 아무리 우아한 양복을 입어도 폼 나지 않을 것 같았지만, 그래도 인정할 건 인정해야 한다. 요즘은 그나마 노력은 하고 있으니까.

"스퍼리어의 배경은 어떤가요?"

내가 물었다.

웨슬리는 뭔가 메모를 하고 있었고 마리노는 파일을 훑어보고 있는 중이었다. 둘 다 테이블에 제삼자가 앉아 있다는 것을 까맣게 잊고 있는 듯한 모습이었다.

웨슬리가 고개를 들며 대답했다.

"전과는 없습니다. 체포된 적도 없고, 과거 10년 동안 속도위반 한 번 한 적이 없어요. 1990년 버지니아비치에 있는 자동차 대리점에서 86년형 타운카를 팔고 현금을 더 얹어서 링컨을 장만했답니다."

"돈이 어느 정도 있는 놈일세. 비싼 차에 좋은 집이라…. 서점에서 그만한 돈이 나올 것 같지는 않군."

마리노의 말에 웨슬리가 대답했다.

"서점에서 버는 돈은 얼마 되지 않아. 작년 소득세 신고를 보면 3천 달러가 채 안 된다네. 하지만 자산은 50만 달러가 넘어. 금융계좌와 해변 지역의 부동산, 주식 등을 합해서 말이야."

"쳇."

마리노가 못마땅한 듯 고개를 저었다.

"부양가족은요?"

내가 물었다.

"없습니다. 결혼도 안 했고 양친 모두 사망했어요. 아버지가 노던넥에서 잘나가는 부동산 중개인이었지요. 스티븐 스퍼리어가 이십대 초반일 때 사망했는데, 아마 돈은 아버지에게서 물려받은 것 같습니다."

"어머니는요?"

"어머니는 아버지가 사망한 지 1년 뒤에 세상을 떠났습니다. 암이었죠. 스티븐을 낳을 때 어머니 나이가 마흔두 살이었답니다. 유일한 가족으로 고든이라는 형이 있는데, 현재 텍사스 주에 살고 있습니다. 스티븐보다 열다섯 살이나 많지요. 기혼이고 자녀는 넷을 두었군요."

웨슬리는 노트를 훑어보며 브리핑을 계속했다. 스퍼리어는 글로스터 출생으로 버지니아 대학 영문학과를 졸업했다. 그 뒤 해군에 입대했는데 복무 기간은 4개월도 채 되지 않았다. 그 후 전역한 뒤 11개월 동안 인쇄소에서 기계 정비공으로 일했다.

"해군에서 복무하던 시기의 얘기를 자세히 해보게."

마리노가 말했다.

"별다른 사항은 없어. 오대호 근처에 있는 신병교육대에 입소했는데, 거기서 저널리즘을 전공으로 선택해서 인디애나폴리스에 있는 포트 벤저민 해리슨 방위정보학교에 배치된 모양이야. 이후 노포크의 대서양 함대 총사령관 밑에서 복무했고."

웨슬리는 고개를 들고 말을 이었다.

"그리고 아버지가 죽은 지 한 달 뒤에 전역 명령을 받았네. 당시 어머니도 병에 걸려 있었던 터라 글로스터로 돌아가서 병간호를 했지."

"형은?"

"텍사스에 있는 직장과 가족 때문에 마음대로 움직일 수 없었던 모양이야. 다른 이유도 있을 수 있겠고. 가족 관계도 캐내고 싶긴 하지만 당분간은 자세히 알아보지 않을 생각이네."

"왜죠?"

내가 물었다.

"지금 이 시점에 형을 직접 만나는 건 위험 부담이 크기 때문입니다.

스티븐에게 전화해서 귀띔을 해줄지도 모르고, 고든이 순순히 협조할 것 같지도 않습니다. 가족이란 평소에는 잘 지내지 못하는 사이더라도 이런 문제가 생기면 똘똘 뭉치는 경향이 있지요."

"그래도 다른 사람들한테는 탐문을 해봤겠지?"

"그가 복무했던 곳과 버지니아 대학, 인쇄소를 조사해 봤지."

"또 뭐라고 하던가?"

"외톨이였어. 저널리스트까지는 아니었지. 취재나 기사 작성보다는 독서에 더 관심이 많았던 모양이야. 인쇄소 일은 적성에 맞았던 것 같아. 바쁘지 않을 때는 뒤로 물러나서 책에 머리를 파묻고 있었다는군. 사장 말로는 스티븐이 인쇄기나 이런저런 기계류 조작을 좋아해서 늘 반짝반짝하게 닦아놓았다고 했어. 가끔은 아무하고도 말 한마디 없이 며칠을 지내기도 했고. 사장은 스티븐이 별난 사람이었다고 하더군."

"일화 같은 건 얘기 안 하던가?"

"어느 날 아침 인쇄소 여직원이 종이 커터를 쓰다가 손가락 끝이 살짝 잘려나갔는데, 스티븐이 방금 닦아놓은 기계에 피를 묻혔다고 화를 내더라는군. 어머니가 죽었을 때도 별난 반응을 보였던 모양일세. 점심 휴식 시간에 책을 읽고 있었는데 병원에서 전화가 온 거야. 그런데 어머니가 죽었다는 전화를 받고도 전혀 감정을 드러내지 않고 책만 계속 읽었다는군."

"진짜로 가슴이 따뜻한 사내로구먼."

마리노가 어이없다는 듯 말했다.

"스티븐을 가슴이 따뜻한 사람이었다고 평한 사람은 아무도 없었네."

"어머니가 죽은 뒤에는 어떻게 됐나요?"

내가 물었다.

"아마 상속을 받았겠지요. 윌리엄스버그로 이사해서 머천트 스퀘어에 딜러스 룸을 차린 겁니다. 그게 9년 전이지요."

"질 해링턴과 엘리자베스 모트가 살해되기 1년 전이군요."

내 말에 웨슬리가 고개를 끄덕이며 설명을 덧붙였다.

"그 사건이 발생했을 당시도 그렇고 이번 연쇄살인 사건이 벌어진 시기에도 내내 그 지역에 살았습니다. 서점을 차린 뒤로 줄곧 거기서 일했지요. 음… 7년 전 5개월 정도 문을 닫은 적이 있는데, 왜 문을 닫았는지, 그동안 스퍼리어가 어디 있었는지는 알아내지 못했습니다."

"서점은 직접 경영하나보지?"

마리노가 물었다.

"워낙 규모가 작은 곳이라 직원은 따로 없고 월요일에는 문을 닫지. 카운터 뒤에 앉아서 책 읽는 것 말고는 특별히 할 일도 없는 곳이야. 볼일이 있을 때는 문을 일찍 닫든가 몇 시까지 돌아오겠다는 팻말을 써서 문에 붙여놓았대. 자동응답기도 있더군. 아무 때라도 어떤 책을 찾는다거나 절판된 책을 구하고 싶다는 음성을 남겨놓을 수 있지."

"그렇게 반사회적인 인간이 사람들과 계속 접촉해야 하는 사업을 하고 있다는 게 재미있군. 비록 제한된 접촉이긴 하지만."

"어떻게 보면 그와 딱 맞는 일이기도 해. 개인적인 관계를 맺지 않고도 다른 사람을 관찰하고 싶은 사람에겐 서점이 관음증을 해소하는 완벽한 무대가 될 수 있거든. 윌리엄 앤드 메리 학생들도 그 서점을 자주 찾았다는군. 그곳에선 인기 소설이나 논픽션은 물론 절판되었거나 흔치 않은 책들도 구할 수 있기 때문이라네. 근처 군부대 고객들을 끌어들이기 위해서 첩보소설이나 밀리터리 잡지도 다양하게 구비해 놓았더군. 스티븐이 정말 범인이라면, 자기 가게에 들락거리는 젊고 매력적인 대학생 커플이나 군인의 모습에 넋을 빼앗기면서도 한편으로는 자신이 사회 부적응자라는 자각과 좌절감, 분노 같은 감정이 솟았을 거야."

나는 웨슬리의 말을 듣고 추측해 보았다.

"혹시 군 복무 중일 때 왕따를 당하진 않았는지 모르겠네요."

"들은 이야기를 종합해 보면 어느 정도는 그랬던 것 같습니다. 동료들은 스퍼리어를 겁쟁이나 멍청이로 취급했고, 상사들은 규율을 딱히 위반하지는 않지만 오만하고 무관심한 친구로 생각했답니다. 여자 관계도 제대로 가져본 적이 없고 늘 혼자 지냈지요. 그건 스퍼리어 스스로 선택한 것이기도 하고, 그를 대단히 매력적이라고 생각해 주는 사람이 없었기 때문이기도 합니다."

"어쩌면 스퍼리어에게 해군은 진짜 남자, 자신이 원하는 그런 남자가 될 기회였겠지. 그런데 아버지가 죽고 병든 어머니를 돌봐야 했다면 주변 상황이 모든 걸 망쳐놨다고 생각할 수도 있어."

마리노가 말했다.

"그래. 범인은 자신의 어려움이 모두 다른 사람의 잘못 때문이라고 생각하고 있을 걸세. 자신에게는 책임이 전혀 없다고 여기는 거지. 다른 사람이 자기 인생을 조종한다고 생각하기 때문에 다른 사람을 조종하려 하고 주변 환경을 집착의 대상으로 삼는 걸세."

"세상을 향해 복수를 하는 것 같군."

"범인은 자신에게 힘이 있다는 걸 과시하고 있어. 그런 환상에 군대라는 요소가 더해지면… 자신이 전사라고 생각하게 되는 거지. 그래서 잡히지 않고 사람을 죽이는 걸세. 적의 의표를 찌르고, 적과 게임을 벌여 이기는 거지. 어쩌면 수사하는 사람들이 군인이나 캠프 피어리 사람을 용의자로 여기도록 의도적으로 증거를 조작했을 수도 있지."

"범인 쪽에서도 허위 증거 작전을 펼치는 거로군요."

내 말에 웨슬리가 덧붙였다.

"군대를 파괴할 수는 없지만, 군대의 이미지를 실추시키고 명예를 훼손할 수는 있지요."

"흠, 그러면서 잔뜩 우쭐해하고 있겠지."

마리노가 말했다.

"이번 커플 연쇄살인은 사회적으로 고립된 범인이 예전부터 꿈꾸었던 폭력적이고 성 충동적인 환상의 산물이라고 봐. 범인은 자신이 살고 있는 세상이 부당하다고 생각하고 있어. 그에게 환상은 확실한 탈출구가 되는 셈이지. 환상 속에서 그는 마음껏 자신의 감정을 표출하고 다른 사람을 지배할 수 있는 걸세. 원하는 것은 무엇이든 될 수 있고 무엇이든 얻을 수 있지. 삶과 죽음조차도 지배할 수 있어. 다른 사람을 상처 입히거나 죽이는 것을 결정할 힘을 얻게 되는 거야."

"스퍼리어가 커플을 살해하는 걸 환상에서 끝내지 않은 게 유감이군. 그렇다면 우리 세 사람이 이렇게 앉아서 이런 이야기를 하고 있을 필요도 없잖겠나."

"그렇게 되지 않으니 걱정이야. 폭력적이고 공격적인 행동이 생각과 상상을 지배하게 되면, 그런 감정을 다시 실제로 표현하려 들게 마련일세. 폭력은 더욱 폭력적인 생각을 낳고, 그 생각은 더 많은 폭력을 낳지. 그러다 보면 폭력과 살인이 자연스러운 생활의 일부가 되고, 그것이 어째서 나쁜지조차 자각하지 못하게 돼. 자신은 다른 모든 사람들이 생각하고 있는 것을 실행에 옮길 뿐이라고 나한테 열변을 토하던 연쇄살인범도 있었네."

"사악한 생각이 사악한 행동을 이끄는 법이죠."

나는 이렇게 말하고 이 시점에서 데버러 하비의 지갑에 대한 내 생각을 털어놓기로 했다.

"나는 범인이 데버러 하비가 누군지 알고 있었을지도 모른다고 생각해요. 처음 납치했을 때는 몰랐더라도 죽일 때에는 알았을 거예요."

"설명해 보시죠."

웨슬리가 흥미로운 눈으로 나를 바라보았다.

"두 분, 혹시 지문 감정서 봤어요?"

"나는 봤소."

마리노가 대답했다.

"데버러 하비의 지갑에서 부분지문이 나왔고, 신용카드에는 손가락 얼룩이 남아 있었지만 운전면허증에서는 아무것도 나오지 않았어요."

"그래서?"

마리노가 혼란스러운 표정으로 물었다.

"방수 처리된 나일론 지갑이었기 때문에 내용물은 잘 보존되어 있었어요. 신용카드와 운전면허증은 비닐 창 안에 넣어 지퍼로 여닫는 칸에 들어 있어서 분해되지도 않았고, 부패할 때 시체에서 흘러나온 액에 의해서도 손상되지 않았지요. 밴더가 아무것도 발견하지 않았다면 이야기가 달라지지만… 재미있는 건 신용카드에서는 지문이 나왔는데 운전면허증에서는 아무것도 안 나왔다는 사실이에요. 데버러는 세븐일레븐에 들어가서 맥주를 사려고 했을 때 운전면허증을 꺼냈어요. 즉 면허증을 손으로 만졌다는 얘기고, 점원인 엘런 조던도 손을 댔다고 했어요. 그러니 혹시 범인이 그 운전면허증에 손을 댔다가 나중에 닦았을지도 모른다는 얘기예요."

"왜 그랬을까?"

마리노가 물었다.

"범인이 커플과 함께 차에 탄 다음 총을 꺼내고 납치하는 과정에서 데버러가 자신의 신분을 밝혔을지도 몰라요."

"재미있군요."

웨슬리가 말했다.

나는 말을 이었다.

"데버러가 겸손한 아가씨였을지라도, 자기 집안이 유명하고 어머니도 사회적으로 유명한 인사라는 점을 알리면 범인의 태도가 바뀔지도 모른다고 생각했을 수도 있어요. 범인이 자신과 프레드를 다치게 했다가는 큰일을 당할지도 모른다고 겁을 주고 싶었겠죠. 그러자 범인은 데버러의 말을 듣고 무척 놀라서 신분을 증명할 만한 걸 꺼내보라고 했겠죠. 그때 범인은 운전면허증에 적힌 데버러의 이름을 읽기 위해서 지갑을 손으로 잡았을 거예요."

"그럼 어째서 지갑이 숲에 버려진 거죠? 왜 하트 잭을 그 안에 넣어 뒀을까?"

마리노가 이해할 수 없다는 투로 말했다.

"시간을 좀 더 벌려고 그랬겠죠. 지프는 곧장 발견될 텐데, 데버러가 누군지 알았다면 경찰력을 총동원해서 아이들을 찾아 나설 거라는 사실도 짐작했을 거예요. 안전을 위해서 하트 잭 카드가 곧장 발견되지 않도록 지프 안에 놓는 대신 시체 옆에 놓아둔 거죠. 카드를 지갑 안에 넣고 지갑을 시체 밑에 놓아두면 언젠가는 발견되겠지만 시간이 많이 걸릴 테니까요. 규칙을 약간 바꿨지만, 그래도 게임에선 이긴 거죠."

"나쁘지 않군. 자네 생각은 어떤가?"

마리노가 웨슬리를 쳐다보며 물었다.

"정확한 진상은 절대 알 수 없을 걸세. 하지만 데버러가 케이가 말한 그대로 행동했다고 해도 놀라운 일은 아니지. 한 가지 분명한 점은, 데버러가 무슨 말을 하고 어떻게 협박했는지는 몰라도 두 사람을 풀어준다는 건 범인에겐 너무 위험한 일이었어. 나중에 얼굴을 알아볼지도 모르니 말일세. 그래서 결국 살인을 실행했지만, 예기치 못한 상황이 발생한 거야. 맞아."

웨슬리가 나를 향해 말을 이었다.

"그 때문에 살인 의식을 변경했을 수도 있습니다. 데버러의 지갑에 카드를 남겨놓은 건 어쩌면 데버러와 그녀의 신분에 대한 경멸의 표시가 아니었을까요?"

"엿 먹어라, 이거지?"

마리노가 말했다.

"그럴 수도…."

웨슬리가 대꾸했다.

스티븐 스퍼리어는 그 주 금요일에 체포되었다. FBI 수사관 두 명과 관할 경찰서 소속 형사 두 명이 하루 종일 미행한 끝에 뉴포트뉴스 공항의 장기주차장에서 덮친 것이다.

날이 밝기 전에 마리노의 전화를 받고 잠에서 깬 순간, 이번에도 커플이 실종되었구나 하는 생각이 가장 먼저 들었다. 그리고 한참 지나서야 마리노가 무슨 말을 하는지 이해할 수 있었다.

"자동차 번호판 떼는 걸 덮쳤다는군. 경범죄로 기소했소. 어쨌든 그 치를 탈탈 털어볼 명분이 생긴 셈이지."

"이번에도 링컨이었나요?"

"이번에는 1991년형 은회색이오. 유치장에서 판사를 만날 준비를 하고 있는데, 사소한 경범죄 하나로 오래 잡아둘 수는 없으니 최대한 수속 시간을 끄는 것이 최선이지. 그런 다음 스퍼리어는 나오게 될 거요."

"수색영장은요?"

"지금 이 순간에도 경찰과 연방 수사관들이 그놈의 집에 바글거리고 있을 거요. 샅샅이 뒤지는 중이오."

"당신도 그쪽으로 가겠군요."

"그렇소. 나중에 알려주리다."

다시 잠드는 것은 불가능했다. 나는 어깨에 카디건을 걸치고 아래층으로 내려가 애비의 방 전등을 켰다. 애비가 깜짝 놀라며 벌떡 일어났다.

"나야."

애비는 한숨을 쉬며 손으로 눈을 가렸다. 나는 자초지종을 설명했다. 그런 다음 우리는 부엌으로 가서 커피 끓일 물을 올려놓았다.

"그놈의 집을 수색하는 자리에 나도 있다면 얼마나 좋을까."

애비는 너무나 흥분해서 당장 뛰쳐나가지 않는 것이 이상할 정도였다. 그 대신 애비는 갑자기 부지런해져서는 하루 종일 바쁘게 집 안을 오갔다. 자기 방을 청소하고, 부엌 청소도 도와주고, 테라스 비질도 했다. 경찰이 무엇을 발견했는지 알고 싶긴 하지만, 윌리엄스버그로 달려가 봤자 아무 소용 없다는 걸 잘 알고 있는 듯했다. 애비는 스퍼리어의 집이나 서점에 출입할 수 없었기 때문이다.

그날 저녁 일찌감치 식사를 마치고 애비와 식기세척기를 돌리고 있는데 마리노가 찾아왔다. 마리노의 얼굴을 본 순간 좋은 소식이 아니라는 것을 알 수 있었다.

"일단 찾아내지 못한 것부터 알려드리리다. 배심원 앞에서 스퍼리어가 집파리 한 마리라도 죽였다는 것을 입증할 만한 건 단 하나도 찾아내지 못했소. 부엌에서 쓰는 식칼 말고는 칼도 없고, 총이나 총알도 안 나왔소. 신발이며 장신구, 머리카락 등등 피해자가 지니고 있던 물건도 전혀 없었소."

"서점도 수색했나요?"

"당연하지."

"차도?"

"전혀 없었소."

"그럼 찾아낸 건 뭔가요?"

"놈이 범인이라는 심증을 굳힐 만한 희한한 물건들은 잔뜩 나왔소이다. 보이스카우트 같은 놈은 절대 아니더군. 포르노 잡지를 비롯해 폭력적인 포르노물을 수집하고 있었소. 군대, 특히 CIA 관련 책과 CIA에 관한 신문 기사를 스크랩해 놓은 것도 잔뜩 있었소. 모두 다 분류해서 라벨까지 붙여놨더군. 늙은 도서관 사서보다 더 꼼꼼한 놈이오."

"이번 사건과 관련된 신문 스크랩도 찾았나요?"

애비가 물었다.

"그렇소. 질 해링턴과 엘리자베스 모트 사건도 스크랩해 놓았더군. 보안 물품이나 서바이벌 물품을 파는 스파이 숍의 카탈로그도 잔뜩 나왔고. 이곳에선 방탄 자동차부터 폭탄 탐지기와 야간 투시경 따위를 팔지. FBI에서 스퍼리어가 지난 몇 년간 그 집에서 주문한 물건이 있는지 알아볼 거요. 스퍼리어의 옷도 재미있더군. 침실에서 나일론 운동복이 여남은 벌가량 나왔는데, 전부 검은색 아니면 네이비 블루에 전혀 닮은 데도 없고 상표가 잘려 있었어. 옷 위에 걸쳐 입고 나중에 어디에라도 던져버리기 좋게 준비해 놓은 것처럼 말이오."

"나일론은 거의 닳지 않죠. 윈드브레이커나 나일론 운동복이라면 섬유가 많이 남지 않을 거예요."

"그렇지. 어디 보자. 또 뭐가 있더라?"

마리노는 잠시 말을 멈추고 잔을 비웠다.

"아, 그렇지. 수술용 장갑 두 박스랑 법의국에서 당신들이 신는 신발 커버 같은 것도 있더군."

"장화?"

"그렇지. 부검할 때 발에 피가 묻지 않게 신는 그런 거 말이오. 또 뭐가 있었냐면… 카드 네 벌이 나왔는데 아직 셀로판지에 싸인 채로 뜯지도 않고 그대로 있었소."

"하트 잭만 없어진 카드는 없었나요?"

"없었소. 하지만 놀랄 것도 없지. 하트 잭만 사용하고 나머지는 버렸을 테니까."

"전부 같은 브랜드였어요?"

"아니, 몇 가지 브랜드가 섞여 있었소."

애비는 의자에 말없이 앉아 손가락으로 무릎을 꽉 틀어쥐고 있었다. 내가 말했다.

"무기가 안 나왔다는 건 이해가 안 되네요."

"교활한 놈이오, 박사. 조심성이 많아."

"그렇지도 않잖아요. 살인 사건 관련 신문 기사를 스크랩해 놓고, 운동복이라든지 수술용 장갑을 집에 둔 걸 보면 말예요. 게다가 자동차 번호판을 훔치다가 현장에서 잡혔는데, 혹시 다시 범행을 저지르려고 한 건 아닐까요?"

"그놈이 두 사람한테 길을 물었을 때 훔친 번호판을 달고 있었지만 그 주말에 커플이 실종되었다는 소식은 전혀 없었소."

"그건 그렇죠. 운동복도 입지 않았고."

"그건 맨 마지막으로 할지도 모르지. 트렁크 안에 넣어둔 운동 가방 안에 들어 있을 수도 있어. 내 생각에 놈은 살해 도구를 상자 같은 데다 따로 모아놓았을 것 같소."

"운동 가방은 찾았어요?"

애비가 불쑥 물었다.

"아니, 살해 도구함도 못 찾았소."

"운동 가방이나 살해 도구함을 찾아내면 칼과 총, 고글 등 범행에 필요한 모든 것들이 다 그 안에 있을 거예요."

"찾다가 늙어 죽겠지."

"스퍼리어는 지금 어디 있죠?"

내가 물었다.

"내가 나올 때는 부엌에 앉아서 커피를 마시고 있었소. 믿기지가 않아. 경찰이 자기 집을 홀라당 뒤집어놓는데도 식은땀 한 방울 안 흘리다니. 운동복과 장갑, 카드 같은 것들에 대해서 질문을 했더니 변호사 없이는 대답하지 않겠다고 한마디 하고는, 마치 우리 따위는 안중에도 없다는 듯이 커피를 한 모금 홀짝 마시고 담배에 불을 붙였소. 아, 참! 그것도 빠뜨렸군. 그 새끼 담배를 피우더군."

"브랜드는요?"

"던힐이오. 서점 옆에 있던 담배 전문점에서 샀겠지. 라이터도 멋지더군. 비싸 보였소."

"스퍼리어가 범인이 맞다면 담배꽁초를 현장에 버릴 때 종이를 벗겨낸 것도 그것 때문이었겠군요. 던힐은 특징이 분명하잖아요."

"알고 있소. 필터에 금띠가 둘러져 있지."

"용의자의 생체 시료는 받아놨죠?"

마리노는 미소를 지으며 대답했다.

"당연하지. 그놈의 하트 잭을 눌러버릴 우리 쪽 패가 그거 아니겠소. 다른 사건은 몰라도 질 해링턴과 엘리자베스 모트 살해 혐의로 집어넣을 수는 있을 거요. DNA 감정 결과만 나오면 그놈을 꼼짝 못하게 옭아맬 수 있지. 한데 빌어먹을 검사가 그렇게 오래 걸려서야, 원."

마리노가 돌아가고 난 뒤 애비는 차가운 시선으로 나를 바라보았다.

"당신 생각은 어때?"

내가 물었다.

"모두 정황 증거일 뿐이야."

"지금으로 봐서는 그렇지."

"스퍼리어는 돈이 많아. 최고의 변호사를 사겠지. 앞으로 어떻게 전개될지 정확히 말해 볼까? 변호사는 이번 사건을 해결해야 한다는 압력 때문에 FBI와 경찰이 스퍼리어에게 억지로 혐의를 덮어씌웠다고 주장하겠지. 많은 사람들이 희생양을 찾고 있었다는 것이 밝혀질 거야. 특히 팻 하비의 주장에 비춰볼 때 말이야."

애비는 회의적으로 말했다.

"애비…."

"범인은 정말 캠프 피어리 사람일지도 몰라."

"정말 그렇게 생각하는 건 아니겠지?"

애비는 시계를 흘끗 쳐다보며 말을 이었다.

"어쩌면 FBI에서는 범인이 누군지 벌써 알고 있을지도 몰라. 아니, 벌써 알아내서 처리했을 수도 있겠지. 난 그것이 프레드와 데버러가 살해된 이후 더 이상 피해자가 나타나지 않는 이유라고 생각해. 모든 의혹을 해명하고 사람들이 만족하도록 상황을 종결지으려면 누군가 뒤집어써야 한다…."

나는 의자에 등을 기댄 채 얼굴을 천장으로 향하고 눈을 감았다.

"번호판을 훔친 걸로 봐서 스퍼리어가 뭔가 구린 짓을 했다는 건 분명해. 하지만 마약을 팔거나 도둑질을 했을 수도 있고, 하루쯤 남의 번호판을 슬쩍해서 돌아다니는 것 자체에 재미를 느끼는 사람일 수도 있잖아. 수상한 사람인 건 분명하지만, 세상에는 사람을 죽이지 않는 변태들이 득실득실해. 스퍼리어의 집에서 나온 물건들이 누가 심어놓은 게 아니라고 장담할 수 있겠어?"

"애비, 그만해."

나는 낮은 음성으로 말했다. 하지만 애비는 멈추지 않았다.

"이건 너무 완벽해. 운동복, 장갑, 카드, 포르노 잡지, 신문 스크랩을 봐. 무기나 탄약이 전혀 발견되지 않았다는 것도 말이 안 돼. 불시에 덮친 데다 스퍼리어는 자신이 감시당하고 있다는 것조차 모르는 상황이었는데 말이야. 말이 안 될 뿐만 아니라 대단히 편리하지. FBI에서 절대 심을 수 없는 증거물이 있다면 당신이 데버러 하비의 몸에서 찾아낸 총알을 발사한 총뿐이야."

"당신 말이 맞아. 그걸 심을 수는 없지."

나는 자리에서 일어나 조리대를 닦기 시작했다. 가만히 앉아 있을 수가 없었다.

"FBI가 심어놓을 수 없는 단 하나의 증거물만 발견되지 않다니, 재미있잖아."

경찰과 연방 수사관이 누군가를 함정에 빠뜨리기 위해 가짜 증거를 심어놓는다는 이야기는 예전부터 많았다. 미국자유인권협회에는 아마 이런 사건 파일이 방 하나를 가득 채우고 있을 것이다.

"내 말을 듣지 않는군."

"올라가서 목욕이나 해야겠어."

나는 피곤한 음성으로 말했다. 애비는 싱크대에서 행주를 짜고 있는 내 옆으로 다가왔다.

"케이?"

나는 일손을 멈추고 애비를 쳐다보았다.

"일이 쉽게 풀리기를 바라지?"

"나는 모든 일이 쉽게 풀리기를 바라, 애비. 하지만 그런 경우는 거의 없어."

"어쩌면 그게 문제일 수도 있어. 당신이 신뢰하는 사람들이 자신을 보호하기 위해 결백한 사람을 전기의자로 보낼 수도 있다는 건 생각조차 하고 싶지 않은 거라고."

"당연하지. 생각조차 하고 싶지 않아. 증거가 없는 이상 그런 가능성은 생각하지 않겠어. 게다가 마리노가 스퍼리어의 집에 갔었잖아. 마리노는 절대 그런 일에 동조할 사람이 아니야."

애비는 내게서 물러서며 말했다.

"가긴 갔었지. 하지만 스퍼리어의 집에 최초로 도착한 사람은 마리노가 아니잖아. 마리노는 연방에서 보여주고 싶은 것만 봤을 수도 있어."

17

드러난 진실

월요일, 사무실에 출근해서 처음 만난 사람은 필딩이었다.

그는 벌써 수술복으로 갈아입고 엘리베이터를 기다리고 있었다. 운동화 위에 비닐이 코팅된 파란색 종이 장화를 신은 모습을 본 순간 스티븐 스퍼리어의 집에서 경찰이 발견한 물건이 생각났다. 법의국에서 사용하는 의료 장비는 주 정부가 업체와 계약해서 구입한다. 하지만 장화와 수술 장갑을 판매하는 업체는 어느 도시에나 있다. 경찰이 아니어도 누구나 경찰복이나 배지, 총을 살 수 있듯이 의사가 아니어도 이런 물건은 얼마든지 구할 수 있는 것이다.

"어제 푹 쉬지 않으셨으면 곤란한데요."

필딩이 장난스러운 말투로 경고했다. 엘리베이터 문이 열리자 우리는 안으로 들어섰다.

"나쁜 소식인가보군요. 오늘 아침에는 얼마나 들어왔나요?"

"여섯 건. 전부 살인 사건입니다."

"훌륭하군."

나는 짜증스럽게 내뱉었다.

"네. 총칼잡이들이 바쁜 주말을 보낸 모양입니다. 충격 네 건, 칼부림 두 건. 희망찬 봄이지요?"

우리는 2층에서 내렸다. 나는 사무실에 들어서자마자 재킷을 벗고 소매를 걷어붙였다. 언제 왔는지 마리노가 의자에 앉아 서류 가방을 무릎 위에 놓고 담배를 피우고 있었다. 아침에 들어온 사건 중에 마리노 담당이 있는지 생각하고 있는데, 그가 불쑥 분석보고서 두 장을 내밀었다.

"직접 보고 싶어 할 것 같아서 가져왔소."

보고서 한 장 맨 위에는 스티븐 스퍼리어의 이름이 쓰여 있었다. 혈청학실에서 스퍼리어의 혈액에 대한 분석 작업을 끝마친 것이다. 다른 보고서는 8년 전 것으로, 엘리자베스 모트의 차에 남아 있던 혈흔을 분석한 결과였다.

마리노가 말했다.

"물론 DNA 감정 결과가 나오려면 시간이 걸리겠지만 지금까지는 순조로운 편이오."

나는 책상 앞에 앉아 잠시 보고서를 검토했다. 폭스바겐에서 나온 혈액은 O형으로 PGM 1, EAP B, ADA 1, EsD 1이었다. 전체 인구의 8퍼센트 정도가 이런 조합에 해당한다. 이는 스퍼리어에게서 채취한 용의자 PERK의 혈액에 대해 실시한 감정 결과와 동일했다. 그 역시 O형이었고 다른 혈액형 조합 역시 동일했으며, 기타 효소 감정 결과까지 합하면 전체 인구의 1퍼센트 정도까지 범위가 축소된다.

"하지만 이것만으로는 살인죄로 기소할 수 없어요. 동일한 혈액형을 가진 사람이 수천 명이나 더 있으니 그 이상의 증거를 확보해야 해요."

"8년 전 보고서가 좀 더 세밀했으면 좋았을 걸…."

"당시에는 지금처럼 여러 가지 효소에 대한 분석을 의례적으로 실시하지 않았죠."

"지금이라도 할 수 없나? 범위를 좀 더 좁힐 수만 있다면 큰 도움이 되지 않겠소. DNA 감정 결과는 몇 주나 걸릴 텐데."

"불가능할 거예요. 엘리자베스의 차에서 나온 혈액이 너무 오래됐으니까. 이렇게 오랜 세월이 지나면 효소가 변질되기 때문에 8년 전의 이 보고서보다 오히려 오차 범위가 더 커지거든요. 지금으로서는 감정 결과가 나와봤자 ABO식 혈액형이 최선인데, 인구의 절반이 O형이죠. DNA 감정 결과를 기다리는 수밖에 없어요. 게다가 지금 당장 잡아넣는다 해도 보석으로 풀려나올 게 뻔하잖아요. 감시를 계속하고 있기만 바랄 뿐이에요."

"독수리처럼 쳐다보고 있소만, 그놈도 알고 있을 거요. 그나마 좋은 소식은 더 이상 살인은 못할 거라는 점이지. 나쁜 소식은 우리가 찾아내지 못한 증거물이 있다면 그놈이 모두 폐기할 거란 거요. 살인에 사용한 무기라든지 말이야."

"없어졌다는 운동 가방도 그렇고요."

"그걸 못 찾아냈다는 건 이해가 안 돼. 마룻바닥을 뜯어내는 것 말고는 이 잡듯이 뒤졌는데."

"마룻바닥을 뜯어내야 했는지도 모르죠."

"그럴 걸 그랬나?"

스퍼리어가 운동 가방을 숨길 만한 곳이 어딜까 생각해 보다가 문득 한 가지 생각이 떠올랐다. 왜 진작 그 생각을 못했는지 이상할 정도였다.

"스퍼리어는 몸집이 어느 정도예요?"

"아주 크지는 않지만 단단한 몸이오. 군살이 전혀 없더군."

"그렇다면 몸 관리를 하겠죠? 운동을 한다든가…."

"아마 그럴 거요. 한데 그건 왜?"

"그 사람이 YMCA나 스포츠 센터의 회원이라면 전용 라커가 있을 거예요. 나도 웨스트우드에 있거든요. 뭘 숨기고 싶다면, 그런 곳이 적합하지 않을까요? 스포츠 센터에서 운동 가방을 들고 나오거나 라커에 가방을 넣는 걸 누가 보더라도 전혀 이상하게 생각하지 않을 테니까."

마리노는 생각에 잠겼다.

"좋은 생각이오. 내가 한번 알아보리다."

마리노는 담배에 다시 불을 붙이고 서류 가방의 지퍼를 열었다.

"그 친구 집 사진을 갖고 왔소만."

나는 시계를 보았다.

"아래층에 일거리가 쌓여 있어요. 얼른 보죠."

마리노는 가로 20에 세로 25센티미터의 두꺼운 마닐라지 봉투를 건네주었다. 사진이 잘 정리되어 있어서 한 장씩 넘기며 보니 마치 마리노의 눈을 통해 스퍼리어의 집을 돌아보는 것 같은 기분이 들었다. 콜로니얼 양식의 벽돌 건물 정면에는 회양목이 줄지어 서 있고, 검은색 현관문까지 벽돌길이 이어져 있었다. 뒤뜰에는 본채와 연결된 차고로 이어지는 길이 나 있었다.

사진 몇 장을 더 펼쳐놓으니 거실이 나왔다. 아무것도 깔지 않은 하드우드 바닥에는 회색 가죽 소파와 유리 커피 테이블이 놓여 있었다. 테이블 한가운데에는 놋쇠로 만든 뾰족뾰족한 식물 모형이 산호 받침대 위에 자리 잡고 있었다. 그리고 〈스미소니언〉 최신호가 테이블 모서리에 딱 맞게 정리되어 있고, 그 위 한가운데에는 흰색 천장에 우주선처럼 덩그러니 매달려 있는 오버헤드 텔레비전 프로젝터용 리모컨이 눈에 띄었다. 깔끔하게 라벨이 붙은 VCR 테이프와 제목을 알아볼 수 없는 하드커버 책 몇십 권이 줄줄이 꽂혀 있는 책장 위에는 80인치 텔레비전 스크린이 놓여 있었다. 그리고 책장 한쪽에는 복잡한 전기 장비가 잔뜩 얹혀 있었다.

"아예 전용 영화관을 차렸더군. 서라운드 사운드에 방마다 스피커가 있었소. 전체를 다 들여놓는 데 아마 박사의 메르세데스 한 대 값은 들었을 것 같더구먼. 이 친구는 〈사운드 오브 뮤직〉 같은 건 안 보더군. 저 책장에 꽂힌 테이프는…."

마리노는 책상 위로 팔을 뻗어 사진을 가리키며 말을 이었다.

"전부 〈리썰웨펀〉 같은 쓰레기요. 죄다 베트남전이나 자경단(自警團) 이야기지. 바로 윗선반에 있는 물건이 진짜 괜찮더만. 박스오피스 히트작처럼 꾸며놨지만 안을 열어보니 놀랍더군. 라벨에 '황금연못'이라고 써 붙여놓은 건 차라리 '똥연못'이라는 제목이 더 어울릴 폭력적인 하드코어 포르노였소. 어제 하루 종일 벤턴이랑 그놈의 쓰레기들을 전부 다 봤지. 한심하더구먼. 1분마다 한 번씩 목욕이라도 하고 싶은 심정이었소."

"직접 찍은 건 없던가요?"

"없었소. 녹화 장비도 없었고."

나는 사진을 더 들여다보았다. 식당에는 유리 테이블과 투명한 아크릴 의자가 놓여 있었다. 하드우드 바닥에는 역시 아무것도 깔려 있지 않았다. 어느 방에도 카펫이나 러그는 보이지 않았다.

먼지 한 점 없이 깨끗하고 현대적인 부엌의 창문에는 회색 미니 블라인드가 달려 있었다. 천으로 된 커튼이 달린 방은 한 군데도 없었다. 심지어 잠을 자는 2층 방도 마찬가지였다. 킹사이즈의 철제 침대는 깨끗하게 정돈되어 있었는데, 시트는 흰색이었고 침대 덮개는 없었다. 열어놓은 옷장 서랍에는 마리노가 이야기한 운동복이 가지런히 개켜 있고, 벽장 바닥에 놓인 상자에는 수술용 장갑과 장화가 들어 있었다.

"천으로 된 건 전혀 없군요. 러그 하나 없는 이런 집은 난생처음 봐요."

나는 사진을 봉투에 다시 집어넣으며 말했다.

"방은 물론 샤워실에조차 커튼이 없었소. 대신 유리문이 달려 있더군. 물론 수건이나 침대 시트, 옷가지는 있었지만."

"그런 것들은 자주 세탁하겠지요."

"링컨 마크 세븐의 시트 커버는 가죽이었소. 차량 바닥의 카펫 위에는 플라스틱 매트가 깔려 있었고."

"애완동물은 없나요?"

"없소."

"집을 이렇게 꾸며놓은 건 단순히 그의 취향 때문이 아닐지도 몰라요."

"그렇지. 나도 그런 생각이오."

마리노가 내 눈을 바라보며 대꾸했다.

"섬유나 애완동물의 털 같은 걸 다른 곳으로 옮기고 싶지 않았던 거예요."

"이번 사건에서 버려진 채 발견된 자동차 모두 너무 깨끗한 게 이상하지 않소?"

그랬다.

"범행 뒤 진공청소기로 청소를 했을지도 모르지."

"세차장에서?"

"주유소든, 아파트 단지든 동전을 넣으면 작동되는 자동차용 진공청소기가 있는 곳에서 말이오. 살인은 모두 밤늦게 일어났잖소. 범행 뒤에 어디에서 차를 청소했건 놈을 목격한 사람은 별로 없었을 거요."

"그럴 수도 있겠네요. 그 사람이 무슨 짓을 했는지 어떻게 알겠어요? 하지만 집을 보니 강박적일 정도로 깔끔하고 조심성이 많은 사람이라는 생각이 드네요. 법의학 수사에서 중요하게 다루는 단서가 어떤 건지 잘 아는 사람, 편집적으로 그런 단서를 남겨놓지 않으려는 사람으로 보여요."

마리노는 의자에 등을 기댔다.

"지난 주말에 데버러와 프레드가 실종되던 날 밤 들렀던 세븐일레븐에 가서 점원이랑 이야기를 해봤소."

"엘런 조던?"

마리노가 고개를 끄덕였다.

"여러 사람의 사진을 보여주고 그날 밤 데버러와 프레드가 있었을 때 커피를 사 갔다는 남자랑 비슷하게 생긴 사람을 짚어보라고 했더니 스퍼리어를 골라내더군."

"확실하다고 하던가요?"

"그렇소. 검은색 재킷 같은 것을 입고 있었다고 했지. 확실하게 기억하는 거라고는 검은색 옷을 입고 있었다는 것뿐이었소. 세븐일레븐에 들어갈 때 이미 운동복으로 갈아입고 있었던 것 같아. 이런저런 생각을 해봤는데… 일단 확실한 것부터 출발합시다. 버려진 자동차 내부는 아주 깨끗했다, 데버러와 프레드 이전의 네 사건에서는 운전석에서 흰색 면섬유가 나왔다. 맞소?"

"그래요."

"좋아. 나는 그놈이 피해자를 물색하다가 프레드와 데버러를 길에서 봤을 거라고 생각해. 둘은 아마 아주 가까이 앉아 있었겠지. 여자가 남자 어깨에 머리를 기대고 있었다거나. 그 모습에서 결정을 내린 거지. 그놈은 두 사람 뒤를 따라가다가 세븐일레븐에서 멈춰선 거요. 어쩌면 이때 운동복으로 갈아입었겠지. 차 안에서 말이야. 이미 입고 있었을 수도 있고. 그런 다음 안으로 들어가서 잡지를 훑어보고 커피를 사면서 두 사람이 점원에게 하는 말에 귀를 기울였겠지. 그리고 점원이 화장실이 있는 휴게소로 가는 길을 가르쳐주는 걸 엿듣고, 먼저 밖으로 나가서 64번 고속도로 동행선을 타고 휴게소에 들어간 다음 기다린 거야. 무기와 끈, 장갑 등이 들어 있는 가방을 준비하고 프레드와 데버러가 올 때까지 남들 눈에 띄지 않게 숨어 있었겠지. 그리고 데버러가 화장실에 간 다음 프레드에게 접근해서 차가 고장났다는 둥 뭐 그런 거짓말을 했을 거요. 옷차림이 그런 건 스포츠 센터에서 운동을 하다 집에 가는 길이기 때문에 그렇다고 했겠지."

"세븐일레븐에 있었던 사람이라는 걸 프레드가 눈치채지 못했을까요?"

말없이 마리노의 이야기를 듣고 있던 내가 물었다.

"그럴 것 같지는 않소. 어쨌든 상관없지. 대담하게 방금 세븐일레븐에서 커피를 사가지고 나오자마자 차가 고장났다고 둘러댔을 수도 있고. 견인차를 불렀다, 견인차가 올 때까지 기다려야 하니 차를 세워놓은 곳까지만 태워달라, 차는 멀지 않은 곳에 있다, 이런 식으로 말이야. 프레드는 그러자고 했을 거고 그때 데버러가 나타난 거지. 스퍼리어가 체로키에 타는 순간, 프레드와 데버러는 포로가 됐을 거요."

프레드가 마음이 너그럽고 남을 잘 돕는 성격이었다는 인터뷰 기사가 떠올랐다. 곤경에 빠진 낯선 사람, 특히 스티븐 스퍼리어처럼 깔끔하고 말주변이 좋은 사람이라면 기꺼이 도와줄 그런 젊은이였으리라.

"체로키가 고속도로를 달리기 시작하자 스퍼리어는 앞으로 몸을 숙이고 가방을 열어서 장갑과 장화를 착용하고 총을 꺼낸 다음 데버러의 뒤통수에 겨눴겠지."

데버러가 앉아 있었던 것으로 추정된 자리의 냄새를 맡는 순간 수색견이 보였던 반응이 생각났다.

"그러고는 프레드에게 자기가 미리 물색해 두었던 장소로 가라고 했겠지. 임도에 차를 세웠을 때 데버러의 손은 아마 이미 등 뒤로 묶여 있었을 거요. 신발과 양말도 벗은 상태고. 프레드에게도 신발과 양말을 벗으라고 한 다음 손을 묶었겠지. 그런 뒤 두 사람에게 차에서 내리라고 해서 숲 속으로 끌고 갔지. 어쩌면 놈은 야간 투시경을 쓰고 있어서 길이 잘 보였을 거요. 가방에 그런 장비도 넣어두었겠지."

마리노는 감정이 없는 음성으로 말을 이었다.

"그런 다음 게임을 시작한 거요. 프레드를 먼저 처치한 다음 데버러 차례가 되었어. 데버러는 반항하다가 칼에 상처를 입고, 총에 맞은 거지. 범인은 시체를 끌고 공터로 가서 나란히 놓은 뒤 둘이 끝까지 손을 붙들고 있었던 것처럼 데버러의 팔을 프레드의 팔 밑에 놓은 거야. 시체 옆에 서서 담배를 몇 대 피우면서 놈은 잠시 승리의 기쁨을 음미했겠지. 그런 다음 체로키로 돌아가서 운동복과 장갑, 장화를 벗어 가방 안에 준비해 놓았던 비닐봉지에 넣는 거야. 데버러와 프레드의 신발과 양말도 같이 넣었겠지. 그리고 현장을 떠난 뒤 인적이 드문 동네를 찾아 동전으로 작동하는 진공청소기로 체로키 안과 특히 자기가 앉았던 운전석 근처를 깨끗이 청소했을 거요. 모든 것을 마친 다음 쓰레기 봉투는 쓰레기 통 같은 데 버렸을 거고. 이때 아마 운전석에 뭘 올려놓았을 거요. 반으로 접은 흰 종이라든가, 앞선 네 사건에서는 흰색 수건을…."

그때 내가 끼어들었다.

"스포츠 센터에서는 대부분 면 수건을 구비해 놓죠. 라커룸에 가보면 흰색 수건이 놓여 있어요. 스퍼리어가 라커 같은 곳에 살해 도구를 넣어놨다면…."

마리노가 내 말을 잘랐다.

"무슨 말인지 잘 알겠소, 박사. 젠장, 우선 그쪽부터 시작해야겠구먼."

"흰색 수건이라면 현장에서 발견된 흰색 면섬유도 설명이 될 것 같군요."

"데버러와 프레드 때는 뭔가 다른 걸 사용했을 거요. 누가 알겠소? 이번에는 비닐 쓰레기 봉투를 깔고 앉았는지 말이야. 뭔가를 깔고 앉았기 때문에 옷에서 떨어진 섬유가 운전석에 남아 있지 않았던 것 같아. 이 시점에는 이미 운동복 차림이 아니었소. 피가 온통 묻었을 테니 절대 아니지. 어쨌든 놈은 청소를 끝낸 뒤 체로키를 처음 발견된 그 장소에 버린 후 고속도로를 가로질러 자신의 링컨 마크 세븐을 세워놓은 곳으로 간 거요. 유유히 빠져나간 거지. 임무 완수."

마리노는 두 손을 벌린 채 어깨를 으쓱했다.

"아마 그날 밤 휴게소에 들락거리는 차들이 많았기 때문에 자기 차가 남의 눈에 띄지 않으리라고 생각했을 거예요. 혹시 눈에 띄더라도 '빌린' 번호판을 달고 있었을 테니까 신원 추적은 불가능했을 거고요."

"그렇지. 빌린 번호판을 제자리에 달아놓든지 그냥 어디 던져버리든지 하는 것이 마지막 임무였겠지."

마리노는 말을 멈추고 두 손으로 얼굴을 문질렀다.

"박사, 스퍼리어는 한 가지 범행 수법을 오래전부터 계속 고수해 왔을 거라는 느낌이 들지 않소? 배회하면서 피해자를 물색해서 그 뒤를 따라가다가 피해자가 바나 휴게소 같은 곳에 차를 세우면 횡재하는 거지. 보통 이런 곳에서는 범행을 준비할 여유가 있을 정도로 사람들이 오래 머무르거든. 그런 다음 피해자한테 접근해서 자신을 믿게 만드는 거요. 만약 50번쯤 거리로 나갔다면 그중 한 번 정도만 범행을 저질렀을지도 모르지. 하지만 계속 그런 수법을 고수했을 거요."

"이번 다섯 건의 연쇄살인 사건에는 그 시나리오가 그럴듯하게 맞아떨어지네요. 하지만 질과 엘리자베스의 경우에는 다른 것 같아요. 범인이 팜리프 모텔에 자기 차를 세워놓았다면… 거긴 앵커 바 앤드 그릴과

8킬로미터가량 떨어진 곳이잖아요."

내가 마리노의 말에 이의를 제기했다.

"스퍼리어가 두 사람을 납치한 것이 앵커 바였는지 확실히 모르잖소."

"내 느낌은 그래요."

마리노는 놀란 얼굴로 물었다.

"왜 그렇소?"

"질과 엘리자베스가 스퍼리어의 서점에 간 적이 있다면 스퍼리어를 아주 잘 알지는 못해도 서로 얼굴 정도는 알고 있었을 거예요. 내 생각에는 두 사람이 신문이나 책을 사러 왔을 때 봐두었던 것 같아요. 스퍼리어는 두 사람이 단순한 친구 이상의 관계라는 것을 짐작했고, 이 점이 그를 자극한 거죠. 그는 커플에 집착하고 있었어요. 어쩌면 첫 번째 살인을 계획하는 중이었는데, 여자 둘이 남자 하나에 여자 하나보다 더 쉽다고 생각했을 수도 있죠. 스퍼리어는 범행을 아주 오랫동안 계획하고 있었는데, 질과 엘리자베스가 서점에 올 때마다 상상력에 불을 당겼을 거예요. 서점 문을 닫은 뒤에 두 사람 뒤를 미행하면서 여러 번 예행연습을 했겠지요. 조이스 씨가 사는 근처의 숲도 벌써 범행 장소로 정해놓았을 거고, 어쩌면 그 개를 죽인 사람도 스퍼리어일지 몰라요. 그러던 어느 날 밤 질과 엘리자베스를 따라 앵커 바까지 갔다가 그날 결행하기로 마음을 먹은 거죠. 어딘가에 자기 차를 세워둔 다음 운동 가방을 들고 걸어서 바까지 간 거예요."

"두 사람이 술을 마시는 동안 놈도 바 안에 들어가서 지켜봤을 거라고 생각하시오?"

"아뇨. 조심스러운 사람이라 그러지는 않았을 거예요. 내 생각에는 두 사람이 다시 나올 때까지 밖에서 지키고 있었을 것 같아요. 그런 다음 다가가서 똑같은 행동을 한 거죠. 차가 고장났다고 말이에요. 자주 가는 서점 주인이라 여자들도 경계할 이유가 없었겠죠. 스퍼리어는 같이 차에 올랐고, 그때부터 계획대로 실행에 옮긴 거예요. 하지만 숲까지 가지 않고 공동묘지에서 끝났죠. 질과 엘리자베스가 별로 협조적이지 않았기 때문이에요."

"그리고 스퍼리어는 폭스바겐 안에서 피를 흘렸소. 어쩌면 코피였을 수도 있고. 진공청소기도 핏자국을 없애지는 못하지."

"그땐 굳이 청소기를 사용했을 것 같지 않아요. 스퍼리어는 겁에 질려 있었겠죠. 아마 가능한 한 빨리 가장 편한 곳에 차를 버린 것이 바로 그 모텔이었을 거예요. 스퍼리어의 차는 어디에 주차해 놓았느냐…. 글쎄요, 그건 아무도 모르죠. 그냥 좀 많이 걷지 않았겠어요?"

"어쩌면 두 여자를 죽일 때 벌어진 일 때문에 너무 놀라서 5년 동안 다시 시도할 생각을 못했을 수도 있겠군."

"그럴 것 같지는 않은데…. 뭔가 빠진 것 같아요."

몇 주 뒤 서재에서 혼자 일을 하고 있는데 전화벨이 울렸다. 자동응답기가 미처 대답하기도 전에 전화는 끊겼다. 30분 후 전화벨이 다시 울려서 이번에는 내가 직접 받았다. 하지만 "여보세요"라고 하자 바로 끊겼다.

애비와 이야기를 해야 되는데 나하고는 통화하기 싫은 사람인가? 클리퍼드 링이 애비가 어디 있는지 알아낸 걸까?

마음이 복잡해진 나는 간식거리를 찾아 부엌으로 내려갔다. 냉장고에서 치즈 몇 조각을 꺼내 먹은 뒤 서재로 돌아와 청구서를 정리하고 있는데, 정원의 자갈이 타이어에 깔리면서 차가 들어오는 소리가 들렸다. 그리고 잠시 후 현관 벨이 울렸다.

문구멍으로 내다보니 팻 하비가 빨간색 윈드브레이커 차림으로 서 있었다. 조금 전 아무 말 없이 끊어버린 전화가 하비였구나. 나와 직접 이야기할 생각으로 집에 있는지 확인한 것이리라.

팻 하비는 "방해해서 죄송합니다"라는 말로 인사를 대신했지만, 별로 죄송한 것 같지는 않았다.

나는 마지못해 말했다.

"들어오세요."

나는 앞장서서 부엌으로 들어와 하비에게 커피를 한 잔 따라 주었다. 하비는 커피잔을 두 손으로 감싼 채 식탁 앞에 뻣뻣하게 앉아 있었다.

"아주 솔직하게 말씀드릴게요. 윌리엄스버그에서 체포한 스티븐 스퍼리어라는 남자가 8년 전에 여자 둘을 살해한 것으로 추정된다지요?"

"어디서 들었어요?"

"그건 중요하지 않아요. 미결로 남아 있던 그 사건이 현재 다섯 커플의 살인 사건과 관련이 있고, 그 여자 둘이 스티븐 스퍼리어의 첫 번째 희생자라면서요?"

하비의 왼쪽 눈 밑이 파르르 떨렸다. 마지막으로 만난 이후 팻 하비의 몸 상태는 놀랄 정도로 나빠져 있었다. 적갈색 머리카락은 윤기를 잃었고 눈빛은 멍했으며, 얼굴은 푸석푸석한 데다 창백하기까지 했다. 게다가 텔레비전으로 방송된 기자회견 때보다 더 말라 보였다.

"무슨 말씀인지 모르겠군요."

나는 딱딱하게 말했다.

"그 남자는 두 여자에게 신뢰를 얻어냈어요. 두 사람은 그 때문에 희생당한 겁니다. 범인은 다른 아이들에게도 똑같이 했을 거예요. 우리 딸과, 프레드에게도."

팻 하비는 마치 당연한 사실을 이야기하듯 말했다. 그녀는 스퍼리어가 유죄라고 확신하고 있는 듯했다.

"하지만 데비를 살해한 일로는 절대 죄값을 치르지 않을 거예요. 이제 난 알아요."

"아직 단언하기에는 너무 일러요."

나는 침착하게 대꾸했다.

"증거가 없잖아요. 그 남자의 집에서 찾아낸 걸로는 부족해요. 법정까지 가기도 쉽지 않을뿐더러 어떤 법정에서도 증거물로 인정하지 않을 거예요. 용의자의 집에서 신문 기사 스크랩이나 수술 장갑을 찾아냈다고 일급 살인죄로 기소할 수는 없어요. 게다가 변호사는 자기 고객을 범인으로 덮어씌우기 위해 증거를 꾸며냈다고 주장할 게 뻔하지요."

애비와 벌써 이야기한 모양이었다. 울화가 치밀었다.

하비는 차갑게 말을 이었다.

"유일한 증거는 여자들의 차 안에서 발견된 혈흔이에요. DNA 감정 결과에 모든 것이 달려 있는데, 워낙 오래전에 일어난 사건이니 그에 대해서도 의문이 제기될 거예요. 연계보관성(chain of custody : 증거물을 획득해서 이송, 분석, 보관, 법정 제출에 이르는 과정 중 증거가 변질, 훼손되지 않았는지 입증할 수 있어야 한다는 원칙 - 옮긴이)을 문제 삼을 수도 있고요. 경찰에서 아직 살해 도구를 발견하지 못한 상황이니 설사 지문이 일치하고 법정에서 증거물을 받아들인다 할지라도 배심원들이 믿어줄 거라는 보장은 없어요."

"경찰에서는 지금도 증거물을 찾고 있어요."

"지금쯤이면 없애버릴 시간이 충분하죠."

마리노는 스퍼리어가 집에서 멀지 않은 한 스포츠 센터에서 운동을 한다는 사실을 밝혀냈다. 경찰은 원래 달려 있는 자물쇠도 모자라 따로 자물통까지 달아놓은 스퍼리어의 라커를 수색했다. 하지만 안에는 아무것도 없었다. 스퍼리어가 스포츠 센터에 들고 다니던 푸른색 운동 가방도 나오지 않았다. 나는 그걸 앞으로도 찾아내지 못할 거라고 확신했다.

"저한테서 뭘 원하시죠, 팻?"

"내 질문에 대답해 주세요."

"어떤 질문요?"

"내가 모르는 증거물이 있다면 말씀해 주셨으면 해요."

"수사는 끝나지 않았습니다. 경찰과 FBI가 따님의 사건을 해결하기 위해서 열심히 뛰고 있어요."

"그 사람들이 당신한테는 이야기를 해주나요?"

팻 하비가 부엌 저편을 멍하니 바라보며 물었다.

순간 그 말이 무슨 뜻인지 알 수 있었다. 수사에 직접 연관된 사람은 아무도 팻 하비를 상대하지 않았다. 심지어 하비는 바보 취급을 받고 있었다. 자기 입으로 인정하지는 않겠지만 그녀가 우리 집에 나타난 것은 바로 그 때문이었던 것이다.

"스티븐 스퍼리어가 우리 딸을 살해했다고 생각하세요?"

"제 의견이 왜 중요하죠?"

"아주 중요해요."

"왜죠?"

"당신은 쉽게 단정 짓는 사람이 아니니까요. 성급하게 결론을 내리거나 쉽게 믿어버리지 않으니까요. 또 당신은 증거를 다루는 데 익숙하고, 게다가…."

하비의 음성이 떨렸다.

"우리 데비를 마지막으로 봐주셨잖아요."

무슨 말을 해야 할지 난감했다.

"다시 물어볼게요. 스티븐 스퍼리어가 그들을, 우리 딸을 살해했다고 생각하세요?"

나는 아주 잠깐 망설였다. 하지만 그걸로 충분했다. 나는 그런 질문에 대답할 수 없으며 범인이 누구인지 알지도 못한다고 이야기했지만 하비는 내 말을 듣고 있지 않았다.

하비가 일어섰다. 나는 그녀가 어둠 속으로 멀어지는 모습을 착잡한 심정으로 지켜보았다. 재규어 실내등 불빛에 하비의 윤곽이 잠깐 환하게 비치더니 이내 사라졌다.

애비가 들어오기를 기다리다 못해 잠자리에 든 뒤에야 그녀는 집에 들어온 듯했다. 얕은 잠에서 깨어 눈을 떠보니 물소리가 들렸다. 거의 자정에 가까운 시각이었다. 나는 일어나서 가운을 걸치고 아래층으로 내려갔다.

내 발소리를 들었는지 애비가 손님방 문 앞에 서 있었다. 맨발에 잠옷 대신 운동복을 입고 있었다.

"늦게까지 안 자고 있네."

"당신도."

"음, 난…."

애비가 미처 말을 끝맺기 전에 나는 방 안으로 들어가서 침대 가장자리에 걸터앉았다.

"무슨 일이야?"

애비가 염려스러운 음성으로 물었다.

"팻 하비가 오늘 저녁 나절에 나를 만나러 왔어. 그 일 때문에…. 당신은 하비와 연락하고 지내지?"

"난 여러 사람과 연락하고 지내."

"하비를 돕고 싶은 마음이란 건 알고 있어. 딸에게 일어난 일을 이용해서 그녀에게 치명상을 입힌 일로 당신이 분노하고 있다는 것도 알고 있고. 하비는 좋은 여자고, 당신이 그녀를 진심으로 걱정하고 있다는 것도 알아. 하지만 하비는 수사에서 손을 떼야 해, 애비."

애비는 말없이 나를 바라보기만 할 뿐 아무 대꾸도 하지 않았다. 나는 진심으로 말했다.

"하비를 위해서 하는 말이야."

애비는 카펫 위에 털썩 주저앉더니 책상다리를 하고 벽에 등을 기댔다.

"하비가 당신한테 뭐라고 했어?"

"스퍼리어가 자기 딸을 살해했지만 결코 그 일로 죄값을 치르지는 않을 거라고 믿고 있더군."

"하비가 그런 결론에 이르게 된 건 나와는 아무 상관 없는 일이야. 그녀도 나름대로 생각이 있는 사람이니까."

"스퍼리어의 기소인부 절차(피고가 공소 사실을 인정하면 증거 조사를 하지 않고 즉시 유죄 판결을 내리는 제도-옮긴이)는 금요일이야. 하비도 거기에 갈까?"

"그건 그냥 경범죄 명목일 뿐이야. 하지만 팻 하비가 거기 가서 또다시 난리를 칠 계획이 있느냐…."

애비는 고개를 저으며 말을 이었다.

"그럴 리 없어. 하비가 거기 가서 득 될 일이 없지. 그 여자는 바보가 아냐, 케이."

"당신은?"

"나? 내가 바보라고?"

애비는 일부러 엉뚱한 소리를 하는 게 분명했다.

"당신도 법정에 갈 생각이냐고."

"물론 가봐야지. 일이 어떻게 돌아가게 될지 말해 볼까? 스퍼리어는 잠깐 법정에 나가서 경범죄에 대해 유죄를 인정하고 한 1500달러 정도 벌금을 물 거야. 그런 다음 감옥에 잠깐, 기껏해야 한 달 정도 들어갔다 나오겠지. 경찰에서는 당분간만이라도 그 남자를 붙잡아놓고 어떻게든 입을 열게 하고 싶을 테니까."

"당신이 그걸 어떻게 알아?"

"케이, 스퍼리어는 입을 열지 않을 거야. 경찰은 그를 법정으로 끌고 들어가고 등을 떠밀어 경찰차에 싣는 모습을 모든 사람들에게 보여주겠지. 모두 스퍼리어에게 겁을 주고 굴욕감을 느끼게 하려는 거지만 먹히지 않을 거야. 증거가 부족하다는 걸 그 사람도 알고 있으니까. 감옥에서 잠시 살다 나오겠지. 한 달이면 긴 시간도 아니야."

"꼭 스퍼리어가 안됐다는 듯한 말투군."

"난 그 사람한테 아무런 감정 없어. 변호사는 스퍼리어가 기분 전환으로 코카인을 했는데, 자동차 번호판 훔치는 현장을 경찰이 덮친 날에는 코카인을 사려 했다고 주장하고 있어. 마약 딜러가 번호판을 적어놨다가 신고할까봐 겁이 났다는 거지. 하여간 번호판 훔친 건 이런 식으로 설명하고 있어."

"그 말을 믿는 건 아니겠지?"

나는 격앙된 목소리로 말했다.

애비는 다리를 쭉 뻗다가 약간 주춤했다. 그러고는 아무 말없이 일어서더니 밖으로 나갔다. 나도 애비를 따라 부엌으로 향했다. 갑갑해서 견딜 수가 없었다. 나는 술잔에 얼음을 채우는 애비의 어깨를 붙잡고 돌려세운 다음 그녀의 눈을 똑바로 바라보았다.

"내 말 듣고 있어?"

애비의 눈매가 부드러워졌다.

"나한테 화내지 마. 내가 하고 있는 일은 당신과는, 우리 우정과는 아무 상관 없어."

"무슨 우정? 난 당신이 도대체 어떤 사람인지 알다가도 모르겠어. 마치 내가 집안일하는 가정부처럼 집 안 곳곳에 돈만 놔두고 돌아다니잖아. 같이 밥 먹은 게 언젠지 기억도 안 나. 그놈의 책에만 온통 정신이 팔려서 나한테는 말도 안 하잖아. 팻 하비가 어떻게 됐는지 알잖아, 애비. 지금 당신도 비슷한 길로 가고 있다는 거 모르겠어?"

애비는 여전히 내 얼굴만 쳐다볼 뿐이었다.

나는 애원하듯 말했다.

"당신은 뭔가 결심을 한 사람 같아. 무슨 일인지 얘기 좀 해봐."

애비는 내 손에서 몸을 빼내며 조용히 말했다.

"결심하고 말고 할 것도 없어. 모든 결정은 이미 끝났으니까."

토요일 아침 일찍 필딩이 전화를 걸어 오늘은 부검 일정이 없다고 전해주었다. 나는 녹초가 된 몸을 침대에 눕혔다.

잠에서 깬 것은 오전 중이었다. 뜨거운 물로 오랫동안 샤워를 하고 나니, 애비와 맞닥뜨려서 손상된 우리의 우정을 되돌릴 기운이 났다.

아래층으로 내려가서 손님방을 노크했지만 대답이 없었다. 신문을 가지러 밖으로 나가보니 애비의 차가 보이지 않았다. 애비가 나를 다시 피하고 있다는 생각이 들어 불쾌한 기분으로 커피를 끓이기 시작했다.

커피를 두 잔째 마시고 있는데 작은 헤드라인이 시선을 끌었다.

윌리엄스버그 용의자 집행유예 선고

지난밤 애비가 예측했던 것과 달리, 스티븐 스퍼리어는 판결이 난 뒤 수갑을 차고 사람들이 보는 앞에서 감옥에 끌려가지 않았다. 어처구니가 없었다. 그는 경범죄에 대해 유죄를 인정했다. 스퍼리어는 법률을 준수하는 선량한 윌리엄스버그 시민으로서 전과가 전혀 없었기 때문에 1천 달러의 벌금형을 선고받고 자유의 몸으로 법정을 나섰다.

'모든 결정은 이미 끝났으니까.'

애비의 말이 떠올랐다.

이걸 뜻하는 말이었을까? 스퍼리어가 풀려날 것을 알고 있었다면 왜 엉뚱한 말을 해서 의도적으로 내 주의를 흩뜨려놓은 걸까?

나는 부엌에서 나와 손님방 문을 열었다. 침대는 깨끗하게 정리되어 있고 커튼도 쳐져 있었다. 욕조에 물방울이 떨어져 있고 희미한 향수 냄새가 풍기는 것으로 보아 나간 지 오래되지 않은 모양이었다. 애비의 서류 가방과 녹음기를 찾아보았지만 보이지 않았다. 38구경 권총도 서랍 안에 없었다. 옷장을 뒤져보니 애비의 수첩이 옷가지 밑에 숨겨져 있었다.

나는 불길한 마음에 침대 가장자리에 앉아 미친 듯이 수첩을 넘겼다. 애비가 며칠, 몇 주 동안 기록해 놓은 것을 읽은 후에야 모든 것이 분명해졌다.

커플들을 죽인 범인을 잡으려는 정의감으로 시작된 일은 어느덧 야심을 넘어 집착으로 변하고 말았다. 애비는 스퍼리어라는 인간에 매혹되어 있었다. 스퍼리어가 범인이 맞다면, 애비는 그의 이야기를 책의 주제로 삼아 범죄자의 정신세계를 탐구할 생각이었다. 애비의 수첩에는 '만약 그가 무죄라면 이건 제2의 게인스빌 사건이다' 라고 쓰여 있었다. 게인스빌 사건이란 대학생 연쇄살인 사건의 용의자가 범인으로 몰렸다가 무죄로 밝혀진 유명한 사건이었다. 애비는 이렇게 덧붙였다. '하지만 이 사건은 게인스빌보다 더하다. 카드가 의미하는 내용 때문에'

스퍼리어는 애초 애비의 취재 요청을 여러 번 거절했다. 그러다가 지난 주말 애비가 다시 전화를 걸어 통화가 된 모양이었다. 그는 애비에게 재판이 끝난 뒤에 만나자며 변호사가 '거래를 했다'고 말했다.
애비는 수첩에 다음과 같이 기록해 놓았다.

스퍼리어는 여러 해 동안 〈워싱턴 포스트〉에 실린 내 기사를 읽었으며, 내가 리치먼드에 있을 때도 신문에서 내 이름을 본 기억이 난다고 말했다. 그는 질과 엘리자베스에 대해 쓴 내 기사도 기억하고 있었고, 두 사람은 '선량한 아가씨'들로 경찰이 두 사람을 죽인 '사이코'를 잡았으면 좋겠다고도 했다. 내 동생에 대해서도 알고 있었고, 동생의 살인 사건 기사도 읽었으며, 결국 나와 만날 결심을 한 것도 그 때문이었다고 했다. 그는 내게 '공감'한다며, '피해자'가 되는 것이 어떤 기분인지 알 수 있을 것 같다고 말했다. 동생에게 일어난 일로 인해 나 역시 피해자가 되었기 때문이다.
스퍼리어가 말했다. '나도 피해자입니다. 함께 그런 이야기나 나누었으면 좋겠군요. 어쩌면 이런 상황을 더욱 잘 이해하는 데 당신의 도움이 필요할지도 모르겠습니다.'
스퍼리어는 토요일 아침 11시에 자기 집으로 오라고 했고, 나는 모든 인터뷰를 독점으로 하는 조건이라면 좋다고 했다. 그는 흔쾌히 승낙했다. 내가 자기 입장을, 그의 표현을 빌리자면 '진실'을 글로 써준다면 다른 사람과 굳이 이야기할 생각이 없다는 것이다. 감사합니다, 하나님! 클리퍼드, 당신과 당신 책은 끝장났어. 당신이 진 거야.

클리퍼드 링도 이번 사건에 대한 책을 쓰고 있었던 것이다. 하나님 맙소사! 애비의 행동이 그렇게 이상했던 것도 무리가 아니었다.
스퍼리어를 법정에 세우면 어떤 일이 벌어질지에 대해 애비가 한 말은 모두 거짓이었다. 애비는 자기가 스퍼리어의 집에 갈 계획이라는 것을 내가 눈치채지 못하도록 그렇게 말한 것이다. 내가 스퍼리어가 감옥에 들어갈 거라고 믿으면, 자신이 그를 만나리라는 것은 생각지도 못할 거라고 여긴 것이다. 더 이상 아무도 신뢰하지 않는다던 애비의 말이 떠올랐다. 그녀는 나조차 신뢰하지 않았던 것이다.

시계를 보았다. 11시 15분이었다.

나는 허겁지겁 수화기를 찾아 들었다.

마리노는 경찰서에 없었다. 호출기에 메시지를 남기고 윌리엄스버그 경찰서에 전화를 했더니, 신호가 한참이나 울리고 나서야 사무원 한 사람이 전화를 받았다. 나는 그녀에게 아무 형사나 즉시 바꿔달라고 말했다.

"지금은 모두 순찰 중이십니다."

"그럼 지금 사무실에 계시는 분 아무나 바꿔주세요."

사무원은 경사 한 사람을 바꿔주었다.

나는 우선 내 신분을 밝히고 용건을 말했다.

"스티븐 스퍼리어가 누군지 알고 계시죠?"

"여기서 일하면서 그걸 모른다면 말이 안 되죠."

"지금 기자 한 사람이 그 사람 집에 취재를 하러 갔어요. 그쪽 감시팀한테 기자가 갔다고 전해 주고 별일 없는지 잘 살펴봐달라고 하세요."

긴 침묵이 흘렀다. 종이가 바스락거리는 소리가 들렸다. 뭘 먹고 있는 모양이었다.

"스퍼리어는 더 이상 감시 대상이 아닙니다."

"뭐라고요?"

"저희 인력은 모두 철수했습니다."

"왜요?"

"그 이유는 잘 모르겠습니다, 스카페타 국장님. 얼마 동안 휴가를 다

녀왔더니….."

"이봐요, 지금 당장 스퍼리어의 집으로 차 한 대만 보내서 아무 일 없는지 확인해 줘요."

나는 고래고래 고함을 지르지 않기 위해 애쓰며 말했다. 하지만 경사의 음성은 물레방아처럼 느긋할 뿐이었다.

"걱정하실 필요 없습니다. 그렇게 전달하지요."

막 수화기를 내려놓는데 밖에서 자동차 소리가 들렸다.

애비다! 감사합니다.

하지만 창밖을 내다보니 마리노의 차였다. 나는 그가 미처 현관 벨을 누르기 전에 현관문을 열어젖혔다.

"근처에 있다가 박사가 호출을 했길래…."

나는 마리노의 팔을 잡으며 소리쳤다.

"스퍼리어의 집으로 가요! 애비가 거기 있어요! 총을 갖고 있다고요!"

하늘이 캄캄해지더니 비가 내리기 시작했다. 마리노와 나는 64번 고속도로를 타고 동쪽을 향해 달렸다. 내 몸의 모든 근육은 뻣뻣하게 굳었고 심장 박동은 진정될 기미를 보이지 않았다.

콜로니얼 윌리엄스버그 쪽으로 빠지면서 마리노가 말했다.

"긴장 푸시오, 박사. 경찰이 망을 보고 있든 그렇지 않든 간에 애비를 건드릴 정도로 멍청한 놈은 아니오. 알잖소. 그런 짓은 절대 하지 않을 거요."

스퍼리어 집 앞의 조용한 길로 들어서자 낯익은 차 한 대가 눈에 띄었다. 검은색 재규어였다.

"젠장!"

마리노가 나직하게 내뱉었다.

"맙소사! 팻 하비예요."

"여기 있으시오."

마리노가 브레이크를 꾹 밟으며 말했다.

마리노는 튕기듯 차에서 내려 쏟아지는 빗속을 뚫고 정원으로 내달렸다. 심장이 쿵쿵거렸다. 마리노는 권총을 빼 든 채 현관문을 발로 차 열고는 집 안으로 들어갔다.

잠시 후 텅 빈 문간에 마리노가 다시 나타났다. 그가 내 쪽을 바라보며 뭐라고 외쳤지만 들리지 않았다. 나는 차에서 내려 있는 힘을 다해 스퍼리어의 집으로 달려갔다.

현관에 들어서는 순간 매캐한 화약 냄새가 느껴졌다.

마리노가 주위를 두리번거리며 말했다.

"구조 요청을 했소. 두 사람은 저 안에 있소."

거실은 왼쪽으로 나 있었다.

마리노는 급히 계단을 올라 2층으로 향했다. 사진으로 본 스퍼리어의 집 안 구조가 재빠르게 머릿속을 스쳐갔다. 유리로 된 커피 테이블이 낯이 익었다. 그 위에 권총이 놓여 있었다. 나는 눈앞에 펼쳐진 광경을 보고 도저히 숨을 쉴 수가 없었다. 스퍼리어는 애비가 비스듬히 누워 있는 회색 가죽 소파에서 약간 떨어진 곳에 얼굴을 아래로 하고 쓰러진 채였고, 애비는 졸린 듯한 멍한 눈으로 뺨 아래의 쿠션을 응시하고 있었다. 애비의 연파란색 블라우스 앞자락이 붉은색으로 선명하게 물들어 있었다. 스퍼리어가 쓰러져 있는 나무 바닥에는 피가 잔뜩 괴어 있고, 또 다른 권총이 1미터 정도 옆에 떨어져 있었다.

어떻게 해야 할지 알 수 없었다. 머릿속에서 폭풍처럼 요란한 소리가 울렸다. 나는 스퍼리어 옆에 꿇어앉아 그의 몸을 돌려 눕혔다. 피가 흘러 내 신발을 적셨다. 가슴과 복부에 총을 맞은 그는 이미 숨이 끊어진 상태였다.

나는 급히 소파로 다가가서 애비의 목을 짚어보았다. 맥박이 없었다. 나는 그녀를 반듯이 눕히고 심장 마사지를 실시했지만, 심장과 폐는 이미 할 일을 포기한 뒤였다. 나는 애비의 얼굴을 두 손으로 감싸쥐었다. 아직 온기가 느껴졌고 향수 냄새도 났다. 흐느낌이 치밀어 올라 온몸이 걷잡을 수 없이 떨렸다.

그때 하드우드 바닥에 부딪히는 발소리가 들렸다. 문득 마리노의 발소리라기엔 너무 가볍다는 생각이 들어 고개를 들어보니 팻 하비가 커피 테이블에서 권총을 집어 들고 있었다.

나는 눈을 커다랗게 뜬 채 하비를 응시했다. 입술이 벌어졌지만 아무 말도 나오지 않았다.

"스카페타 박사, 미안해요."

나를 향해 겨누고 있는 총구가 바르르 떨리고 있었다.

"팻, 제발…."

말이 목구멍에 걸려 입 밖으로 나오지 않았다.

애비가 흘린 피로 물든 내 손이 얼어붙었다.

"움직이지 말아요."

하비는 총구를 약간 내리면서 몇 걸음 물러섰다. 무슨 이유에선지, 하비가 우리 집에 왔을 때 입었던 빨간색 윈드브레이커를 입고 있다는 엉뚱한 생각이 머리를 스쳤다.

"애비가 죽었어요."

하지만 팻 하비는 아무 반응도 없었다. 안색은 잿빛이었고 눈빛은 너무나 어두워 검게 보일 지경이었다.

"전화를 찾으려고 했는데 집에 전화가 없더군요."

"제발 총 내려놔요."

"그 사람 짓이에요. 그 사람이 우리 데비를 죽였어요. 애비도 죽였어요!"

마리노, 아, 제발 빨리 와요!

"팻, 이제 다 끝났어요. 두 사람은 죽었다고요. 제발 총 내려놔요. 상황을 더 악화시키지 말아요."

"이보다 더한 일은 있을 수 없어요."

"그렇지 않아요. 내 말 들어요."

하비는 여전히 냉정한 음성으로 말했다.

"난 더 이상…."

하비가 총을 다시 들어 올렸다. 나는 소파에서 일어나며 간절한 목소리로 말했다.

"내가 도와줄게요, 팻. 총 내려놔요. 제발…."

순간 나는 하비가 무슨 짓을 하려는지 깨달았다.

"안 돼요!"

하비가 총구를 자기 가슴에 들이댔다. 그와 동시에 나는 그녀에게 뛰어들며 외쳤다.

"팻! 안 돼요!"

고막이 찢어질 듯한 총성과 함께 하비가 비틀거리며 권총을 바닥에 떨어뜨렸다. 나는 재빨리 권총을 발로 멀리 차냈다. 총은 천천히, 묵직하게 빙글빙글 돌면서 마룻바닥 위로 미끄러졌다. 하비의 다리가 구부러졌다. 그녀는 잡을 것을 찾아 팔을 허우적거렸지만 잡히는 것은 아무것도 없었다. 그때 마리노가 뛰어내려왔다.

"이런 젠장!"

마리노는 총구를 천장으로 향한 채 양손에 권총을 쥐고 있었다. 귀가 웅웅거렸다. 나는 부들부들 떨면서 팻 하비 옆에 꿇어앉았다. 그녀는 옆으로 비스듬히 누워 가슴을 움켜쥔 채 다리를 웅크리고 있었다.

"수건 좀 줘요!"

나는 하비의 손을 치우고 옷자락을 헤쳤다. 단추를 풀고 브래지어를 밀어 올린 다음, 왼쪽 젖가슴 아래쪽에 난 상처 위로 마리노가 건네 준 수건을 뭉쳐 꽉 눌렀다. 마리노가 욕지거리를 내뱉으며 밖으로 뛰쳐나갔다.

"힘을 내요."

나는 구멍으로 공기가 빨려들어가 허파가 우그러지지 않도록 가슴을 꽉 누르며 하비에게 속삭였다.

팻 하비는 몸을 꿈틀거리며 거칠게 신음을 내뱉었다.

"힘내요, 팻. 죽으면 안 돼요."

사이렌 소리가 점점 가까이 다가왔다.

빨간 불빛이 거실 창문을 가린 블라인드 틈새로 맥박치듯 번득거렸다. 스티븐 스퍼리어 집 바깥 세상이 온통 불타는 듯한 광경이었다.

18

DNA

 나를 집까지 데려다준 마리노는 곧장 떠나지 않았다. 나는 주위에서 일어나는 일을 거의 의식하지 못한 채 부엌 식탁에 앉아 내리는 비만 멍하니 바라보고 있었다. 현관 벨이 울리고, 발소리와 남자들의 목소리가 들렸다.

 잠시 후 마리노가 부엌으로 들어오더니 내 앞의 의자를 뺐다. 그러곤 오래 있지 않을 것처럼 의자 모서리에 엉거주춤 앉았다.

 "침실 말고 애비의 물건이 있을 만한 곳은 없소?"

 "아마 없을 거예요."

 나는 작게 중얼거렸다.

 "한번 둘러봐야겠소. 미안하오, 박사."

 "괜찮아요."

 마리노는 내 시선을 따라 잠시 창밖을 바라보더니 이내 자리에서 일어섰다.

"내가 커피를 만들지. 박사가 가르쳐준 대로 할 수 있는지 어디 한번 봅시다."

마리노는 부엌을 왔다 갔다 하며 찬장 문을 여닫고 주전자에 물을 담았다. 커피를 내리는 동안 밖으로 나간 마리노는 잠시 후 다른 형사와 함께 들어왔다. 그 형사가 말했다.

"오래 걸리지 않을 겁니다, 스카페타 국장님. 협조해 주셔서 감사합니다."

형사는 마리노에게 낮은 음성으로 뭐라고 말하더니 밖으로 나갔다. 마리노는 식탁으로 돌아와서 내 앞에 커피잔을 놓았다.

나는 애써 정신을 집중하며 물었다.

"뭘 찾는 거예요?"

"당신이 말한 수첩을 살펴보는 중이오. 테이프도 찾고 있고…. 팻 하비가 스퍼리어를 쏘게 된 경위를 알 수 있을 만한 거라면 뭐든지."

"하비가 쐈다고 확신하는군요."

"그렇소. 하비는 목숨을 건진 게 기적이야. 총알이 심장을 비껴갔소. 운이 좋았지. 하지만 살아난다 해도 본인은 그렇게 생각하지 않을 거요."

"내가 윌리엄스버그 경찰에 전화했어요. 전화해서…."

"알고 있소. 당연한 일을 한 거요. 박사는 최선을 다했소."

마리노가 내 말을 부드럽게 잘랐다.

"그 사람들은 신경도 안 썼던 거예요."

나는 눈물을 참으려고 애쓰며 눈을 감았다.

"그런 게 아니오. 들어봐요, 박사."

나는 숨을 깊이 들이쉬었다.

마리노는 헛기침을 하고 담배를 피워 물었다.

"방금 당신 서재에서 벤턴과 통화했소. FBI에서 스퍼리어의 혈액에 대한 DNA 감정을 마치고 엘리자베스 모트의 차에 있던 혈액과 대조해 봤다는군. DNA는 일치하지 않았소."

"뭐라고요?"

"DNA가 일치하지 않았어. 스퍼리어를 감시하던 윌리엄스버그의 형사들에게도 어제 그 사실을 통보한 모양이오. 나한테도 연락하려고 했는데 계속 통화가 안 돼서 나는 모르고 있었지. 무슨 말인지 알아듣겠소?"

나는 멍하니 그를 쳐다보고만 있었다.

"법률적으로 스퍼리어는 용의선상에서 벗어났던 거요. 물론 변태긴 하지. 여긴 별의별 사람들이 다 있는 나라 아니오. 그는 엘리자베스와 질을 살해하지 않았소. 엘리자베스의 차에 핏자국을 남긴 사람은 스퍼리어가 아니야. 설사 그가 다른 커플들을 죽인 범인이라 해도 전혀 증거가 없고. 이런 상황에서 그자를 미행하면서 집을 지켜보고, 누가 찾아왔다고 해서 문을 두드리는 건 선량한 시민을 협박하는 것이란 말이오. 그만한 경찰 인력도 없을 뿐만 아니라 스퍼리어가 소송을 걸 수도 있는 상황이었던 거요. 그래서 FBI는 손을 뗐소. 그렇게 된 거야."

"그 남자가 애비를 죽였어요."

마리노는 내 시선을 피했다.

"음… 그건 그런 것 같소이다. 녹음기가 돌아가고 있었기 때문에 당시 상황이 모두 테이프에 들어 있소. 하지만 그게 그자가 커플들을 죽였다는 증거는 안 된단 말이오, 박사. 팻 하비는 죄 없는 사람을 총으로 쏴 죽인 거나 다름없게 됐어."

"테이프를 들어보고 싶어요."

"안 듣는 게 좋을 텐데…. 내 말 들어요."

"스퍼리어가 범인이 아니라면 애비는 왜 쏘았을까요?"

"테이프 내용과 현장 상황을 보고 짐작하건대, 애비와 스퍼리어는 거실에서 이야기를 하고 있었소. 애비는 시체로 발견된 그 소파에 앉아 있었겠지. 그러다 스퍼리어가 문소리를 듣고 일어난 거요. 팻 하비를 왜 들여놨는지는 모르겠소. 얼굴을 알아봤을 수도 있지만, 못 알아봤을 수도 있소. 하비는 후드가 달린 윈드브레이커에 청바지를 입고 있었으니까 알아보기가 힘들었을 거요. 하비가 자기 소개를 어떻게 했는지, 스퍼리어에게 뭐라고 했는지 지금은 알 수 없소. 하비를 신문하기 전에는 모르지. 하긴, 신문한다 해도 알아낸다는 보장도 없고."

"어쨌든 하비를 집 안으로 들였잖아요."

"스퍼리어가 문을 여는 순간, 하비는 권총을 꺼냈소. 차터 암스요. 나중에 자신을 쏜 권총이지. 하비는 총을 겨누고 스퍼리어를 집 안, 거실 쪽으로 들어가게 했소. 애비는 여전히 소파에 앉아 있었고 녹음기도 돌아가는 상태였지. 애비의 사브는 뒤뜰에 있었고 하비는 집 앞에 주차했으니까 들어올 때 애비의 차를 못 봤을 거요. 애비가 거기 있다는 걸 몰랐던 하비가 놀란 틈을 타서 스퍼리어는 애비 뒤로 달려가서 숨은 모양이오. 정확한 상황을 추측하기는 힘들지만, 애비도 가방 안에 권총을 갖고 있었소. 가방은 소파 위 애비 옆에 있었겠지. 애비가 총을 꺼내려 하자 스퍼리어가 그녀를 저지하면서 몸싸움이 벌어졌고, 그 와중에 애비가 총에 맞은 거요. 그런 다음 스퍼리어가 하비를 쏘기 전에 하비가 먼저 방아쇠를 당겼지. 두 번. 하비의 권총을 살펴봤는데, 세 발을 쏘고 두 발이 남아 있었소."

"하비는 전화를 찾고 있다고 했어요."

나는 멍하니 말했다.

"스퍼리어의 집에는 전화기가 두 대 있었소. 한 대는 위층 침실에, 한 대는 부엌에. 벽 색깔과 똑같고 캐비닛 사이에 있었기 때문에 눈에 잘 띄지 않더군. 나도 겨우 찾았소. 우리가 도착한 건 총격이 있고 나서 몇 분 뒤인 것 같더군. 하비는 총을 커피 테이블 위에 올려놓고 애비에게 다가가서 살펴본 후 상처가 심각한 것을 깨닫고 전화를 걸려 했던 것 같소. 내가 들어갔을 땐 다른 방에 있었던 모양인데, 내 발소리를 듣고 몸을 숨겼겠지. 나는 들어간 즉시 집 안을 훑어보았소. 거실에 애비와 스퍼리어가 쓰러져 있는 것을 발견하자마자 경동맥을 확인해 봤는데, 애비는 맥박이 희미하게 뛰는 것 같았지만 확실히는 모르겠더군. 순간적으로 결정을 내려야 했지. 스퍼리어의 집을 뒤져 하비를 찾아내거나, 일단 박사를 부른 다음 수색하거나. 그러니까 처음 집 안에 들어선 순간에는 하비를 못 본 거요. 난 뒷문으로 나갔거나 2층에 있을 거라고 생각했소."

마리노는 나를 위험에 처하게 한 것이 씁쓸한 듯했다.

"테이프를 듣고 싶어요."

나는 다시 한 번 부탁했다.

마리노는 두 손으로 얼굴을 몇 번 비비더니 나를 바라보았다. 그의 눈이 흐리고 충혈되어 있었다.

"안 듣는 게 좋다니까."

"들어야 해요."

마리노는 마지못해 일어서서 부엌을 나섰다. 다시 돌아온 그의 손에는 소형 카세트 녹음기가 든 비닐 증거물 주머니가 들려 있었다. 그는 녹음기를 식탁 위에 놓더니 테이프를 조금 돌린 다음 재생 버튼을 눌렀다.

애비의 음성이 부엌을 채웠다.

"…난 당신 쪽 주장을 이해하려고 노력하는 중이에요. 하지만 그것만으로는 밤에 차를 몰고 돌아다니면서 사람들에게 필요하지도 않은 걸 묻고 다니는 이유를 모르겠네요. 예를 들면… 길을 물어본다든지 말이에요."

"코카인 이야기를 했잖습니까. 코카인을 해본 적 있습니까?"

"아뇨."

"한번 해보세요. 취하면 엉뚱한 일을 많이 하게 됩니다. 혼란스럽고, 어딘가 목적지를 정해 놓고 가고 있는 기분이 들지요. 그러다가 어느 순간 여기가 어딘가 싶어서 길을 묻게 되는 겁니다."

"요즘은 코카인을 안 한다고 하셨는데요."

"요즘은 안 합니다. 전혀요. 큰 실수였지요. 절대, 다시는 안 할 겁니다."

"경찰이 당신 집에서 발견한 물건들은요? 음…."

그때 희미하게 현관 벨 소리가 들렸다.

"잠깐만요."

스퍼리어의 음성에서 긴장감이 느껴졌다. 발소리가 멀어졌다. 먼 곳에서 알아들을 수 없는 말소리가 두런두런 들려왔다. 애비가 소파에서 자세를 바꾸는 듯한 소리가 들렸다. 이어 스퍼리어의 놀란 듯한 음성이 들렸다.

"잠깐. 지금 당신 뭐…."

"내가 뭐 하는지는 아주 잘 알고 있어, 이 나쁜 자식아!"

팻 하비의 음성이 커다랗게 들렸다.

"네가 숲에서 죽인 건 내 딸이야."

"도대체 무슨 말을 하는 건지…."

"팻, 그러지 말아요!"

침묵.

"애비? 맙소사."

"팻, 그러지 말아요. 팻."

애비의 음성은 겁에 질려 있었다. 뭔가 소파에 부딪히는 소리가 났다. 애비가 숨을 들이쉬었다.
"저리 가요!"
소란스러운 소리와 거친 숨소리…. 애비가 비명을 질렀다.
"그만! 그만!"
딱총 같은 소리가 땅 하고 울렸다.
그리고 한 번 더, 다시 한 번 더.
정적.
또각또각 하비가 녹음기 쪽으로 다급하게 뛰어오는 듯 발소리가 점점 크게 들렸다. 그리고 이내 멈췄다.
"애비?"
침묵이 흘렀다.
"제발 죽지 말아요, 애비…."
팻 하비의 음성은 심하게 떨려서 거의 알아들을 수가 없을 정도였다.
마리노는 녹음기를 끄더니, 비닐 주머니 안에 다시 집어넣었다. 나는 충격에 휩싸여 멍한 눈으로 마리노를 바라보았다.

토요일 아침에는 애비의 장례식이 있었다. 나는 조문객이 줄어들기를 기다렸다가 목련과 참나무, 층층나무가 부드러운 봄 햇살을 받아 자주색과 흰색으로 빛나는 길을 따라 걸었다.
애비의 장례식에 참석한 사람은 많지 않았다. 나는 리치먼드에서 함께 일하던 애비의 동료 몇 명을 만났고, 애비의 부모님에게 애도의 말을 전했다. 마리노와 마크의 얼굴도 보였다. 마크는 나를 꽉 껴안은 후 나중에 집에 들르겠다는 말을 남기고 떠났다. 벤턴 웨슬리와 할 이야기가 있었지만, 일단은 혼자 있고 싶었다.

16만 제곱미터에 달하는 면적에 언덕과 시내가 있고 하드우드 나무가 늘어선 제임스 강변 북쪽까지 이어진 할리우드 공동묘지는 리치먼드에서 가장 큰 죽은 자들의 도시였다. 포장된 곡선 도로에는 자동차 속도 제한 표지판이 세워져 있었다. 완만하게 경사진 풀밭 위에는 대부분 1백 년도 더 된 화강암 오벨리스크와 묘비, 탄식하는 천사상이 줄지어 서 있었다. 이곳에는 제임스 먼로 대통령과 존 타일러 대통령, 제퍼슨 데이비스 대통령, 담배왕 루이스 긴터도 묻혀 있다. 게티스버그의 전사자들이 묻힌 군인 묘지도 따로 있었다. 애비는 동생 헤나와 나란히 지대가 낮은 풀밭에 마련된 가족 묘지에 묻혔다.

나는 나무 사이에서 잠깐 숨을 돌렸다. 얼마 전에 내린 비로 흙탕물이 된 강물은 녹슨 구릿빛으로 반짝이고 있었다. 애비가 이제 이곳의 일원이 되었다는 것이, 세월을 따라 풍화하는 화강암 묘비로 남게 되었다는 사실이 믿어지지 않았다. 문득 애비가 언젠가 용기가 나면 가보겠다던 예전 집에 가보았는지, 2층의 헤나 방에 올라가보았는지 궁금해졌.

등 뒤에서 발소리가 들려 돌아보니 웨슬리가 이쪽으로 천천히 걸어오고 있었다.

"이야기 좀 할까요, 케이?"

나는 고개를 끄덕였다.

벤턴은 검은색 정장 재킷을 벗고 넥타이를 느슨하게 풀었다. 그러고는 강물을 바라보며 내가 말을 꺼내기를 기다렸다.

"몇 가지 진전이 있어요. 목요일에 고든 스퍼리어에게 전화를 했어요."

"스티븐 스퍼리어의 형 말입니까?"

벤턴은 궁금하다는 눈빛으로 나를 쳐다보았다.

"그래요. 몇 가지 사항을 더 확인한 뒤에 당신한테 말하려고 했어요."

"난 아직 그쪽과는 이야기를 해보지 않았습니다만, 조만간 만나볼 생각입니다. DNA 결과는 정말 골치 아프군요. 제일 큰 문제입니다."

"내가 말하려는 게 그거예요. DNA 감정 결과에는 아무 문제가 없어요, 벤턴."

"무슨 말인지…."

"스퍼리어를 부검하면서 오래된 수술 자국을 몇 군데 발견했어요. 쇄골 가운데 부분 위쪽에 작게 절개한 상처가 있었는데, 이건 쇄골하정맥에 도관을 삽입할 경우 남을 수 있는 자국이죠."

"그게 무슨 말이죠?"

"환자에게 아주 빠른 속도로 다량의 액체, 즉 약물이나 혈액을 주입해야 하는 심각한 상황이 아닌 이상 쇄골하정맥에 도관을 삽입하지는 않아요. 스퍼리어가 과거에 심각한 질병을 앓았던 적이 있다는 이야긴데, 그게 어쩌면 엘리자베스와 질이 살해된 후 다섯 달 동안 서점 문을 닫았던 일과 관계가 있지 않나 싶더라고요. 엉덩이 정면과 측면 부위에도 흉터가 있었어요. 작은 흉터를 보니 예전에 골수 채취를 했던 게 아닌가 하는 의혹이 들더군요. 그래서 형에게 전화해서 스티븐의 병력에 대해 물어봤죠."

"뭘 알아냈습니까?"

"한동안 서점 문을 닫았을 때 스티븐은 버지니아 의대 병원에서 재생불량성 빈혈 치료를 받았다는군요. 그를 치료했던 혈액내과 의사도 만나봤어요. 당시 스티븐은 전신 임파절 조사(골수이식 전 타인의 골수에 대해 거부 반응을 일으키지 않도록 환자의 항체 생산 기능을 억제하기 위해 미리 방사선을 쬐는 것-옮긴이)와 화학요법을 받았어요. 그런 다음 고든의 골수를 이식받고 한동안 무균실에 입원해 있었다는군요. 이런 무균실을 흔히 버블(bubble)이라고도 하죠. 스티븐의 집도 어떤 의미로는 무균실 같았잖아요. 아주 깨끗했죠."

"그렇다면, 골수이식 수술을 받은 후 스퍼리어의 DNA가 바뀌었다는 겁니까?"

"네, 맞아요. 혈액의 DNA는 그렇죠. 스퍼리어의 혈구는 재생불량성 빈혈로 완전히 사라진 상태였어요. 스티븐과 HLA(조직 적합 항원. HLA형이 일치하는 사람 사이에서만 골수이식이 가능한데 비혈연 관계 사이에 HLA형이 일치할 확률은 수천, 수만 명 중 한 명으로 알려져 있다-옮긴이)형이 일치하는 사람이 형 고든이었는데, 두 사람은 ABO식 혈액형과 기타 혈액형 분류도 모두 같았어요."

"하지만 스티븐과 고든의 DNA는 다를 것 아닙니까."

"그렇죠. 일란성 쌍둥이가 아닌 이상 물론 달라요. 그러니까 비록 현재 스퍼리어의 혈액형이 엘리자베스 모트의 차에서 발견한 피와 일치했어도, DNA 레벨에서는 상당한 차이가 발견되었던 거예요. 스퍼리어가 엘리자베스의 폭스바겐에 핏자국을 남긴 건 골수이식 전이었으니까. 최근 용의자 검체로 스퍼리어의 혈액을 채취했을 때 우리가 확보한 건 어떤 의미에서 고든의 피였던 셈이에요. 폭스바겐에 남아 있던 혈액의 DNA와 대조했던 건 스티븐 것이 아니라 고든의 DNA였던 거죠."

"놀랍군요."

"스티븐의 뇌 조직으로 다시 실험해 보고 싶어요. 혈액 외 다른 세포의 DNA는 이식 전과 똑같을 테니까. 혈구는 골수에서 생산되니까 골수이식을 받으면 혈액형이 골수 제공자의 혈액형으로 바뀌게 되지만 뇌와 비장, 정자 세포는 바뀌지 않아요."

웨슬리가 걸음을 옮기며 말했다.

"재생불량성 빈혈에 대해서 설명해 주십시오."

"골수에서 아무것도 생성되지 않는 거예요. 방사능을 쬐어서 모든 혈구가 파괴된 것과 비슷한 상태죠."

"원인은 뭡니까?"

"특발성(特發性)이에요. 원인을 모르는 거죠. 하지만 살충제나 유기용매, 방사능이나 유기인산염 등에 노출될 때 생길 수도 있어요. 특히 벤젠은 재생불량성 빈혈의 주요 원인으로 알려져 있죠. 스티븐은 인쇄소에서 일했잖아요. 인쇄기나 기타 기계류를 닦을 때 사용하는 용매가 벤젠이죠. 스티븐을 치료했던 의사 말로는 거의 1년 동안 매일같이 벤젠에 노출되었다고 해요."

"증상은?"

"피로, 호흡 곤란, 열, 감염, 잇몸과 코의 출혈 등이죠. 엘리자베스와 질을 살해했을 당시 스퍼리어는 이미 재생불량성 빈혈을 앓고 있었어요. 아마 아주 작은 충격에도 코피가 자주 났을 거예요. 보통 스트레스도 거의 모든 질병을 악화시키는데, 엘리자베스와 질을 납치했을 때는 엄청난 스트레스를 받았을 거예요. 그래서 갑자기 코피가 난 거라면 엘리자베스의 차 뒷자리에 있던 핏자국도 설명이 되죠."

"그러다 병원에 간 게 언제입니까?"

"여자들을 살해하고 한 달 뒤에요. 검진을 해보니 백혈구 수치는 물론 혈소판과 헤모글로빈 수치도 낮게 나왔거든요. 혈소판 수치가 낮으면 출혈이 잦죠."

"그렇게 아픈 사람이 살인을 했단 말입니까?"

"재생불량성 빈혈을 계속 앓고 있다가 어느 순간 중증이 되는 경우도 있거든요. 정기 건강검진 때 발견되는 경우도 있어요."

"건강도 좋지 않고 첫 번째 피해자를 살해하면서 통제력을 상실했던 경험 때문에 한동안 주춤했던 거로군요. 몇 년이 지나고 건강이 회복되면서, 그때의 살인을 떠올려보고 기술을 연마한 거고요. 그러다 다시 살인을 시작할 만한 자신감이 생기자 커플들을 찾아 나선 거겠군요."

"간격이 길었던 건 그렇게 설명이 가능할 거예요. 하지만 스티븐의 머릿속에 무슨 생각이 들었는지 누가 알겠어요?"

"그건 영원히 알 수 없을 겁니다."

웨슬리는 우울하게 말했다. 그는 잠시 말을 멈추고 오래된 묘비 하나를 유심히 살펴보았다.

"나도 새로운 소식이 있습니다. 뉴욕에 스파이 관련 물품을 파는 회사가 한 곳 있는데, 그 회사 카탈로그가 스퍼리어의 집에서 나왔지요. 추적을 한 결과 4년 전에 그가 그 회사에서 야간 투시경을 주문했다는 사실을 확인했습니다. 그리고 데버러와 프레드가 실종되기 한 달 전쯤에는 포츠머스의 한 총기점에서 하이드라 쇼크 탄환 두 박스를 샀더군요."

"왜 그랬을까요, 벤턴? 그는 왜 사람을 죽였을까요?"

"나도 그런 질문에 대해서는 만족할 만한 대답을 해줄 수 없습니다, 케이. 하지만 스퍼리어가 버지니아 대학에 다닐 때 룸메이트였던 사람을 만났는데, 스퍼리어는 어머니와 원만하지 못한 사이였다는군요. 어머니에게 사사건건 통제를 당하고 잔소리를 들었답니다. 어머니를 의존하는 동시에 증오했겠지요."

"왜 유독 커플들을 선택한 걸까요?"

"아마 자신에게 마음을 허락하지 않아 가질 수 없었던 여성이 연상되는 젊은 여자들을 골랐을 겁니다. 정상적인 이성 관계를 맺는 것이 불가능했기 때문에 매력적인 커플을 보면 분노가 치밀어 올랐던 거지요. 살인을 통해서 그들을 소유하고 자극을 받으며 질투의 대상을 제압했던 겁니다."

웨슬리는 잠시 말을 멈춘 뒤 덧붙였다.

"당신과 애비가 윌리엄스버그에서 우연히 스티븐을 만나지 않았더라면 아마 그를 잡지 못했을 겁니다. 무시무시하지 않습니까. 테드 번디(1970년대 수십 명의 여성을 강간 살해한 미국의 연쇄살인범 – 옮긴이)는 자동차 미등이 나가서 검문을 당했지요. 샘의 아들(1년간 여섯 명의 여성을 살해하고 일곱 명에게 심각한 상해를 입힌 연쇄살인범 데이비드 워코비츠를 일컫는 말로, 그는 스스로를 '샘의 아들'이라고 불렀다 – 옮긴이)은 주차증 때문에 검거되었습니다. 운이죠. 우린 운이 좋았던 겁니다."

나는 운이 좋다는 기분은 들지 않았다. 애비는 운이 없어서 죽은 거니까….

"재미있는 건 이런 내용이 뉴스로 나간 뒤에 술집 밖이나 주유소, 편의점 같은 곳에서 스퍼리어의 인상착의와 비슷한 사람이 접근해 온 적이 있다는 전화를 많이 받았다는 겁니다. 실제로 스티븐이 어떤 커플의 차를 얻어 탔다는 신고도 있었지요. 자기 차가 고장났다고 하더랍니다. 그래서 태워줬다는군요. 다행히 아무 일도 없었죠."

"그런 예행 연습을 할 때도 젊은 남녀 커플한테만 접근했나요?"

"늘 그렇지는 않았습니다. 그날 밤 당신과 애비한테도 길을 물었잖아요. 스퍼리어는 위험과 환상을 사랑했어요, 케이. 어떤 의미에서 사람을 죽인다는 건 그가 즐기는 게임의 부차적인 요소였을 뿐입니다."

"CIA가 범인이 혹시 캠프 피어리 사람일까봐 왜 그렇게 걱정했는지 아직도 완전히 이해가 안 돼요."

내 말에 웨슬리는 말을 멈추고 재킷을 다른 쪽 팔에 걸쳤다.

"하트 잭은 단순한 범행 수법 이상을 의미합니다. 경찰에서는 짐과 보니의 차 뒷자리에서 플라스틱 주유 카드를 발견했습니다. 좌석 아래 바닥에서요. 당시만 해도 범인이 커플을 유괴할 때 웃옷 주머니나 셔츠 주머니에서 실수로 흘린 것이 아닐까 추정하고 있었지요."

"그래서요?"

"주유 카드에 적힌 회사 이름은 신트론입니다. 계좌 추적을 해보면

'바이킹 수출 회사'로 나오는데, 이건 캠프 피어리의 가명이지요. 기지 내 주유기를 사용할 수 있도록 캠프 피어리 사람한테 발급하는 겁니다."

"재미있군요. 애비의 수첩에 카드 이야기가 있었어요. 난 하트 잭 카드려니 생각했는데…. 그럼 애비도 주유 카드에 대해서 알고 있었군요?"

"팻 하비가 말해 줬을 겁니다. 하비는 오래전부터 카드에 대해서 알고 있었어요. 기자회견에서 연방이 뭔가 은폐하고 있다고 주장한 것도 그걸 의미했던 겁니다."

"스퍼리어를 죽인 걸 보니 나중에는 그렇게 생각하지 않은 모양이죠?"

"기자회견 직후 FBI 국장이 하비에게 상황을 설명했습니다. 우리는 주유 카드를 누군가 의도적으로 떨어뜨려 놓은 것으로 보고 있다는 사실을 그녀에게 알려주지 않을 수 없었지요. 우린 처음부터 그럴 가능성을 배제하지 않았습니다. 대수롭게 넘길 사항이 아니었으니까요. CIA가 아주 심각하게 받아들인 건 당연하고요."

"그 말을 듣고 하비가 입을 다물었군요."

"적어도 한 번 더 생각해 보게 되었겠지요. 스퍼리어를 체포하고 보니 FBI 국장이 팻 하비에게 했던 말들이 모두 앞뒤가 맞았습니다."

"스퍼리어가 어떻게 캠프 피어리의 주유 카드를 입수했을까요?"

"캠프 피어리 요원들이 그의 서점에 자주 갔으니까요."

"그렇다면, 카드를 훔쳤다는 건가요?"

"그렇습니다. 캠프 피어리 요원이 서점에 들어와서 지갑을 계산대 위에 올려놓고 그냥 갔다고 칩시다. 그때 얼른 지갑을 챙겨놓고 손님이 다시 와서 찾으면 못 봤다고 둘러대는 거지요. 범인이 CIA 사람인 것처럼 보이게 하기 위해 짐과 보니의 차 안에 일부러 주유 카드를 놓아두었던 겁니다."

"카드에 개인 식별 번호 같은 건 없나요?"

"스티커가 있지만 그걸 벗겨냈기 때문에 주인을 추적할 수가 없었지요."

차를 세워놓은 주차장이 시야에 들어올 때쯤에는 약간 피곤하고 발이 아파왔다. 애비의 죽음을 애도하러 왔던 사람들은 모두 떠나고 없었.

내가 차 문을 열자 웨슬리가 내 팔을 잡았다.

"그때는 미안했어요, 케이."

"나도 마찬가지예요. 지금부터 다시 시작하자고요, 벤턴. 팻 하비가 죗값 이상의 처벌을 받지 않도록 최선을 다해줘요."

"대배심은 그동안 하비가 얼마나 고통을 받았는지 충분히 이해할 거라고 생각합니다."

"하비도 DNA 감정 결과에 대해 알고 있었나요, 벤턴?"

"우리가 숨기려고 애쓰던 수사의 핵심 사항을 나름의 경로로 추적하고 있었으니, 아마 알았을 겁니다. 그렇기 때문에 그런 짓을 저지른 게 아닐까요? 스퍼리어가 절대 유죄 판결을 받지 않을 거라고 생각한 게 틀림없습니다."

나는 차에 올라 시동을 걸었다.

벤턴이 덧붙였다.

"애비 일은 정말 안됐습니다."

나는 고개를 끄덕이고 문을 닫았다. 눈물이 차올랐.

나는 공동묘지 입구로 이어지는 좁은 길을 지나 정교하게 세공된 철제 정문을 통과했다. 멀리 시내의 사무실 건물과 뾰족한 탑 위로 햇빛이 쏟아지고, 나뭇잎이 빛을 받아 반짝거렸다. 나는 창문을 열고 우리 집이 있는 서쪽으로 달리기 시작했다.

〈끝〉

옮.긴.이.의.말.

어디까지가 사실이고, 어디부터가 픽션일까?
실제 사건과 음모론을 플롯으로 삼은 법의학 스릴러

《하트 잭(All That Remains)》은 《법의관》《소설가의 죽음》에 이은 퍼트리샤 콘웰(이하 'PC')의 세 번째 작품이다. PC는 이 작품을 통해 법의학과 더불어 '정치적 음모론'을 제시하며 독자들의 간담을 서늘하게 만든다. 마치 "사랑하는 애인과 함께 있는 순간을 조심해"라며 젊은 아베크족들에게 경고하는 것만 같다. 뒤에 설명하겠지만 왜 콘웰이 그토록 "나는 리서치를 중요시한다. 나는 픽션이 아니라 논픽션 작가다"라고 말하는지 이 작품을 읽으면 여실히 알 수 있을 것이다. 먼저 독자들의 이해를 돕기 위해 줄거리를 간단하게 요약하면 다음과 같다.

젊은 커플들이 연속적으로 잔인하게 살해당하고, 현장에는 항상 하트 잭 카드가 놓여 있다. 2년 반 전부터 지금까지 모두 네 커플이 실종된 후 심하게 부패된 채 숲 속에서 발견된 것이다. 그리고 평화로운 노동절 주말, 다섯 번째 피해자 프레드 체니와 데버러 하비의 자동차가 고속도로 휴게소에서 발견된다. 커플 연쇄살인 사건은 모두 윌리엄스버그 반경 80킬로미터 안에서 벌어지고 있으며, 젊은 커플이 나란히 실종되었다가 한참 후 시체로 발견된다는 공통점이 있다.

건강한 젊은이들이 왜 자기 차를 버리고 외딴 숲 속까지 가서 조용히 죽음을 맞이했을까? 가장 유력한 가설은 미치광이 연쇄살인범이 경찰을 사칭하여 피해자의 차를 세운 후 납치, 살해했다는 것. 하지만 다섯 번째로 실종된 데버러 하비의 어머니가 거물급 정치가인 마약정책실장 팻 하비라는 사실이 밝혀지면서 음모론이 뭉게뭉게 피어오르기 시작한다.

법의국장 스카페타의 눈에도 수상한 점이 한두 가지가 아니다. 현장에서 발견된 시체는 누군가 손댄 흔적이 뚜렷하고, 오랫동안 함께 일해 온 FBI 프로파일러 벤턴 웨슬리조차 사건 기밀에 대해서 입을 다문다. 팻 하비와 껄끄러운 사이인 FBI가 진실을 은폐하고 있는 것일까? 아니면 〈워싱턴 포스트〉 기자 애비 턴불의 말대로 살인 기계로 양성되는 CIA 요원이 범행을 저지르고 있는데도 당국이 이를 쉬쉬하는 것일까? 스카페타는 형사 마리노와 함께 증거를 찾아 현장으로 뛰어든다.

사실 이 작품은 버지니아 주에서 실제 일어났던 살인 사건을 뼈대로 삼고 있다. 1986년 10월 버지니아 주 콜로니얼 파크웨이에서 캐슬린 토머스와 레베카 다우스키 커플이 옷을 입은 채 날카로운 칼에 의해 기도가 잘려 시체로 발견된 이후 1987년에 한 쌍, 1988년에 두 쌍의 커플이 잇따라 살해되었다.

파크웨이 살인 사건과 《하트 잭》의 연쇄살인 사건 수법은 거의 유사하다. 지갑은 열린 채 차 안에 놓여 있고 피해자가 자동차에서 저항한 흔적이 전혀 없다는 것, 피해자의 손목과 목에 졸린 흔적이 있고 칼로 기도를 베어 살해했다는 점, 심지어 피해자의 시체가 뉴켄트 카운티 64번 고속도로 휴게소에서 발견되었다는 사실까지…. 특히 첫 번째 피해자가 동성애 커플로서 운동을 좋아했으며, 사생활을 침해받지 않기 위해 한적한 곳을 즐겨 찾았다는 것은 《하트 잭》 중반에 밝혀지는 질 해링턴과 엘리자베스 모트 커플 살인 사건과 동일하다.

지갑이 차 안에 놓여 있는 것으로 보아 금품을 노린 살인 사건으론 보이지 않았다. 게다가 피해자의 몸에서는 성폭행을 당한 흔적도, 범인에게 저항한 흔적도 발견되지 않았다. 한마디로 동기를 알 수 없는 살인 사건이었던 것. 당시 수사기관은 범인이 경찰로 위장하고 피해자에게 접근한 것으로 추정했고, 외진 곳에서 차를 세우는 경찰을 조심하라는 유언비어가 흉흉하게 나돌 정도로 사회적 파장이 큰 사건이기도 했다. 이 사건은 범인을 잡지 못한 채 아직도 미결로 남아 있다.

PC는 이 잔인한 연쇄살인 사건 주위를 떠돌던 음모론에 정치적 색채를 살짝 덧입혀 멋있는 스릴러로 둔갑시켰다. 사건이 발생한 1986~1988년에 PC는 관련 자료를 손쉽게 접할 수 있는 버지니아 법의국에서 근무하고 있었기 때문에 《하트 잭》에 나오는 상세한 부검 내용 또한 실제 사건과 흡사할 가능성이 클 것으로 보인다. 어디까지가 사실이고 어디부터가 작가의 창조인지, 실제 살인 사건이라는 재료와 픽션의 접점을 찾아보는 것도 이 책을 읽는 즐거움 중 하나일 것이다.

PC 소설의 진정한 맛이라고 할 수 있는 각 캐릭터의 묘사와 관계를 읽는 재미도 쏠쏠하다. 《법의관》에서 '상어 같은 여자'로 묘사되었던 기자 애비 턴불은 법조인으로 잔뼈가 굵은 거물 정객 팻 하비와 함께 의지가 굳고 강한 신념의 소유자로 묘사된다. 반면 나름대로 최선의 방법으로 사건을 풀어나가려고 애쓰는 벤턴 웨슬리는 FBI, 나아가 남성이 주도하는 사회 질서를 대표하는 인물로 스카페타와 대결 구도에 서 있으며, 어떤 의미에서는 가해자 역할을 맡고 있다는 점이 흥미롭다. 스카페타 못지않게 전 세계적으로 많은 팬을 확보하고 있는 형사 마리노의 역할이 이 작품에서 줄어든 것이 개인적으로 조금 아쉬웠다. 결말의 카타르시스가 조금 약하다는 아쉬움이 있지만 음모론을 중심으로 중반부까지 숨쉴 틈 없이 진행되는 플롯은 '역시 PC구나' 하는 말이 절로 나오게 만든다. 특히 여성 독자라면 누구나 마지막 장의 쓸쓸한 장례식 장면에서 가슴이 먹먹해져 옴을 느낄 것이다.

－역자 유소영

추.천.의.글.

콘웰의 작품은 범죄가 아닌 인간을 이야기한다

미스터리에 중점을 둔 고전 추리소설

흔히 추리소설 하면 가장 먼저 떠오르는 것이 고전 추리소설이다. 즉 사건이 발생하면 초인적인 지능을 가진 탐정이 등장해 순수한 두뇌 활동을 통해 사건을 종결하는 수수께끼 풀이형이 여기에 해당한다. 하지만 추리소설이란 장르는 좀 더 포괄적인 개념을 지닌다. 고전 추리소설뿐 아니라 현대의 스파이 소설, 법정소설, 의학 스릴러 등이 모두 추리소설 범주에 속한다고 할 수 있다. 다시 말하자면 '범죄와 미스터리' 요소를 포함한 소설은 거의 추리소설로 분류할 수 있는 것이다. 다만 고전 추리소설은 '미스터리'에, 현대의 스릴러는 '범죄'에 각각 중점을 두는 것이 다를 뿐이다.

추리소설을 좋아하는 독자의 상당수는 고전 추리소설을 선호하는 경우가 많다. 탐정과 범인 간의 순수한 두뇌 게임과 트릭이 주를 이루는 고전 추리소설에 매료된 독자는 현대 스릴러물에서 그만큼의 매력을 느끼지 못한다. 하지만 고전 추리소설과 현대 스릴러가 완벽하게 분리되는 것은 아니다. 다만 추리소설이 현대의 다양성에 발맞춰 새롭게 가지치기를 할수록 정교한 트릭을 찾아보기 힘든 형태가 되는 것이 사실이다. 150년에 이르는 추리소설의 역사에서 하드보일드나 의학 스릴러 등 많은 하위 장르가 생긴 것은 자본주의의 발달에 그 원인이 있다. 추리소설은 자본주의 사회가 발달하면서 새롭게 변화한 범죄 현장을 정확하게 그려낸다.

재미있는 현대 추리소설의 탄생

고전 추리소설에서 볼 수 있는 주된 범행 형태는 개인에 대한 개인의 범죄였다. 그 뒤에 나온 하드보일드에서는 범행의 주체로 조직이 등장하고, 제2차 세계대전 이후에는 국가 간의 대결을 그린 스파이 소설과 전쟁소설 등이 새롭게 나타난다. 동시에 작품의 무대는 가정과 저택에서 법정과 병원 및 국경을 넘나드는 전쟁터로 바뀐다.

존 그리샴과 로빈 쿡, 톰 클랜시와 잭 히긴스 등은 각자 특화된 분야에서 그럴듯한 범죄를 구상함으로써 성공한 작가들이다. 이들은 모두 독특한 영역에서 자신의 지식과 경험을 바탕으로 기존과는 다른 형태의 재미있는 현대 추리소설을 탄생시켰다. 하지만 여전히 고전 추리소설에 대한 아쉬움은 남는다. 세분화된 현대의 추리소설이 아무리 흥미롭더라도, 추리의 순수한 즐거움을 느낄 수 있는 것은 뭐니 뭐니 해도 고전 추리소설이기 때문이다.

고전 추리소설의 미덕을 바탕으로 법의학 스릴러를 개척하다

퍼트리샤 콘웰의 작품이 위치하는 곳이 바로 이 지점이다. 콘웰은 비면식범에 의한 무작위적인 살인을 주요 소재로 삼으며, 케이 스카페타라는 여성 법의국장을 주인공으로 내세워 고전 추리소설을 계승, 발전시켰다. 법의국장을 주인공으로 한 시리즈이니만큼 콘웰은 다른 어떤 추리소설에서도 볼 수 없는 과학적인 수사 기법을 도입한다. 법의학과 과학수사, 그리고 프로파일링이 그것이다. 미국 과학수사대의 활약상을 다뤄 많은 사랑을 받고 있는 드라마 〈CSI 과학수사대〉는 콘웰의 작품을 표절했다는 의혹을 받기도 했다. 그만큼 그의 작품은 법의학에 대한 생생한 묘사와 빈틈없는 플롯을 자랑한다.

스카페타 시리즈는 법의학과 과학수사라는 독특한 분야를 배경으로 하지만, 주인공 스카페타는 고전 추리소설에 등장하는 탐정처럼 범인과 벌이는 두뇌 게임을 즐긴다. 범인이 현장에 남긴 단서를 바탕으로 범죄 형태와 범인의 심리를 유추해 그를 자극하는 것이다. 《법의관》에서는 살해 현장에 남겨진 독특한 체취를 바탕으로 범인을 자극하고, 《소설가의 죽음》에서는 범인의 정신병적인 이력을 추적해 사건을 해결한다. 그리고 이 책 《하트 잭》에서는 범인이 의도적으로 남긴 단서와 실수로 흘린 증거를 식별하기 위해 분투한다. 이러한 과정에서 스카페타는 언론의 힘을 빌리는 걸 마다하지 않는다. 스카페타가 권력을 지닌 자들의 대중 조작 때문에 위기에 처하면서도 언론이 지닌 힘을 역이용해 범인을 몰아붙이는 과정은 탄성을 자아내게 한다. 콘웰은 고전 추리소설의 미덕을 바탕으로 법의학과 과학수사라는 새로운 요소를 적절히 버무려 훌륭한 읽을거리를 만드는 데 성공한 것이다.

캐릭터와 심리 묘사가 뛰어난 수작

콘웰 작품의 또 다른 특징은 독특한 캐릭터와 심리 묘사에 있다. 콘웰은 스카페타와 형사 피트 마리노, 프로파일러 벤턴 웨슬리 등 매 작품에 등장하는 주요 인물 외에도 각 작품마다 새로운 인물을 등장시켜 캐릭터 하나하나를 생동감 있게 표현한다. 어느 하나 전형적이지도, 또 현실에서 너무 동떨어지지도 않은 인물을 창조함으로써 독자의 공감을 이끌어낸다. 《하트 잭》에 새롭게 등장하는 주요 인물은 연쇄살인범에게 희생된 데버러 하비의 어머니이자 정계의 거물인 마약정책실장 팻 하비다. 콘웰은 딸의 죽음에 좌절감을 느끼고, 수사 기관이 정보를 은폐한다고 확신해 점점 히스테릭하게 변하며 몰락해 가는 팻 하비의 모습을 섬세한 감성으로 그려낸다. 또한 스카페타는 수사에 개입하려는 팻 하비와 정보를 최대한 숨기려는 FBI와 맞서며 진실에 접근해 간다. 콘웰은 일인칭 주인공 시점을 잘 살려 그 상황 속에서 스카페타가 느끼는 의혹과 좌절, 분노를 사실감 있게 표현한다.

그렇다면 각 인물들의 관계는 어떠한가. 콘웰은 스카페타와 마리노, 웨슬리의 관계를 기계적인 협력 관계가 아닌 인간 대 인간의 만남으로 묘사하며 스토리를 이끌어간다. 시리즈가 계속되는 가운데 갈등을 겪으며 변화하는 이들의 관계를 지켜보는 것도 이 소설을 읽는 또 다른 묘미다. 특히 《법의관》에서 서로를 무시하며 적의마저 품었던 스카페타와 마리노가 《소설가의 죽음》을 거쳐 《하트 잭》에서 진정한 파트너로 거듭나는 과정은 흐뭇한 미소마저 감돌게 한다. 이처럼 법의학에서 출발한 콘웰의 작품은 결국 인간으로 돌아온다. 콘웰은 스카페타 시리즈를 통해서 '범죄'가 아닌 '인간'을 이야기하는 것이다.

추리의 재미뿐 아니라 인간의 내면을 명확하게 읽어내는 콘웰의 작품에 매료된 나는 《법의관》을 접한 이후 그의 모든 작품을 모으는 지경에 이르렀다. 등장인물에 쉽게 감정이 이입되어 그들과 함께 울고 웃으며 친구가 된 듯한 착각에 빠지는 것은 고전 추리소설뿐 아니라 현대의 어느 스릴러에서도 찾아볼 수 없는 스카페타 시리즈만의 장점이다.

수많은 현대의 추리소설 중에서 무엇을 읽어야 할지 망설이는 독자에게 권하고 싶다. 추리소설이야말로 지루한 일상을 잊은 채 뛰어들 수 있는 활극의 세계다.

—김준희(오마이뉴스 기자)

1971년 서울에서 태어난 김준희는 전자공학으로 석사학위를 받았고 현재 벤처기업에서 근무 중이다. 초등학교 때 처음 '셜록 홈스'와 '아르센 뤼팽'을 접한 후 지금까지 각종 추리소설을 독파해 어느덧 추리소설 전문가가 되었다. 인터넷 신문 〈오마이뉴스〉에 추리소설에 관한 다양한 글을 기고하고 있다.

하트 잭

1판 1쇄 인쇄 2005년 2월 18일
2판 1쇄 발행 2010년 12월 27일

지은이 퍼트리샤 콘웰
옮긴이 유소영

발행인 양원석
편집장 김지아
책임편집 김지혜
영업 마케팅 정도준 · 김성룡 · 백창민 · 김승헌

펴낸 곳 랜덤하우스코리아(주)
주소 서울시 금천구 가산동 345-90 한라시그마밸리 20층
편집 문의 02-6443-8847 **구입 문의** 02-6443-8838
홈페이지 www.randombooks.co.kr
등록 2004년 1월 15일 제2-3726호

ISBN 978-89-255-4133-4 03840

- 이 책은 랜덤하우스코리아(주)가 저작권자와의 계약에 따라 발행한 것이므로
  본사의 서면 허락 없이는 어떠한 형태나 수단으로도 이 책의 내용을 이용하지 못합니다.
- 잘못된 책은 구입하신 서점에서 바꾸어 드립니다.
- 책값은 뒤표지에 있습니다.